Die Erziehung des Mannes

Michael Kumpfmüller

Die Erziehung des Mannes

Roman

Kiepenheuer & Witsch

Der Verfasser dankt dem Deutschen Literaturfonds e.V., Darmstadt,
für die großzügige Unterstützung.

Verlag Kiepenheuer & Witsch, FSC® N001512

1. Auflage 2016

Umschlaggestaltung: Barbara Thoben, Köln
Umschlagmotiv: © sam 221 – Fotolia.com; © Agence Design –
Fotolia.com; © orfeev – Fotolia.com
Autorenfoto: © Joachim Gern
Gesetzt aus der Dante
Satz: Buch-Werkstatt GmbH, Bad Aibling
Druck und Bindung: CPI books GmbH, Leck
ISBN 978-3-462-04481-2

für uns

»Wahrscheinlich lebt man gar nicht, sondern wartet darauf, dass man bald leben werde; nachher, wenn alles vorbei ist, möchte man erfahren, wer man, solange man gewartet hat, gewesen ist.«

Martin Walser

I.

1

ICH WAR MITTE ZWANZIG, als ich sie entdeckte. Obwohl, genau genommen, sie mich entdeckte, denn als ich sie in einer der ersten Stunden bemerkte, schien sie bereits mit mir beschäftigt zu sein. Ihr Blick war klar und ruhig, sonderbar weit, dachte ich, mit einer Bereitschaft zu wer weiß was, die mich ebenso freute wie verwirrte. War das möglich? Sie saß an einem der hinteren Tische, deshalb konnte ich sie nicht durchweg sehen, das Tutorium war sehr voll, an die vierzig Teilnehmer, die sich mit meinem Reader herumschlugen und deren Respekt ich mir zum Auftakt, wie ich hoffte, mit einem Vortrag über den späten Strawinsky verschafft hatte.

Sie war der Typ Frau, den ich immer als Erstes bemerkte. Eine von den Hellen, dunkelblond und sommersprossig, unauffällig gekleidet, aber mit diesem Blick, der dunkel und forschend war und ohne Zweifel mir galt. Sie war einige Jahre jünger als ich, groß und schlank, wenn auch weniger zart als meine Freundin, eine breite, nachdenkliche Stirn, die Augen beinahe schwarz.

Ein paar Wochen hatte ich nur das. Ich beobachtete den Wechsel ihrer Kleidung, ihr Tuscheln mit der Freundin, denn in der Regel tauchte sie in Begleitung einer Freundin auf und zeigte sich am Geschehen in der Gruppe nicht allzu interessiert. Sie schaute nur. Nicht sonderlich freundlich, wie ich regelmäßig aufs Neue feststellte, herausfordernd und zugleich abweisend, als werfe einer wie ich allerlei Fragen auf, über die sie gründlich nachdenken musste.

Sie wirkte verstimmt. Noch wenn mich ihre Blicke trafen, schien sie an ihre Verstimmung zu denken. Ich bekam es nicht zu fassen. Als wäre sie von einem alten Zorn erfüllt, selbst wenn es aktuell keinen Grund dafür gab. Abends in meinem Zimmer, wenn ich an sie dachte, spielte ich mit dem Gedanken, sie anzusprechen, denn sie gefiel mir, für dies und das schien ich infrage zu kommen, ein kleines Abenteuer nicht ausgeschlossen, denn ein solches hatte ich bitter nötig.

So richtig begriffen habe ich es bis heute nicht, aber Tatsache war, dass ich mit einer Frau lebte, die in sieben Jahren kein einziges Mal mit mir geschlafen hatte. Ich hatte es versucht, mit verschiedenen Manövern und wachsender Verzweiflung, mit einem Gefühl aufsteigenden Hasses, wie ich beunruhigt feststellte, dass es mich unerträgliche Mühe kostete, in den Nächten neben ihr zu liegen und überhaupt ein freundliches Wort an sie zu richten.

Sie stammte aus einem Ort nahe der holländischen Grenze und hatte in all den Jahren so getan, als handele es sich bei unserer sexuellen Schwierigkeit um eine Frage, über die sie bei Gelegenheit gerne nachdenken wolle, nur leider habe sich diese Gelegenheit bislang nicht ergeben. Wollte oder konnte sie nicht? Und war das überhaupt ein Unterschied? Die Frage quälte mich. Denn an wem sollte es am Ende liegen, wenn nicht an mir? Mit einem anderen hätte es womöglich nicht das geringste Problem gegeben, was sie mehrfach wortreich bestritt und ein weit zurückliegendes Unglück andeutete, dem sich zu nähern wir beide nicht wagten.

Verlassen konnte ich sie nicht. Es wäre mir schäbig vorgekommen, sie aus diesem niederschmetternden Grund zu verlassen, obwohl ich mich in großen Schritten von ihr entfernte und bloß so tat, als lebe ich mit ihr. Das meiste wusste sie längst nicht mehr von mir und wollte es wahrscheinlich nicht wissen, an wen ich dachte, wen ich traf und nach Gelegenheiten abklopfte, die Blonde war da nur ein Beispiel.

Alles war stumme Qual. Die Freundin hatte Probleme mit dem Schreiben, konnte ihre Gedanken nicht sortieren oder gestand sich ein, dass sie es nie gekonnt hatte. Sie brauchte zwei Tage, um einen Koffer zu packen, sie kochte nicht, sie kümmerte sich nicht um die Wäsche und hinterließ mir Listen mit Erledigungen, die sie nicht mehr geschafft hatte. Ich war mit meiner Geduld am Ende. Ich hatte Sex- und Irrenhausfantasien, trieb mich in drittklassigen Bars herum, wo ich am Tresen spätnachts auf Gelegenheiten lauerte, die sich nie ergaben.

Ich wäre mit jeder gegangen. Konnte ich es überhaupt noch? Vor sieben Jahren mit Therese hatte ich es noch gekonnt.

Ich wartete, in der Gewissheit, dass es passieren würde, und war doch überrascht, als es tatsächlich geschah.

Die Frau war zwanzig Jahre älter und fragte mich einfach, ausgerechnet nach einem Abendessen bei meinem Professor. Sie nahm mich mit zu ihr in die Wohnung, wo ich bis zum frühen Morgen versuchte, in sie hineinzukommen, doch sie war zu betrunken oder hatte Angst, weil es keine Kondome gab, an Kondome hatte weder sie noch ich gedacht. Ich kletterte auf sie hinauf und wieder herunter, sie wurde nicht richtig nass, obwohl ich mir große Mühe mit ihr gab.

Schließlich stand ich auf und ging nach Hause. Nicht sonderlich beschämt, sondern im Gegenteil beschwingt. In meinem Unglück lag auch eine Freiheit. Ich hatte sie geküsst, ihr die Kleider vom Leib gezogen, einigermaßen ungeduldig, als handele es sich um die letzte Chance meines Lebens, in einer dunklen Wohnung mit dieser Fremden, die alles mit sich geschehen ließ, denn so ließ es sich an, im Stehen, als ich sie wieder und wieder küsste.

Sie hieß Rosalinde, doch das erfuhr ich erst ein Jahr später, als sie tot war, von meinem Professor, bei dem ich sie kennengelernt hatte. Wäre es anders gekommen, wenn ich ihren Namen geflüstert hätte? Sie war auf die Straße getreten und tot umgefallen. Offenbar bereits vor Wochen, nun sollte das Begräbnis sein. Ich wollte unbedingt mit und hatte Schwierigkeiten, es dem Professor zu begründen. Ich machte zu viele Worte, aber am Ende setzte ich mich durch und nahm Abschied von ihr, auf eine verquere Weise stolz, weil ich schließlich so etwas wie ihr letzter Geliebter gewesen war.

Es gab keinen Sarg, nur eine kleine Urne, denn man hatte sie verbrannt, was ich nicht richtig fand. Familie hatte sie nicht. Es waren nur eine Handvoll Freunde da, die mir zum Teil bekannt waren.

Beim Leichenschmaus in einer billigen Gaststätte saß ich neben dem Mann, in dessen VW-Käfer wir damals zu ihr gefahren waren, eine halbe Stunde, in der wir uns ohne Unterlass geküsst hatten, seltsam verrenkt, weil sie vorne und ich hinten saß und es eigentlich nicht möglich war. Erzählen konnte man die Geschichte nicht. Dafür wurden andere Geschichten erzählt. Am Ende kreiste eine Schnapsflasche, und ich hatte nicht viel über sie erfahren. Man redete mit einem gewissen Bedauern über sie, als habe ihr Leben nicht in jedem Punkt gehalten, was es versprochen hatte, und genau das war ja meine Erfahrung mit ihr.

Am Ende der sechsten Seminarsitzung, die außergewöhnlich zäh verlaufen war, sprach ich die Blonde an. Sie war schon fast aus der Tür, als ich über Stühle und Bänke beinahe sprang und mich im Springen wunderte, was ich da tat.

Sie zeigte sich nicht besonders überrascht, war auf der Stelle einverstanden, etwas mit mir zu trinken, gerne in der Cafeteria, wo sie mir später gestand, dass sie die Cafeteria hasste. Sie redete munter drauflos, dass sie Lehrerin werden wolle, für Musik und Französisch. In mein Tutorium habe sie die Freundin geschleppt. Der späte Strawinsky, mein Gott, sie könne diese Musik einfach nicht hören. Aber ich mochte, wie sie roch, ich mochte ihre Stimme, die überraschend dunkel war, im Tutorium hatte sie sich nämlich nie gemeldet.

So aus der Nähe war sie weniger üppig als gedacht, was mir auf den zweiten Blick gefiel, ihr geschwungener Mund, mit etwas zu schmalen Lippen. Einen zornigen Eindruck machte sie nicht. Sie wirkte im Gegenteil sehr konzentriert, begann mich auszufragen, wie ich mich dort vorne fühle, der Altersabstand sei ja denkbar gering, in ihrem Fall, stellte sich heraus, betrug er an die vier Jahre.

So lernten wir uns kennen. Sie hatte leider eine Verabredung, aber das war nicht von Bedeutung. Wir tauschten Telefonnummern, gingen unserer Wege. War da nun etwas, oder nicht? Alles in allem war ich nicht überzeugt, trotzdem rief ich sie zwei Tage später an, weil sie gesagt hatte: Ruf doch einfach an, vielleicht können wir uns treffen, ins Kino gehen, spazieren, keine Ahnung. Ich schlug den neuen Mike Leigh vor. Offenbar kam sie gerade aus der Dusche, denn sie sagte, sie habe nasse Haare und wolle sich nur schnell in ein Handtuch wickeln. Sagte sie das für mich?

Julika war ihr Name.

Am Telefon klang ihre Stimme noch angenehmer als in der Cafeteria. Sie könne frühestens Montag oder Dienstag, erfuhr ich, am Wochenende erwarte sie Besuch, in ein paar Stunden, um genau zu sein. Sie ließ offen, um welche Art von Besuch es sich handelte, es störte mich nicht, dass sie Besuch erwartete.

*

IN DEN NÄCHSTEN WOCHEN sahen wir uns immer öfter. Saßen in Cafés, trafen uns im Kino, einmal bei ihr zum Frühstück und ein andermal zu dritt, mit meiner Freundin, die ich gelegentlich erwähnte, ohne sie direkt zu verraten, aber mit der Andeutung, dass da etwas schwierig war, nicht erst seit Kurzem, sonst hätte man es ja kaum eine Schwierigkeit genannt.

War ich mit Julika zusammen, fühlte ich mich seltsam leicht, als verbrächte ich einige Tage Urlaub, eine Auszeit, die mit meinem übrigen Leben wenig zu tun hatte. Es war angenehm, mit ihr zu plaudern, wir redeten über das Studium, die Bücher, die wir gelesen, die Filme, die wir gesehen hatten, am Rande über die Familie, wer aus welcher Ecke des Landes stammte und was es in etwa bedeutete. Aus der Nähe von Stuttgart kam sie. Ich kannte Stuttgart nicht, Julika verabscheute es, redete zum Glück aber nicht wie eine Stuttgarterin, denn ihre Eltern stammten aus dem Norden. Als Mädchen war sie eine leidenschaftliche Reiterin gewesen, den Ballettunterricht erwähnte sie, die Tanzschule, sechs Monate als Au-pair-Mädchen in Paris.

Von Paris schwärmte sie. Es sei die beste Zeit ihres Lebens gewesen, sie liebe Paris, die Architektur, die Lebensart. Sie blieb in ihrer Begeisterung etwas allgemein. Von den Kindern erzählte sie nicht viel, zwei verzogene Rotznasen, die ihr demonstrierten, dass sie diese Blonde aus Deutschland keine Sekunde ernst nahmen. Aber Paris! War es zu fassen, dass es jemanden gab, der Paris nicht kannte? Jetzt wurde sie fast übermütig. Ich kann's dir zeigen, sagte sie, wenn du willst, fahren wir eines Tages hin.

Es fiel mir auf, dass sie nun nicht mehr nur Schwarz trug. Sie besaß auch allerlei Buntes, hatte eine rote Bluse an, einen schwarz-rot karierten Rock. Nicht zum ersten Mal fragte ich mich, ob sie Männer hatte. Einen Freund, der in einer anderen Stadt lebte, irgendwelche Affären. Weder das eine noch das andere hatte sie je erwähnt. Mochte sie Männer nicht? Das hielt ich für denkbar. Ich gewöhnte mich an ihren Namen: Julika. Anfangs hatte ich ihn, so gut es ging, gemieden, ich mochte ihn nicht, als wäre er falsch, jedenfalls für sie, als hätte ich mich mit einem anderen Namen weniger gesträubt.

Im Frühsommer trennte ich mich von meiner Freundin. Mit Julika hatte es nichts zu tun, es handelte sich um das Ergebnis einer langen Serie von Ernüchterungen und falscher Hoffnungen, deshalb geschah es eher beiläufig. Ich sagte ihr, dass ich nicht länger mit ihr leben wolle. Sie wirkte nicht völlig unvorbereitet, sie nickte, nahm es hin oder tat zumindest so, wie versteinert. Für den Moment war es mir völlig egal. Ich ging in mein Zimmer und warf mich aufs Bett, in der Erwartung größerer Gefühle, aber ich fühlte nichts. Endlich, dachte ich. Nur das. Die Erleichterung. Dass es nicht mal schwere Arbeit gewesen war, im Grunde hatte es sich wie von selbst erledigt.

Die Wochen davor waren die allerschlimmsten gewesen, ohne dass ich hätte sagen können, was das Allerschlimmste war: das Geschrei oder das Ende des Geschreis, die Stunden, in denen wir Atem holten, oder die Stunden, in denen wir wieder und wieder alles durchgingen, das sexuelle Thema eingeschlossen. Du wolltest immer Kinder, sagte ich. Wie sollen wir Kinder haben, wenn wir nicht miteinander schlafen. Ich versuchte zu beschreiben, wie es in mir aussah, wie ausgebrannt ich war, wie verbittert, weshalb ich selbst schon glaube, dass es pervers sei. Abartig. Mit einer Frau schlafen zu wollen, ist abartig, behauptete ich. Worauf sie nur kalt erwiderte, ich hätte sie mir eben mit Gewalt nehmen müssen. Warum hast du es nie mit Gewalt versucht? Sie erwähnte eine Szene kurz vor Weihnachten, als ich das allerletzte Mal gehofft hatte, im Wochenendhaus ihrer Eltern, als sie angeblich dazu bereit gewesen war, frühmorgens unter einem Berg Kissen, den ich Stück für Stück abtrug, als sei sie eine Verschüttete, die beim ersten falschen Handgriff für immer verloren wäre. An Gewalt hatte ich nie gedacht. Und nun sollte das der Fehler gewesen sein?

Spätestens jetzt hätte ich mit jemandem reden müssen. Aber ich konnte nicht. Das war ja Teil meines Dilemmas, dass ich bis zuletzt glaubte, wenn ich darüber spreche, müsse ich alles zerschlagen. Auch über die anderen Probleme hatte ich nie geredet, ihre blutig gebissenen Nägel, dass sie täglich bis zu vierzehn Stunden schlief. Nie machte sie Dinge fertig. Sie las zehn Bücher gleichzeitig und brauchte Wochen für die ersten Sätze ihrer Seminararbeiten. Oft war sie zu träge, dann wieder zu ungeduldig, rannte wie ein Tier durch ihr Zimmer und schlug mit den Fäusten an die Wand, mit der Stirn, bis sie blutig war. Wenn ich sagte, sie solle damit aufhören, lachte sie. Wie eine Irre lachte sie. Hör auf, sagte ich. Ich ertrage es nicht. Worauf sie mir auf der Stelle zustimmte, das Leben sei unerträglich, wären wir bloß nie hierhergezogen, in diese gottverdammte Stadt, hätten wir uns nie kennengelernt. Im Flur, wo sie wie ein Häuflein Elend am Boden lag, mit diesem aberwitzigen Lachen.

Die letzte Seminarstunde war die erste, mit der ich richtig zufrieden war. Julika fand, das sei ein Grund zum Feiern, und so gingen wir zusammen essen, in ein französisches Lokal, von dem sie mir vorgeschwärmt hatte, wie sich herausstellte, zu Recht. Wir blieben ewig lange sitzen und wechselten schließlich in eine Bar, bei der es sich um eine Art Bordell handelte, zumindest das Zitat eines Bordells, denn alles war rot und zweideutig und plüschig. Dahin also hatte sie mich geschleppt. Es war nach eins, ich fühlte mich unbehaglich, denn es lief laute Musik, es war schwer, sich zu unterhalten. Ich beschäftigte mich mit ihrem Rock, wie sie die Beine übereinanderschlug, ihren Strumpfhosen. Sie rauchte und fragte nach meinem Sommer. Hast du Reisepläne? Offenbar brauchte sie in den Semesterferien nicht zu arbeiten, denn sie plante für drei Wochen Südfrankreich, während ich Sommer für Sommer Geld verdienen musste und seit Jahren kaum gereist war, nur ein einziges Mal, wenn ich darüber nachdachte, da hatte ich vier Wochen in den Bergen eine Hütte bewohnt und versucht, mit meinen Sachen weiterzukommen.

Sachen?, fragte sie.

Und so erzählte ich ihr, dass ich komponierte. Mit umständlichen Formulierungen, als handele es sich um das größte Geheimnis, das ich zu bieten hätte, ja, als entblöße ich mich vor ihr, und wahrscheinlich war das genau der Deal, sie zeigte ihre Beine, und ich zeigte ihr, was mir seit jeher das Allerpeinlichste war.

Dabei hatte ich nicht viel zu berichten, denn außer damals in den Bergen komponierte ich nicht, das Studium und der Job ließen keine Zeit. Bildete ich mir das ein, oder hing sie jetzt an meinen Lippen? Ein bisschen war es wie Sex, von ihr gehört zu werden. Oder wich ich der anstehenden Sexfrage so nur aus? Ich erwähnte meinen ersten Versuch eines Streichquartetts, erwähnte die Lieder, zwei, drei Arbeiten für Klavier, wie es angefangen hatte, denn angefangen hatte es mit sechzehn.

Alles erzählte ich ihr.

Als wir aufbrachen, war es früher Morgen. Ich meinte zu spüren, wie die Sache noch einmal Fahrt aufnahm. Eigentlich wollte ich ins Bett, doch so schnell schien sich die Spannung nicht auflösen zu lassen, und so wanderten wir eine Weile durch die Straßen, bevor wir uns gegen sechs neuerlich in ein Café setzten. Jetzt war ich doch sehr müde. Ich fühlte mich angespannt und getrieben, als müsse ich mir etwas einfallen lassen, das den entstandenen Intimitäten Rechnung trug. Es gab ein längeres Schweigen, das ich als unangenehm empfand. War sie mir nicht völlig fremd? Oder sollte ich einfach mit ihr gehen? Sie fragen, falls mir rechtzeitig einfiele, wie man eine derartige Frage stellte? Ich machte neuerlich Andeutungen über meine Lage, dass ich in Trennung lebte oder die Trennung gerade hinter mir hatte. Mein Leben sei derzeit ziemlich kompliziert. Manchmal weiß ich nicht aus und ein, sagte ich, vielleicht sollten wir uns nicht mehr treffen.

Sie stand sofort auf. Sah mich kalt und zornig an und ließ mich ohne ein Wort der Erklärung sitzen. Ich war so überrascht, dass ich vergaß, ihr etwas Beschwichtigendes hinterherzurufen, ich saß nur da und beobachtete, wie sie sich schnellen Schrittes entfernte und Richtung U-Bahn lief. Über dem weiten Platz lag die erste Morgensonne, und da ging sie nun, wie eine gekränkte Göttin. Ich war einigermaßen perplex, erschrocken über ihre Heftigkeit, zugleich erleichtert, als hätte ich mich in letzter Sekunde aus einer misslichen Lage befreit.

Ich versuchte zu schlafen und schrieb ihr zur Versöhnung eine Karte, nicht ohne zu wiederholen, in welcher Situation ich mich befand, mit absichtsvoll dunklen Formulierungen.

Ich hätte nicht mit ihr gehen sollen. Da ich mit ihr gegangen war, war so etwas wie eine Verpflichtung entstanden. In einem längeren Brief, den ich meiner Karte hinterherschickte, glaubte ich mich rechtfertigen zu müssen und bat sie um Entschuldigung. Und siehe da, als sie Tage später anrief, gab sie sich unverändert, wollte mich gerne sehen, für den Fall, dass ich das ebenfalls wolle, und mit einer neuen Freude, die die Rückseite meines schlechten Gewissens war, stimmte ich einem weiteren Treffen zu.

Wieder war sie es, die den Ort wählte, wieder saßen wir bis zum frühen Morgen. Der Zwischenfall lag gut eine Woche zurück. Ich wappnete mich für den Fall, dass sie darauf zurückkäme, doch nichts dergleichen geschah, sie war im Gegenteil still, beinahe schüchtern. Da sie zurückwich, rückte ich ein Stück vor. Ich beugte mich über den Tisch und küsste sie, in einer nachholend reuevollen Bewegung, die sie auf der Stelle aufnahm.

Es war mir peinlich, sie unter all den Leuten zu küssen, und es war egal, dass es peinlich war. Im Nachhinein kam es mir vor, als hätten wir kein einziges Wort gesprochen, aber das traf nicht zu, hin und wieder tauchten wir aus unseren Küssen auf, hin und wieder fiel uns etwas ein, das zu sagen wir bei früheren Gelegenheiten vergessen hatten. Mit den Küssen stand es in keiner Verbindung. Alles war schräg, dachte ich, der Ort, die Tatsache, dass ich hier war, diese Küsserei, die mir doch auch gefiel. Alles war Kuss, und alles war ein Verschleppen mit diesen Küssen. Draußen wurde es hell, wir saßen kurz auf den Stufen eines Drogeriemarkts, seltsam matt, als wäre das, was für heute möglich war, erledigt. Zumindest sah ich es so. Sie sagte nicht, wie sie die Dinge sah, sie wirkte ernüchtert, lief aber nicht wieder weg.

*

DEN GROSSTEIL DES SOMMERS verbrachte ich bei meinen Eltern. Nach den Verwicklungen der letzten Monate war mir dort ausnahmsweise das meiste recht, die stupide Arbeit bei C & A, die Freunde von früher, denen ich mich allerdings kaum verständlich machen konnte, die Stunden in meiner alten Dachkammer, nach der Arbeit, wenn ich über mich nachdachte. Innerhalb weniger Tage wirkte das Hamburger Leben merkwürdig entrückt, als wäre es nur bedingt mein eigenes, ein vorübergehender Zustand, wie die Zimmer, die ich bewohnte, die mich umgebenden Gegenstände, die Frauen. Mein ganzes Leben fühlte sich provisorisch an. Wie eine Serie dummer Zufälle, mit den übelsten Folgen. Von meiner Freundin hatte ich mich mühevoll getrennt, es war ein Zufall, dass ich ihr begegnet war, es hätte nicht sein müssen. Musste irgendetwas sein?

Mit Julika wusste ich nicht. Eines Tages schickte sie eine Karte aus Marseille, auf der stand, dass sie an mich denke. Deine Julika, schrieb sie, obwohl sie letztens am Telefon erwähnt hatte, dass sie früher alle Jule genannt hatten. Seither nannte ich sie in Gedanken nur noch Jule. Aber eigentlich dachte ich kaum an sie. Es schien sich überwiegend um etwas Sexuelles zu handeln, mehr fern als nah, wie eine unerwartete Aussicht, die mich lockte und zugleich erschreckte.

Zurück in Hamburg, freute ich mich auf sie. Sie war weiterhin in Frankreich, wollte aber Ende der Woche zurück sein. Auf meinem Anrufbeantworter klang sie, als sei sie nur weggefahren, um die Zeit bis zu meiner Rückkehr zu überbrücken.

Seit die Freundin zu ihrer Schwester gezogen war, machte unsere Wohnung einen verlassenen Eindruck. Ich begann aufzuräumen, nur für den Fall, das ich Jule hier empfangen müsste, warf ein paar Zettel weg, auf denen mir die Freundin Aufträge hinterlassen hatte. Bis auf Kleinigkeiten hatte sie alles mitgenommen. Ich packte die letzten Bücher weg, ihre Fotos an der Kühlschranktür, verschiedenen Krimskrams, bis sie bloß noch ein Gespenst war.

Ihre Briefe überflog ich nur. Der eine war aus Rom und der andere aus Neapel, wo sie in sengender Hitze mit komplizierten Ausgrabungen beschäftigt war, in einer Gruppe Studenten, die mit unfassbarer Geduld winzigste Tonscherben vor irgendwelchen Baggern retteten und überlegten, ihre Doktorarbeit darüber zu schreiben. Im Großen und Ganzen schrieb sie so sprunghaft, wie sie von Anfang an geschrieben hatte, als wäre nichts weiter vorgefallen, ausführlich über ihre Arbeit, an einer Stelle von ihrem Kummer, warum sie es nicht glaube. Nach sieben Jahren kannst du einfach gehen? Für einen Moment hatte ich den Impuls, ihr rücksichtslos die Wahrheit über sie zu sagen, dabei war doch seit Langem alles gesagt.

Jule war erstaunlich braun geworden; ich glaubte, sie kaum wiederzuerkennen. Sie war schmaler als vor dem Sommer und hatte doppelt so viele Sommersprossen wie zuletzt. Sie lächelte. Warum küsste ich sie nicht? Ich küsste sie, aber wie aus großer Ferne, als seien die zurückliegenden Wochen eine Hürde, die erst mal übersprungen werde müsse.

Wir saßen im Garten eines Lokals an der Alster, es war angenehm warm, wir aßen eine Kleinigkeit. Jule erkundigte sich nach meinen Wochen bei den Eltern, aber vieles hatte ich ihr bereits geschrieben, das, was ich von mir sagen konnte, das meiste behielt ich für mich. Der Anfang war zäh. Ich bewegte mich einige Schritte zurück, begann aufs Neue mit der Freundin, in weniger wolkigen Formulierungen, wie wütend ich war, dass ich es so weit hatte kommen lassen. Ich beschrieb diverse Szenen der letzten

Wochen, wobei ich kein Detail auslie018F, denn die Details waren es ja, die in mir rumorten und deretwegen ich nicht zur Ruhe kam. Ich sagte, was zum Thema Sex zu sagen war, die unfassbare Kränkung, die in allem lag, der unwiederbringliche Verlust. Ich hatte meine besten Jahre vergeudet. Ich bereue es so sehr, sagte ich. Manchmal bestehe ich nur aus Reue. Ich glaube nicht mehr daran, wenngleich es bekanntlich eine schöne Sache sei.

Ich brauchte ewig lang, bis das heraus war, nach mehreren Anläufen, Verharmlosungen und Verkleidungen. Ich erwähnte meine Jugendliebe, mein erstes Mal, das unschuldig unkompliziert gewesen war, knapp zehn Jahre lag das zurück. Wirklich so lang? Die Frage war, warum ich es überhaupt erwähnte. An einem Septembernachmittag in meinem Zimmer. Nur damit Jule wusste, dass es nicht von Anfang an ein Albtraum gewesen war.

Ich sah Jule an. Nie hatte sie mir besser gefallen als gerade jetzt, in ihrem blauen Kleid, denn heute trug sie erstmals ein Kleid, hatte sich geschminkt, die Wangen, den Mund, nur gerade so viel, dass es das Vorhandene betonte.

Sie wirkte nachdenklich, sagte lange nichts. Ihre Antwort war, dass sie von ihren Männern sprach, die paar, die sie gehabt hatte. Ein paar immerhin schienen es gewesen zu sein. Sie ließ kein gutes Haar an ihnen, ohne genau zu sagen, was sie ihnen vorwarf. Augenscheinlich fühlte sie sich im Nachhinein benutzt. Waren das kurze Affären gewesen oder Liebhaber, mit denen sie Hoffnungen auf mehr verbunden hatte? Ich fand das bis zuletzt nicht heraus, fühlte mich bei diesem Thema nicht kompetent, ihr Kummer war ein anderer als meiner.

Drei Abende später ging ich mit zu ihr. Es fühlte sich noch immer falsch an, aber das spielte keine Rolle mehr, nach all den Bekenntnissen war es der nächste, folgerichtige Schritt. Noch auf den letzten Metern musste ich denken, dass es verrückt war und dass ich es eben deshalb tat. Außerdem war sie wieder in diesem Kleid, sie würde Erbarmen mit mir haben, falls es auf Erbarmen ankäme, sie würde mich, verdammt noch mal, von diesem Albtraum erlösen.

Einer der besten Momente war, als sie die Tür aufschloss. Sie öffnete die Tür zu ihrer Wohnung und sagte: Komm. Danach gab es einen kleinen Tumult, eine gewisse Verzögerung, die mit ihrem Kleid zu tun hatte, dass sie plötzlich nackt war, als hätte ich mit ihrer Nacktheit nicht gerechnet. Sie verhielt sich passiver als gedacht, dafür, dass wir bei ihr zu Hause waren, aber ich fand mich überraschend gut zurecht. Ich zitterte, aber ich fand mich zurecht. Zugleich jubelte ich. Hatte ich nicht allen Grund dazu? Ich schlief mit dieser Frau, die von allen Männern nur weggeworfen worden war, trotzdem wollte sie es ein weiteres Mal riskieren. Mit mir. Das hatte sie gesagt, mir ohne Worte mitgeteilt, als wäre es für sie selbst ein Wunder.

Ich hatte völlig vergessen, wie es war. Ich nahm die Dinge, wie sie kamen, Gerüche und Geräusche, den Hauch von Mühsal, der über allem lag, die Bedrängnis. Als ich meinen Samen aufsteigen spürte, lachte ich. Als hätte ich mich nie stärker gefühlt, auf eine neue Art potent, bereit, es auf der Stelle noch einmal zu tun, wieder und wieder.

Ich war ihr sehr dankbar und sagte ihr das auch. Ich strömte über vor Dankbarkeit. Sie hatte mich wiederhergestellt. Als Mann, als sexuelles Wesen. Ich hatte einen Körper, der sich gebrauchen ließ, ich hatte Muskeln, Blut, das mal hierhin, mal dahin raste, ich fühlte mich wieder als Teil der Welt. Ich könnte Bäume ausreißen, sagte ich, worauf sie eine Bemerkung zu meinen roten Haaren machte, denn ich hatte überall rote Haare und Sommersprossen wie sie.

Es fiel mir auf, dass ich sie danach nicht sonderlich vermisste. Ich sehnte mich nach ihrem Körper und beschäftigte mich mit den Bildern in meinem Kopf. Manches entdeckte ich erst im Nachhinein, als hätte ich bei ihr im Zimmer nur die Hälfte wahrgenommen, wie sie sich das Kleid über den Kopf zog, wie sie sich vor mir ausbreitete. An all das dachte ich, mit einem nicht nachlassenden Gefühl der Freude, das vor allem dem Moment der Penetration galt. Wahrscheinlich war das ja das Beste am Sex, dachte ich, dieser Moment, in dem man hineinkam. Oder war ich da ein Spezialfall, weil ich es so lange entbehrt hatte? Ich schrieb an meiner letzten Seminararbeit über Anton Webern und die Wiener Schule und hatte im Kopf tagelang die Bilder, als stünde ich bei ihr im Zimmer und könnte zusehen, wie wir es miteinander machten. Mehr brauchte ich nicht. Ich hatte diese Bilder und dachte gar nicht daran, dass man sie wiederholen konnte.

An der Arbeit saß ich bereits seit Monaten. Ich hätte sie längst abgeben müssen, aber ich wurde und wurde nicht fertig, obwohl ich von morgens bis abends schrieb und so selten wie möglich telefonierte, einmal länger mit der Freundin, die einen weiteren Brief ankündigte und aus einer Telefonzelle in der italienischen Provinz dunkel mit ihrem Selbstmord drohte. Sie war in düsterster Stimmung und redete von einem Ausschlag, überall am Körper habe sie rote Flecken, von denen ich nichts hören wollte, sprach wie aus heiterem Himmel über Sex, wollte mich besuchen. Sobald sie aus Italien zurück sei, besuche sie mich. Ich stelle es mir so schön vor, sagte sie, bitte gib mir eine Chance, wozu ich beharrlich schwieg.

Auch in ihrem Brief war von diesem Plan die Rede, auf die bekannt naive und verletzende Art, als könne sie bei aller Liebe nicht begreifen, warum ich so viel Aufhebens darum machte. Ich weiß, es ist dir wichtig, schrieb sie, womit sie nur bekräftigte, dass es für sie nicht die geringste Bedeutung hatte. Es graute mir vor ihr. Würde sie es wirklich wagen und vor der Tür stehen? Ich würde nicht aufmachen, nahm ich mir vor, so rührend ich ihre neue Bereitschaft auch fand.

Das war überhaupt das Schlimmste: dass sie mich weiter rührte, als wäre sie meine Schutzbefohlene, beinahe ein Kind, das zu verstoßen ich nicht das Recht hatte. In diesem Sinne hatte mir kürzlich ihr Vater geschrieben, in völliger Unkenntnis der Lage und als hätte ich nur die allerniedrigsten Gründe. Kannte er seine Tochter überhaupt? Ich bezweifelte das. Und trotzdem blieb ein schales Schuldgefühl, als hätte ich auf nichts und niemanden Rücksicht genommen.

In niedergedrückter Stimmung fuhr ich zu Jule. Ich rief sie vorher nicht an, sondern stand einfach vor der Tür, nicht ganz sicher, ob ihr das recht war. Sie gab sich überrascht, eher erfreut, obwohl und weil das nicht das übliche Verfahren war. Sie hatte ins Kino gehen wollen und fragte, was los sei. Willst du reden?

Ich berichtete kurz von dem Telefonat, der Arbeit, dass mir alles zu viel sei, worauf sie mir ein heißes Bad machte und meinte, danach werde man ja sehen, was sie sonst noch tun könne, um mich aufzuheitern.

Du Armer, sagte sie, so in einem Ton, den ich an ihr nicht kannte.

*

ZWEI WOCHEN SPÄTER rief sie an und teilte mir mit, dass sie schwanger sei. In meinem Kopf begann es sofort zu dröhnen, deshalb hatte ich Mühe mit den Einzelheiten.

Dass sie nicht völlig sicher sei, aber alles dafürspreche. Sie habe mehrfach gerechnet und komme auf den Tag, an dem du weißt schon. O Mann, sagte sie. Bist du noch da? Worauf ich sagte, ja, ich bin da, obwohl ihre Stimme nicht zuverlässig zu mir durchdrang. Sie redete wie hinter einer Tür, dachte ich, erstaunt, wie gefasst sie klang.

Man wisse in diesen Angelegenheiten ja nie, sagte sie, mach dir keine Sorgen, ich war nur der Meinung, dass du es wissen solltest.

Sie fragte wieder, ob ich noch da sei, worauf ich nur erwiderte, dass ich nicht damit gerechnet hätte, die Nachricht sei ein Schock, aber gut, warten wir ab, mein Gott, danke, dass du es mir gesagt hast.

Die nächste Stunde lief ich durch die Wohnung, schüttelte den Kopf, weil ich es nicht für möglich hielt, für einen grausamen Witz, denn es war ja klar, dass es möglich war, wir hatten nicht verhütet.

Ich fühlte mich betrogen. Ich schlief seit Jahren zum ersten Mal mit einer Frau, und nun das. Ich fand, das hatte ich nicht verdient. Bitte lass es nicht sein. Ich war dumm, trotzdem ist es nicht fair, außerdem kenne ich sie ja kaum.

Je länger ich durch die Wohnung tigerte, desto schwerer nahm ich es. Schon gar nicht so leicht wie sie. Ich konnte nicht glauben, wie leicht sie es nahm. Oder tat sie nur so? Ich rief sie an, und tatsächlich klang sie jetzt vergleichsweise gedämpft, beinahe so besorgt wie ich. Wir verabredeten uns zu einem Spaziergang an der Elbe, weil wir da beide immer am liebsten gegangen waren. *Früher* konnte oder musste man ja noch nicht sagen, wenngleich das meine Stimmung war.

Auch am nächsten und übernächsten Tag trafen wir uns, und immer so weiter zwei Wochen lang. Ich übernachtete bei ihr, wir redeten, hatten Sex, aber es war nicht mehr dasselbe. An Arbeit war nicht zu denken. Ich saß nur herum, lag bis zum frühen Morgen wach oder stand mitten in der Nacht auf und malte mir mit Entsetzen meine Zukunft aus.

Ich hätte dringend mit jemandem reden müssen, nicht nur mit Jule, die weiter tapfer so tat, als wäre nichts, nur es fiel mir niemand ein. Ich meinte allmählich verrückt zu werden und schlief kaum mehr. Ich ging zu einem Arzt, der mich zu einer Beratungsstelle schickte. Der Psychologe hörte mich geduldig an und gab mir statt den erbetenen Schlaftabletten den Rat, mich vorübergehend aus dem Verkehr zu ziehen. Das Wort Klinik fiel. Man konnte zu einer Krise Nein sagen, man konnte aus ihr herausgehen, in einen geschützten Raum, um zu Kräften zu kommen, für eine gewisse Zeit.

Ein paar Tage dachte ich darüber nach. Wenn es nach Jule ging, hatte ich jede Freiheit, aber das nützte mir nicht viel. Stand es wirklich so schlimm um mich? Ich kämpfte mit meinem Stolz, ich kämpfte mit meiner Feigheit, denn am Ende war ich einfach zu feige, und demnach konnte mein Zustand so hoffnungslos nicht sein.

Je länger sich die Angelegenheit hinzog, desto zuversichtlicher wurden wir. Die Regel konnte sich verzögern, meinte Jule, die Gründe konnte man nicht aufzählen, so viele gab es, und tatsächlich rief sie eines Tages an und sagte, sie habe eine Blutung, es war falscher Alarm, sie sei nicht schwanger.

Wie beim ersten Mal konnte ich es kaum glauben, fast, als wäre es mir nicht recht, dabei war es meine Rettung. Wieder lief ich auf schnellstem Wege zu ihr, besorgte zur Feier des Tages Sekt, konnte mein Glück nicht fassen. Ich war noch einmal davongekommen. Ich hatte wieder eine Zukunft, alles war offen, im Grunde offener denn je. Worauf wartete ich? Ich war siebenundzwanzig, es wurde höchste Zeit, dass ich mein Studium beendete, ich wollte reisen, eine neue Wohnung musste her, alles so schnell wie möglich.

Zwei Wochen war ich voller Tatendrang, fand eine kleine Wohnung, schrieb Tag und Nacht an meiner Arbeit, manchmal genervt, dass sie dauernd anrief, am Vormittag, während ich in der Anlaufphase war und ihr selten genau zuhörte, zumal ich mit schlechten Nachrichten nicht mehr rechnete.

Ich wusste es, als ich ihre Stimme hörte. Jule?, sagte ich, wobei ja absehbar war, was jetzt käme und wie gleich alles über mir zusammenstürzen würde. Sie hatte einen Test gemacht. Zwei, um genau zu sein, beide positiv. Ich dachte: Warum auf einmal diese Tests? Als sei das eine Frage, die ich ihr unbedingt bald stellen müsse. Ich fuhr wie betäubt zu ihrer Wohnung, wo sie aber nicht bleiben wollte, sie wollte wie vor zwei Wochen an die Elbe.

Reden war schwierig. Die Alternativen waren nicht eben zahlreich und gleichermaßen grässlich. Ich fühlte mich überrumpelt und konnte nur sagen, dass es für mich nicht vorstellbar war, dass wir uns erst ein paar Wochen kannten, ich sei ja kaum bei Sinnen, und noch einmal: Unter diesen Umständen nicht.

Ihre einzige Reaktion bestand darin, dass sie meine Hand nahm, nicht enttäuscht, als habe sie damit gerechnet. Sie sehe es selbst nicht anders. Oder behauptete sie das bloß? Wir besprachen die nächsten Schritte, Besuch beim Frauenarzt, Beratungsstelle. Man brauchte einen Schein für den Eingriff. Sagte sie wirklich Eingriff? Ich sah die Schiffe an mir vorüberziehen, einen Öltanker, einen Schlepper mit Kohle, während ich da an ihrer Seite förmlich taumelte und versprach, sie zu allen Terminen zu begleiten.

Am Abend telefonierte ich mit meiner Schwester, denn sie war die Einzige, der ich von Jule erzählt hatte, deshalb kam mein Unglück für sie nicht aus dem Nichts. Sie zeigte sich bestürzt, voller Bedauern für mich und Jule, fragte, ob sie helfen könne, doch ich wusste beim besten Willen nicht, wie und wobei.

Der Eingriff – da wir uns auf die Formulierung nun einmal geeinigt hatten – war erstaunlich kurz. Nach einer knappen Stunde war es vorbei, hatte sie es hinter sich, äußerlich unverändert, wiederum sehr blass, etwas wackelig beim Gehen, aber ohne große Schmerzen. Sie hatte Tabletten für den Fall, merkwürdigerweise Hunger, weshalb ich ihr eine Kleinigkeit vom Bäcker brachte, später, als sie längst lag und nicht darüber reden wollte. War das dasselbe Bett, in dem ich mit ihr geschlafen hatte? Liegen sollte sie in den nächsten Tagen viel. Ich wusste nicht, was tun, und sah sie bekümmert an, wobei ich mich fragte, wessen Schuld das hier eigentlich war, meine oder vor allem ihre. Nach zwei, drei Stunden schickte sie mich fort. Sie wolle ein wenig schlafen, habe mich gerne hier, aber nicht jetzt.

Ich hatte kein Talent, bei ihr am Bett zu sitzen. Trotzdem machte ich mich die nächsten Tage mehrfach auf den Weg, wenn auch nicht so oft, wie sie es sich gewünscht hätte. Reden wollte sie weiter nicht. Sie machte mir keine Vorwürfe, schien nur alles zu erdulden, obwohl womöglich genau das der Vorwurf war. Sie hatte einen kleinen Schwarz-Weiß-Fernseher, in dem wir uns alte Filme anschauten und an einem Vormittag im Oktober die Beerdigung von Franz-Josef Strauß.

Ich bewegte mich ein bisschen weg von ihr in den folgenden Wochen, renovierte die neue Wohnung in Wilhelmsburg, packte, machte mit Freunden den Umzug. Jule zeigte sich erst am späten Nachmittag und lernte sie reihum kennen, und am Abend saßen sie alle in der fünfeckigen Küche mit der Dusche und beglückwünschten mich zu meinem neuen Leben. Es wurde spät, Jule blieb. Es war das erste Mal, das wir nicht bei ihr waren, und so glich es noch einmal einem Anfang, wenngleich ich an diesen Anfang nicht glaubte.

2

WANN IMMER JETZT DAS TELEFON LÄUTETE, zuckte ich
zusammen. In der Regel ließ ich es lange klingeln, versuchte zu erraten, wer es war, und ging in der Hälfte der
Fälle nicht ran. Insbesondere die Telefonate mit der früheren Freundin hasste und fürchtete ich, in denen ich zum
hundertsten Mal erklären musste, warum wir kein Paar
mehr waren, in den immergleichen Formeln; dass es mir
leidtat, dass ich nicht anders konnte. Dauernd fragte sie
nach Jule. Ist sie bei dir? Und dann musste ich sagen: Nein,
ich sitze am Schreibtisch, ich arbeite, ich versuche es zumindest.

Die Freundin sagte dauernd dasselbe. Wie schrecklich sie
mich vermisse, dass sie es nicht begreife. Sie fühle sich hässlich. Seit ich sie verlassen hatte, sehe sie nur noch das Hässliche an sich. Habe ich nicht einen besonders hässlichen
Mund? Du hast es nie gesagt, du hast mich geküsst, weißt
du noch? Wie konntest du nur diesen Mund küssen!

Gelegentlich gab es Pausen, in diese Pausen hinein hätte
ich sagen müssen, dass es nun genug sei, dass ich endgültig
genug hatte, aber ich brachte es nie fertig, aus falschem Mit-
leid oder aus Feigheit, falls das nicht dasselbe war, warum
zum Teufel geriet ich mit Frauen ständig in Situationen, in
denen ich wider besseres Wissen nicht Nein sagte?

Ich sagte selten, was ich wollte, ich wusste gar nicht, wie
das ging, und ließ die Dinge lieber treiben, auch mit Jule,

die täglich anrief und berichtete, wie es ihr in der Schule ergangen war.

Über die Schule redeten wir ununterbrochen, ihr Referendariat, das weiterhin der reinste Horror war. Bis in den Traum führte Jule verbissene Kämpfe mit ihrer Klasse, brüllte sie minutenlang an oder stellte sich schweigend an eines der Fenster, in der Hoffnung, dass sie sich mit der Zeit beruhigten. Überall war lärmender Irrsinn, sie hatte Schwierigkeiten mit dem Einschlafen, machte autogenes Training und schluckte pflanzliche Präparate aus der Apotheke, die nicht halfen.

Auch Sex schien nicht zu helfen. Wir hatten Sex, aber nur noch unter optimalen Bedingungen, obwohl Sex, fand ich, solche Bedingungen ja erst herstellte. Wir probierten das eine oder andere aus, auch weil mir eines Tages aufgefallen war, dass sie mit der üblichen Praxis nicht zum Höhepunkt kam. Warum hatte sie mir das nie gesagt? Ich experimentierte ein wenig herum, was darauf hinauslief, dass sich die Dinge verkomplizierten. Jule brauchte viel Zeit, so mühselig das war, im Gegenzug machte sie neue Sachen mit mir, auf eine ergebene, arbeitsame Art.

Ich hatte seit dem Morgen die Quartette gehört. Die Musik klang noch in mir nach, deshalb folgte ich ihrem Bericht nur mit halbem Ohr, machte mir Notizen, blätterte in den Partituren. Sie fing in der zweiten Pause an, um sich dann langsam zur ersten Stunde vorzuarbeiten, in ihrem typisch mäandernden Stil, an den ich mich nicht gewöhnen konnte.

Heute klang sie vergnügt. Sie hatte ihre Klasse dazu gebracht, sich ein Chanson von Jacques Brel anzuhören. Sie hatte mit ihnen gesungen. Jule liebte französische Chansons, was mir, ehrlich gesagt, ein Rätsel war. Ich arbeitete an einer Dissertation über die Streichquartette von

Schostakowitsch, und Jule beschäftigte sich mit diesen Liedchen!

Vor Wochen hatte ich ihr den Anfang von *Lady Macbeth* vorgespielt, den gesungenen Beischlaf, aber was sie hörte, war nur Lärm und Geschrei. Sie zeigte sich befremdet. Das also ist deine Musik, schien sie zu sagen, als könne sie nicht fassen, dass das in meinen Ohren Musik war. Gab es einen schlagenderen Beweis, dass wir nicht zusammenpassten? Wir hatten Sex, aber wir passten nicht zusammen. Vielleicht passten wir nicht mal beim Sex zusammen, ich hatte zu wenige Vergleichsmöglichkeiten.

Ich bin völlig kaputt, sagte sie.

In der Pause hatte ihr Fachlehrer einmal zustimmend genickt, was sie wieder an sich glauben ließ. In jeder Lehrprobe hatte er sie bislang heruntergemacht. Sie frage sich, was für ein Problem er eigentlich hatte. Ausgerechnet Lustig hieß der Mann, ein promovierter Romanist, der besser an der Universität geblieben wäre und natürlich keinen Funken Humor besaß. Gleich mehrfach hatte sie dieser Lustig komisch angeglotzt, als würde er ihr mitten im Lehrerzimmer die Kleider vom Leibe reißen, und in der nächsten Lehrprobe rächte sich der Idiot natürlich dafür.

In gut zwei Wochen war sie wieder dran. Jule hatte die Nase voll davon. Dauernd saßen Leute im Unterricht und gaben gute Tipps, die sich gegenseitig ausschlossen. Sie sollte mehr in Gruppen arbeiten. Sie sollte sich auch mal hinstellen und frontal den Stoff präsentieren. Ihr Medieneinsatz war geradezu vorbildlich, dann im Gegenteil übertrieben.

Sie fragte, ob ich zu ihr kommen wolle, sie könne eine Aufmunterung gebrauchen.

Es war mir nicht recht, ich hätte lieber weiter in den Partituren gegraben, dachte an ihren Mund, die Hände, was sie mit ihren Händen machte. Ich sah das Bett, das Zimmer, in dem das Bett stand, und sagte, gut, ich bin unterwegs.

Über die Abtreibung verloren wir nie wieder ein Wort. Ich dachte kaum daran, trotzdem hatte die Geschichte Spuren hinterlassen, es war der Anfang, und ohne diesen Anfang hätte sich unsere Beziehung womöglich längst in Luft aufgelöst.

Waren es wirklich nur die Nächte, die mich zu ihr zogen? Und was wollte eigentlich sie?

Wir sprachen viel über unsere Arbeit, gingen weiter ins Kino, ab und zu ins Konzert, redeten über Politik, über die Lage in der DDR, wie lange es die DDR wohl noch gäbe, wie verwirrend das alles war, wie überraschend, wie bedrohlich. Jule hatte jederzeit eine Meinung, das mochte ich an ihr. Sie war optimistisch, blickte lieber nach vorne als nach hinten, mit einem Hang zur Überrumpelung. Je länger sie mich kannte, desto sicherer meinte sie zu wissen, was richtig für mich war. Sie hatte mir geraten, zum Psychologen zu gehen, tröstete mich, wenn die Arbeit stockte, tröstete mich mit Sex, zweimal mit einem Essen, am Telefon mit ihrer Stimme, wenn sie sagte: Jule hier.

Ich mochte sie von Herzen. Sie war jung, ich liebte ihren Geruch, aber ich sah mich nicht an ihrer Seite. Als Mann. Ich war nicht bereit. Ich war für niemanden bereit. Ich traf mich aus schlechtem Gewissen weiter mit meiner Exfreundin, die von einem Neuanfang träumte, und versuchte mithilfe des Psychologen herauszufinden, warum ich mein Leben nicht in den Griff bekam. Ich wollte komponieren und komponierte nicht, ich traf mich mit zwei Frauen und wollte bei keiner von ihnen bleiben. Ich vertrödelte meine Zeit. Noch wenn ich darüber redete, vertrödelte ich sie. Ich wartete, ohne dass mir klar war, worauf.

Im Sommer lud ich sie einmal beide zum Essen ein. Ich war gerade mit dem Strawinsky fertig und wollte feiern, in kleiner Runde, sieben, acht Leute, die ich von heute auf morgen benachrichtigte. Ich kochte den halben Tag und dachte mir nicht viel dabei. Als Erste kam meine Schwester mit ihrem neuen Freund Marc, der aus Hamburg stammte, später Jule mit Christian sowie zwei, drei Kommilitonen, die ebenfalls an ihren Arbeiten saßen oder wie ich seit Kurzem fertig waren.

Als Letzte klingelte Katrin. Jule hatte nichts dazu gesagt, dass ich sie eingeladen hatte. Es war ihr erkennbar nicht recht, trotzdem gab sie sich viel Mühe mit ihr. Sie erkundigte sich nach der bevorstehenden Athenreise, redete von Paris, über das Reisen an sich, Vor- und Nachteile. Alles in der Küche. Bist du zum ersten Mal hier?, hörte ich Jule sagen, als wolle sie keinen Zweifel daran lassen, dass sie in dieser Wohnung ein und aus ging und selbstverständlich auch über Nacht blieb. Die Rechte an mir hatte jetzt sie. Ich sah, wie Katrin zuckte, als hätte Jule sie geschlagen, wozu ich ihr insgeheim gratulierte.

Danach ging alles erst mal gut. Ich erntete viel Lob für mein Huhn, die Gespräche liefen hin und her, die meisten über Musik, über das Studium im Allgemeinen, wie es bei uns allen weiterging. Ich redete mit Christian über seine erste Stelle als Geologe, später auch mit Katrin, der meine Wohnung nicht so fremd war, wie sie erwartet hatte. Im Grunde hätte ich alles nur kurz durchgeschüttelt, aber es waren dieselben Dinge, am Ende sei ja auch ich, ohne es zu wissen, derselbe geblieben.

Katrin hatte mein Essen kaum angerührt. Ich erzählte ein paar Anekdoten über Strawinsky, als ich plötzlich merkte, dass etwas nicht stimmte, etwas mit Jule, die plötzlich aufgestanden war und böse zu mir herübersah. Wollte sie etwa gehen? Ich sprang sofort auf und lief ihr wie ein Hündchen hinterher, durch den langen Flur zur Tür, fragte, was los sei, worauf sie erwiderte: Nichts.

Offenbar wollte sie allen Ernstes nach Hause. Noch im Treppenhaus versuchte ich sie aufzuhalten. Sie schüttelte den Kopf, bitte fass mich jetzt nicht an! Du bist wirklich ein Arschloch, zischte sie. Du und deine Freunde, ihr könnt mich alle mal. Mich siehst du so bald nicht wieder! Ich fragte: Aber warum? Worauf sie höhnisch erwiderte, dass ich das ja gerne mit meiner Freundin besprechen könne. Fick dich, hatte sie zum Abschluss gesagt, obwohl ich mir im Nachhinein nicht mehr ganz sicher war, dass sie das gesagt hatte, schon ein Stockwerk tiefer, in ihren vor Empörung klappernden Sandalen mit den goldenen Glöckchen.

Bei meiner Rückkehr schwiegen alle betreten und taten, als sei nichts weiter vorgefallen. Ruth und Christian sahen mich fragend an, Katrin dachte sich wahrscheinlich ihren Teil. Jules Auftritt hatte den Abend gründlich verdorben, obwohl ich mich auch fragte, was mein Anteil daran war. Hätte ich mich nicht mit Katrin unterhalten dürfen? Ich hatte Jule in der Küche nicht geküsst, ich hatte mich nicht neben sie gesetzt, es hatte sich nicht ergeben. Aber war das ein Grund? Was erwartete sie denn? Dass ich aufstand und sagte: Hier, das ist Jule, mit ihr werde ich mein Leben verbringen? Wobei ich es ja längst mit ihr verbrachte.

Am nächsten Morgen rief ich sie mehrfach an, aber sie ging beharrlich nicht ran. Entweder war belegt oder sie ging nicht ran. Sollte ich zu ihr fahren? Du lieber Himmel, sie war vierundzwanzig, wie konnte man bloß so empfindlich sein! Waren ihre früheren Beziehungen ebenso dramatisch abgelaufen?

Vielleicht war das ja das Ende, überlegte ich. Versuchte zu ermessen, wie ich das fände, ob ich mich davor fürchtete, in einem Anflug von Leere; vor der Leere allerdings fürchtete ich mich.

Am Abend endlich erreichte ich sie. Sie wirkte sehr kühl und nannte ihre Gründe. Ich hätte so getan, als sei sie irgendein Gast. Ich schlafe mit dir, also lasse ich mich nicht wie ein x-beliebiger Gast behandeln. So in etwa formulierte sie es. Ich hätte sie während des Essens kaum eines Blickes gewürdigt, und wenn, dann waren die Blicke leer, niemand hätte darin lesen können. Nach allem, was gewesen war, hatte ich nur leere Blicke für sie.

Von einer Entschuldigung ihrerseits kein Wort. Sie hatte mich Arschloch genannt. *Fick dich.* Wie hässlich sie im Treppenhaus gewesen war! Wahrscheinlich war ihr das *Arschloch* nur herausgerutscht. Aber es schien zu ihrem Repertoire zu gehören; wenn ihr etwas nicht passte, holte sie es raus und schleuderte es einem ins Gesicht.

Ich hätte mich besser kümmern müssen, gab ich zu. Ich hätte es allen recht machen wollen, wenn man es allen recht machen will, ist am Ende mindestens einer gekränkt. Es klang ein bisschen lahm, trotzdem gab sie sich damit zufrieden, sie lenkte ein, erklärte sich bereit, morgen mit zur großen Hafenrundfahrt zu kommen, denn meine Schwester wollte den Hamburger Hafen sehen.

Jule wirkte übernächtigt, als sie in letzter Minute auftauchte, weiterhin verstimmt, weshalb ich mir besonders viel Mühe mit ihr gab, sie wieder und wieder küsste, einmal ihre Hand, mit einem Anflug von Ironie, als sie über die wackelige Brücke das Schiff betrat, wie eine orientalische Königin. Am Nachmittag begann sie zu lächeln. Marc hatte auf dem Oberdeck ein paar versprengte DDR-Bürger entdeckt, sie deuteten aufgeregt in alle möglichen Richtungen und redeten in einen komischen Dialekt. Marc konnte nicht sagen, ob es Sächsisch oder Thüringisch war, er ahmte sie übertrieben nach, ihre aufgeregte Art, und da, endlich, begann sie zu lächeln. Später machte Ruth mit meiner Kamera Fotos, Jule und ich mit aneinandergelehnten Köpfen, wie ein richtiges Paar, anschließend mit Selbstauslöser wir vier zusammen. Auch nachher im Café machten wir reihum Fotos.

Als ich sie Wochen später entwickeln ließ, war ich überrascht, wie ausgelassen wir auf diesen Fotos wirkten. Jule anfangs mit einem Rest Ärger, mit halb geschlossenen Augen, als würde sie träumen, wobei ich nicht erkennen konnte, ob sie sich eher wegträumte oder allem zustimmte, hier mit mir und Ruth und Marc, für die sie sich nicht im Geringsten interessierte.

Ihre vierte Lehrprobe wurde ein voller Erfolg. Als es vorbei war, rief sie aus einer Telefonzelle an, mit einer seltsam hohen Stimme, die ich an ihr nicht kannte. Jule überschlug sich vor Erleichterung. Und jetzt Ferien, sagte sie. Ich habe es hinter mir! Ich bin so froh, dass ich es hinter mir habe!

Sogar die Direktorin war in der Klasse gewesen. Dr. Lustig hatte nur genickt, aber die Direktorin hatte ihr gratuliert, das formulierte Stundenziel sei mehr als erreicht. Jule agiere mitunter etwas manipulativ, lasse die Kinder zu wenig kommen, dass sie es als Lehrerin besser wisse, sei in der Unterrichtssituation ja nicht zu beweisen.

Am Abend zuvor hatte ich bei ihr gekocht. Es war kaum auszuhalten gewesen mit ihr. Sie blätterte in ihren Skripten und probierte zum x-ten Mal den Einstieg, prüfte die Dias, die sie zeigen wollte, leider konnte sie sich nicht entscheiden, welche. Das Thema der Stunde war Paris und seine Architektur, da kannte sie sich aus. Trotzdem fluchte sie, packte alles weg, um es kurz darauf wieder auszupacken.

Erst beim Essen wurde es besser. Ich versuchte sie auf

andere Gedanken zu bringen, ließ ihr ein heißes Bad ein, das Mittel kannte ich von ihr. Bildete ich mir das ein oder wurde sie immer schmaler und eckiger? Ich kniete am Rand der Wanne und redete auf sie ein, begann sie zu massieren, in vorsichtig kreisenden Bewegungen, Arme, Schultern, die Schläfen. Sonderlich zu entspannen schien sie das nicht. Ich machte an ihr herum, auf eine absichtlich zerstreute Art, vor und zurück, als müsste ich mich nach jedem Handgriff besinnen, welcher als nächster kam. Eine Weile ging das so. Zwischendurch seufzte sie, ich begann zu glauben, dass ich auf dem richtigen Weg war, bis sie von einer Sekunde auf die andere sagte: Lass.

Zwei Stunden später ging ich. Wir waren längst im Bett, aber anstatt zu schlafen, wurde sie wacher und wacher. Sie sprach es nicht aus, aber so lange ich hier bei ihr war, würde sie kein Auge zutun. Und so begann ich mich anzuziehen, mit einem Anflug von Ärger, wenn ich ehrlich war, obgleich ich das Gegenteil behauptete, mich zu ihr herabbeugte und ihr durchs Haar fuhr, als wäre sie krank und nicht sicher, ob sie die Nacht überstünde, dabei hatte ich nicht den geringsten Zweifel daran.

Um ihre Unerschrockenheit beneidete ich Jule am meisten. Der Druck, unter dem sie stand, war gewaltig, aber sie ließ sich vom eingeschlagenen Kurs nicht abbringen, während ich weiter herumlavierte und mich im zweiten Anlauf um ein Promotionsstipendium bewarb.

Jule fand, dass ich zu viel zweifelte. Du machst dir zu viele Gedanken, sagte sie. Als müsse man irgendwo einen Schalter umlegen, und das, was sie Gedanken nannte, würde von einer Minute auf die andere abgestellt. Dabei dachte ich nicht groß. Der Zweifel schloss das Denken ja gerade aus, und je unmöglicher das Denken wurde, desto grundsätzlicher zweifelte ich an mir. Ich drehte mich im Kreis. Es gab Tage, an denen ich das Bett nicht verließ und in niedergedrückter Stimmung wartete, dass sich etwas bewegte. Aber in der Regel bewegte sich nichts. Wenn ich mit Jule schlief, bewegte sich manchmal etwas, in den Minuten danach, gelegentlich mittendrin, so sonderbar das war, dann hatte ich Ideen, das Schimmern eines Zusammenhangs, obwohl es nicht leicht war, ihn später zu rekonstruieren.

Ich begann einen Text über Schnittkes *Collected Songs Where Every Verse Is Filled With Grief* zu schreiben und war erstaunt, wie viel mir dazu einfiel. Drei Tage und drei Nächte schrieb ich praktisch ohne Unterbrechung, in einem locker-assoziativen Stil, wobei ich ohne eine einzige Fußnote auskam. Ich zeigte die Arbeit meinem Professor, der fand, man solle sie publizieren, am besten in der *Neuen Zeitschrift für Musik,* natürlich kannte er jemanden, der seit Jahren Redakteur dort war. Keine drei Wochen später hatte ich die Zusage. Der Professor rief mich persönlich an, der Redakteur sei voll des Lobes, im September-Heft werde mein Aufsatz erscheinen.

Es bedeutete mir viel. Es war ein erster Schritt. Ich hatte das verfluchte Bett verlassen, etwas riskiert und überraschenderweise gewonnen. Jule kannte den Text nicht, aber sie verstand, wie wichtig es für mich war, sie sei sehr stolz, sagte sie, als habe sie trotz aller Fehlschläge fest an mich geglaubt und zu ihrer Freude recht behalten.

*

IN DIESER HOCH GESTIMMTEN Verfassung fuhren wir Mitte Juli nach Italien. Jule hatte mir seit Langem mit einer Reise in den Ohren gelegen, plötzlich war sie möglich. Sie wollte unbedingt nach Italien. Ich hätte gedacht, nach Frankreich, aber von Frankreich hatte sie genug, Frankreich sei Schule, meinte sie, sie wolle das Wort Schule in den nächsten Wochen nicht hören. Sie wollte in Cafés sitzen, ewig lange schlafen, ans Meer gehen, wenn es dunkel wurde. Da ich nie widersprach, nahm sie nicht zu Unrecht an, dass es so geschehen würde. Ihr Vater hatte ihr zum Examen einen *Honda Civic* geschenkt, damit würden wir fahren. Nicht groß buchen, sondern einfach fahren und sehen, wo man landete. Sie wollte in die Toskana und anschließend weiter Richtung Rom, falls das nicht zu weit war oder wir unterwegs beschlossen, zu bleiben.

Jule fuhr. Der Wagen war neu, sie hatte Lust, stundenlang zu fahren, und tausend Ausreden, wenn ich vorschlug, sie abzulösen. Da ich nichts zu tun hatte, beobachtete ich sie, ihren konzentrierten Blick, denn die Autobahnen nach Süden waren voll. Ich ertappte mich bei seltsamen Gedanken. Dass ich zum ersten Mal mit einer *Frau* fuhr, nicht nur mit irgendeinem *Mädchen* wie früher, was ja im Umkehrschluss bedeutete, dass ich ein *Mann* war oder auf dem besten Wege, einer zu werden. War das einfach so passiert oder hatte Jule das mit mir gemacht?

Sie hatte alles Mögliche mit mir gemacht. Dass wir uns regelmäßig trafen, allen meinen Zweifeln zum Trotz, dass ich bereit war, mich an sie zu gewöhnen, ihre herausfordernde Art, dass sie mich nicht ließ, wie ich war, sondern versuchte, das Beste aus mir herauszuholen. Ich musste aufhören, mein Leben auf später zu verschieben, dachte ich. Das Leben war jetzt, und sie war da, sie war eine Frau, wenn ich nur wollte, konnte ich sie haben.

Wir fuhren, bis es dunkel wurde, und schliefen auf einem schlecht beleuchteten Parkplatz vor dem Brenner. Ich fand lange keine geeignete Position, wachte mehrfach auf und ging im ersten Morgengrauen nach draußen, während Jule weiterschlief. Sie wirkte nicht mehr gar so fest und gebieterisch, beinahe schutzlos, dachte ich, obwohl der Körper in Teilen ja immer wach blieb, in einem Zustand flackernder Bereitschaft, falls es zu einem Angriff kam und man sich von einer Sekunde auf die andere wehren musste.

Kurz nach sechs fuhren wir weiter. Ich besorgte Kaffee. Wir rauchten, tranken Kaffee, im Grunde hatte die Reise ja noch nicht begonnen. In vierundzwanzig Stunden, hoffte Jule, würden wir am Meer sein. Sie freute sich darauf. Sie war froh, dass ich da war, hier mit ihr im Wagen, wobei wir uns einig waren, die nächsten Nächte im Hotel zu verbringen, in einer kleinen Pension, stellte sie sich vor, wo von morgens bis abends das rauschende Meer zu hören war.

Seit ich studierte, war ich ausschließlich mit Katrin gereist, in Ermangelung eines Wagens mit dem Zug, denn wir hatten nicht viel Geld, es reichte eben so für den Campingplatz.

In Italien waren wir nur ein einziges Mal gewesen, Ende des ersten Jahres, als wir uns noch kaum kannten. Das Wetter war eine Katastrophe. Es regnete ohne Unterlass, was uns nicht davon abhielt, viel zu laufen, auf einem schlecht befestigten Küstenweg, von einem Ort zum nächsten. Niemand außer uns zeltete. Wir froren, hatten Mühe mit dem Wind, dem matschigen Boden, und wenn wir uns halbwegs eingerichtet hatten, sickerte an den unwahrscheinlichsten Stellen das Wasser durch.

Am letzten Abend suchten wir uns ein billiges Hotel. Das Zimmer war entsprechend, aber man konnte Kleider und Schuhe trocknen und würde in der Nacht nicht vom Sturm wach gerüttelt. Auch einen Liebesversuch unternahm ich. Es war überhaupt der erste, ich hatte mich in Gedanken lange darauf vorbereitet, hier, in diesem Hotelzimmer, hoffte ich, würden wir endlich zusammenkommen.

Unter dem Laken befand sich eine dicke Plastikfolie, das war als Ansage etwas direkt, aber auch tröstlich, fand ich. Wir taten, was alle taten. Zumindest versuchten wir es. Ich mehr als sie, denn Katrin lag nur da, auf der Matratze mit dem Plastik, auf dem man glaubte, zu schwimmen.

Ich versuchte sie dafür zu erwärmen, doch sie zeigte nicht die geringste Lust, ich kam nicht mal ansatzweise in sie hinein und gab bald auf. Was war, um Himmels willen, so kompliziert daran? Katrin schwieg. Ich fragte, was ich falsch gemacht hatte, sie erwiderte: nichts, ohne sich weiter zu erklären. Sie zog sich ihr weißes Nachthemd über und blieb mehr oder weniger regungslos neben mir liegen, nicht sonderlich bekümmert, als habe sie es nicht anders erwartet.

Habe ich es dir nicht gleich gesagt?

Sie hatte mir gesagt, dass sie nicht frei war, in ihrem Kopf sei weiterhin dieser Mann. Das war Monate her, ich hatte es ignoriert, was sich nun als Fehler erwies. Ich ging die Gelegenheiten durch, bei denen sie mich gewarnt hatte. Wer sich ihr näherte, tat es auf eigenes Risiko, hatte sie mir zu verstehen gegeben, aber ich hatte nicht auf sie gehört und würde weiter nicht auf sie hören. Das Zimmer war nicht beheizt, es war kalt, Sex gab es vorerst nicht, aber man konnte sich aneinander wärmen, man konnte sie halten und es ihr ein weiteres Mal erklären, denn wenn sie erst begriffe, wäre der Rest ein Kinderspiel, dann würde sie den Mann vergessen und sich wundern, wie sie sich je hatte dagegen sträuben können.

Mit Jule übernachtete ich von vornherein nur in Hotels. Jule hasste Zelturlaube, dieses primitive Leben am Boden, wo unzählige kleine Tiere krabbelten, dazu die elende Kocherei, die blöden Leute, mit denen man Klo und Dusche teilen musste, Hunderte Meter entfernt in stinkigen Baracken, die man in der Dunkelheit kaum fand. Ich bin ein Mensch, also schlafe ich in Betten, sagte sie. Außerdem ließ sie sich am Morgen nicht gerne hetzen und verbrachte Ewigkeiten im Bad, während ich im Bett lag und *Der talentierte Mr Ripley* las, in der vagen Hoffnung, dass sie zurückkäme, was aber bis auf eine erfreuliche Ausnahme nie eintraf.

Es war weiter sonderbar, mit ihr zu reisen. Dass sie Tag und Nacht in meiner Nähe war, als wäre es nun für immer, die ersten Tage am Strand, als wir viel lasen und uns mehr oder weniger in Ruhe ließen. Das Meer war flach und weit, eigentlich eine Enttäuschung. Es gab kaum Wellen, man planschte nur so herum, Jule abwechselnd im weißen und schwarzen Bikini, den sie in der Sonne mehrfach ablegte. Einmal hatte ich sie nass gespritzt, da war sie fast böse geworden. Ich stellte mir vor, es hier mit ihr im flachen Wasser zu machen, und ließ sie das auch wissen, zog sie im Stehen nah an mich heran, leider konnte sie der Sache nichts abgewinnen. Später, sagte sie. Du bist verrückt. Wobei aus diesem Später nichts wurde.

Nach drei Tagen hatte ich vom Strandleben genug. Ich wollte etwas erleben, nicht nur faul in der Sonne liegen und die immer selben Wege gehen, vom Meer zum Hotel und weiter zum Restaurant und wieder zurück zum Hotel. Ich wollte nach Florenz, nach Siena, wobei mir die Ziele beinahe egal waren, ich musste hier nur weg. Jule war nicht begeistert, sie wollte bleiben, also blieben wir. Ich saß zwei Vormittage missmutig in einer Trattoria und machte mir Notizen zu Schostakowitsch, bevor wir endlich weiterfuhren.

Jule gab nicht zu erkennen, wie sie das fand. Sie war ziemlich braun, so wie in dem Sommer, als sie aus Frankreich zurückgekehrt war, und ließ mich weiterhin nicht ans Steuer. Wir waren bis zum Abend unterwegs, fanden erst sehr spät ein Hotel und am darauffolgenden Tag bis nach elf überhaupt keins. Anfangs fragten wir gemeinsam, bevor ich das übernahm. Die halbe Welt schien in Florenz übernachten zu wollen, selbst die windigsten Absteigen waren seit Wochen ausgebucht.

Mit jeder neuen Absage wurde Jule unleidlicher. Sie herrschte mich an, wenn ich länger als fünf Minuten ausblieb, mochte meine aufmunternden Scherze nicht, zweifelte an meinem Italienisch, meiner Art zu fragen. Ihrer Meinung nach ließ ich mich zu schnell abfertigen. Sie hasse das, sagte sie, was so klang, als hasse sie in erster Linie mich, dass ich die Hoffnung nicht aufgab, während wir uns vom Zentrum immer weiter Richtung Stadtrand bewegten.

Am Ende wollte sie keinen Meter mehr fahren. Sie schlug mit den Fäusten aufs Lenkrad und schrie, das sei der beschissenste Urlaub, den sie je gemacht habe. Sie zählte auf, wer schuld war. Die italienischen Hoteliers, die keine Reservezimmer vorhielten, die blöden Touristen, die alle zur selben Zeit nach Florenz wollten, aber vor allem ich, der sie nicht darin bestärkt hatte, vorher zu buchen. Ich könnte kotzen, sagte sie. Wäre ich nur nie mit dir nach Italien gefahren.

Einen Moment war ich fassungslos. Je öfter sich ihre Anfälle wiederholten, desto fassungsloser wurde ich, nahm es aber erneut hin und schlug vor, erst mal ein Restaurant zu suchen. Wir hatten seit Stunden nichts gegessen, lass uns erst mal essen. Bevor Jule widersprechen konnte, machte ich mich auf den Weg und fand zwei Straßen weiter eine Taverne. Es saßen nur Einheimische darin, Familien mit Kindern, die einen Höllenlärm veranstalteten und ständig hin und her rannten. Jule ließ sich überreden. Sie trank ein erstes Glas Wein, bestellte schnell ein zweites. Allmählich beruhigte sie sich, studierte lange die Karte, konnte sich nicht entscheiden.

Nach der Pasta sprach sie die Wirtin an. Sie redeten hin und her, Jule in einem ungelenken Italienisch, weshalb die Wirtin mehrfach lachen musste, und danach, o Wunder, hatten wir ein Zimmer. Hier im Haus, wir mussten nur die Treppe hochgehen. Jule sah mich herausfordernd an, als wäre es niemand anders gewesen als ich, der einen Erfolg in der Zimmerfrage bis zuletzt hintertrieben habe, sagte aber nichts. Oben im Zimmer, das nicht allzu groß war, gab sie sich versöhnlich. Bad und WC befanden sich ein Stockwerk tiefer, das war unbequem, aber was wollte man verlangen, das Zimmer war spottbillig, wir brauchten es nur für eine Nacht, und so blieb eine weitere Szene aus.

Die nächsten zwei Wochen verliefen ohne Zwischenfälle. Nach drei Tagen Florenz und einem in Siena wandten wir uns nach Süden, denn Jule hatte den Rom-Plan nicht aufgegeben, obwohl oder weil Rom die Stadt von Katrin war. Wir fuhren viel über Land, durch Zypressenalleen, kleine Dörfer, in denen man hätte bleiben können, nicht nur für einen Espresso auf der schattigen Piazza oder zum Essen auf einem Marktplatz.

Jule aß für ihr Leben gern. Sie mochte jede Form von Pasta, bestellte abends Fisch und zum Abschluss etwas Süßes mit Schokolade. Wir begannen uns zu entspannen, erzählten, wie wir als Kinder gewesen waren, unsere Kämpfe mit den Eltern, die ersten sexuellen Versuche. Sogar fahren durfte ich jetzt. Wir landeten wieder am Meer, auf halbem Weg nach Rom, wohin wir es in der verbleibenden Zeit nicht schaffen würden.

Nach all den Klöstern und Kirchen, die wir besichtigt hatten, war mir das nur recht. Wegen der dauernden Fahrerei hatten wir kaum Sex, wir aßen zu viel, waren immerzu müde. Wir fanden ein unscheinbares Hotel, das nicht direkt am Meer lag, aber erschwinglich war. Man konnte im Hotel essen und zu Fuß zum Strand laufen, wo sich Jule gleich am ersten Nachmittag überaus zugewandt zeigte und mich im Schutz von ein paar Sträuchern beinahe zum Höhepunkt brachte.

Wir taten es im Hotel, danach, beim Abendessen, kam sie auf die Zukunft. Wie es mit uns weitergehen solle. Wir machen gemeinsam Urlaub, was, bitte, ist die Konsequenz daraus. Als sei das Leben eine berechenbare Folge von irgendwas, auf A folgt B folgt C, das schien in etwa ihre Sicht.

Ich finde, wir sollten uns eine Wohnung suchen. Wir sollten zusammen leben. Warum ziehen wir nicht zusammen?

Sie nippte an ihrem Wein und schaute mich erwartungsvoll an, irgendwie leuchtend, dachte ich. Vor einer knappen Stunde hatten wir es getan, und jetzt fragte sie mich, ob ich mit ihr leben wolle. Ich dachte an mein Leben in Hamburg, das in weiter Ferne lag, fast, als wäre nicht sicher, ob wir je dorthin zurückkehren würden. Und tatsächlich sagte ich nicht: Um Himmels willen, nein. Warum nicht, sagte ich, ich weiß nicht. Ich kannte jede Menge Leute, die zusammen in einer Wohnung lebten. Ich hatte kein Geld für einen Umzug, aber warum nicht. War es nicht an der Zeit? Sie war, nun ja, gelegentlich etwas ungehobelt, aber sie interessierte sich für die Zukunft, und mit irgendeiner Zukunft, das war klar, würde ich es aufnehmen müssen.

Ich sagte: Gut. Dass ich mich fürchte, sagte ich. Aber gut. Ja. Auch weil es hundert Jahre weit weg war, als beträfe es nicht mich oder mich in einem anderen Leben. So zumindest redete ich es mir ein.

Jule wirkte erleichtert und küsste mich. Stellte sich vor, wie das sein würde, zusammen in einer Wohnung. Sie habe unser Arrangement geschätzt, eine Nacht bei dir, eine bei mir, aber auf die Dauer sei es, na ja, ein wenig lästig. Findest du nicht?

Sie hatte sich bereits umgehört, stellte sich heraus, eine Dreizimmerwohnung in Altona; Bekannte von Bekannten ihrer Eltern wollten erfahren haben, dass sie im Herbst frei werde. Das klang nun doch bedrohlich, schließlich war der Sommer so gut wie vorbei. Aber sie hörte nicht auf, sich zu freuen, machte eine Anspielung auf die Szene am Strand, dass sie das sehr, sehr gemocht habe, als hänge das eine mit dem anderen zusammen.

In der Nacht fand ich lange keinen Schlaf. Ich versuchte, mich in aller Vorsicht zu freuen, schienen ihre Wohnungspläne doch zu bedeuten, dass sie mich liebte, obgleich sie das bisher nicht gesagt hatte, einmal am Telefon, kurz bevor sie auflegte. Ich kannte sie über zwei Jahre, es war die logische Konsequenz, jemand anderen gab es nicht. Es ist mein Leben, dachte ich. War es nicht dazu da, dass man es lebte, unvermeidliche Irrtümer eingeschlossen? Wer sich nie irrte, lebte nicht, so viel meinte ich begriffen zu haben, wobei ich auch das Gegenteil dachte und dann glaubte, ich müsse sie auf der Stelle wecken und ihr sagen, dass ich mich geirrt hatte und warum es definitiv unmöglich war.

Am Morgen danach begannen wir die Rückreise. Wir brauchten zwei Tage und fuhren die Nächte praktisch durch, ohne das Thema Wohnung zu berühren. Ich hatte meine nächtlichen Zweifel mit keinem Wort erwähnt. Bei Lichte betrachtet, schienen sie nicht der Rede Wert zu sein. Ich freute mich auf mein Zimmer, einen Stapel Post, in dem sich hoffentlich die Zeitschrift mit dem Artikel befinden würde, ich sehnte mich nach meinem Schreibtisch, den Quartetten, die ich kein einziges Mal gehört hatte, dabei hatte ich sie für die Reise eigens auf Kassette aufgenommen.

Als wir die Grenze passierten, meinte ich zu spüren, wie erholt ich war. Die drei Wochen hatten mir gutgetan, mir und ihr, uns beiden als Paar, und etwas in der Art waren wir ja ohne Zweifel.

Ich sagte ihr, dass ich gerne mit ihr gereist sei; bei Reisen könne es zu unterschiedlichsten Komplikationen kommen, aber sonderlich kompliziert sei die Reise mit ihr nicht gewesen. Sie freute sich, dass ich das so sah. Wir waren eine gute Stunde vor Hamburg, Jule erhöhte die Geschwindigkeit, die Landschaft flog nur so an uns vorbei. Das Leben hatte plötzlich eine gewisse Weite. Man musste sich nur in Bewegung setzen, um am Ende irgendwo anzukommen, nach einer gewissen Zeit, dachte ich, man musste es nur geschehen lassen.

3

AM ABEND VOR DER HOCHZEIT verlor ich in Jules Wagen eine Kontaktlinse. Jule war zum Glück nicht dabei, deshalb war es fürs Erste leicht, die Ruhe zu bewahren, ich suchte alles sorgfältig ab, Hände und Arme, das Hemd, zwischen den Beinen die Sitzfläche. Von der Linse keine Spur. Wahrscheinlich war sie nach unten in den Fußraum oder zwischen die Sitze gefallen, was die Lage verkomplizierte. Ich öffnete die Tür und richtete mich langsam auf, wobei ich innerlich den Kopf über mich schüttelte, wie jemand, der sich in einer unangenehmen Lage befand, sie aber von einem Punkt aus betrachtete, wo sie bereits hinter ihm lag. Wie konnte ich nur? Am Tag vor meiner Hochzeit, obwohl es durchaus passte. Ich war seit Tagen fahrig und nervös, die Liste mit den Erledigungen nahm kein Ende, das Treffen der Eltern stand bevor, das Fest, zu dem an die achtzig Leute erwartet wurden, und jetzt kniete ich da vor Jules Wagen und suchte ein Stück bläulich gefärbten Kunststoff.

Auf der Fußmatte lag die Linse leider schon mal nicht. Zwischen all den Steinchen und Krümeln konnte sie sich wer weiß wo versteckt haben, außerdem hatte ich Schwierigkeiten beim Sehen, linkes und rechtes Auge arbeiteten nicht mehr richtig zusammen, ich konnte nur für Momente scharf stellen.

War es unter diesen Umständen sinnvoll, die Matte im Fußraum auszuschütteln? Jetzt wurde ich allmählich nervös. Ich musste meine Eltern vom Bahnhof abholen, ich war spät dran, mein Vater hatte es nicht gern, wenn man ihn warten ließ. Trotzdem ging ich das Material noch einmal gründlich durch, im Abstand weniger Zentimeter, von oben links nach rechts und immer weiter nach unten, als läse ich die Zeitung. Ich las sie ein zweites Mal. Auch die Matte vor dem Beifahrersitz untersuchte ich, dann zur Sicherheit die Matten hinten, wenngleich das die Gesetze der Wahrscheinlichkeit grob missachtete. Ich schob den Fahrersitz nach vorne, schaute in den Seitenfächern der Türen, ohne jedes Ergebnis.

Ich fragte mich, was Jule in diesem Stadium der Entwicklung sagen würde. Sicher hätte sie die Linse längst gefunden. Sie hätte mich beschimpft, allenfalls gnädig gestöhnt, als wäre ich einer, der ihr seit Jahren nur Arbeit machte.

Sie war zur letzten Anprobe bei ihrer Schneiderin. Seit Wochen gab es kein anderes Thema, mein Kleid hier, mein Kleid da, wobei ich der Einzige zu sein schien, dem es bislang nicht vorgeführt worden war und der sich trotzdem dauernd dazu äußern sollte, ob es nicht zu lang sei, denn anfangs war es zu lang, bevor Jule es abwechselnd zu eng und zu schwarz fand. Ich würde es erst auf dem Standesamt zu sehen bekommen, so wie es aussah, nur mit einer Linse, wobei ich diesen Umstand mit keiner Silbe zu erwähnen gedachte.

Gleich am Montag würde ich zu *Fielmann* gehen. Wenn es vorbei ist, dachte ich, gehe ich zu *Fielmann*. Gab es eine tröstlichere Erkenntnis, als dass die Gegenwart nicht allmächtig war? Dass man sie im Gegenteil kleinkriegte, dass man sie wegdenken konnte, bis sie ein Nichts war wie diese bevorstehende Hochzeit?

Ich fuhr zum Bahnhof, wo mich meine Eltern erwarteten, brachte sie ins Hotel und traf zu Hause Jule, die verärgert war, weil sich ihr Bruder Tom in letzter Minute für den Nachtzug entschieden hatte und nun nicht sicher war, ob er es rechtzeitig aufs Standesamt schaffte. Die Trauung war auf zwölf Uhr mittags angesetzt, es war keine Frage, dass er es schaffen würde, aber für Jule gehörte schlechte Laune am Vorabend der Hochzeit augenscheinlich dazu. Sie fuhr mich gleich an, als ich es wagte, sie am Po anzufassen, die Frage war, warum. Man konnte wirklich nicht sagen, dass ich sie bedrängte, ich wollte nur markieren, dass da womöglich gerade etwas zu Ende ging, halb im Scherz, als wäre der wilde, dreckige Sex unwiderruflich vorbei. Und war er das nicht längst?

Sie stand halb nackt im Bad vor dem Spiegel und achtete nicht auf mich. Wir hätten es nur tun müssen, hier am Waschbecken, stellte ich mir vor, und zum Vergleich übermorgen früh, aber für dergleichen Überlegungen fehlte Jule, die Gedanken gerne für die Tat nahm, leider der Sinn.

Ziemlich frech fand ich ihre Behauptung beim Abendessen, ihr zukünftiger Mann sei ja bekanntlich kein großer Organisierer, deshalb gehe, was immer morgen schieflaufe, allein auf ihr Konto. Dazu blickte sie lächelnd in die Runde, als habe sie noch weitere Wahrheiten dieser Art über mich parat, erhob das Glas, als wolle sie auf mich anstoßen, worin ihr aber niemand folgte.

Ich ärgerte mich. Was sie damit sagen wolle: Kein großer Organisierer. Und darauf sie: Damit will ich sagen, dass du dich um unsere Hochzeit so gut wie überhaupt nicht gekümmert hast. Oder fällt dir eine Sache ein, um die du dich gekümmert hast?

Sie nannte Beispiele. Bedeutete nicht kümmern, nicht entscheiden? Dann allerdings hatte Jule recht, denn entschieden hatte fast alles sie. Sie hatte den Termin im Juli durchgesetzt, den Saal, die ganze Hochzeit war ihre Idee gewesen, dass ich hier saß, mit nur einer Linse, für die ich frühestens nächste Woche Ersatz bekäme.

Unsere Eltern trafen sich an diesem Abend zum zweiten Mal. Bisher war es glimpflich abgegangen. Nicht alles passte, aber jeder war bereit, ein Auge zuzudrücken. Jules Vater führte wie erwartet das große Wort, aber nicht so schlimm, wie ich befürchtet hatte, während sich mein Vater an Jules schweigsame Mutter heranrobbte. Es gab zwei, drei Bagatellunfälle beim Thema Politik, aber mein Gott, morgen sollte Hochzeit sein, also riss man sich zusammen.

Jule ging die Abläufe durch, das Essen ließ sie fast unberührt. Ihr Vater hatte angekündigt, eine Rede zu halten, auch meine Mutter wollte ein paar Worte sagen und ließ ihm ohne Diskussion den Vortritt. Vor oder nach der Suppe? Mir war das völlig egal, wobei *nachher* eindeutig vernünftiger klang, so hatten die Leute etwas im Bauch und konnten besser zuhören. Auch Jules Vater äußerte sich in diesem Sinne, worauf ich ihm zustimmte und von Jule zu hören bekam, meine Meinung sei hier nicht gefragt.

Warum war sie so gereizt? Sie würdigte mich kaum eines Blickes und redete weiter in diesem angespannten Ton, den sie erst ablegte, als unsere Eltern von ihren Hochzeiten erzählten, wie verliebt sie angeblich gewesen waren, wie aufgeregt. Sie redeten nicht direkt über Sex, trotzdem war es unüberhörbar, dass es Sex gegeben hatte, eher sporadisch, denn man lebte nicht zusammen, weshalb es ein klares Davor und Danach gab, während bei Jule und mir alles ineinanderschwamm.

Jules Vater bestellte zum Abschluss eine Runde Grappa und übernahm die Rechnung. Allzu spät ins Bett wollte niemand. Wann genau war morgen der Treffpunkt? Ich wunderte mich, wie anschmiegsam Jule plötzlich war. Noch im Gehen fasste sie mir an den Po, später im Treppenhaus an den Schwanz, als habe sie bislang nur flüchtig Bekanntschaft mit ihm gemacht, was sich nach der Hochzeit gründlich ändern werde.

Hatte Katrin mich je so angefasst? Seit ich ihr vor Monaten bei einem Spaziergang von der Hochzeit erzählt hatte, gab es keinen Kontakt mehr. Sie hatte lange geschwiegen und sich anschließend bedankt. Viel Glück und danke für die Information, hatte sie gesagt. Ihre Meinung über Jule sei mir ja bekannt. Sie passe nicht zu mir, sei eine dumme Kuh, etwas fürs Bett, bei so einer bleibe man nicht. Ich war Katrin sofort über den Mund gefahren, darauf hatte sie nur gelächelt, so mit einem Blick, als würde ich an ihre Sätze noch denken.

Als ich am Morgen der Hochzeit erwachte, war es stark bewölkt. Jule war bereits aufgestanden. Ich hörte sie im Bad, von wo aus sie mich wissen ließ, dass ich nicht hereindürfe, sie mich aber gerne zwischendurch unter die Dusche lasse.

Gegen halb elf war ich fertig. Jules Mutter war da, um mit dem Kleid zu helfen, ihr Vater würde sie bringen, während ich mit Christian fuhr, der ausnahmsweise pünktlich war.

Er trug einen hellen Leinenanzug, war mit seinem alten Passat zur Feier des Tages durch die Waschanlage gefahren und gab sich Woody-Allen-artig zerstreut. Er erkundigte sich nach meiner Nacht, wie das werte Befinden sei, auch die Braut habe hoffentlich gut geruht, alles in diesem absichtsvoll gespreizten Ton, mit dem er entweder seine Nervosität verbarg oder bei mir keine aufkommen lassen wollte.

Vor dem Standesamt hatten sich die ersten Gäste versammelt, vielleicht waren es zum Teil welche von der Hochzeit davor, mit einer Linse ließ sich das aus der Entfernung schwer beurteilen. Christian wollte eine rauchen. Er wirkte mürrisch, fast, als wäre es ihm nicht recht, dass heute Hochzeit war, am Ende hielt er sie ja für einen Fehler. Oder war er neidisch? Ich fragte ihn. Ob er glaube, dass sie ein Fehler sei. Sag ganz ehrlich. Aber Christian winkte ärgerlich ab, als sei für Späße dieser Art nun wirklich nicht der passende Zeitpunkt.

Jule sah hinreißend aus, als sie aus dem Wagen ihres Vaters stieg. Etwas sehr ernst, wie mir vorkam, während ich langsam in ihre Richtung ging. Der Weg war weit, es dauerte eine Ewigkeit, bis ich an ihrer Seite war. Die wartende Menge begann zu klatschen, ich hörte ihren und meinen Namen, einen fernen Jubel, als hätten die anwesenden Freunde seit Wochen auf diesen Moment gewartet. Zur Begrüßung küsste ich sie, etwas zu lang und stolz, wie sie später monierte, dabei fühlte ich mich eher beklommen. Oder verwirrte mich das Kleid, das ich mir nach ihren Erzählungen völlig anders vorgestellt hatte? Den Ausschnitt am Rücken fand ich eindeutig zu tief, aber vorne das Dekolleté war atemberaubend, die Rosen auf dem matt schimmernden Schwarz, die roten Strümpfe. Ich flüsterte ihr ins Ohr, was ich sah, als sei das Kleid eine Aufgabe, mit der ich so schnell nicht fertig würde. Wow, meinte ich sagen zu müssen. Ich glaube es nicht. Und tatsächlich war das genau mein Gefühl.

Zur Trauung waren außer der Familie nur enge Freunde eingeladen, trotzdem war es völlig undenkbar, jetzt jeden einzeln zu begrüßen. Ich winkte ungefähr zu ihnen hin, deutete auf mich, auf Jule, als könne ich es nicht fassen. Darf ich vorstellen, meine Braut, rief ich ihnen zu, und für einen Moment bereute ich es, Jule nie einen Antrag gemacht zu haben.

Jule hatte mich beim Thema Hochzeit von Anfang an unter Druck gesetzt, deshalb war es nie dazu gekommen, obwohl ich es in letzter Minute nachholte, ausgerechnet bei ihren Eltern, mittags beim Essen, wo beim besten Willen niemand damit rechnete. Es sollte wie ein Witz klingen. Als handele es sich um ein abgekartetes Spiel, von dem alle Beteiligten wussten. Ich stellte es mehr fest. Na gut, sagte ich. Wenn du willst. Hatte ich das wirklich gesagt? Wenn du willst, heirate ich dich. Oder schlimmer, in Richtung ihrer Eltern: Wenn es ihnen recht sei, heirate ich sie. Heirate ich Jule. Oder wie immer ich gesagt hatte. Eure Tochter. Ich konnte nur hoffen, dass ich nicht *eure Tochter* gesagt hatte.

Jule hatte die Szene zum Glück nie thematisiert, offenbar war sie ohne Bedeutung für sie. Hatte sie nicht, was sie wollte? Sie strahlte; ich wich nicht von ihrer Seite. Wir begrüßten nun doch reihum die Gäste, gaben Auskunft über die Nacht, wie wir uns fühlten, als stünde uns beiden ein äußerst schwerer Gang bevor, fast wie auf einer Beerdigung, nur mit umgekehrtem Vorzeichen.

Es war kaum zu glauben, wie viele Leute angereist waren. Die Hamburger waren da, dazu Leute von früher, ein paar Sandkastenfreunde, mein Musiklehrer mit Frau, Kommilitonen aus der Freiburger Zeit, Sonja und Franz, von Jule Freundinnen, die ich nur aus Erzählungen kannte und die mich mit einem wissenden Lächeln begrüßten. Mit ihnen hatte Jule sich regelmäßig besprochen. Über das anfängliche Auf und Ab, die Abtreibung, im letzten November den großen Streit, der beinahe das Ende bedeutet hätte. Die Vorstellung war unangenehm, dass sie von Anfang an alles gewusst und kommentiert hatten. Wie bei einer Vivisektion, dachte ich. Als hätten sie mir unzählige Male bei lebendigem Leib die Haut abgezogen.

Das Gespräch hatten wir schon in den unterschiedlichsten Variationen geführt. Wann ich endlich mit meinem Schostakowitsch fertig sei, dass ich sie seit Monaten hinhielte, bitte halte mich nicht länger hin. Für einen Moment hatte es tatsächlich wie eine Bitte geklungen.

Jule wechselte beim Streiten gerne die Tonart, blieb aber stets unerbittlich beim Thema, diesmal mehr auf eine scherzende Art, was für ein Feigling ich sei, andere Männer würden sich die Finger ablecken.

Also wann. Sie frage nicht mehr oft.

Es hörte sich wie eine Drohung an. Dabei war es keine Frage, dass ich sie heiraten würde. Ich wollte und ich musste, wobei der Unterschied nicht groß war. War es so unverständlich, dass ich erst meine Arbeit fertig haben wollte? Ich hatte keine guten Monate hinter mir, ich fühlte mich wie ein Würstchen, wenn ich an die Arbeit dachte. Bevor ich heiratete, musste ich diesen infantilen Zustand beenden.

Ich hatte gesagt: Frühestens in einem Jahr. Darauf war sie laut geworden. Was ich mir einbilde. Wer bist du denn! Verdienst du etwa Geld mit deinem Schostakowitsch? Wie willst du jemals eine Familie ernähren? Hast du dich das mal gefragt?

Jule machte eine wegwerfende Handbewegung, und im selben Augenblick entdeckte sie die Teller. Man konnte ihr förmlich zusehen, wie sie dachte: *die Teller* und sie im selben Moment vom Tisch wischte. Erst den einen und nach einem kurzen Blick den anderen. Danach tat sie völlig entspannt. Sie verschränkte die Arme und sah mich mit einem falschen Lächeln an. Mein Vater habe natürlich recht, sagte sie. Weißt du, was du bist? Und dann erklärte sie mir, was für ein gottverdammter Versager ich sei, in den unterschiedlichsten Variationen. Oder war es umgekehrt? Erst das große Lied vom Versager und anschließend die Teller?

Zum Glück rannte sie danach aus der Wohnung. Ich hörte die Tür, mit dem befriedigenden Gefühl, dass sie diesmal zu weit gegangen war. Wie bei allen unseren Auseinandersetzungen hatte sie mich kaum zu Wort kommen lassen. Ging es wirklich nur um die Hochzeit oder um etwas anderes? Wir stritten um den Raum. Reichweiten und Grenzen. Wer bekam wie viel unter welchen Bedingungen. Ein bisschen war es wie Krieg. Musste man mich zu allem zwingen? Jule hätte ohne Zögern behauptet, ja. Männer waren so. Männer waren faul, sie bewegten sich nicht, übernahmen keine Verantwortung, es sei denn, man setzte sie unter Druck.

Mehrere Tage redeten wir kein Wort. Ich traf mich mit Christian, der mich belehrte, dass ich ein freier Mensch sei. Ich könne es auch lassen. Entscheide dich. Er erklärte mir, was eine Ehe war. Ein Abkommen auf Zeit war die Ehe. Oder sollte man besser sagen: *mit der* Zeit? Wir alle haben ein bestimmtes Quantum, sagte er, ein paar Dutzend Jahre, die wir wahlweise alleine oder in Gesellschaft verbringen können, was also ist dir lieber.

Die Zeremonie, das war nach der langen Vorbereitung ein Schock, dauerte keine zehn Minuten. Ich hatte mich kaum hingestellt, da war ich ein verheirateter Mann. Lag es an der fehlenden Linse, dass das meiste an mir vorüberrauschte? Der Rede des Standesbeamten hörte ich erst gar nicht zu. Ich hatte einen Ausschnitt von Jules Kleid, halblinks den Vater, der jede der sich abrollenden Szenen fotografierte, Jules Lächeln, ihr Atmen, bevor sie sagte: Ja, ihre zitternde Hand mit dem Ring.

Dann waren wir Mann und Frau. Ich küsste sie. War das der Moment, auf den sie gewartet hatte? Sie schenkte mir ein wieselflinkes Stück Zunge; so schnell ich es hatte, so schnell war es wieder weg. Das Publikum applaudierte. Ich musste Hände schütteln, dauernd wurde ich umarmt, es brauchte eine Ewigkeit, bis wir aus dem Saal waren. Reis regnete. Die Glückwünsche regneten. Offenbar stammten sie alle aus ein und derselben Fabrik, einer klang wie der andere. Fiel den Leuten nichts ein oder hatten sie sich vorher abgesprochen? Die Ehe schien zu den Laufsportarten zu gehören, man musste hoch hinauf, es gab Durststrecken, unwegsames Gelände, Sackgassen und Stürze. Ich hatte den Verdacht, nicht ausreichend trainiert zu haben, in meinem Zustand würde ich nach der Hälfte der Strecke schlappmachen. Mein linkes Auge wurde müde. Jule schüttelte nur den Kopf dazu. Oder schüttelte sie den Kopf, weil sie so glücklich war? Sie schwitzte. Lächelte. Ich küsste ihr zwei, drei Schweißtropfen von der Oberlippe und dachte, dass das jetzt ein Teil von mir war, alles, was Haut und Haar war, diverse Flüssigkeiten, die Gedanken noch am wenigsten, vielleicht war ich ja auf ihre Gedanken weiterhin nicht neugierig.

Beim Sektempfang in der Wohnung erkundigte sich meine Mutter, wie ich mich fühlte. Alles in Ordnung mit dir? Was sich auf meinen angestrengten Blick beziehen konnte, aber womöglich tiefer ging, niemand kannte mich besser als meine Mutter. Ich erzählte von meinem Missgeschick im Wagen, wir lachten, ich umarmte sie, brachte ihr Sekt, umarmte sie ein zweites Mal, wobei ich ihr ins Ohr flüsterte, dass sie mich bitte nicht verraten solle.

Ich lächelte mich durch die in Gruppen stehenden Gäste, machte überall brav Station, ließ mir zur Wohnung gratulieren, die ich in monatelanger Arbeit mehr oder weniger allein renoviert hatte, und redete länger mit meinem Musiklehrer, der sich nach dem Schostakowitsch erkundigte, am Rande nach meiner Musik, ich hatte ihm vor Jahren zwei, drei Arbeiten gezeigt. Der Lehrer hatte es immer nur gut mit mir gemeint. Er hatte mich ermuntert, nach Hamburg zu gehen, er hatte mich mehrfach mit seiner Frau besucht, kannte meine Wohnung, wie ich lebte, meine Pläne, wusste früh von Jule.

Als ich ihm von meinen Heiratsplänen erzählte, ermunterte er mich. Ich hatte meine Zweifel nicht verschwiegen. Sollte man auf seine Zweifel hören, oder waren sie das Gift, das selbst den kleinsten Schritt verunmöglichte? Der Lehrer hatte mich beruhigt. Ich hätte schwere, dunkle Jahre hinter mir, mit Jule hätte ich jemanden gefunden, der mich auf die Beine stellte. Sie passte auf mich auf. War das etwa nichts?

In diesem einen Moment hatte ich gewusst, wer Jule für mich war. Ein kleiner, leuchtender Punkt, etwas, das mich aus allerfernster Ferne berührte, ein Versprechen mehr als eine Tatsache, etwas, an dem ich nicht achtlos vorübergehen zu dürfen glaubte.

Ich habe Jule von diesem Licht nie erzählt. Wahrscheinlich hätte ich das tun sollen, denn es war der alles entscheidende Moment. Der Lehrer, als ich ihn darauf ansprach, konnte sich an die Szene nicht erinnern, nur was spielte das jetzt für eine Rolle. Ich hatte Jule geheiratet, die Gäste in der Wohnung waren alle Zeugen. Der Lehrer klopfte mir anerkennend auf die Schulter, Jule und ich würden das gewiss machen, was so klang, als handele es sich um eine fast unlösbare Aufgabe.

Seit der Trauung hatte ich mit Jule kaum gesprochen. Sie stand mit ihrer Kollegin Britta draußen auf dem Balkon und lachte, mit ihrer hellen, hohen Stimme, die ein Zeichen glücklicher oder empörter Erregung war. Zu viel getrunken hatte sie auch. Ich sah, wie sie Britta mehrfach umarmte, bevor sie sich unter die Gäste mischte. Wie ich wanderte sie von Gruppe von Gruppe, ließ sich für ihr Kleid bewundern, drehte sich im Kreis, mit ausgebreiteten Armen, als würde sie tanzen. Christian nannte ihre Art zu tanzen erstaunlich, er lieferte gleich die Theorie dazu. Wie eine Frau tanzt, so ist sie auch im Bett, behauptete er, dabei hatte er Jule nie tanzen gesehen.

Sie hat so eine zackige Art, meinte er. Ist sie auch so, wenn ihr Sex habt?

Ich fand Christians unverblümte Art ebenso wohltuend wie befremdlich. Er fragte nach allem. Wie ich ejakulierte, ob mir aufgefallen sei, dass es da große Unterschiede gebe. Fick sei nicht Fick, da könne die feministische Propaganda behaupten, was sie wolle. Warum sollen Frauen auf wer weiß wie viele Arten kommen und wir Männer nur auf eine?

Zwei Wochen zuvor beim Bier hatte er das gesagt. Ich hatte keine Meinung dazu gehabt, mich beschäftigte das Ob, denn allzu oft hatten Jule und ich es in den letzten Monaten nicht getan, jedenfalls seltener, als ich mir gewünscht hätte. Jule war unter der Woche oft müde, verkroch sich stundenlang im Bad, während ich schon las und dann erstaunt zur Kenntnis nahm, wie sie in nicht mal einer Minute neben mir einschlief. Ob sich auf der Hochzeitsreise in dieser Hinsicht an alte Zeiten anknüpfen ließe?

Mehr als einmal hatte ich mich dabei ertappt, dass ich anderen Frauen hinterherstierte oder an sie dachte, die blasse Slowenin, mit der ich auf Jules Fest zum Dreißigsten getanzt hatte und anschließend einige Wochen nicht loswurde und sogar mit ihr schlief, während ich in Wahrheit mit Jule schlief und bis zur letzten Sekunde kein schlechtes Gewissen hatte, dass ich beide Frauen mit voller Absicht verwechselte und im Grunde austauschte.

Nachmittags um vier, als die Gäste gegangen waren, zog Jule Zwischenbilanz. Sie machte einen zerzausten Eindruck, als hätte sie stundenlang getanzt, obwohl es nur ein paar Drehungen gewesen waren, das eine oder andere Glas zu viel. Hatte sie in der Nacht auch nur ein Auge zugetan?

Ich mochte den Standesbeamten nicht, sagte sie. Alles nur Blabla. Aber was soll's, wir sind verheiratet, ich habe einen Mann. Sie tat, als sehe sie mich zum ersten Mal, trat einen Schritt zurück, lobte meinen Anzug, den natürlich sie ausgesucht hatte, die Schuhe mit den löchrigen Spitzen. Das also war ihr Mann.

Musste man wirklich weiterfeiern? Ginge es nach mir, könnten wir jetzt packen, sagte sie. Der Gedanke gefiel ihr. Am liebsten wäre sie auf der Stelle nach Marseille, denn das war das Ziel, auf das wir uns geeinigt hatten, drei Tage Marseille und anschließend zum Ausspannen eine Woche in die Gascogne. Ich antwortete: Was werden die Gäste sagen. Und darauf sie: Die Gäste können mir gestohlen bleiben.

Ich mochte den Moment, als sie mich bat, ihr beim Ausziehen zu helfen. Das Kleid hatte einen langen Reißverschluss, mit dem ich anfangs Mühe hatte. Ich hatte verschiedene Düfte, ihren Rücken, wieder den Gedanken, dass das jetzt meine Frau war, als wäre sie etwas, über das ich jetzt und in aller Zukunft verfügen könne. War es das, was Männer früher gedacht hatten? Ich betrachtete ihre Schulterblätter, von der Seite die Wölbung ihrer Brüste. Ich legte meine Hände über ihren Bauch, und so, von hinten, hielt ich sie eine Weile umschlungen, weil es ein guter Moment war, für uns beide. Sie müsse jetzt schlafen, sagte sie. Du nicht? Ich glaubte, ja. Ich könnte noch kurz lesen, überlegte ich, war aber auf der Stelle weg und brauchte ewig lange, um wach zu werden.

Das Fest fand in einer ehemaligen Fabrikhalle statt. Für die zu erwartenden Gäste war sie beinahe zu groß, es gab eine bescheidene Bar, eine lang gestreckte Bühne für die Auftritte, am Anfang die beiden Reden, das Ratespiel, das sich eine Gruppe von Freunden ausgedacht hatte. Im vorderen Bereich standen die Tische, die noch dekoriert werden mussten, auch die Anlage für die Musik musste angeschlossen werden.

Ab acht trudelten die Gäste ein. Neuerlich gab es umständliche Begrüßungen, Glückwünsche und Umarmungen, riesige Blumensträuße für Jule, große und mittelgroße Geschenke, die auf zwei zusammengeschobenen Tischen gestapelt wurden. Wer vormittags auf dem Standesamt gewesen war, erschien in neuem Gewand, meine Kommilitonen Franz und Emil mit ironischer Geste im Frack, man sah Hüte, Handschuhe, die feinsten Stoffe. Es wurde viel gelacht, vieles wiederholte sich, die Ermunterungen, das Gebirgige der vorgebrachten Thesen über die Ehe, die eine lächerliche Mühsal war, ähnlich mühselig wie der Beischlaf.

Seit ich Jule kannte, waren wir mindestens auf einem halben Dutzend Hochzeiten gewesen, mal mit, mal ohne Standesamt, einmal mit einem regelrechten Skandal, als mein Freund Henri vor versammelter Gesellschaft verkündete, seine Frau sei ihm anfangs recht unscheinbar, um nicht zu sagen unattraktiv vorgekommen, worauf diese unter Tränen den Saal verließ und die Gäste über eineinhalb Stunden sehen mussten, wie sie sich die Zeit vertrieben.

Eine Rede auf Jule würde ich nicht halten. Mir fiel nicht ein, worüber ich hätte reden sollen. Ihren Blick damals im Seminar? Wie es war, mit ihr zu reisen? Dass ich von Kindern träumte, kleinen krabbelnden Monstern, die mir in den Nächten den Schlaf raubten und, so hoffte ich, die Anfälle von Verzweiflung austreiben würden?

Das mit den Kindern sah ich immerhin. Deshalb schloss man eine Ehe, dachte ich. Damit es Kinder gab. War es nicht die vornehmste Aufgabe des Mannes, seinen Samen in der Welt zu vergießen und dafür zu sorgen, dass alles weiterging?

Ich stand auf der Bühne neben Jule und begrüßte mit ihr die Gäste, abwechselnd Jule die ihren und ich die meinen, obwohl es auch Überschneidungen gab, Paare, die wir gemeinsam kennengelernt hatten oder bei denen die Besitzverhältnisse unklar waren.

Plötzlich war ich bester Stimmung. Ich kämpfte mit den Augen, vergaß sie aber mit der Zeit, den Zettel, auf dem stand, was ich mir zu den einzelnen Gästen notiert hatte, was brauchte ich dazu einen Zettel. Ich brachte den Saal mehrfach zum Lachen, einmal auf Kosten von Jule, die mich mit ihren roten Pumps um ein, zwei Zentimeter überragte, weshalb ich behauptete, für die bevorstehenden Kämpfe schwarzzusehen. Ich ließ mich auf die Knie fallen, wie ein Page vor seiner Herrin, und bettelte in gespielter Verzweiflung um Gnade.

Sehr seltsam war die Rede von Jules Vater. Im Grunde verlas er zwei Steckbriefe, mit polizeilichen Angaben zur Person, geboren wann und wo, zur Schule gegangen in, Universitätsabschluss, Karrierestationen. Mit Jule fing er an. Er nannte den Titel ihrer Examensarbeit, Anfang und Ende ihres Referendariats, welche Fächer sie unterrichtete, an der und der Schule. Es gab höflichen Beifall, als er erzählte, Jule habe schon als Mädchen Lehrerin werden wollen, allen und jeden habe sie unterrichtet, die Nachbarskinder, ihre Puppen, denen sie etwas über die Sprache beibrachte, über das Weltall, Tiere und Pflanzen, ihre liebsten Bücher.

Damit war er bei mir. Wie bei Jule begann er mit Daten und Stationen, steuerte auf die Doktorarbeit zu, warum er sich das persönlich schwer vorstellen könne, die Disziplin, die Geduld, die ich seit Jahren mit diesem Schostakowitsch aufbrachte und der arme Schostakowitsch mit mir. Er und seine Familie seien ja leider völlig unmusikalisch, und nun heirate Jule da also einen Komponisten. Man merkte, wie er ruderte. Beim Wort *unmusikalisch* gab es vereinzelt Buhrufe, solche von der freundlichen Art, schließlich befand man sich auf einer Hochzeit. Trotzdem wirkte er irritiert, er hielt kurz inne, schien für den Bruchteil einer Sekunde nicht weiterzuwissen und kam dann überraschend schnell zum Schluss.

Meine Mutter sprach völlig frei, ein paar Sätze über die Ehe, aus dem Blickwinkel ihrer Erfahrung. Mein Vater saß mit weit nach hinten gelehntem Oberkörper lauernd auf seinem Stuhl, in der Pose des interessierten Zuhörers, der einem komplizierten wissenschaftlichen Vortrag lauscht. Ich mochte ihre tastende Art, ihren ebenso festen wie bescheidenen Glauben, dass sie hier und heute etwas mitzuteilen hatte, dass eine Ehe nichts Festes sei, Menschen veränderten sich. In einer Ehe müsse man warten können. Der andere achtete gerade nicht auf mich? Dann müsse man eben auf sich selbst achten. Man besitze den anderen nicht. Er ist uns nur geliehen, sagte sie, die Kinder sind uns nur geliehen, das ganze Leben.

Die Leute waren begeistert. Für Jules Vater war es ein schwieriger Moment; er nahm es als Niederlage. Er saß versteinert an seinem Platz, wartete den Applaus ab, schaute tapfer zu, wie die Leute meiner Mutter gratulierten, während im Hintergrund die angeheuerten Studenten damit begannen, das Essen zu servieren.

Am weiteren Programm nahm er nicht mehr teil. Er saß

beleidigt an der Bar, wo mehrere Versuche unternommen wurden, ihn zurückzuholen. Jule forderte ihn zum Tanz auf, ihr Bruder versuchte es, meine Mutter, aber vergeblich.

Nach dem Essen folgte das Ratespiel. Jule und ich saßen Rücken an Rücken mit verbundenen Augen auf der Bühne und mussten Fragen beantworten. Jeder hatte eine Ja- und eine Nein-Karte, wobei die Idee war, dass es möglichst viele Übereinstimmungen gab. Der unvermeidliche Dr. Lustig tauchte als Frage auf, ob Jule davon träume, Direktorin zu werden (beide *ja*), ob sie mit meinen Erziehungsfortschritten in Sachen Haushalt zufrieden sei (beide *nein*). Selbst zum Thema Sex gab es eine Frage, ob es Gelegenheiten gebe, wo ich *nicht* an Schostakowitsch dächte (beide *nein*), ob ich den Geburtstag meiner Schwiegermutter wisse und dergleichen mehr.

In allen zehn Fragen gab es Übereinstimmung. Wir mussten einen Walzer auf der Bühne tanzen, wobei wir uns mehrfach in die Quere gerieten. Jule fauchte mich an, weil ich sie angeblich nicht führte, dabei war sie es, die von Anfang an die Führung übernommen hatte, und einer musste sich ja führen *lassen*.

Der beste Moment des Abends war, als Franz und Emil die Bühne betraten und die Uraufführung meines Streichquartetts ankündigten. Alle schauten zu mir, es gab Beifall, fragende Blicke, denn die Hälfte des Publikums hatte von einem Streichquartett nie gehört. Woher hatten sie überhaupt die Noten? Ich meinte mich zu erinnern, dass ich Franz vor Jahren eine Kopie der Partitur geschickt hatte, Anfang zwanzig musste ich damals gewesen sein. Sonja stieg mit ihrem Cello auf die Bühne, Franz und Emil packten die Geigen aus, Birgit ihre Bratsche.

Und dann spielten sie. War das wirklich meine Musik? Nach den ersten Takten war ich vor allem verblüfft, denn ich erkannte so gut wie nichts. Manches mochte ich, anderes fand ich ziemlich stümperhaft. Aber es gab einen gewissen Schwung, den Ansatz einer eigenen Stimme, klingende Stellen. Der erste Satz mit seinen Pizzicato-Passagen war eine unverhohlene Hommage an Britten, während der zweite, langsame Teil sich an Webern orientierte. Sogar den Anfang des dritten Satzes spielten sie, schnörkellos und klar, als wäre das Quartett nur in dem einen Punkt zu kritisieren, dass es nicht fertig war.

Davon abgesehen war es eine Musik wie jede andere. Man konnte sie sich erarbeiten, man konnte sie vor Publikum spielen. Es war unglaublich. Warum ich mitten im dritten Satz aufgehört hatte, wusste ich nicht mehr. In meiner Erinnerung hatte ich das Quartett einfach aus den Augen verloren. Eine Sache war wichtig, dann, mit der Zeit, verlor sie jede Bedeutung. Ich meinte den späten Strawinsky zu hören, diverse Fragezeichen, eine gewisse Leere, die zum Teil ohne die geringste Spannung war. Aber nun erkannte ich alles wieder. Es war meins. Das Stück war keineswegs perfekt, aber was hatte ich mich da vor Jahren getraut.

Ich musste auf die Bühne, als sie fertig waren. Ich verbeugte mich, schüttelte allen vieren die Hand, entdeckte inmitten der klatschenden Menge Jule, die begeistert aufgestanden war und auf die Bühne sprang, um mich zu küssen.

Das war toll, flüsterte sie. Ich habe ja keine Ahnung gehabt. Ich saß die ganze Zeit nur da und habe gedacht, das also ist seine Musik, so redet er, so sieht es in ihm aus.

Sie küsste mich ein zweites Mal. Sie nahm das Mikrofon und wusste einen Moment nicht, was sie sagen sollte. Ach ja, die Musik, es gibt die nächste Musik, sagte sie, da man mit allen Programmpunkten durch sei, könne man jetzt tanzen.

Die Musik war vom Band, man musste sie nur laufen lassen. Ich hatte in wochenlanger Kleinarbeit ein halbes Dutzend Kassetten aufgenommen, die Frage war, wie war der Klang, aber meine Anlage kam mit dem Raum ganz gut zurecht. Die ersten Leute drängten auf die Tanzfläche, nach der langen Sitzerei tat die Bewegung allen gut. Auch ich begann zu tanzen. Erst mal nicht mit Jule, die einen weiteren Versuch bei ihrem Vater unternahm, aber später auch mit Jule, meiner Schwiegermutter, lange mit Ruth, mit meiner Mutter. Alle sprachen von meinem Quartett, wie überrascht oder wie bewegt sie waren, fragten nach meinen Plänen. Doch ich hatte keine Pläne. Ich habe nicht viel Zeit, sagte ich. Nächste Woche fahre ich mit Jule nach Marseille, und im Augenblick tanze ich.

An den Tischen saß fast niemand mehr. Der Freund meiner Schwester stand allein mit einem Glas Sekt am Rande der Tanzfläche, was Ruth nicht davon abhielt, sich ausführlich mit Franz zu beschäftigen, im Gegenteil, sie warf sich regelrecht an ihn heran und tanzte eng umschlungen auf die wildesten Stücke.

Gegen eins begannen sich die ersten Gäste zu verabschieden, darunter auch mein Lehrer und seine Frau. Nach der Aufführung des Quartetts hatten wir nicht mehr miteinander gesprochen, er werde bei Gelegenheit schreiben, kündigte er an, zu der Musik, die ja unbedingt der Rede wert sei. Er umarmte mich und hinterließ mich in dem erhebenden Gefühl, in jeder Hinsicht am Anfang zu stehen. Ich hatte einige Jahre versäumt, aber es war noch nicht zu spät. Ich konnte weiter Musik schreiben, den dritten Satz beenden oder etwas Neues in Angriff nehmen, nun, da meine persönlichen Verhältnisse geklärt waren, würde hoffentlich Ruhe in mein Leben einkehren.

Plötzlich hatte ich das Bedürfnis, bei Jule zu sein, die aber nirgendwo zu finden war. Hoffentlich hatte niemand die grauenhafte Idee gehabt, sie zu entführen, doch sie saß unversehrt an der Bar und unterhielt sich mit Claudia. Mein Schwiegervater war vor einer Stunde ins Hotel gegangen und hatte das für morgen geplante Frühstück abgesagt. Es war idiotisch. Sogar Jule fand es idiotisch. Sie wirkte mehr bekümmert als wütend. Außerdem war es noch immer ihr Tag. Oder etwa nicht?

Es war lange nach eins, sie hatte noch gar nicht richtig getanzt, sie hatte kaum gegessen, stattdessen saß sie da an dieser blöden Bar, wo ihr Vater das Fest boykottiert hatte, und trank einen Prosecco nach dem anderen. Claudia kramte Erinnerungen an ihre gemeinsame Schulzeit hervor, mit fünfzehn, sechzehn, als sie sich geschworen hatten, niemals zu heiraten. Und jetzt das. Claudia wollte wissen, was wir uns in die Ringe hatten gravieren lassen, fast war sie enttäuscht, dass es nur der Name und das Datum waren. Bist du glücklich? Du siehst so glücklich aus, Jule! Etwas erschöpft, na gut, ihr habt ja sicher furchtbar anstrengende Wochen hinter euch.

Später tanzten wir, lange zu dritt, als wären wir Claudia das schuldig, denn sie hatte seit Jahren keinen Freund, nicht mal eine klitzekleine Affäre, dabei war sie alles andere als schüchtern. Wir sangen alle mit, *Losing my Religion*, was mich an den Urlaub an der Algarve erinnerte, damals hatte man das Lied an jeder Ecke gespielt. *Leaving Las Vegas* konnte ich nicht mehr hören, trotzdem grölte ich auch das, bevor sich die nächste Gruppe Gäste verabschiedete.

Zum Schluss waren wir zu sechst. Claudia und Christian

blieben ja immer zuverlässig bis zuletzt, Ruth war da, Marc, der auf einmal tanzte, auf eine seltsam autistische Art. Nicht zum ersten Mal fragte ich mich, ob Ruth glücklich mit ihm war, was sie auf Nachfrage unbedingt behauptet hätte, aber das hatte ich bei Katrin ebenfalls immer getan.

Als wir gegen halb drei nach Hause kamen, funktionierte kein einziges Licht. Überall war Dunkelheit, man erkannte die Hand vor Augen nicht. Es dauerte, bis wir begriffen, dass jemand in der Wohnung gewesen war. Seit wir nicht mehr rauchten, hatte keiner mehr ein Feuerzeug bei sich, Jule meinte, in der alten Handtasche könnte eins sein, aber wo war die Handtasche. Eine Weile tapsten wir wie Idioten durch die Zimmer, fanden endlich die Tasche mit dem Feuerzeug, begannen uns zu orientieren.

Jemand hatte die Glühbirnen aus den Lampen herausgedreht. In jedem Raum gab es eine üble Überraschung. Im Wohnzimmer tonnenweise Konfetti wie nach einer Faschingsparty, im Schlafzimmer Hunderte Luftballons, sodass man es kaum betreten konnte. Na toll, sagte Jule, die im Stehen fast einschlief. Ihr Ärger hatte etwas Resigniertes, während ich mich regelrecht empörte. Die Waschbecken waren mit einer grünlich wabernden Masse gefüllt, von der sich herausstellte, dass es Wackelpudding war. Auch das Klo war damit gefüllt. Wer um Himmels willen dachte sich solche Gemeinheiten aus? Jule hatte Claudia und Christian in Verdacht. Doch woher hatten sie den Schlüssel? Das blieb ein Rätsel. Aber wir hatten endlich Licht, und das mit den Luftballons war eigentlich ganz lustig, zu guter Letzt sprangen wir einfach hinein und tollten wie bei einem Kindergeburtstag darin herum.

Das also war unsere Hochzeit, sagte Jule. Irgendwann nach vier, als wir den im Bett verstreuten Reis entfernt hatten. Die erste gemeinsame Nacht, mein Gott, sagte sie, ich wünschte, ich hätte sie mit dir verbracht. Davon hatte sie mir vor hundert Jahren erzählt. An ihrem zwanzigsten Geburtstag war ihr erstes Mal gewesen, nach einer Party im offenen Feld neben einer Landstraße.

Ich habe meine Linse verloren, sagte ich, vorgestern im Wagen. Worauf Jule zu meiner Überraschung erwiderte: Dann kaufst du dir eben eine neue.

Ich lag noch länger wach und ging das Programm der nächsten Tage durch, in wenigen Stunden das Frühstück mit meinen Eltern, die bevorstehende Reise, im Grunde nur die Eröffnungsszene, wie ich Jule im Hotelzimmer aus irgendeinem Kleid herausschälte und sie mir dann nahm. Oder erhoffte ich mir zu viel davon? Man hatte uns unzählige Geschenke gemacht, wir würden jedes einzelne auspacken müssen. Wir würden Berge von Dankespost zu erledigen haben, die Wohnung in kurzer Zeit auf Vordermann bringen müssen und am Abend früh ins Bett gehen. Das alles zog wie eine endlos lange Karawane durch meinen Kopf. Es lagen hundert Seiten Doktorarbeit vor mir. Ich hatte ein unfertiges Streichquartett, ein paar Stücke für Klavier. Ich musste schneller arbeiten, dachte ich. Wahrscheinlich war das eine Frage des Temperaments, der Begabung. Ich schloss nicht aus, dass man es mit den Jahren lernen konnte. Wie eine Ehe, den Beischlaf, der ein wenig wie Musik war, im besten Fall, *Andante con moto,* dachte ich, je langsamer, desto besser.

4

DEN ERSTEN HOCHZEITSTAG verbrachten wir in einem umgebauten Hühnerstall auf Rügen. Jule wollte auf der Stelle abreisen, als sie das Zimmer mit der vergammelten Dusche sah, aber dann lachten wir, schließlich waren es nur drei Nächte, und ein anderes Quartier würden wir so schnell nicht finden.

Zum Baden war es leider zu kalt. Bei Temperaturen um achtzehn Grad konnte man am Meer spazieren gehen, man konnte sich auf den staubigen Matratzen lieben, mitten am Nachmittag bei zugezogenen Vorhängen, um die draußen im Garten rumorenden Vermieter nicht zu verschrecken.

Über die Hochzeit verloren wir kein Wort. Das Fest, man konnte es nicht anders sagen, war tot, als hätte es nie stattge-funden, und niemand machte sich die Mühe, es zum Leben zu erwecken. Es gab jede Menge Fotos, die ich in wochen-langer Arbeit in ein Album geklebt hatte, aber wir schauten sie uns nicht an. Wir trugen unsere Ringe, benutzten die Ge-schenke. Fragten Freunde nach der Bilanz, lautete die Ant-wort: Wir arbeiten, wir streiten, freuen uns auf die nächste Reise oder lassen die nächste Reise ausfallen. Als ich Anfang April meine Doktorarbeit abgegeben hatte, waren wir für zwei Wochen nach Ägypten geflogen. Über Pfingsten waren wir über ein verlängertes Wochenende auf Hiddensee und in den Weihnachtsferien zwei Wochen auf Java.

Unterwegs gab es kaum Konflikte, oder es fiel mir nicht so auf, denn zu Hause waren Auseinandersetzungen die Regel. Wenn Jule schlecht geschlafen hatte, nach der Schule, wenn sie sich geärgert hatte und dann Streit suchte oder die immer selben Geschichten über zappelige Kinder und verrückte Kollegen zum Besten gab. Aber wir waren ein Paar. Wir aßen und schliefen zusammen, empfingen Gäste, gingen weiter ins Kino, in Konzerte, zu befreundeten Paaren in kleiner oder mittlerer Runde, wo sich Jule neuerdings gerne zum Thema Gleichberechtigung ausließ.

Man musste nur genau rechnen, behauptete sie. Männer rechneten nicht besonders gut, das heißt zu ihren Gunsten. Wenn eine Frau nicht rechne, werde sie über den Tisch gezogen. Deshalb müsse sie jederzeit alles im Blick haben, Tag für Tag, was macht der Mann, was mache ich. Nicht einfach funktionieren und sich im Stillen darüber beklagen, sondern unbequem sein und dem Mann sagen, womit er jetzt mal dran ist. Die Männer merken es nicht, deshalb muss man sich bemerkbar machen.

Meistens sah sie irgendwann triumphierend in meine Richtung, wobei offen blieb, ob ich ein leuchtendes Beispiel war oder mein radikaler Umbau noch bevorstand. Ich sagte nicht viel dazu. Ich kochte, ich kaufte ein, ich wusste, wie man eine Waschmaschine bediente und bediente sie auch, was leider nicht verhinderte, dass sich Jule regelmäßig beklagte. War mein Leben, verglichen mit ihren Herkuleskämpfen in der Schule, nicht der reinste Kinderkram?

Ich saß zu Hause und arbeitete an der Druckfassung meiner Doktorarbeit, versuchte, den dritten Satz des Streichquartetts zu beenden, ließ ihn wieder liegen, begann mit Skizzen für eine Oper, hatte einen kleinen Lehrauftrag. Das war meine Arbeit. Ich verdiente nicht viel Geld, aber war es darum keine Arbeit? Ich zerlegte Tschechows *Dame mit dem Hündchen*, entwickelte die ersten Stimmen, ein düsteres Duett, wie am Ende alles verschwamm und das Bild eines in jeder Hinsicht vergeudeten Lebens ergab. Soweit der Plan. Allzu vertrauenswürdig wollte Jule den Plan nicht finden, was mich nicht abhielt, sondern im Gegenteil beflügelte. Manchmal summte ich eine Melodie, klopfte einen Rhythmus, so unausgegoren vieles fürs Erste blieb. Nachmittags, wenn sie aus der Schule kam, versuchte ich zu berichten, beim Kochen, wenn sie wie erschlagen am Küchentisch saß und nur wissen wollte, ob ich daran gedacht hatte, neues Spülmaschinenpulver zu besorgen.

Jule hatte dergleichen immerzu im Blick, während ich nach Dringlichkeit entschied. Räumte Jule morgens ihr Frühstücksgeschirr nicht weg, erledigte das eben ich, musste am Abend aber keine Bemerkung dazu machen. Jule machte dauernd Bemerkungen. Wenn ich etwas liegen ließ, die Zeitung in der Küche, Bücher und Manuskripte, denn neuerdings schrieb ich gelegentlich für Zeitungen, für einen lumpigen Lohn, aber immerhin.

Ich arbeitete keine Stunde weniger als sie, dennoch war ich fortwährend im Minus. Selbst wenn sie gar nichts sagte, hatte ich mich jederzeit im Verdacht. So hatte ich das gelernt, ohne dass ich hätte sagen können, von wem oder durch was. Meine Mutter führte seit fünfundzwanzig Jahren eine unglückliche Ehe. War das der Grund? Oder lag es einfach in der Luft? Frauen hatten es nicht leicht, sie führten das beschwerlichere Leben. Sie menstruierten, sie brachten Kinder auf die Welt. Hatte ich eine Abtreibung hinter mir oder Jule? Jule führte das Beispiel nie an, trotzdem vermutete ich, dass es eine Rolle spielte. Die Erfahrungen in der Urhorde spielten eine Rolle, die jahrhundertelange Verdammnis zu einem Leben in geschlossenen Räumen, so tapfer ich mir sagte, dass ich dafür persönlich keine Verantwortung trug.

An einem Abend bei Claudia lernten wir Samuel kennen, in einer Runde von etwa zehn Leuten, die wir größtenteils nicht kannten. Jule war von Anfang an merkwürdig aufgedreht, führte das große Wort zum Thema Schule und Erziehung, bevor ihr auffiel, dass sich dieser Samuel noch mit keinem Wort geäußert hatte. Wie immer, wenn ihr etwas peinlich war, begann sie zu plappern, entschuldigte sich, wandte sich ihm zu, drehte sogar den Stuhl zu ihm hin und hatte jetzt nur Augen für ihn, was nicht weniger peinlich war. Jule fragte Leute gerne aus, im Grunde verhörte sie sie. Je weniger sie wusste, desto schärfer das Verhör.

Samuel war in ihrem Alter. Er lebte allein, was allen, die ihn kannten, ein Rätsel war. Er hatte eine große Wohnung in Eimsbüttel, die seinen Eltern gehörte, verdiente gutes Geld oder würde es zumindest in Kürze verdienen, denn als Assistenzarzt waren seine Einkünfte bescheiden. Er arbeitete mehr als sechzig Stunden die Woche auf einer Krebsstation, interessierte sich für Literatur und Musik, dilettierte, wie er selbst es nannte, auf der Violine und lud Freunde und Bekannte regelmäßig zu Hausmusikabenden ein. Habt ihr Lust, nächste Woche dabei zu sein?

Jule, das entging mir nicht, war hingerissen. Wahrscheinlich, weil sie Samuel nicht zu fassen bekam. Er sah gut aus, wusste sich zu kleiden, trug Manschettenknöpfe, dazu Anzug und weißes Hemd. Seine Stimme war, man konnte es nicht anders sagen, samtig. Es hätte mich nicht überrascht, wenn er Schauspieler am Theater gewesen wäre, stattdessen starben ihm Woche für Woche auf der Station die Kinder. Jule stellte sich das entsetzlich vor. Aber nein, ließ er sie wissen, gelegentlich könne man helfen, für ein paar Monate, Jahre. Eben das fand Jule so schlimm. Was waren ein paar Monate oder Jahre! Samuel meinte: Unter Umständen viel.

Er nannte ein Beispiel aus den vergangenen Wochen. Ein junges Ding um die zwanzig, Knochenkrebs im Endstadium, sehr hübsch, auf trotzige Weise tapfer. In buchstäblich letzter Minute entschließt sie sich, ihren Freund zu heiraten. Ein Pfarrer wird bestellt, zwei Trauzeugen, als Musik der *Bolero* von Ravel, denn das sei ihre Musik gewesen, damals, als sie noch unter den Lebenden weilte. Das Stück dauert ja ewig lang, aber genau das ist ihre Absicht, es kann ihr gar nicht lang genug dauern. Sie ist eine wundervolle Braut. Sie liegt in ihrem weißen Kleid im Bett, von wo aus sie mit leiser Stimme dirigiert, bevor sie nach einer halben Stunde alle hinauswirft, um mit ihrem Freund, der nun ihr Mann ist, ein letztes Mal zu spüren, was es bedeutet, am Leben zu sein. Wie langsam das Leben sein kann, wie gründlich, wie bedeutsam. Fünf Tage vor ihrem Tod.

Ich mochte Samuel auf Anhieb, seine unsentimentale Professionalität, die nicht ohne Erbarmen war, ein wenig kühl, als fände er es als Mediziner anmaßend, dass ein jeder nur immer mit dem Leben rechnete. Musikalisch hielt er es mit dem neunzehnten Jahrhundert. Er liebte Schubert, die Streichquartette von Beethoven; an Mahler tastete er sich gerade heran. Wir redeten über den Humor bei Mahler, ich ein bisschen wichtigtuerisch, wie ich mir später vorhielt, dabei war es eher ein übermütiger Versuch, mich zu zeigen.

Hausmusikabend klang natürlich schrecklich. Irgendwie betulich-protestantisch, auch wenn es dann nicht so war. Die Musik wurde in keiner Weise zelebriert, fast, als wäre sie nebensächlich, ein Zufall, mit dem nicht unbedingt zu rechnen gewesen war. Es gab keine Ansage, keine Bitte um Aufmerksamkeit, sie begannen einfach zu spielen, das erste Klaviertrio von Schubert und im Anschluss das von Dvořák. Die Cellistin hatte einige unsaubere Stellen, doch Samuel spielte erstaunlich gut, mit einer kühlen Intensität, ohne den kleinsten Fehler.

Die Wohnung war größer als vermutet. Es gab einen richtigen Salon mit Stutzflügel, an dem ich später ein wenig improvisierte, im Wohnzimmer ein abgewetztes Sofa, von dem man sofort annahm, dass es eine vierstellige Summe gekostet haben musste, dazu ein offener Kamin, überall Parkett, an den Wänden hie und da eine Originallithografie. Die Küche war so groß wie meine komplette Wohnung in Wilhelmsburg.

Seit er achtzehn war, lebte Samuel in diesem Palast. Wie es hieß, aus Überzeugung allein, was Jule stark beschäftigte. Er lebte allein, ohne Frau, trotzdem hatte er Geschmack. Homosexuell war er augenscheinlich nicht, dann wäre verständlich gewesen, warum er sich mit Farben und Dingen so gut auskannte. Jule kam aus dem Staunen nicht heraus, mit einem Anflug von Neid, wenn ich ihre Miene richtig interpretierte, im Vergleich zu Samuel lebten wir ja in geradezu ärmlichen Verhältnissen.

Sein *Chili con carne* war eher mäßig. Das war eine Art Trost, fand ich, eine Enttäuschung, die Jule ermunterte, Samuel zu fragen, ob sie ihn in nächster Zeit zum Essen einladen dürfe. Irgendwie kamen sie auf Paris. Auch Samuel war vor Jahren in Paris gewesen, zur selben Zeit wie Jule, wie sie herausfanden, sie hätten sich theoretisch begegnen können, morgens auf einen Kaffee in der Nähe eines der großen Boulevards, was hätte Jule im Nachhinein dafür gegeben, ihn dort zu treffen.

In den Wochen danach war sie ziemlich pestig, brachte nach dem Aufstehen kaum den Mund auf, geschweige, dass sie mich küsste oder sich anfassen ließ. Sie stöhnte, wenn ich von Schwierigkeiten bei der Arbeit sprach, wollte nicht hören, wenn es voranging, mochte mein Essen nicht, nörgelte über den Zustand der Wohnung. Darüber hinaus erfuhr ich nicht viel. Ich fragte, ob es Probleme in der Schule gebe, was um Himmels willen los sei, einmal: Ob sie ihre Tage bekomme, worauf Jule spitz zurückgab, dann hätte ich ja jetzt eine hinreichende Erklärung. Abends saß sie lange über ihren Korrekturen, die Zeit der Kino- oder Konzertabende war vorbei. Einmal trafen wir uns mit Samuel in einer Kneipe, aber er musste schon nach eineinhalb Stunden los, in der Klinik waren zwei Kollegen ausgefallen, und sie hatten viele kritische Fälle.

Zu ihrem zweiunddreißigsten Geburtstag kaufte ich Jule eine silberne Brosche, die ich in einem winzigen Schmuckladen entdeckt hatte. Sehr zu freuen schien sie sich nicht. Sie schaute sich das Teil von allen Seiten an und legte es dann weg, um es beim Abendessen überraschenderweise zu tragen.

Jule hatte die übliche Runde eingeladen, Claudia und Christian, ihre Lieblingskolleginnen Britta und Ann, Samuel, der sich über eine Stunde verspätete und einen Strauß Rosen brachte. Ich hatte gekocht, auf Jules Wunsch *Coq au vin*, was hieß, dass ich zwei Hühner parallel zubereitete und mich wunderte, dass sie unterschiedlich schmeckten. Jule musste mehrfach ans Telefon, redete länger mit ihrem Bruder, war nervös und legte gegen Mitternacht Edith Piaf auf. Sie begann zu tanzen, die ersten Lieder allein und später mit Samuel, der einfach zu ihr hinging und sie quer durchs Wohnzimmer wirbelte, in den langsamen Passagen eng an sich heranzog, als wolle er sie wiegen, Wange an Wange, wie eine dieser grinsenden Puppen bei den Weltmeisterschaften für lateinamerikanische Tänze.

Mir gab die Szene einen Stich. Ich war eifersüchtig, das hätte ich nicht gedacht. Samuel konnte etwas, was ich glaubte, nie im Leben zu können: wie man eine Frau führte, nicht nur beim Tanzen, wie man ihr zeigte, wo es langging, im Bett, im Leben, notfalls gegen ihren Willen. Ich dachte an Katrins Satz, dass ich sie mir mit Gewalt hätte nehmen müssen, an ein paar Szenen mit Jule, von denen ich jetzt im Nachhinein dachte, dass ich zu passiv und nachgiebig gewesen war. Neulich den Handwerker hätte ich wirklich anbrüllen müssen! Ich musste, wenn ich im Restaurant *Zahlen!* rief, das in einer Lautstärke tun, dass die Kellnerin mich auch hörte. Wahrscheinlich war ich selbst im Bett zu passiv, weil ich lieber wartete, anstatt die Initiative zu ergreifen und sie zu behalten.

Jule, das war in der Folge überraschend, stimmte in meine Samuel-Schwärmereien nicht ein. Es war nett, mit ihm zu tanzen, na gut, er erzählte interessante Anekdoten, aber was bedeutete das, die Rosen jedenfalls hatten schon am nächsten Morgen die Köpfe hängen lassen. Von der Essenseinladung war keine Rede mehr. Jule schien andere Sorgen zu haben, hatte weiter schlechte Laune und ließ mich das bei jeder Gelegenheit spüren. Ständig passte ihr etwas nicht. Du sitzt den ganzen Tag herum, also könntest du zwischendurch die Wohnung saugen. Oder ist das zu viel verlangt?

Ich verdiente nicht so viel wie sie, einen Bruchteil von ihr. War es das, was sie an mir störte? Ich arbeitete zu Hause, brauchte ewig lang, bis ich drin war und saß oft bis nach zehn. Womöglich war es ein Rhythmusproblem. Oder sie gönnte mir die Freiheit nicht.

Jule kam in der Regel gegen drei. Das war schwierig für mich, denn zu diesem Zeitpunkt war ich mittendrin und wollte nicht hören, was der schreckliche Philipp sich heute wieder geleistet hatte oder wer immer ihr gerade den letzten Nerv raubte, ein Kollege, der seit Wochen wegen einer lächerlichen Zerrung zu Hause blieb und ihr vier Wochenstunden Vertretung einbrockte und dergleichen Unverschämtheiten mehr.

Früher hatte sie regelmäßig den Kopf hereingesteckt, aber inzwischen geschah das nur noch selten. Ich hörte, wie sie durch die Wohnung lief und Beweisstücke meines Versagens sicherstellte, ich hörte sie Türen schlagen, das Rascheln der Zeitung, die ich nicht zusammengefaltet hatte, das Klappern des Mülleimerdeckels, ihre Schritte unten im Hof, wo sie voller Empörung Altpapier und leere Flaschen in die Tonnen warf.

Spätabends, wenn sie den Unterricht vorbereitete, ging ich manchmal zu ihr und brachte zur Aufmunterung Wein oder Schokolade. Nur um zu markieren, dass ich da war, dass wir zusammenlebten und es von meiner Seite keinen Grund gab, dies zu ändern. War es nicht ein Kompliment, dass ich sie wollte? Doch sie schien sich nicht viel daraus zu machen. Sie nahm meine Annäherungsversuche hin; wenn ich sie verschärfte, wies sie mich ab. Ich begriff es nicht. Wir schliefen nicht mehr zusammen. Wir seien zu viel zusammen, behauptete sie und war nun an den Abenden oft weg, um sich am nächsten Morgen zu beklagen, dass sie in die Schule musste, während ich weiter mein sorgloses Studentenleben lebte.

Den halben März ging das so. Ich sah ihr eigentlich nur zu, einigermaßen bekümmert, obwohl ich weiter an meiner Oper arbeitete, nicht unbedingt so leichthändig wie vor Monaten, als sie mir gelegentlich noch ihre Gunst erwiesen hatte, manchmal richtig wild, auch sehr laut, was mich jedes Mal entzückt hatte. Ich hoffte, dass es eine schlechte Phase war. Die Art, wie sie mich behandelte, war verletzend, trotzdem tat ich weiter so, als wäre mir das meiste recht. Ich gab mir Mühe mit den Mahlzeiten, putzte allein die Wohnung, weniger, um ihr zu gefallen, als um herauszufinden, wie viel sie von mir noch bemerkte. Ich wartete. Ich war genervt, dass mir außer Warten nichts einfiel, wahrscheinlich hätte ich sie anbrüllen sollen, ein paar Tage wegfahren, die Frage war, wohin.

Anfang April an einem Samstag hatte ich genug. Jule war mit Claudia im Kino und erst gegen zwei zu Hause gewesen, deshalb schlief sie bis nach elf, während ich in der Küche das Frühstück vorbereitete und dann wartete, die Zeitung las und mit jeder Viertelstunde, die sie sich nicht zeigte, ungehaltener wurde.

Jule wirkte überrascht, als sie mich in der Küche fand, unangenehm berührt, dass es kurz vor Mittag war, seltsam reuig, als hätte sie wer weiß was angestellt. Ich fragte nach dem Film, dessen Titel ich vergessen hatte. Eine Komödie mit Julia Roberts, meinte ich mich zu erinnern. Aber sie sagte nur: Sehr nett, was so klang, als habe sie sich nicht besonders amüsiert. War sie deshalb anschließend mit Claudia von einer Kneipe in die nächste gezogen? Sie erwähnte zwei, drei Orte, die mir nichts sagten, eher lustlos, als würden sie ihr eben einfallen. Offenbar waren sie in St. Pauli gewesen. Oder behauptete Jule das nur? Ich fragte, was zum Teufel los sei, worauf sie erwiderte: nichts. Essen wollte sie nicht, sie schaute nur so vor sich hin, nippte an ihrem Kaffee, weshalb ich meine Frage wiederholte, was passiert sei, mit ihr, mit uns beiden.

Ich blieb ganz ruhig, ließ aber keinen Zweifel, dass ich hier und jetzt eine Antwort verlangte. Sie schüttelte den Kopf und war bleich. Mit einemmal begann sie zu heulen. Redete, heulte, in schneller Folge durcheinander, sodass ich Mühe hatte, zu verstehen, was sie sagte, über das Kino, über Claudia, dass sie überhaupt nicht im Kino gewesen sei. Claudia habe nicht die geringste Ahnung. Sie habe sich mit Samuel getroffen. Worauf vor lauter Geschluchze eine Weile überhaupt nichts zu verstehen war. Ich hörte nur *Samuel,* wie schlimm alles sei, wieder *Samuel,* dass es ihr so leidtue. Samuel habe nur gelacht. Nein, nicht gelacht. Gestern habe sie es ihm gestanden. Ich bin beinahe verrückt geworden, sagte sie, dass sie nicht wisse, was in sie gefahren sei.

Allmählich begann ich zu erschrecken. Ich wollte wissen, wie oft, dabei hätte ich besser fragen sollen *Was* und *Wo,* worauf Jule zugab, Samuel mehrfach getroffen zu haben. Vier, fünf Mal, behauptete sie. Einmal bei ihm in der Wohnung, aber bekanntlich habe sie den Weg immer zurückgefunden.

Angeblich hatten sie sich nicht mal geküsst, sie habe sich gefühlt wie sechzehn, verliebt und dumm. Oder sagte sie *verknallt?* Samuel habe ihre Gefühle für pure Einbildung erklärt, als wäre sie eine Verrückte, und tatsächlich habe sie sich in den letzten Wochen genau so gefühlt. Was mache ich da, wo soll es hinführen, warum mache ich es, da es doch nirgendwo hinführt. Sie wiederholte, dass es nur ein paar Treffen gewesen seien, dass sie nicht mit ihm geschlafen habe, nicht mal ernsthaft daran gedacht, dass es ohne Wenn und Aber vorbei sei.

*

DANACH GESCHAH ETWAS MERKWÜRDIGES. Weil sie nicht aufhörte zu weinen und ich kaum wusste, was ich denken sollte, umarmte ich sie. Ich ging wie betäubt um den Tisch und umarmte sie. Sagen konnte ich nichts. Ich fühlte mich, als hätte sie mich geohrfeigt, obwohl mir auch etwas daran gefiel, das Drama, so lächerlich es war. Waren nicht all diese Geschichten, Verwicklungen, Fehltritte lächerlich? Trotzdem gefiel mir etwas daran. Alles war nass, alles war grell, dachte ich, während sie sich wie ein verängstigtes Tier an mich klammerte und in meine Richtung flüsterte.

Wieder verstand ich kein Wort. Oder ich verstand und glaubte es nicht, oder verstand es erst durch das, was ihre Hände taten. Sie wollte, dass ich es mit ihr machte, jetzt, auf der Stelle, wenngleich ich nicht dazu bereit war, ein Teil von mir *ja,* der andere *nein.*

Die Szene glaubte ich zu kennen. Man sah kurz den Mann, dann die Frau, die Arbeit ihrer Finger, wie sie sich zielstrebig zu seinem Geschlechtsteil vorarbeiteten. Es war schrecklich, und es war grandios. Sie zog mich ins Schlafzimmer, zerrte mir die Kleider von Leib, abwechselnd sich selbst und mir, als dürfe sie mich von nun an keine Sekunde aus den Augen lassen, begann von Neuem zu flüstern, wieder in diesem drängenden Ton, der mir keine Wahl ließ.

Jule hat beim Sex nie sonderlich viel geredet, aber diesmal redete sie ohne Unterlass, als ich mich in ihr bewegte, dass ich ihr Mann sei, niemand anders als ich solle ihr Mann sein. Dabei schaute sie mich ununterbrochen an, weiter mit diesem bettelnden Blick, in den sich allmählich andere Signale mischten, während ich fieberhaft überlegte, was da gerade ablief.

Ich hatte weiter Mühe mit ihren Sätzen, es ging zu schnell, sie sagte unglaubliche Dinge. Mach mir ein Kind, sagte sie, kurz bevor ich kam, und meine Antwort war, dass ich kam. Sie wartete, mit einem Lächeln, denn genau so hatte sie es gewollt. Siehst du? Genau so. Sie küsste mich, fuhr mir über die Augen, Nase, Mund, wollte, dass ich blieb, was mich dazu verleitete, mich von Neuem zu bewegen, mit einer seltsam leuchtenden Wut, eine ganze Weile, bevor ich erschöpft von ihr abließ.

Ich fühlte mich grässlich, wie nach einem Unfall. Vor zehn Minuten hatten wir am Tisch gesessen, und jetzt lag ich da wie erschlagen neben ihr. Wie ein Idiot, dachte ich, was war ich doch für ein erbärmlicher Idiot. Ich begann halbherzig an ihr herumzufummeln, was sie freundlich ablehnte.

Sex mit Jule war kompliziert, es gab jede Menge Fallen, eine labyrinthische Abfolge von Manövern, die mich mal langweilten, mal inspirierten. Doch heute schien es nur um mich zu gehen. Ich dachte nach, versuchte zu fassen, was mir geschehen war, erst das Geständnis und nun das. Jule hatte sich mir zur Verfügung gestellt, war mein Eindruck, fast, als handele es sich um ein Geschäft, Sex gegen Vergessen, ein krudes Ritual, um das Thema Kinder auf die Tagesordnung zu setzen und die nächste Stufe unserer Beziehung zu erklimmen. Jule wünschte sich ein Kind. War es das, was sie mir mit der Samuel-Geschichte sagen wollte? Sie hatte sich verliebt, um herauszufinden, dass sie von Anfang an nur mich gemeint hatte. So ungefähr formulierte sie es. Vergiss es, war, was sie mir mitteilte, und tatsächlich begann ich die Angelegenheit bereits zu vergessen. Selbst wenn sie mit Samuel geschlafen hätte, würde ich sie vergessen. Vielleicht hatte Jule das ja, aber was würde das ändern? Jule hatte sich verirrt. Das kam vor, es war in tausend anderen Ehen schon vorgekommen.

Ich meinte ihr anzumerken, wie erleichtert sie war. Auch ich war jetzt vor allem das: *Erleichtert*. Oder war das nur die Wirkung der Hormone? Als müssten wir nur darüber schlafen, um Gewissheit zu haben, dass es nicht den geringsten Schaden geben würde. Hie und da eine gerunzelte Stirn, falls es einem von uns einfiele, Samuels Namen auszusprechen, falls man sich zufällig träfe, bei Freunden von Freunden zum Essen, beim Einkaufen, vorne am Beginn der langen Schlange, war er das nicht?

Sexuell begann danach eine Phase der Verdichtung. Sex war nun nicht mehr bloß Unterhaltung, er hatte ein Ziel, so fern und ungreifbar es war. Jule wollte nun bei jeder Gelegenheit, zumindest war das mein Eindruck. Zu allen möglichen Tageszeiten ergaben sich Situationen, einmal, nach einem Konzert, im Wagen, obwohl es bitterkalt war. Geschah das noch aus Reue oder weil sie längst nicht mehr verhütete? Ich fand das nicht heraus, jedenfalls erklärte Jule die Epoche der Verhütung für beendet. Sie begann ihren Zyklus zu dokumentieren, maß mehrmals täglich die Temperatur, ging zum Frauenarzt. So leicht, wie ich mir das vorgestellt hatte, wurde man nicht schwanger, rein statistisch war es überaus unwahrscheinlich, eine Frage von Tagen, ja Stunden, und in diesen Stunden, so Jule, müssten wir in Zukunft zusammen sein. Zu jeder Tages- und Nachtzeit, meinte sie, selbst wenn Schule war, dann musste die Schule eben warten.

Genau begriffen hatte ich es nicht. Offenbar war auf Jules Messungen nicht hundertprozentig Verlass, man errechnete einen Korridor, machte es aber zur Sicherheit auch die Tage drum herum, sodass wir nun regelmäßig an mehreren aufeinanderfolgenden Tagen Sex hatten. Das gefiel mir. Ich mochte, dass Jule es mochte, wie sie mich dabei ansah, obwohl auch etwas Unheimliches daran war. Jule raubte mich auch aus. Meinte sie wirklich mich oder war ich nur der Mann, der seinen Samen zur Verfügung stellte? Das beschäftigte mich. Manchmal hatte ich keine Lust, dann war es wie eine Arbeit, die ich nur irgendwie verrichtete, eine Lieferung auf Bestellung, falls es das traf, und im Grunde traf es das recht gut. Ich wusste nicht, wie ich hätte darüber sprechen sollen, unternahm nicht mal einen Versuch, während ich immerzu an das Ziel dachte, das Kind, das ich ihr *machen* sollte oder soeben gemacht hatte, mit einem Anflug von Stolz, weil es ohne mich schlecht möglich war und ich es auch für mich tat.

Mit der Arbeit ging es besser denn je. Ich arbeitete gern und lang, ohne große Anlaufschwierigkeiten, selbst wenn es zwischendurch Sex gab und ich anschließend wie benebelt am Schreibtisch saß, mit einem Rest Jule-Geruch, leicht genervt, gerührt von der nicht nachlassenden Wucht ihres Wunsches. Mir lief die Zeit davon. Wenn Jule und ich erst ein Kind hätten, würde von meiner Freiheit nicht mehr viel übrig sein. Der Gedanke hätte mich in Panik versetzen müssen, stattdessen machte er mich ruhig. Ich spürte, wie ich neue Kräfte in mir mobilisierte, selbst wenn es zwischendurch Rückschläge gab, Zweifel, die vor allem der Oper galten. Ich begriff, was ich verlieren würde, aber als wäre es höchste Zeit, dass ich es verlöre. Am Ende gewann ich ja mehr, als ich verlor.

Ich schrieb weiter viel für Zeitungen, drei, vier Aufsätze, die ich ohne Hilfe meines Professors unterzubringen wusste, einen längeren Text über Schostakowitschs jüdische Lieder (Op. 79), die mich jedes Mal aufs Neue rührten. Darüber dachte ich seit Langem nach. Als Musikwissenschaftler waren mir Gefühle verdächtig, beim Komponieren, stellte sich heraus, stand mir der antrainierte Verdacht im Wege. Der Tschechow-Text war ja eher sachlich, als handele es sich um die Beschreibung eines wissenschaftlichen Experimentes, aber eben daraus entwickelte er seine Kraft. Da ich fürs Erste nicht weiterwusste, schrieb ich eine zweite Cello-Suite, die völlig anders war als die erste, für die ich vor bald zwei Jahren einen kleinen Preis erhalten hatte.

Ich arbeitete für meine Verhältnisse sehr schnell. Vieles hatte ich im Kopf, sodass ich es bloß zu notieren brauchte, dann wieder gab es Phasen, in denen ich stundenlang am Klavier saß und mich von einer Note zur nächsten zog. Ich erzählte Franz und Sonja davon, die ich seit der Hochzeit regelmäßig traf, ab und zu allein, Sonja einmal zum Mittagessen, mit einem Anflug schlechten Gewissens, obwohl es sich rein zufällig ergeben hatte.

Ich hatte immer gute Laune, wenn ich sie sah. Dabei war sie nicht unbedingt mein Typ, zart und klein, schmal, helle Augen und dunkles Haar. *Wärmend* war das richtige Wort. Jule, wenn sie nicht tobte, war doch eher kühl. Aber über Jule sprach ich mit Sonja nicht. Mit Sonja sprach ich über Musik, über meine und ihre Arbeit, woran ich saß, was sie probte. Martinů und Bach. Ich hatte sie mehrfach spielen gehört, auf eine überraschend forsche, fast ruppige Art. Musik war harte Arbeit, lautete die Botschaft ihres Spiels. Musik war Sträflingsarbeit, Steine klopfen in einem Steinbruch, egal, ob man sie nun schrieb oder interpretierte.

Ein paar Tage dachte ich an sie, beinahe wider Willen, wie an eine Versuchung. Wir hatten kein weiteres Treffen vereinbart. Ich hatte ihre Telefonnummer, weil Franz sie mir mal gegeben hatte, und sonst war da nichts. Sie geisterte durch meine Musik, aber das hatte nicht viel zu bedeuten. Es geisterte vieles durch meine Musik, Erinnerungen an andere Musiken, Stimmen, Gesichter, Umarmungen, die Geräusche nicht zu vergessen, das Rascheln irgendwelcher Strümpfe, Winde und Wetter, der Bogen eines Cellos. Jule konnte sich an Sonja nur schemenhaft erinnern, und nun war ich also mit ihr essen gegangen, um über Musik zu sprechen, sie hatte kein Problem damit.

Als Jule zum dritten Mal nicht schwanger war, beschlossen wir, für ein Wochenende nach Paris zu fahren. Es war Mitte Mai, Jule schwenkte das Stäbchen mit dem Testergebnis, sagte: Scheißtests, ich glaube, da hilft nur Paris. Natürlich musste sie erst mal rechnen, sagte, welches Wochenende passte, erhielt von ihrer Kollegin Britta einen Tipp für ein Hotel, in der Nähe der Place Pigalle, mittendrin, ziemlich laut, wie sich vor Ort herausstellte, aber sonst alles wie im Film, mit einer freundlichen Patronin, die zur Begrüßung eine Flasche Rotwein aufs Zimmer stellte und wissen wollte, ob Jule und ich verheiratet seien.

Es war später Nachmittag, als wir uns eingerichtet hatten. Jule wollte ein bisschen laufen, mir zeigen, was sie liebte, den Jardin du Luxembourg, das Café von Beauvoir und Sartre, doch es ließ mich überraschend kalt. Ich mochte die Stadt nicht. Oder mochte ich nicht, dass Jule sie so vollständig in Besitz genommen hatte? Kaum war sie in ihrem geliebten Paris, redete sie mit ihrer hohen Stimme, an jeder Ecke musste ich etwas bejubeln oder nicht für möglich halten. Aber sie war glücklich, für ihre Verhältnisse sanft, redete von einem winzig kleinen Georg mit roten Haaren, während ich weiter von einem Mädchen träumte. Jule gab sich absolut sicher, dass es diesmal klappen würde, und war nun wieder deutlich mehr bei der Sache. Paris sei eben ein Ort der Inspiration, zumindest für sie, die am liebsten geblieben wäre und allen Ernstes fragte, ob ich mir vorstellen könne, hier mit ihr zu leben, eines Tages, wenn die Kinder groß seien, was so klang, als rechne sie persönlich mindestens mit fünf.

Ich versuchte mir alles genau zu merken, als ich mit ihr schlief: das weiße Bett, die ausgeblichene Van-Gogh-Reproduktion, das Knattern der Mopeds unten auf der Straße, den obligatorischen Regen. Falls es hier, in diesem Zimmer, passierte, wollte ich später wissen, wie es gewesen war, so wenig sich der Sex in Paris von dem in Hamburg unterschied. Letztlich nur darin, dass ich es erwartete. Der bloße

Gedanke, die Vorstellung davon, war bedeutsamer und erregender als der Vorgang selbst.

Am Tag, als Jule den Test machte, arbeitete ich in der Bibliothek. Ich hatte ewig lange für einen Artikel recherchiert, mich mit Franz und Sonja in der Cafeteria getroffen und bis sieben weitergelesen. Jule erwartete mich schon seit Stunden. Sie machte mir Vorwürfe, gleich in der Tür, denn sie war schwanger, ausgerechnet heute hatte ich sie so lange warten lassen müssen. Sie fiel mir um den Hals, wiederholte, dass sie schwanger sei, ich bin schwanger, ich bin schwanger. Offenbar hatte sie es diversen Leuten bereits erzählt, ihren Eltern, Tom, Claudia und Britta. Mit allen hatte sie im Verlaufe des Nachmittags telefoniert. Willst du es nicht deinen Eltern sagen? Ich machte mich unwillig von ihr los, denn dass ich als einer der Letzten von ihrer Schwangerschaft erfuhr, fand ich nicht richtig, ja empörend. Was ich ihr auch sagte. Warum hast du nicht gewartet? Ich meinte, mit dem Test. Geht das Ergebnis mich nicht genauso an?

Sie zeigte mir das Stäbchen. Man sah zwei kräftige rosafarbene Streifen, die kaum zu unterscheiden waren, was bedeutete, dass es nicht den geringsten Zweifel gab. Freust du dich? Worauf ich wiederholte, dass sie es nicht in der halben Welt herumposaunen hätte müssen. Das gab sie zu. Dass sie zu ungeduldig gewesen sei, dass sie hätte warten müssen. Sie sei fast umgefallen vor Glück. Du warst nicht da, also bin ich eine Stunde in der Wohnung herumgelaufen, um halb fünf rief Claudia an, und da habe ich es ihr natürlich erzählt. Hätte ich es ihr verheimlichen sollen?

Claudia schien nicht besonders euphorisch reagiert zu haben, und auch ich war fürs Erste eher verärgert als erfreut. Ich informierte meine Eltern, erzählte es Ruth. Erst im Bett neben der schlafenden Jule begann ich mich zu freuen. Ich beschwor das Pariser Zimmer herauf, die Details, die nach all den Wochen zu einem unauflöslichen Knäuel von Gedanken, Gefühlen und Bewegungen geworden waren. War es am ersten oder zweiten Tag gewesen, dass sie mich gebissen hatte? Einmal, gegen Mittag, hatte jemand an die Tür geklopft, aber Jule hatte geflüstert: Jetzt nicht, als wolle sie diesem Jemand zu verstehen geben, warum es jetzt nicht passte. War das die Szene gewesen, in der es geschehen war? Ich beschloss, dass es diese und keine andere gewesen sein konnte. Ich hatte ein Kind gezeugt, einen winzigen Klumpen Leben, der in den nächsten Wochen jeder Menge Gefahren ausgesetzt sein würde. Es fiel mir auf, wie wenig ich über die Vorgänge einer Zeugung wusste, mit einem Anflug erster Sorge, dass ich mich kümmern würde müssen, um Jule, die ich vage um die bevorstehende Erfahrung beneidete.

Im Grunde konnte ich mir Jule als Mutter nicht vorstellen. Vielleicht würde sie ruhiger durch das Kind, zumindest hoffte ich das, wobei das Gegenteil mindestens ebenso wahrscheinlich war. Woher Jules Wut kam, habe ich nie herausgefunden. Ich sah, dass sie nicht nur mir galt, denn auch in der Schule lag sie dauernd im Streit, mit älteren Kollegen, Schülern der Mittel- und Oberstufe, die sich unbotmäßig verhalten hatten oder die sie eines solchen Verhaltens verdächtigte. Sie fluchte im Supermarkt, wenn jemand nicht schnell genug bezahlte. Überall waren unfähige und rücksichtslose Leute, vor allem auf den Straßen, weshalb sie beim Fahren regelmäßig brüllte, obwohl keiner der Idioten da draußen sie hörte. Ihr Geschrei hörte immer nur ich.

Wir redeten viel in den nächsten Wochen, in denen sie mal zärtlich, mal unmöglich war. Gleich mehrfach ging es um das Thema Geld, wovon wir eines Tages leben sollten, was mein Beitrag sei. Ich schrieb Artikel, gut, ich komponierte diese Oper. Glaubte ich allen Ernstes, dass sich damit das große Geld verdienen ließ? Sie tat, als frage sie nur. Ich erwarte ein Kind, also darf ich unangenehme Fragen stellen. Sie machte sich Sorgen wegen der Ernährung, was wir täten, wenn das Kind nicht gesund wäre, wenn wir Zwillinge bekämen. Es kann uns der Himmel auf den Kopf fallen, sagte ich. Es gab die ersten Bilder, eine kleine Sichel, die wir wieder und wieder betrachteten, ohne sonderlich klug daraus zu werden.

Sexuell verliefen die Dinge nun in ruhigeren Bahnen. Anfangs kämpfte ich mit der Vorstellung, dass wir es jetzt in gewissem Sinne zu dritt machten, ich fand das unangenehm, bevor ich mir sagte, egal, womöglich konnte der kleine Wurm dem Geschaukel ja etwas abgewinnen. Äußerlich war Jule die Schwangerschaft nicht anzumerken. Sie meinte eine kleine Wölbung zu bemerken, stand täglich vor dem Spiegel und blickte versonnen wer weiß wohin.

Ende des zweiten Monats begann ich mich mit dem kleinen Wesen zu unterhalten, abends drei, vier Sätze vor dem Einschlafen. Die ersten Male lachte mich Jule aus, aber das ignorierte ich. War es nicht meine Pflicht, Kontakt aufzunehmen? Ich erklärte, wer ich war, von wo aus ich sprach. Ich war der, der draußen war. Als Mann war man in dieser Frage draußen. Deshalb brauchte ich die Stimme, während Jule von innen kommunizierte und auf Worte nicht angewiesen war.

Anfangs fiel mir nichts ein, ein paar Formeln, obwohl ich auch an die Macht der Formeln glaubte. Erzählen war eine Frage des Trainings, stellte ich fest, der Gewohnheit. Je öfter ich mich über Jules Bauch beugte, desto ausführlicher berichtete ich: Was ich oder Jule gekocht hatten, welches Wetter draußen war, dass es Bäume gab, fliegende Blätter im Wind, Häuser, Straßen, Städte. Ich war glücklich. Der

Anfang war gemacht, die ersten Takte, selbst wenn das kleine Ding noch gar nicht hörte.

Jule und ich erwogen diverse Namen, wurden uns aber nicht einig. Auch auf den Nachnamen konnten wir uns nicht verständigen, aber es blieb ja genügend Zeit. Der Oktober verging, der November. Wir erfuhren, dass es ein Mädchen war, also redete ich jetzt mit einem Mädchen, das schon Arme und Beine hatte, winzige kleine Finger, Frühformen eines Gesichts.

Für mich war es die ruhigste Zeit meines Lebens. Wir arbeiteten, sahen Jules Bauch wachsen, studierten die neuesten Fotos. Auch Jule war sehr ruhig, schaute weiter viel nach innen, wo der kleine Mensch war. Sieben Jahre kannte ich sie jetzt. Der Anfang war ein Albtraum gewesen, manchmal dachte ich daran. Auch an das Kind, das wir nicht gewollt hatten, dachte ich. Es ginge jetzt zur Schule, rechnete ich mir vor, so schwer vorstellbar das war. Ob das Kind in Jules Gedanken vorkam? Sie sprach die Dinge in der Regel aus, deshalb schien es nicht der Fall zu sein, aber darin konnte ich mich täuschen.

Ich fragte mich, was ich eigentlich von ihr wusste, was sie von mir wollte, außer das Kind, die gemeinsame Wohnung, dass man alles gemeinsam irgendwie erledigte und dann abends vor der *Tagesschau* saß. Einmal hatte ich versucht, davon zu sprechen, morgens im Bad, als es keine Frage war: Was um Himmels willen machen wir da? Warum leben wir? Warum ausgerechnet du und ich? Jule hatte nicht geantwortet. Sie hatte mich geküsst, als sei ich nicht ganz bei Trost, aber als habe sie hier und heute keine Mühe, darüber hinwegzusehen. Auch ich sagte weiter nichts, fand, dass sie gut roch, dass sie mir ein Rätsel war, von ihren Gerüchen abgesehen, denn mit ihren Gerüchen war ich immer im besten Einvernehmen gewesen.

5

ALS DIE ZWILLINGE ENDLICH SCHLIEFEN, forderte Greta,
dass ich ihr noch vorlas. Wir waren seit dem Morgen unterwegs gewesen, es war lange nach neun, für eine Vierjährige
sehr spät, trotzdem gab ich nach, setzte mich auf das Sofa
im Schlafzimmer und las ihr zum x-ten Mal das Märchen
von Rapunzel vor. Greta liebte Rapunzel, überhaupt alle
Geschichten, in denen Prinzessinnen die Heldinnen waren,
bedrängte und in letzter Sekunde glücklich gerettete Mädchen. Jule schaute der Szene vom Bett aus kopfschüttelnd
zu, aber wahrscheinlich war sie nur am Ende ihrer Kräfte,
was seit Jahren der Dauerzustand war, Ergebnis des perma-
nenten Schlafmangels, der Reibereien, die es zwischen uns
gab, dem nicht nachlassenden Gefühl der Überforderung.

Es war der erste Urlaub zu fünft. Die Zwillinge hatten
den halben Flug gebrüllt, sodass es schnell wie ein unver-
zeihlicher Fehler aussah, dazu die lange Fahrt im Wagen,
bei sengender Hitze von Nord nach Süd auf schrecklich
kurvigen Straßen. Das Quartier allerdings war ein Traum,
weit schöner als auf den Fotos, die uns die deutsche Besit-
zerin geschickt hatte, das Haus, auf halber Höhe in einen
Hang gesetzt, mit vier Zimmern plus Wohnküche und einer vom Wein überwucherten Terrasse mit Meerblick.

Wir tranken ein Glas Retzina und verteilten die letzten
Aufgaben, in einer raschen, eingeübten Art, die ein Schweigen war: Wer die Fläschchen mit dem Tee vorbereitete, wer
in der Nacht aufstand. Jule hatte die Zwillinge kürzlich ab-

gestillt, seither hatte sie immerhin ihren Körper zurück, aber Lotte und Felix waren erkältet, sodass auf ungestörten Schlaf nicht zu hoffen war. Jule stöhnte. Würden diese zerhackten Nächte nie ein Ende nehmen? Sie war nach zwei Schwangerschaften so dünn wie nie zuvor, fast ein wenig knochig, allerdings schaute ich kaum noch hin, verzichtete ihr zuliebe auf die abendliche Lektüre, hörte auf die Zwillinge, die nicht den geringsten Laut gaben und bis morgens um sieben, als Greta zu uns ins Bett kroch, durchschliefen.

Innerhalb weniger Tage entstand ein zuverlässiger Rhythmus. Jule übernahm die Kinder, während ich unten im Ort die Einkäufe erledigte und das Frühstück vorbereitete. Spätestens um neun waren wir am Strand, wo die Zwillinge, kaum dass wir uns niedergelassen hatten, im Buggy ihren Vormittagsschlaf hielten, während Greta im Wasser planschte oder Muscheln mit mir sammelte. Ab eins war die Hitze unerträglich. Am ersten Tag hatten wir in einer Taverne eine Kleinigkeit gegessen, doch mit drei quengelnden Kindern war es das Geld nicht wert, sodass wir beschlossen, in den Mittagsstunden ins Haus zu fahren, selbst wenn es so vier Wege täglich waren.

Greta malte in der Regel, auf der Terrasse stand ein langer Tisch, den die Zwillinge in unterschiedlichen Geschwindigkeiten umkreisten, oder ich warf sie abwechselnd in die Luft oder machte Hoppehoppereiter. Jule versuchte zu lesen. Auch am Strand las sie viel. Wenn die Sonne tiefer stand, ging sie gelegentlich ins Wasser und überließ die Kinder weitgehend mir. Die beste Zeit war am frühen Abend, wenn alle allmählich Hunger bekamen und ich mit Greta überlegte, was es zum Essen geben sollte, manchmal nur Schafskäse und Tomaten, Spaghetti in allen Variationen, einmal Lamm.

Schwierig wurde es, wenn die Kinder im Bett waren.

Nach neun frischte es vom Meer her auf, aber in den Zimmern blieb es trotz geöffneter Fenster stickig und heiß, und also saßen wir schweigend auf der Terrasse, machten eine zweite Flasche Wein auf, bis Jule irgendwann aufstand und mit einem geräuschvollen Gähnen im Bad verschwand. Zärtlichkeiten fanden nicht statt.

Das Bett, in dem wir schliefen, war nicht sehr breit, nichts wäre naheliegender gewesen, als sexuellen Kontakt aufzunehmen, doch Jule zeigte kein Interesse. Bei mehreren Gelegenheiten ließ sie mich wissen, dass ich sie nur störe, dauernd habe sie einen Ellbogen oder ein Knie im Bauch, außerdem knirsche ich schrecklich mit den Zähnen. Ich kann ja gehen, sagte ich am dritten oder vierten Abend, als ich schon neben ihr lag und beschloss, meine Nächte ab sofort auf dem Sofa zu verbringen.

Das Sofa war nur wenige Schritte vom Bett entfernt, trotzdem empfand ich es als tiefen Einschnitt. Ich war erleichtert, zugleich bestürzt, dass ich so erleichtert war, als wäre es der Anfang vom Ende. Es war Monate her, dass wir zuletzt miteinander geschlafen hatten, ohne dass es ihr viel bedeutet hätte. Ihre eigenen Bedürfnisse hatten sich in Luft aufgelöst. Na gut, Sex, schien sie zu denken, er ist ein Mann, Männer können nicht anders. Oder hatte ich nur den Deal nicht rechtzeitig begriffen? Ein paar Jahre bekommst du Sex, wir gründen eine Familie, und danach musst du eben sehen, wie du dich zurechtfindest?

Ich verstand es nicht. Ich dachte an die bevorstehende Premiere meiner Oper, mit der ich die Hoffnung auf ein neues Leben verknüpfte, im Falle des Erfolgs, wobei der Erfolg ja darin bestand, dass sie aufgeführt wurde. Ich hatte zwei Jahre hart gearbeitet, ich hatte Geld verdient und würde hoffentlich weiteres verdienen, am Ende würde mich das ja aus allem hinauskatapultieren.

Zu Beginn der zweiten Woche reiste Christian mit seiner neuen Freundin Tessa an. Ich hatte mir wer weiß was davon erhofft, eine kleine Entlastung mit den Kindern, Gespräche, aber es wurde nicht viel daraus. Christian und Tessa hatten ein Zimmer im Dorf und ließen sich selten blicken, sie saßen nächtelang in lärmigen Tavernen und schafften es selten vor Mittag aus dem Bett. Christian kannte Tessa zwei Monate und war verrückt nach ihr. Dauernd hatte er die Hände an ihr, knabberte an ihrem Ohr, leckte ihr die Finger. Wann immer man sie traf, schienen sie soeben Sex gehabt zu haben. Sie rochen förmlich nach Sex und machten keinen Hehl daraus, Tessa regelmäßig ungekämmt, irgendwie wund, dachte ich, als stelle Christian die unfassbarsten Dinge mit ihr an.

Um die Kinder scherten sie sich keine Sekunde. Sie nahmen sie überhaupt nicht wahr, obwohl Greta es bei Christian mehrfach versuchte und ihn zweimal dazu brachte, mit ins Wasser zu gehen, und dann wissen wollte, warum Tessa so strubblige Haare habe.

Auch Jule kümmerte sich so gut wie nicht, war gereizt, wenn ich für eine halbe Stunde zum Schwimmen verschwand oder bei Christian und Tessa unter dem Sonnenschirm saß. Bei jeder Kleinigkeit beschwerte sie sich, scheuchte mich auf, um neues Wasser für die Kinder zu holen, ich hatte keine ruhige Minute, während sie alle zwei Tage einen neuen Krimi begann und darauf achtete, dass sie an allen Stellen schön braun wurde. Sogar dem verliebten Christian fiel das auf. Augenscheinlich sei ich gerade dabei, meine Schulden der vergangenen Jahre abzuarbeiten. Wir sollten zusammen wandern, schlug er vor, um von mir postwendend zu hören, dass das wegen der Erkältung der Zwillinge völlig unmöglich sei. Ich verstehe, sagte Christian, so mit einem Blick, der mir sagte, dass er es allmählich aufgebe, als sei ich ein hoffnungsloser Fall, ein Gefangener, der seine Zelle nicht mal verließ, wenn der Wärter sie aus Versehen offen ließ.

Am vorletzten Abend kamen sie zum Essen. Jule hatte zur Bedingung gemacht, dass ich mich um alles kümmerte. Ich setzte die Zwillinge in ihre Stühlchen, war lange damit beschäftigt, die Fische auszunehmen, feuerte zwischendurch den Grill an, während Jule nebenan im Schlafzimmer jammerte, dass sie am Vormittag zu viel Sonne erwischt habe. Greta versuchte sie zu trösten, mit mäßigem Erfolg, denn Jule herrschte sie mehrfach an, sie brauche jetzt, verdammt noch mal, kein Licht, sie habe schreckliche Kopfschmerzen, sie wolle, verdammt noch mal, ihre Ruhe. Mussten wir ausgerechnet heute Christian und seine blöde Freundin empfangen?

Die Fische waren durch, als sie erschien. Tessa hatte sich bereit erklärt, die Zwillinge auf ihren Schoß zu nehmen, während Christian die Gläschen warm machte und Nudeln für Greta kochte. Jule musste sich nur setzen und an ihrem Wein nippen, aber ihr schmeckte der Fisch nicht und sie klagte weiter über Kopfschmerzen. Die Gespräche schleppten sich dahin, erst als die Kinder im Bett waren, wurde es besser. Ich fragte Tessa nach dem Theater, denn Christian hatte erzählt, sie wolle zum Theater und sei fast daran verzweifelt. Sie bemühte sich seit Jahren, auf einer Schauspielschule angenommen zu werden, machte Beiträge fürs Radio, ergatterte hie und da eine Nebenrolle im Fernsehen. Jule war anzumerken, dass sie Tessa nicht ernst nahm, jedenfalls war das mein Eindruck, denn nach außen tat sie weiterhin freundlich und verabschiedete sich früh ins Bett.

Sie hat dich ziemlich im Griff, sagte Christian. Kann es außerdem sein, dass sie uns nicht mag? Ich begann das sofort wortreich zu bestreiten. Jule habe ein furchtbar anstrengendes Jahr hinter sich, das Leben mit Kindern lasse kaum Raum, es komme zu Kämpfen, ich sei der Kämpfe müde. Das immerhin gab ich zu. Schon vor der Geburt der Kinder war unsere Ehe eine nicht enden wollende Serie von Kämpfen gewesen. Trotzdem redete ich weiter von den Kindern, als wären sie der Grund, erwähnte den einen oder anderen Streit, die Nächte, Jules Stillschwierigkeiten mit Greta, dabei lag das nun wirklich Jahre zurück. Tessa sah mich aufmerksam an, wie einen Lügner, dachte ich, während Christian mühevoll verbarg, wie unendlich ihn meine Geschichten langweilten.

Wäre ich ehrlich gewesen, hätte ich sagen müssen, dass meine Ehe ein Witz war. Etwas, das ich nur irgendwie hinter mich brachte, die Momente mit den Kindern ausgenommen. Mein Liebesleben bestand seit Jahren darin, dass ich masturbierte. Ich dachte an andere Frauen, die Apothekerin in der Straße, die ein Gefühl der Verheißung in mir verbreitete, ein paar Wochen lang, bevor eine andere an ihre Stelle trat. Aber das sagte ich Christian und Tessa nicht. Es war auch zu erbärmlich. Mein halbes Leben schien aus Erbärmlichkeiten zu bestehen, in Hamburg mehr noch als hier.

Christian umarmte mich zum Abschied. Er und Tessa würden eine weitere Woche bleiben. Sie hatten im Hafen ein altes Fischerboot entdeckt, das sie in den nächsten Tagen streichen wollten und dann sehen, was sich damit anfangen ließ. Tessa wollte zu einer der kleinen Inseln fahren, man konnte vom Boot aus ins Wasser springen oder sich einfach treiben lassen. Ihr habt es gut, sagte ich und lachte, wobei ich feststellte, dass ich sie nicht beneidete, von dieser Art Leben träumte ich nicht oder allenfalls in dem Sinne, dass ich es versäumt hatte.

★

DREI TAGE VOR DER URAUFFÜHRUNG gab ich im Garten mein erstes Interview. Der Fotograf war entzückt, dass Felix und Lotte lärmend über den ungemähten Rasen stapften, bis Greta sie in Jules Auftrag Richtung Sandkasten lotste. Der Journalist war kein Experte für Musik, dafür stellte er interessante Fragen, manche etwas sehr privat, über meine Anfänge, Fragen zu Kunst und Leben, ob man beides haben könne oder nur eines, offenbar war seine Idee, nur eines. Brauchte man zum Komponieren nicht absolute Stille? Ja, gelegentlich brauche man Stille, sagte ich, Phasen absoluter Ruhe, was nicht dasselbe sei. Ich lobte meine Kinder. Erst durch sie hätte ich begriffen, was Arbeit sei. Kinder brächten den Tod ins Spiel, sagte ich, man begreife, dass man nicht unendlich viel Zeit hat, für diese Erkenntnis sei ich ihnen dankbar.

Jule hätte das mit Sicherheit anders formuliert. Sie arbeitete seit dem Urlaub wieder voll und beobachtete misstrauisch, wie viele Termine ich auf einmal hatte, eine Besprechung mit dem Regisseur hier, eine zusätzliche Probe da, obwohl sie nach außen so tat, als gönne sie mir den Trubel. War es nicht auch ihr Werk, dass man mich nun so viel lobte? Mal freute sie sich für mich, mal war sie unzufrieden. Um sie herum sei überall Bewegung, nur bei ihr bewege sich nichts. Sie begann über diverse Projekte in Haus und Garten nachzudenken. Wenn durch die Oper demnächst frisches Geld hereinkäme, könne man überlegen, die Terrasse zu einem Wintergarten umzubauen. Vielleicht sollten wir etwas kaufen, meinte sie. Sie hatte mit ihren Eltern gesprochen, mit dem Vermieter, einer Architektin, die jederzeit bereit sei, sich mit uns zu unterhalten. Im Keller eine Sauna wäre nett, sie wollte das Dachgeschoss ausbauen lassen, mit eigenem Bad und zwei großen Fenstern. Jeden zweiten Tag hatte sie Neuigkeiten, ließ sich nicht entmutigen, selbst wenn ich sagte, heute nicht, bestellte stapelweise Prospekte, redete mit der Bank, noch einmal mit ihren Eltern. Ob ich die Tage eine Stunde Zeit hätte, um mit der Architektin einen Rundgang durchs Haus zu machen? Manchmal war es nicht zum Aushalten. Trotzdem gab ich in aller Regel nach oder ließ sie reden, bevor ich unter einem Vorwand das Haus verließ und mich fragte, mit welchem Recht sie eigentlich mein Geld verplante.

Am Tag der Aufführung erschien das Interview, das ich im Garten gegeben hatte, mit großem Bild auf der dritten Seite. Ich gab ein Telefoninterview fürs Radio, legte mich eine Stunde in die Wanne und blieb bis zum Mittag im Bademantel, während Jule großen Wirbel wegen des Babysitters veranstaltete, der Tochter einer Kollegin, die erst zwei Mal da gewesen war und für kleine Kinder, so behauptete Jule, nicht das geringste Empfinden hatte. Das Mädchen war für sechs bestellt, was Jule nicht davon abhielt, lange vor fünf nachzufragen, ob es auch bestimmt rechtzeitig da sei. Noch im Wagen malte sie sich allerlei Unglücke aus, fand es im Nachhinein idiotisch, dass das Mädchen bei uns übernachtete, denn so spät würde es doch hoffentlich nicht werden.

Es war mein großer Tag, aber Jule machte ein Gesicht, als müsse sie zu einer Beerdigung, was in gewissem Sinne zutraf, denn für mich ging heute etwas zu Ende. Neidisch war das falsche Wort. Oder doch nicht? Von heute auf morgen war ich in der Welt, damit hatte Jule nicht gerechnet. Ich hatte unzählige Leute kennengelernt, von denen sie allenfalls die Namen wusste, hing seit Tagen am Telefon, in einer aufgeräumt euphorischen Stimmung, die nicht ihr galt. Die ganze Fahrt wiederholte Jule, wie nervös sie sei, was nach dem zehnten Mal so klang, als wünsche sie sich nichts sehnlicher als eine Katastrophe. Plötzlich wollte sie verreisen, nur du und ich, sagte sie. Wenn das hier vorbei ist, wenn du berühmt bist, scherzte sie, was sich wiederum so anhörte, als trauere sie schon heute um die Jahre, in denen ich still und leise in meinem Kämmerchen vor mich hin gearbeitet hatte.

Der Abend wurde ein großer Erfolg. Während der letzten Takte dachte ich: Okay, jetzt fallen sie gleich über dich her, dann bist du erledigt. Drei, vier Sekunden blieb es still, wie vor einem Gewitter, ehe ein großes Getöse losbrach, der Applaus, vereinzelt Jubel, die nicht enden wollenden Verbeugungen. Wie damals auf der Hochzeit musste ich auf die Bühne, sah von oben die Menge, in der ersten Reihe meine Eltern, Ruth und Marc und Jule. Ich fühlte mich ausgesetzt und zugleich berauscht. Das also war der Lohn, dachte ich, wenngleich ein Gefühl der Befremdung blieb.

Später gab es Champagner. Es tauchten tausend Leute auf, um zu gratulieren, Leute vom Haus, als einer der ersten mein Vater, Jule, die mich wortlos anstarrte, die früheren Kommilitonen, Sonja im roten Kleid, in ihrem Schlepptau Franz, später mein Professor. Ich redete viel zu lange mit einem Kritiker, der mich nach meinem Verhältnis zu Weill befragte, er meine da hie und da ein Echo der *Todsünden* gehört zu haben, Weill habe ja derzeit so eine kleine Renaissance. Sonja sagte: Ich würde dich schrecklich gerne treffen, worauf ich versprach, sie die Tage anzurufen, es aber nicht tat. Dauernd wollte mich jemand treffen oder mit mir telefonieren, und weil ich seit Langem wie aus der Welt gefallen war, sagte ich in praktisch allen Fällen zu und hatte am Ende des Abends Termine für drei Wochen.

Mit Jule sprach ich wenig oder beinahe gar nicht. Gegen Mitternacht deutete sie mehrfach ungehalten auf die Uhr, wieder und wieder, als wäre ich schwer von Begriff. Danach war sie nicht mehr zu sehen, offenbar war sie nach Hause gegangen. Meine Mutter fand das seltsam, ob Jule schlechte Laune habe, ausgerechnet heute, worauf ich knapp erwiderte, dass ich mich für Jules Launen nicht interessiere, es gehe bei uns seit Längerem ein jeder seiner Wege.

Als ich gegen halb zwei nach Hause kam, war sie noch wach. Sie hatte auf mich gewartet und fing gleich an, mich mit neuen Umbauplänen zu bombardieren, auch als ich ihr sagte, dass ich zu müde dafür sei, dass es eine Zumutung sei, worauf sie wiederholte, nur ein paar Minuten.

Zu dem Abend sagte sie kein Wort. Sie hatte auch kein Wort gesagt, als ich fertig war, vor über einem Jahr, in einem, wie ich fand, heiligen Moment. Sie war über das Wochenende mit den Kindern zu ihren Eltern gefahren, die Kinder waren im Bett, es war nach zehn, als ich ihr am Telefon berichtete. Ich hatte befürchtet, das Ende werde besonders schwierig, und nun war es das Allerleichteste gewesen. Ich sagte ihr, dass ich eine Flasche Wein geöffnet hätte, dass ich es nicht glaube. Glaubst du es? Worauf sie erwiderte, wenn ich es sage, werde es gewiss wahr sein, und dann umständlich erzählte, wie Greta beim Spazierengehen wer weiß was geplappert hatte, etwas über Pferde, die seit Wochen ihr Lieblingsthema waren. Das Wort Rennpferd verstand ich, obwohl es genauso gut *gern ein Pferd* heißen konnte. Ich fasste es nicht. Ich beendete die größte und schwierigste Arbeit meines Lebens, und Jule kam mit Gretas Pferdegeschichten. Ich fragte, ob das alles sei, was sie zu sagen habe. Was alles, fragte sie zurück, und darauf wurde ich ganz leise und bedankte mich bei ihr, vielen herzlichen Dank, du kannst mich mal.

*

DREI MONATE SPÄTER BEICHTETE ICH ihr die Geschichte mit Sonja. Der Zeitpunkt war nicht allzu günstig, wir hatten den Sonntag ohne Kinder bei Freunden auf dem Land verbracht und fuhren gerade zurück, es war schwül, und so, im Wissen um die begrenzte Zeit, versuchte ich zu sprechen. Jule saß am Steuer. Ich sah sie schalten, wie sie auf den Verkehr achtete, dauernd überholte und auf die rechte Spur wechselte, sodass ich mehrfach die Luft anhielt und fieberhaft überlegte, ob ich es tun sollte.

Ich machte eine Bemerkung über das Wochenende, um dann wie aus dem Nichts auf das Thema zuzusteuern. Dass ich seit Wochen über unsere Ehe nachdächte, was wir noch voneinander wollten, von den Kindern abgesehen, wir hätten uns ziemlich auseinandergelebt. Überraschen konnte Jule das nicht. Trotzdem fühlte ich mich erbärmlich, redete aber tapfer weiter, mit den in solchen Fällen üblichen Formeln, wahrscheinlich sei es kein geeigneter Moment. Kurz: ich hätte jemanden kennengelernt, eine Frau, kennengelernt sei falsch. Ich nannte keinen Namen, ließ aber keinen Zweifel, dass es etwas war, über das ich nicht hinweggehen konnte, deshalb würde ich es ja erzählen.

War damit nicht alles gesagt? Der Vorfall lag erst zwei Tage zurück, die *Nacht,* obwohl es später Nachmittag gewesen war, ein halber Zufall, wenn ich es recht bedachte, wobei ich diesen Zufall aktiv herbeigeführt hatte. Seither fragte ich mich, was es bedeutete. Auch Sonja fragte sich das. Oder lag die Bedeutung darin, dass es geschehen war?

Jule sagte nichts, schaute kurz her und wieder weg, offenbar wartete sie auf Details. Sie wirkte erschöpft, nicht sonderlich aus der Fassung, als müsse sie lediglich überlegen, was die passende Antwort war. Doch kam es darauf noch an? Ich rechnete mit den unterschiedlichsten Reaktionen:

Dass sie in Tränen ausbrach, dass sie mich anschrie, aber stattdessen versuchte sie es mir zu verbieten. Sie verlangte, dass ich die Sache auf der Stelle beende. Du siehst diese Frau nie wieder, sagte sie. Worauf ich ohne Überlegung zurückgab, dass ich treffen könne, wen ich wolle. Ich sei ihr keine Rechenschaft schuldig, was sie sofort bestritt, etwas matt, du bist verheiratet, du kannst nicht machen, was du willst. Es gab einen kurzen Schlagabtausch über das Thema Freiheit, was einer durfte und was nicht, wer darüber bestimmte, so wie es aussah nur sie. *Du kannst nicht machen, was du willst.* Ich war erstaunt, in welchen inneren Aufruhr ich geriet, während Jule weiterfuhr und schließlich meinte: Holen wir erst mal die Kinder, wir reden heute Abend.

Die Wahrheit war, dass es, genau genommen, zwei Vorfälle gegeben hatte, beide Male in Sonjas Wohnung, die ich auf Anhieb mochte, mitten im Zimmer das Cello, an den Wänden die Fotos, das schmiedeeiserne Bett. Ich hatte Sonja seit Wochen nicht gesehen und selten an sie gedacht, erst als ich sie zufällig auf der Straße traf, begann ich sie zu vermissen. Warum hatte ich bloß nie angerufen? Ich muss verrückt gewesen sein, dass ich dich nie angerufen habe. Ich versprach, es gleich heute nachzuholen, womit ich sie zum Lachen brachte und dann einfach mit ihr ging und mich wunderte, wie viel wir zu besprechen hatten, erst lange in einem Café und später bei ihr in der Küche, wo es zu ersten Zärtlichkeiten kam, als sie zwischendurch aufstand, um neuen Tee aufzusetzen, und ich sie kurzerhand zu mir herzog.

Sie war einen halben Kopf kleiner als ich, um die Hüften rundlich, kompakt, dachte ich, jemand, den man von hier nach da tragen konnte, auf eine kraftvolle Weise sanft. Mir gefiel es, wie sie sich ohne Umstände vor mir auszog, ohne Tamtam die Verhütungsfrage besprach und erklärte, dass sie sehr froh sei, mich bei sich zu haben, hundert Mal lieber als manch anderen, den sie in den letzten Jahren empfangen habe, selten mit guten Gründen.

Sie hatte kleine, feste Hände und schlug ein mittleres Tempo an, sodass ich alles gut mitverfolgen konnte, Ursache und Wirkung, ihre Finger, hie und da einen Satz, ein Flüstern, das nur aussprach, dass sie hier, in meiner Nähe, war.

Das Problem war, dass ich nicht konnte. Mal glaubte ich, ja, dann wieder musste ich mir eingestehen, dass es in diesem Zustand unmöglich war. Ich begann mich wortreich zu erklären, mit den allerpeinlichsten Empfindungen, dass ich das von mir nicht kenne, was sie jetzt um Himmels willen denke, ich hoffe, du denkst nicht, dass ich es nicht will. Das denke sie ganz bestimmt nicht, erwiderte sie, sie betrachte meine Anlaufschwierigkeiten als Kompliment. Wir haben Zeit, sagte sie, wenn etwas wichtig ist, hat es Zeit, und tatsächlich gab es zwei Tage später nicht das geringste Problem.

Ich wollte ewig lang nicht von ihr weg und musste es doch tun, seltsam erleuchtet, mit einem Rest Unglauben, als hätte ich das meiste nachträglich erfunden, die Geräusche, das fugenlose Einverständnis, das eine Frage des Timings war, der anverwandten Körper, oder was immer dabei eine Rolle spielte.

Am Abend wollte Jule wissen, wer die Frau war. Wo ich sie kennengelernt hatte, ihr Alter, wer war, verdammt noch mal, diese Frau. Sie vermutete, eine Musikerin, die dunkle Sopranistin, hatte sie den Verdacht, jemand aus dem Orchester, eine wie Sonja, die mir schon auf der Hochzeit schöne Augen gemacht habe. Ist es Sonja? Ich fragte: Was hast du gegen Sonja, du kennst sie doch kaum, und Jule:

Also ist es Sonja. Sie wollte wissen, wie oft, bei welcher Gelegenheit, alles auf eine hässliche, abstoßende Art. Ist es, weil sie jünger ist? Wahrscheinlich ist sie gut im Bett, höhnte sie, ihr gottverdammten Männer seid doch alle gleich, Hauptsache, ihr habt ein Loch, in das ihr euren Schwanz stecken könnt.

Ich hatte geglaubt, wir würden darüber reden, aber jetzt zeigte sich, dass wir das nicht konnten. Selbst über die Clemens-Sache hatten wir nie geredet, stattdessen hatten wir drei Kinder in die Welt gesetzt und erhielten jetzt die Quittung dafür.

Beim Abendessen dachte ich, dass nun alles unwiderruflich aus den Fugen geraten war, jedenfalls für mich, der ich mehrfach die Sonja-Szenen Revue passieren ließ, mit einer saugenden Sehnsucht, die ich an mir nicht kannte. Die Kinder plapperten, als sei alles in bester Ordnung. Bekamen sie wirklich nicht mit, was los war? Oder plapperten sie, eben *weil* sie das meiste mitbekamen und von Anfang an mitbekommen hatten, während der Schwangerschaft die Brüllereien, Jules Wut, als sie bei den Zwillingen wochenlang liegen musste, ihre anfängliche Panik beim Stillen.

Ich wusste nicht, was ich tun sollte. Jule hatte die Kinder ins Bett gebracht und war dann ohne ein weiteres Wort verschwunden. Alles war still, wie verlassen. Die Zwillinge lagen friedlich auf ihrer Matratze, halb umarmt wie zwei Kätzchen, die nicht ahnten, dass man sie am nächsten Morgen in der Regentonne ertränken würde. Ich strich ihnen abwechselnd über den Kopf und fühlte mich wie ein Verbrecher. Auch Greta strich ich über den Kopf. Sie bewegte sich und streckte ihre Arme nach mir aus, als hätte sie noch im Schlaf das allerursprünglichste Vertrauen, dass ich ihr Vater war und es unter allen Umständen bleiben würde.

Die darauffolgenden Wochen ging ich Jule so gut es ging aus dem Weg. Ich legte mich ins Bett, wenn sie schon schlief, schlief aber weiterhin im gemeinsamen Bett, stand am Morgen früh auf, kümmerte mich um die Kinder. Ich machte die Wege, kaufte ein, holte die Kinder aus dem Kindergarten, um dann bis zum Einbruch der Dunkelheit auf irgendwelchen Spielplätzen flüsternd mit Sonja zu telefonieren. Alles wollte ich von ihr wissen. Was sie gerade spielte, was sie anhatte. Ich kann dich sehen, flüsterte ich, ich küsse dich, da und da, und sie antwortete, ja, küss mich, immer und überall. Wie geht es dir, fragte sie. Ist es schlimm? Hoffentlich ist es nicht nur schlimm.

Zeit hatten wir selten. Sonja saß sieben, acht Stunden am Cello, um sich auf den nächsten Wettbewerb in Kopenhagen vorzubereiten, und ich konnte ab dem Nachmittag schwer weg. Wir telefonierten, trafen uns zwei Stunden in einem Café oder zu einem atemlosen Spaziergang an der Alster, immerzu in Erwartung eines Kontrollanrufs, denn seit Neuesten rief Jule zu allen möglichen Tageszeiten an, wollte wissen, wo ich war, was aus den Kindern werden solle, warum denkst du nicht wenigstens an die Kinder. Einmal holte sie Greta ans Telefon und ließ sie aufsagen, wie traurig sie sei, auch Mama sei traurig, deshalb könne sie morgen nicht in die Schule. Sonja drehte sich schnell weg, wenn einer dieser Anrufe kam, und sagte danach nicht viel. Was sollte man zu alledem auch sagen.

Ich aß kaum mehr, ich nahm ab, befolgte Jules Befehle, die auf diese Weise demonstrierte, dass für sie das Leben so weitergehen konnte. Reden wollte sie nicht. Ich hatte gedacht, sie würde sich bemühen, aber sie ließ mich nur spüren, wie angewidert sie war. War ich ihr mit allem nur zuvorgekommen? An manchen Tagen hielt ich das für denkbar und dass sie nur litt, weil sie die Macht über mich verloren hatte.

Wie aus alter Gewohnheit ließ ich mich weiter beschimpfen, wenn sie vermutete, dass ich bei Sonja gewesen war, wenn ich zu lange mit den Nachbarn redete oder vom Supermarkt anrief und ankündigte, es werde wahrscheinlich später. Manchmal hatte ich den Eindruck, Jule führe Buch über meine Verspätungen. Sie schnüffelte an meiner Wäsche, durchsuchte meine Taschen nach Kondomen, vor meinen Augen im Flur, obwohl ich ihr gesagt hatte, dass ich Sonja kaum sah. Auch an meinem Computer schien sie gewesen zu sein. Ich musste ihr sagen, dass ich das nicht dulde, mit welchem Recht gehe sie an meine Sachen, was sie mit der höhnischen Bemerkung quittierte, mit welchem Recht ich eine Familie mit drei Kindern ruiniere.

★

ANFANG DEZEMBER BLIEB ICH bei Sonja über Nacht. Ich schrieb Jule eine SMS, in der ich ihr mitteilte, dass ich heute nicht käme, und schaltete das Handy aus, überrascht, dass ich das konnte, ohne jede Reue. Ich schaute Sonja beim Kochen zu, aß das erste Mal mit ihr, richtig mit Appetit, endlich auch mit Zeit, ich hätte ewig so mit ihr sitzen können. Übermorgen früh würde sie zu ihrem Wettbewerb fliegen, aber da sie seit Wochen jede Minute geübt hatte, war sie erstaunlich entspannt, wollte später für mich spielen, erst den Britten und den Penderecki und zum Abschluss aufs Neue meine Suite. Sie rauchte nach dem Essen, machte eine Bemerkung zu meinem Hemd, zu meinem Schwanz. Hat dir schon jemand gesagt, was für einen hübschen Schwanz du hast?

Wieder konnte ich mich nur wundern, wie passend alles war, lange nach neun, als sie zu spielen begann, mit einem weichen, dringlichen Strich, jede Sekunde klar und als

110

könne alles nur so sein wie es eben war. Ich hörte ihr zu, ohne groß zu denken, betrachtete ihr Kleid und dachte allenfalls: ein Kleid, registrierte, wie sie den Bogen hielt, ihren leicht gebeugten Rücken. Sie spielte ohne Pause, setzte kurz ab, nickte und spielte weiter. Sie wusste selbst, wie gut sie war. Sie lächelte und sagte etwas zu den letzten Takten, dass sie viel über meine Musik nachgedacht habe, über sich, ihren Ehrgeiz, was das Problem am Ehrgeiz war.

Jule empfing mich mit hasserfülltem Blick, als ich am nächsten Morgen kam. Die Kinder saßen im Wohnzimmer und sahen *Die Sendung mit der Maus,* deshalb wurde sie gleich laut, was ich mir einbilde, am liebsten würde sie mir das Haus verbieten, wenn das so weitergeht, werfe ich dich hinaus. Ich hoffe, du hast wenigstens geduscht, zischte sie, aber wahrscheinlich habt ihr zum Duschen keine Zeit.

Offenbar hatte sie seit gestern ununterbrochen telefoniert, die Freunde seien ausnahmslos entsetzt und überlegten, ob sie weiter mit mir zu tun haben wollten. Sie machte einen Schritt auf mich zu, hob kurz die Hand, ehe sie sich angeekelt abwandte und zu den Kindern ging.

Nach diesem Vorfall zog ich in mein Arbeitszimmer. Ich holte mir eine alte Matratze aus dem Keller, stellte die Schreibtischlampe ans Bett. Jule war es anscheinend völlig gleichgültig, wo ich schlief, aber spätabends, als sie vom Bad aus hörte, wie ich mich einschloss, war sie außer sich. Sie hämmerte wütend an die Tür und schrie, ich hätte kein Recht, mich einzuschließen, mach auf der Stelle die Tür auf, begleitet von weiteren Beschimpfungen, unbestimmten Drohungen, ich werde mich noch wundern.

Plötzlich traute ich ihr alles zu. Dass sie mich im Schlaf angriff, mit einem Messer aus der Küche, dass sie mich im Schlaf erstickte. Ich fand lange keine Ruhe, stand mehrfach auf, um zu prüfen, ob ich wirklich abgeschlossen hatte, in einem Gefühl der Bedrohung, das die folgenden Tage anhielt.

Greta, die sich über die neuen Verhältnisse wunderte, speiste ich mit der Lüge ab, ich hätte mich erkältet und wolle Mama nicht anstecken. Hast du Schnupfen?, wollte sie wissen. Sie finde Schnupfen blöd, dann müsse man sich dauernd schnäuzen. Greta war kein zimperliches Kind, dennoch war unübersehbar, dass die Stimmung im Haus sie irritierte. Sie nahm meine Erklärung hin, schien aber einen Rest Zweifel zu haben, wollte dauernd auf meinen Schoß, stritt sich mit den Zwillingen.

An Trennung dachte ich seltsamerweise nicht. Ich war von Jule getrennt, aber es folgte nichts daraus. Ich schlief mit Sonja, und selbst daraus folgte nichts. Oder täuschte ich mich da? Sonja hatte in Kopenhagen den zweiten Preis gewonnen, seither begannen sich verschiedene Türen für sie zu öffnen, sie redete von Amerika, dass sie vielleicht mal weg müsse, bis sich bei mir die Dinge geklärt hätten, so ungeklärt könnten sie ja nicht bleiben.

Jule ließ mich wissen, von ihr aus könne ich gerne gehen, je früher, desto besser. Dann wieder wollte sie professionelle Hilfe, in ihren seltenen klaren Momenten, wenngleich es längst zu spät dafür war. Jule beharrte darauf. Habe ich denn überhaupt keine Rechte mehr bei dir? Sie hängte sich einen Nachmittag ans Telefon und erhielt relativ kurzfristig einen Termin.

Ich hatte Schwierigkeiten mit dem Begriff Krisenintervention, was so klang, als handele es sich bei unserem Eheproblem um einen Bürgerkrieg, der mit der Entsendung einer schnellen Eingreiftruppe beendet werden könne. Aber es wurde eine gute Erfahrung. Eine missgelaunte, dicke Chinesin um die sechzig ließ sich von Jule erklären, was der

Stand war, wobei Jule hektisch von Punkt zu Punkt sprang, wie es ihr gerade einfiel: dass ich schmutzige Teller in der Küche stehen ließ, dass ich seit Wochen machte, was ich wollte, mich nicht kümmerte, dass ich eine *andere Frau* traf. Die Chinesin wollte von der *anderen Frau* nichts wissen und meinte, um Dritte gehe es hier nicht, sie träten regelmäßig nur als Folge auf. Für Jule war das ein überraschender Gedanke. Man merkte, dass sie ihn nicht mochte, während ich die Chinesin zunehmend sympathisch fand. Wir sollten sagen, mit welchen Gefühlen wir an die nahe Zukunft dachten, aber es fiel uns beiden nicht viel ein. Jule redete von einem Urlaub zu zweit, wohingegen ich nur Leere sah, einen Berg Zeit, den ich hinter mich bringen musste, außerdem sei ich mit meinen Gedanken und Wünschen längst bei Sonja.

Am selben Abend warf sie mich hinaus. Es gab eine schreckliche Szene mit den Kindern, die bereits im Schlafanzug waren, ich erkannte Jule kaum wieder, wie sie da stand, Greta an ihrem Bein und die Zwillinge auf ihren Armen, wie eine Gekreuzigte.

Hier, unsere Kinder, schau, was du aus ihnen gemacht hast. Du hast ihr Leben zerstört.

So empfing sie mich. Ich solle sofort das Haus verlassen, brüllte sie, sie wolle mich nicht mehr hier haben, alles vor den Kindern. Die Zwillinge begannen sofort zu weinen, während Greta nach kurzem Zögern zu mir lief und mir zusah, wie ich das Nötigste in eine Tasche packte, ihr versichernd, dass es nur für wenige Tage sei.

Die erste halbe Stunde war ich wie betäubt. Ich lief zum nächsten U-Bahnhof, fuhr fünf, sechs Stationen Richtung Zentrum, ehe ich wieder zu Fuß ging. Ich versuchte Sonja zu erreichen, die bei ihren Eltern im Schwarzwald war, telefonierte kurz mit Christian, der zu einem Geburtstag musste und seit Langem damit gerechnet hatte.

Bis nach acht wusste ich nicht, wohin. Aber es gefiel mir, dass ich das nicht wusste. Es war einer der wichtigsten Tage meines Lebens. Ich hatte mich losgerissen, einigermaßen unverletzt, in letzter Minute, wie Christian gemeint hatte. Die Gefangenschaft war beendet.

Ich setzte mich in ein Café und überlegte, bei wem ich bleiben könnte, wer keine Fragen stellte. Jemand wie Franz, überlegte ich, und tatsächlich landete ich bei Franz. Sonja traf sich regelmäßig mit ihm, er war auf ihrer und meiner Seite, falls es das gab, fragte wie erhofft nicht viel, sondern setzte mich in die Küche, schenkte ein Glas Rotwein ein und später ein zweites.

Auf dich und Sonja, sagte er. Auf dein neues Leben.

Ich berichtete von der Szene mit den Kindern, empört, dass sie sich so hatte gehen lassen, mehr erschrocken als empört, als könne ich von Minute zu Minute weniger begreifen, wie wir jemals zusammenkommen hatten können.

Innerhalb weniger Tage fand ich eine Wohnung in einem Apartmenthaus. Der Preis war horrend, dafür, dass es nur ein Zimmer war, allerdings konnte ich es sofort beziehen. Es gab ein ausklappbares Ledersofa, eine amerikanische Küche mit zwei Barhockern, eine schwarze Schrankwand, dazu ein winziges Bad mit WC und Dusche. Ich verbrachte zwei Nächte bei Sonja, holte den Schlüssel in der Hausverwaltung ab und zog ein.

Sonja blieb ein paar Stunden da, das war wichtig, weil es ein Anfang war, während draußen der erste Schnee fiel. Sonja mochte das Zimmer. Im Detail war natürlich alles grässlich, es roch komisch, es war eng, aber ich hatte eine Bleibe, ich konnte die Tür hinter mir zumachen, nachdenken, Musik hören, auf sie warten. War das etwa nichts? Sie wollte, dass ich für sie kochte in dieser Höhle, denn für sie war es eine Höhle, niemand außer uns hielt sich darin auf, endlich war es still, ja friedlich, was nach all den Wochen des Geschreis die reine Wohltat war.

Als ich Tage später gegen Mittag weitere Sachen holen wollte, traf ich zu meiner Überraschung auf Jule. Sie saß im Morgenmantel in der Küche und sagte, sie sei krank, deshalb sitze sie hier wie blöd herum, ich hätte sie krank gemacht. Offenbar hatte sie erneut mit diversen Leuten telefoniert, ihren Kolleginnen, mit dem Kindergarten, überall habe sie erzählt, was für ein Schwein ich sei.

Sie tanzte dauernd um mich herum, während ich Wäsche, Hemden und Hosen in einen Koffer packte, Rasierzeug und Deos aus dem Bad, weitere Musik, ein paar Bücher. Nach einer halben Stunde war ich fertig. Ich warf einen letzten Blick ins Wohnzimmer, auf die Terrasse mit dem dahinterliegenden Garten, nicht sonderlich erschüttert, wie ich feststellte, so wie man ein Sommerquartier verlässt, mit einem letzten prüfenden Blick, der nur unbedeutenden Kleinigkeiten gilt.

Das Klavier würde ich brauchen und die Tage abholen lassen.

Ich hoffe, du landest in der Gosse, sagte sie.

Ich zuckte kurz zusammen, mit ungläubigem Staunen, dass das ihre Wünsche für mich waren, ihre Prognose, als würde sie nicht damit rechnen, mich jemals wiederzusehen, als wäre ich allenfalls jemand, von dem man eines Tages in der Zeitung las, weil er im Suff auf einer Parkbank erfroren war oder aus Verzweiflung eine Sparkasse überfallen hatte.

Sie hielt mich kurz fest, als ich mich zum Gehen wandte. Ich sah ihren an den Ärmeln abgewetzten Morgenmantel, ihre geballten Fäuste, mit denen sie halbherzig auf mich einschlug und die seit Wochen bekannten Sätze herunterbetete. Das war die letzte Szene. Ich hörte ihre Stimme, die kleinen Saltos, die sie schlug, während ich längst die Einfahrt hinunterlief, was für ein Schwein ich sei, hätte ich dich bloß nie kennengelernt, hin und her, als handele es sich um einen postmodernen Choral, ich liebe dich, du Schwein, abwechselnd Stimme und Gegenstimme, bis ich auf der Straße stand und, wie ich glaubte, alles für immer hinter mir ließ.

II.

6

ICH WAR DABEI, ALS MEIN VATER sich in die andere Frau
verliebte, wir alle waren dabei: meine arme Mutter, der ah-
nungslose Korbinian, meine Schwester Ruth, Sebastian und
Corinna.

Ich erinnere mich nur an wenige Szenen von diesem
ersten Nachmittag, an die Hinfahrt überhaupt nicht, sehr
schemenhaft an die Ankunft, das mulmige Gefühl, weil wir
die Familie ja nicht kannten, nur die Väter kannten sich.
Ich weiß, dass ich mich auf der Stelle sehr wohlfühlte. Es
gab Kinderbowle und Sekt und später zum Essen Toast Hawaii mit viel Ketchup und selbst gemachtem Schokoladenpudding. Ich liebte Schokoladenpudding, und alle lachten,
als Ruth sich die halbe Portion auf ihr rotes Kleid kleckerte
und heulte, bis Senta einen Lappen holte und alles weg-
wischte.

Vor allem Senta mochte ich. Sie hatte unglaublich blaue
Augen und sah wie eine Fernsehansagerin aus. Abends nach
der *Tagesschau*, wenn ich ins Bett musste, hatte ich Frauen
wie sie gelegentlich gesehen. Sie trug einen hellblauen Ho-
senanzug und eine lange Kette mit glitzernden Steinen, zu
denen ich lange hinübersah, bis sie es bemerkte und etwas
sagte, zu meinen roten Haaren, glaube ich, mit einer verwirrend sanften Stimme.

Auch Korbinian machte einen sympathischen Eindruck.
Dass er Kinderarzt war, wussten wir schon. Er hatte große,
warme Hände und brachte alle regelmäßig zum Lachen,

fragte nach meinen Hobbys, ob ich gerne zur Schule ginge, was meine liebsten Fächer waren.

Nie zuvor hatte ich mich bei fremden Leuten so wohlgefühlt. Da es draußen in Strömen regnete, blieben Ruth und ich den ganzen Nachmittag in Corinnas und Sebastians Zimmer und spielten mehrere Runden Mikado und Malefiz und anschließend sehr lange ein Spiel, das sich *Contact* nannte und so ähnlich wie Domino funktionierte, ohne den geringsten Streit, als würden wir uns seit hundert Jahren kennen.

Spätestens beim Abendessen war beschlossen, dass wir uns wiedersehen mussten. Corinna und ich nahmen den Erwachsenen das Versprechen ab. Das Wort Ferien fiel. In einer der nächsten Ferien könnten wir uns treffen, aber nicht nur für einen Sonntag, mindestens für ein Wochenende. Die Väter nickten, die Mütter versprachen, miteinander zu telefonieren. Der Abschied fiel uns allen schwer. Ich zog mir lange die Schuhe nicht an, es gab eine unangenehme Szene mit meiner Mutter, die zum Aufbruch drängte und meinem Vater böse war, weil er seine Zigaretten vergessen hatte und Ewigkeiten brauchte, um sie zu holen.

Im darauffolgenden Sommer trafen wir uns wieder. Ich kann mich genau erinnern, wie ungeduldig ich war, weil sie ewig nicht kamen. Es war der erste Tag am See, hier am See sollten wir uns treffen. Beim Frühstück hatte mein Vater gesagt: Um die Mittagszeit, aber befriedigend fand ich diese Auskunft nicht. Alle paar Minuten musste ich fragen, wie spät es war, störte meine Eltern beim Zeitunglesen, rannte nach oben zur Straße, wo ich jedes Mal hoffte, dass sie gerade um die Ecke bögen. Meine Mutter hatte mich mehrfach ermahnt, um Himmels willen Ruhe zu geben und auf meine Schwester aufzupassen, die nicht alleine ins Wasser durfte und unten am Steg mit Eimer und Schaufel spielte. Ruth ging in den Kindergarten, deshalb ließ sich nicht viel mit ihr anfangen, aber wir mochten uns und vertrieben uns die Zeit, bis sie endlich auftauchten.

Als Erstes sah ich den Hund, der ohne Rücksicht über Matten und Handtücher sprang. Ich hörte die polternde Stimme von Korbinian, entdeckte Corinna mit der Leine, Sebastian an der Hand von Senta und zuletzt Korbinian, der schon bei den Eltern war.

Von einem Hund war mit keiner Silbe die Rede gewesen, er war die Sensation des Tages. Alle begrüßten sich, redeten durcheinander. Mein Vater küsste Senta die Hand und umarmte sie, auch meine Mutter und Korbinian umarmten sich, während ich nur stottern konnte: Ihr habt einen Hund?

Ich hatte Corinna viel jünger in Erinnerung. Ihre Haare waren gewachsen, sie trug einen hüpfenden Pferdeschwanz und hatte nur Augen für den Hund. Fiffy hieß er. Ist er nicht süß? Alle beugten sich über das Tier, das vor lauter Aufregung winselte. Sieben Monate war Fiffy alt, eine Promenadenmischung aus dem Tierheim, schwarz mit weißen Flecken. Ich hatte das Wort Promenadenmischung nie gehört und reimte mir zusammen, dass es etwas zum Lachen war, sogar meinem Vater machte der Hund gute Laune, dabei konnte er Hunde nicht ausstehen.

Den halben Nachmittag beschäftigten wir uns mit Fiffy. Ruth trug ihn am liebsten auf dem Arm, während Corinna und ich kleine Wettrennen mit ihm veranstalteten und uns kaputtlachten, wenn er unten am See nach Libellen und Mücken schnappte. Fast vergaßen wir, ins Wasser zu gehen, aber irgendwann fiel es uns wieder ein, überredeten die Erwachsenen, die es sich auf ihren Liegen bequem gemacht hatten und über Willy Brandt und die SPD diskutierten. Corinna und Sebastian lachten über den dicken Bauch meines Vaters, aber er lachte mit und machte vom Steg aus einen schrecklichen Bauchklatscher, worüber von Neuem alle lachten. Ich durfte als Einziger weit hinausschwimmen, an der Seite meiner Mutter, die mich lobte, wie gut ich das machte, wie ein großer Junge. Mein Großer, sagte sie und redete über die Landschaft, die weißen Kuppen auf den Bergen, die in Richtung Gipfel kriechenden Wälder, wie zauberhaft einsam es hier war.

Für uns Kinder wurde es ein unvergesslicher Sommer. Wir waren beinahe täglich am See, wo ich mit Corinna unten am Steg die ersten Kopfsprünge probierte, beim Tauchen zählte, wie viele Sekunden ich unten blieb, meine kreischende Schwester mit ihren Schwimmflügeln ins Wasser warf, den stillen Sebastian, hin und wieder Corinna. Wenn wir Hunger hatten, gab es Pfirsiche und belegte Brötchen, die sich in unerschöpflichen Mengen in den Kühltaschen unserer Mütter fanden, es gab den lustigen Fiffy und nachmittags am Kiosk ein Eis und nicht selten ein zweites. Wir bauten aus Handtüchern und Bademänteln kleine Höhlen oder spielten eine Runde Mau-Mau, bevor wir über die Liegewiese erneut Richtung See davonstürmten.

Korbinian versuchte, Ruth und Sebastian das Schwimmen beizubringen, zeigte mir, wie man krault, spielte mit uns Fußball. Mein Vater hatte noch nie Fußball mit mir gespielt. Ich konnte es mir gar nicht vorstellen, während es mit Korbinian die selbstverständlichste Sache der Welt war. Sogar meine Mutter spielte mit, während sich mein Vater ununterbrochen mit Senta unterhielt, ihr neue Zigaretten anzündete oder vom Kiosk ein Getränk holte. Sie gingen zusammen schwimmen, meistens ewig lang, sodass ich regelmäßig fürchtete, es könnte ihnen etwas zugestoßen sein. Mein Vater war das Schwimmen nicht gewöhnt, womöglich hatte er einen Krampf, oder es war etwas mit Senta, was, um Himmels willen, wenn einer von beiden nicht zurückkäme, wobei ich nicht wusste, was ich schlimmer fände.

Abends in meinem Zimmer war ich oft so müde, dass ich in kürzester Zeit einschlief. Mein Bett stand an der Wand zur Küche, deshalb konnte ich hören, wenn sich meine Eltern unterhielten. Einmal wurde es laut, als würden sie streiten, wobei in der Regel nur die Mutter zu hören war, etwas, das wie ein schrilles *Nein* klang, auf das das übliche Gemurmel meines Vaters folgte.

Gleich in den ersten Tagen erwachten Ruth und ich von einem Gewitter. Ruth hatte schreckliche Angst vor Gewittern, sie begann zu jammern, ich solle sofort die Mutter holen. Ich rief und rüttelte an der Tür, die aus unerfindlichen Gründen verschlossen war. Warum schlossen die Eltern nachts die Tür ab?

Als meine Mutter endlich auftauchte, war sie merkwürdig erhitzt, als wäre sie Ewigkeiten gerannt, und hatte ein furchtbar schlechtes Gewissen. Ich fragte, wo sie gewesen sei. Bist du nicht in der Küche? Worauf sich meine Mutter entschuldigte und erklärte, sie sei spazieren gewesen. Auch mein Vater sei hoffentlich bald zurück, er sei mit Senta unterwegs. Sie schien das falsch zu finden, dabei war es leicht zu erklären. Sicher waren sie mit Fiffy gegangen, worauf meine Mutter nach kurzer Überlegung nickte; an diese Möglichkeit habe sie nicht gedacht, ja, wahrscheinlich waren sie mit Fiffy gegangen.

Sonst bemerkte ich nicht viel. Ich war acht, ich wusste kaum, welcher Monat war, ich hatte keine Uhr und wollte nur immer weiter hier sein. Eines Abends sagte mein Vater: Mein Gott, jetzt haben wir nicht mal mehr die Hälfte. Er wusste ohne nachzudenken, welcher Tag und welche Stunde war, wie viele Tage uns noch blieben, je weniger es waren, desto schneller vergingen sie.

Ich musste nur Fiffy vor mir her springen sehen und meinte vor Wehmut zu platzen, enttäuscht, dass Corinna sagen konnte, wie sehr sie sich auf ihre Freundinnen freute, denn wenn es nach mir gegangen wäre, hätte der Sommer nie aufgehört.

Ich machte die letzten Kopfsprünge, aß das letzte Eis, das uns Senta und mein Vater spendierten. Auch mein Vater sah aus, als würde er am liebsten bleiben, denn wenn wir erst zu Hause waren, musste er ins Büro, wo ein riesiger Berg Akten auf ihn wartete und wie immer jede Menge Ärger.

*

ENDE DER ERSTEN WOCHE verloren wir Fiffy beim Pilzesuchen. Fiffy war ein großer Hund geworden, der leider nicht gut hörte, schon gar nicht mitten im Wald, wo er immerzu etwas witterte, um anschließend wer weiß wohin zu rennen. Am ehesten hörte er auf Corinna, die von Zeit zu Zeit rief oder nach ihm pfiff, denn sie konnte pfeifen, richtig mit den Fingern, aber diesmal schien Fiffy nicht zu folgen, selbst als Corinna schrie, nun doch ernsthaft besorgt: Wo um Himmels willen war Fiffy?

Ich liebte Fiffy. Er roch nicht gut, außerdem musste ich mir die Hände waschen, wenn ich ihn gestreichelt hatte, denn ich war auf Hundehaare allergisch, was an meiner Fiffy-Liebe nichts änderte.

Ich hatte einen halben Korb Pilze gesammelt, als er verschwand: eine Handvoll Pfifferlinge, fünf Steinpilze und zwei Rotkappen, die meine Lieblingspilze waren, dazu unzählige Maronen sowie einen jungen Anischampignon, der am Stängel gelb blutete. Korbinian hatte mir zu Beginn des Urlaubs das Wichtigste erklärt, was Lamellen waren, dass man die meisten Röhrenpilze essen konnte, obwohl es dann doch dauerte, bis ich etwas fand, die ersten Pfifferlinge zwischen den Blaubeeren, den ersten Butterpilz.

Korbinian hatte Geduld mit Kindern. Das fiel mir auf. Im Unterschied zu meinem Vater, von dem ich regelmäßig hörte, dass ich dafür zu klein sei, warum ich das nicht könne, später, eines Tages würde ich es können. Natürlich hatten Ruth und ich ihn längst gefragt, ob wir einen Hund wie Fiffy bekommen könnten, worauf mein Vater erwiderte, was wir uns eigentlich dächten.

Ihr schafft es ja nicht mal, im Haushalt zu helfen, und da wollt ihr Verantwortung für einen Hund übernehmen?

Mein Vater war nicht dabei, als Fiffy verloren ging. Er war wie üblich mit Senta unterwegs, tatsächlich hatten sie sich wie Fiffy in Luft aufgelöst. Ich fand es nicht lustig, dass mein Vater mit Senta ging, anstatt sich an der Suche nach Fiffy zu beteiligen, der auf Rufe und Pfiffe nicht reagierte. Corinna malte sich verschiedene Unglücke aus, je länger die Suche dauerte, desto verzweifelter wurde sie. Korbinian versuchte sie zu beruhigen und äußerte schließlich die Vermutung, dass Fiffy bei Senta und Vater war. Und siehe da, auf der anderen Seite des Waldwegs auf einer Lichtung fanden wir sie alle versammelt.

Habt ihr uns nicht gehört, fragte Korbinian, deutlich verärgert, weil sie gemütlich in der Wiese saßen und von der Aufregung nichts bemerkt haben wollten. Fiffy war bereits eine Weile bei ihnen und sprang vor Freude über das Wiedersehen durch die Wiese. Senta wirkte verlegen, mein

Vater versuchte es mit Scherzen. Dass er ausgerissen sei, habe ihnen Fiffy leider nicht mitgeteilt. Sie hätten ja keine Ahnung gehabt, worauf Korbinian knapp erwiderte: Das wollen wir lieber nicht vertiefen, und zum ersten Mal seit Tagen nicht lustig war.

Am Abend gingen wir in das Gasthaus, das uns von dem Schuster, bei dem wir wohnten, empfohlen worden war, und wo wir Teller mit Brot und Speck bestellten und schnell weg waren, um zu einer nahe gelegenen Teichlandschaft zu laufen, die viel interessanter als jedes Essen war.

Bei Tisch war die Stimmung gedrückt. Mein Vater und meine Mutter schauten sich nicht an, dabei hätten sie sich freuen sollen, dass Fiffy nichts passiert war. Ich mochte nicht, wenn meine Eltern sich anschwiegen, aber zum Glück vertrugen sie sich bald wieder. Es gab eine Menge Wein, es wurde viel gelacht, an einem langen einfachen Holztisch, wo sie alle zusammensaßen und weiteren Speck und Käse bestellten und eine neue Flasche *Grauvernatsch*. Ruth, die müde war, hatte ihren Kopf auf Mutters Schoß gelegt, während mein Vater immer länger und lauter redete, Senta und der Mutter abwechselnd Komplimente machte, etwas zu ihren Haaren sagte, ihren Augen, wie sie im Bikini aussahen, nach dem Baden ihre Haut mit den glitzernden Wassertropfen, schöner als Diamanten.

Ich hatte meinen Vater nie so ausgelassen erlebt. Bis kurz vor der Abreise hatte er jedes einzelne Familienmitglied angebrüllt, aber seit er bei Senta und Korbinian war, wirkte er wie ein anderer Mensch.

Warum sich meine Eltern in letzter Zeit so oft stritten, war mir ein Rätsel. Die Mutter hatte vergessen, Proviant für die Reise zu besorgen und die Hemden des Vaters nicht gebügelt, aber das allein konnte es nicht sein. Sie war bis zur letzten Minute empfindlich und schien sich nicht auf den Urlaub zu freuen. Dabei beklagte sie sich dauernd, dass sie zu viel allein war, abends, wenn sie sich an mein Bett setzte und mir mit kummervollen Blicken durchs Haar fuhr, was mich unangenehm berührte, denn was konnte ich als Junge ausrichten, wenn mein Vater sie allein ließ und an zwei von drei Wochenenden nicht zu Hause war.

✳

AM SCHWIERIGSTEN WAR es mit Corinna in den ersten Stunden, wenn ich mich wieder an sie gewöhnen musste: an ihre neuen Zahnlücken, die beiden Zöpfe, das gelbe Kleid mit den grünen Tupfen, das ich sehr mochte, weil man so gleich wusste, wo sie steckte.

Wir saßen unten am Steg und redeten über die Schule, die Fächer, die wir mochten oder hassten. Corinna hasste vor allem Musik, während mir Musik nach Deutsch das Liebste war. Wenn der Sommer vorbei war, würde ich aufs Gymnasium gehen. Ich wusste nicht recht, wie ich das finden sollte, halb freute, halb fürchtete ich mich.

Mit der Schule hatte ich keine Schwierigkeiten. Ich rechnete, ich schrieb, die ersten Aufsätze über Ausflüge mit der Familie, Begegnungen mit Tieren, wie ich eines Tages beim Lügen ertappt worden war. Probleme gab es mit der Disziplin, denn meistens langweilte ich mich. Die Stunden zogen sich, ich begann zu stören, gab Antwort, wenn ich nicht gefragt wurde, zappelte, tuschelte mit Ingrid. Ich bekam Strafarbeiten, die ich mit leichter Hand erledigte, zehn Mal auf einem Blatt den Satz »Ich muss meiner Lehrerin gehorchen«, und dann, als hätte das meinen Übermut gesteigert, zwanzig Mal »Ich muss mich im Unterricht ordentlich benehmen.«

127

Corinna sagte: Die Jungs sind die schlimmsten, was mir nicht gefiel, aber dann lachte ich und erzählte, wie schlimm ich gewesen war, so schlimm, dass die Lehrerin täglich in einem Heft notierte, wie ich mich benommen hatte.

Das Wetter war in diesem Sommer gemischt. Die erste Woche war es sehr warm, sodass wir die meiste Zeit am See verbrachten. Oft schwammen wir jetzt zu viert, Ruth und Sebastian brauchten keine Schwimmflügel mehr, wir sprangen und tauchten, warfen uns im Uferbereich die Bälle zu. Auch Sebastian begann ich zu entdecken, denn er spielte gerne Fußball, außerdem war er ein guter Kletterer. Er kletterte auf die allerhöchsten Bäume, bis man ihn von unten nicht mehr sah, über Zäune und Gatter, einmal auf das Dach einer riesigen Scheune, wobei es allen ein Rätsel blieb, wie er das geschafft hatte.

Anders als in den Sommern zuvor blieben die Familien öfter für sich. Meine Mutter hatte sich gewünscht, gelegentlich etwas zu viert zu unternehmen, und so dauerte es oft Tage, bis ich Corinna und Sebastian wiedertraf. Glücklich war ich über diese Regelung nicht. Auch mein Vater schien sie nicht zu schätzen, während meine Mutter entspannt wie selten war, auf unseren Ausflügen unablässig Entdeckungen machte und dann wollte, dass sich alle dafür begeisterten, am Wegrand die Silberdisteln, eine in der Nachmittagssonne leuchtende Weide mit Ziegen, den schmalen Turm einer Kapelle.

Manchmal waren mein Vater und meine Mutter zu zweit unterwegs. Ruth und ich blieben mehrere Nachmittage allein, rutschten auf Plastiktüten einen nahe gelegenen Hügel hinunter oder beobachteten, wie ein dunkelhaariges Mädchen mit einem Gartenschlauch den heruntergekommenen Tennisplatz auf der anderen Seite der Straße sprengte.

Irgendwann ergab sich ein Gespräch. Das Mädchen wollte wissen, was ich machte, außer sie bei der Arbeit zu beobachten oder auf meine kleine Schwester aufzupassen. So mit einem spöttisch-freundlichen Ton, der mir nicht geheuer war. Trotzdem gefiel sie mir. Meistens traf ich sie mit meiner Schwester, aber eines Vormittags auch allein, weil Ruth bei den Eltern geblieben war, und so zu zweit war es plötzlich schwierig. Sie fragte mich, ob ich klettern könne, zeigte auf eine riesige Kiefer am Eingang des Platzes, wo sie regelmäßig den halben Sommer verbringe.

Man hatte einen herrlichen Blick von dort oben, sah sogar ein Zipfelchen See, in den Bergen die in Schlangenlinien verlaufende Waldgrenze, den sommerlichen Schnee. Das Mädchen rauchte. Ich hatte vor lauter Schauen nicht darauf geachtet, aber jetzt rauchte sie und bot mir eine an. Linde war ihr Name. Sie war zwei Jahre älter als ich und roch nach Stall, denn ihr Vater hatte einen großen Hof mit Vieh, sie hatte unzählige Geschwister und betreute im Sommer den Tennisplatz, auf dem aber selten jemand spielte.

An meinen Vater dachte ich nicht. Ich zog an der Zigarette, dann auf einmal hörte ich seine Stimme, entdeckte ihn weit weg, auf dem Balkon der Ferienwohnung in seinem blauen Bademantel.

Oh weh, sagte Linde. Dein Vater?

Zwei, drei Mal hörten wir ihn rufen, in diesem Ton, den ich an ihm gut kannte, mit beherrschtem Zorn, in der Maske der Freundlichkeit.

Ich begann sofort zu zittern; am liebsten wäre ich weggerannt. Damit ich vor Aufregung nicht fiel, kletterte ich mit übertriebener Vorsicht nach unten, und begann dann umso schneller zu laufen, quer über die große Wiese zum Gatter. Vor einer Stunde hatte ich die Strecke nicht gespürt, aber jetzt wirkte sie unendlich weit. Ich lief über die Straße zum Haus, die Treppe hoch in den ersten Stock, in Erwartung allerschwerster Strafen.

Mein Vater war im Schlafzimmer, in der Nische beim Rasieren, und tat, als sei nichts vorgefallen. Offenbar war er nicht ernsthaft böse, denn wenn mein Vater böse war, brüllte er mich an oder setzte seinen bekümmerten Blick auf und redete tagelang nicht mit mir. Doch diesmal blieb die Strafe aus, wobei ich begriff, dass eben das die Strafe war.

Das machst du bitte nie wieder, sagte er. Verstanden?

Ich sagte Ja und wartete, ob noch etwas käme, aber es kam nichts mehr. Ich stand eine Weile da, denn das hatte ich immer gemocht, meinem Vater zusehen, wie er sich rasierte. Ich mochte, dass er ausnahmsweise nicht brüllte, dass er überhaupt mal da war, in dieser unerwartet milden Stimmung, der man besser nicht traute.

Corinna erzählte ich von der Zigarette nichts, an einem der nächsten Nachmittage, als wir gemeinsam durch die Wälder zogen. Jetzt, mit neun und zehn, kannten wir die meisten Pilze und Beeren beim Namen, fanden jederzeit nach Hause, selbst wenn wir stundenlang liefen und uns in unbekannte Gegenden vorwagten. Einmal folgten wir einem Bach, der nur ein blubberndes Rinnsal in einer Wiese war und dann allmählich Fahrt aufnahm, lange durch den Wald lief und schließlich steil zu einem dünn besiedelten Tal abfiel. Corinna liebte es, durch die Wälder zu streifen, und fürchtete sich auch nicht vor Tieren, denn eines Tages fanden wir ein totes Wildschwein und bei anderer Gelegenheit ein zitterndes Buntspechtbaby, das aus dem Nest gefallen war. Leider durfte man wilde Tiere nicht mit nach Hause nehmen, obwohl Corinna kurz davor war.

Uns beiden gefiel es, ohne Erwachsene zu sein, mir mehr als ihr, denn sie war genauso gerne mit ihrem Vater zusammen. Es gab mir immer einen Stich, wenn ich die beiden beobachtete. Wenn sie gemeinsam gingen oder am See die Köpfe zusammensteckten und lachten, und ich nicht wusste, ob über einen Witz oder eine Begebenheit mit Sebastian, der in den Nächten ins Bett machte und seit Neuestem stotterte, was sich niemand erklären konnte. Das mit dem Bettnässen durfte ich streng genommen nicht wissen. Ich hatte es zufällig gehört, als Senta sich mit meiner Mutter darüber unterhielt, mit ernstem Gesicht, als handele es sich um eine furchtbare Sache, dabei passierte es höchstens einmal in der Woche.

Senta sprach viel mit meiner Mutter, sicher nicht nur über Sebastian. Man sah ihnen an, dass es schwierige Dinge waren, denn meine Mutter schüttelte oft den Kopf, fuchtelte mit den Händen, bevor sie wieder nur dasaß und ergeben zuhörte, ab und zu nickte, als würde sie allmählich begreifen oder zugeben, das es nicht anders möglich war, um was auch immer es sich handelte.

Eines Tages nahm mich mein Vater zum Einkaufen mit. Ich mochte das, denn in der Regel durfte ich mir eine Kleinigkeit aussuchen, eine Packung Kaugummi oder eine Tafel Schokolade. Bislang waren wir immer zu Fuß gegangen, der Einkaufsladen lag um die Ecke, aber diesmal nahm mein Vater den Wagen, was er damit erklärte, dass wir erst zu Senta müssten.

Ich fragte: Kommt sie mit?

Halb fand ich das seltsam, halb freute ich mich auf sie, und tatsächlich wartete sie unten an der Straße, winkte und lächelte, beugte sich auch gleich zu mir nach hinten, als sie eingestiegen war, wünschte einen guten Morgen. Ich roch ihr Parfüm, eine Mischung aus herb und süß, begleitet von ihrer dunklen, singenden Stimme.

Dein Vater und ich haben viel über dich gesprochen, sagte sie, was ich merkwürdig und zugleich schmeichelhaft fand, denn was gab es über einen wie mich groß zu reden.

Mein Vater sagte, dass sie mir etwas zeigen wollten. Ich dachte, im Geschäft beim Einkaufen, aber nun wurde überraschenderweise ein Ausflug daraus. Wir fuhren auf eine kleine Anhöhe, wo wir den Wagen parkten und anschließend eine Viertelstunde liefen, bis zu einer verwitterten Bank, die unter einem alten Baum stand.

Mein Vater sagte: Weißt du noch? Und Senta lächelte irgendwie beglückt, als sei hier auf dieser Bank etwas geschehen, das sie bis heute zum Lächeln brachte.

Eine Viertelstunde saßen wir nur da und studierten die umliegenden Wiesen und Hügel, wobei es mir ein Rätsel blieb, warum sie mich hierhergeschleppt hatten. Senta blickte mich von der Seite forschend an, so mit einem schimmernden Blick, als wäre sie froh, hier mit mir zu sitzen. Ich glaube, sie hat mich von Anfang an gemocht. Auch meinen Vater mochte sie, offensichtlich war sie jemand, der viele Menschen gleichzeitig mögen konnte, jeden auf andere Weise.

Später, beim Abendessen, versuchte ich herauszufinden, wie meine Mutter darüber dachte. Mein Vater hatte den Ausflug mit Senta nicht verschwiegen. Wir haben ihm unseren Lieblingsplatz gezeigt, sagte er, worauf meine Mutter kurz nickte, eher nachdenklich als verärgert, wenngleich sie sich mit dem Essen nun ziemlich beeilen musste. Ich schaute ihr zu, wie sie die Zwiebeln schnitt und das Fleisch in der Pfanne anbriet, auf eine wütend hektische Art, die ich an ihr nicht kannte. Gelegentlich war sie mir nun fremd, vor allem, wenn ich sie mit Senta verglich, denn bei Senta war alles hell und unkompliziert. Sie war eine Frau, die man riechen und anfassen konnte, während man bei meiner Mutter das Gefühl hatte, man müsse sie beschützen.

Ich deckte freiwillig den Tisch, vergaß auch die beiden Untersetzer nicht, die Karaffe mit dem Wasser. Meine Mutter achtete nicht darauf, sie war überhaupt nicht richtig da, noch als ich beim Abtrocknen die neuesten Fiffy-Streiche erzählte und mir vornahm, in den nächsten Tagen besonders lieb zu ihr zu sein.

⋆

IM VIERTEN UND LETZTEN SOMMER war ich elf. Die Dinge wiederholten sich, das gab ihnen den Anschein von Dauer und Zuverlässigkeit. Wir machten mehrfach Ausflüge ins Gebirge, lange Touren, die über blühende Bergwiesen und schmutzige Gletscherzungen führten, bis wir oben auf einem Gipfel standen und staunten, in wie viele Täler man rundum blicken konnte. Mein Vater hatte sich zum Geburtstag eine neue Kamera gekauft, deshalb fotografierte er praktisch ohne Unterlass, reihum uns Kinder, aber am liebsten Senta: wie sie Blumen pflückte, beim Apfelschälen auf einer Bank, wie sie ein Pflaster auf Sebastians blutiges Knie klebte.

Senta trug helle, bunte Kleider aus leichten, flatternden Stoffen, und jedes einzelne wurde von meinem Vater fotografiert. Wir saßen im Gasthaus, mein Vater fotografierte Senta; wir machten eine Wanderung, mein Vater fotografierte Senta. Er wollte, dass sie sich in die Wiese legte, stellte sie vor eine Herde Rinder und später vor das Gipfelkreuz, wo er wartete, bis sie lachte, fotografierte sie ein zweites und drittes Mal, bis meine Mutter ihn anzischte, nun sei es aber genug.

Hast du immer noch nicht genug?

Zu Hause hatte mein Vater eine Unzahl von Alben, die ich mir öfter ansah, denn es war alles da: die Szenen am See, Corinna und ich, wie wir Hand in Hand ins Wasser sprangen, Ruth mit ihrem eisverschmierten Gesicht, der schlafende Korbinian, Korbinian beim Zeitunglesen und immer wieder Senta: Wie sie rauchte, wie sie sich eine Strähne aus dem Gesicht strich, wie sie sich eincremte, wie sie schwamm.

Im letzten Sommer hätte ich merken können, dass es Spannungen gab. Korbinian sagte jetzt regelmäßig seinen Satz: Das wollen wir nicht vertiefen, während mein Vater mehrfach für Stunden kein Wort redete. Warum genau, blieb mir verborgen, denn es gab keinen offenen Streit, jedenfalls nicht vor uns Kindern. Äußerlich hatte sich nichts verändert. Es gab die Nachmittage am See, die abendlichen Weinrunden, ab und zu einen rätselhaften Blick, und dann wieder fröhlichen Familienlärm, das Durcheinander der Planungen, wer macht was mit wem, in den unterschiedlichsten Kombinationen.

Mein Vater war vierzig geworden in diesem letzten Sommer. Sein Geburtstag lag erst wenige Monate zurück, und so seltsam das war, er hatte ihn im Bett verbracht. Es war nicht ersichtlich, was ihm genau fehlte, meine Mutter behauptete, er habe sich übernommen, der Vater brauche Ruhe. Er war wach und las ein Buch mit dunkelblauem Umschlag, das ein Geschenk von Senta war: Das Geschenk von Senta hatte meinen Vater krank gemacht.

Ich weiß nicht, aus welchen Gründen ich zu ihm ging, aber er sah erbarmungswürdig aus, wie jemand, der soeben erfahren hatte, dass ihm nur noch Wochen zu leben blieben. Er wirkte blass und lächelte, fast als wäre er erleichtert, sich nicht weiter mit diesem schrecklichen Buch beschäftigen zu müssen, obwohl er später behauptete, es sei das gewaltigste, das er je gelesen habe.

Mein Vater sagte, es handele sich um die Tagebücher des Schriftstellers Max Frisch, den ich nicht kannte. Ich wunderte mich. Jemand schrieb Tagebuch und gab es anschließend allen Leuten zu lesen? Und warum wurde man krank, wenn man darin las?

Mein Vater wollte nicht darüber sprechen, dafür sei ich nun wirklich zu klein. Trotzdem gab ich mir Mühe, ihn zu trösten, küsste seine Hand, aus Versehen das Buch, das er mit der Hand hielt, was aber alles nichts half. Mein Vater schüttelte den Kopf und sagte, dass er jetzt allein sein wolle, mit diesem Blick, den er bekam, wenn Ruth und ich uns stritten und er nicht sagen konnte, wie enttäuscht er darüber war.

Die Erwachsenen waren sehr mit sich beschäftigt in diesem letzten Sommer, während wir Kinder mit Fiffy durch die Wälder streiften und uns nach Corinnas Lieblingsbuch *Die fünf Freunde* nannten. Wir waren unzertrennlich. Wir alle sammelten: Sebastian tote Käfer, Corinna Federn und Steine, während ich mich für Sachen interessierte, die es zu Hause nicht gab. Ich hatte eine kleine Sammlung Zuckerstücke, mehrere Limonaden- und Weinetiketten, ein paar bunte Glasscherben. Da man nicht alles aufheben und mitnehmen konnte, führte ich Statistiken, über die Pilze, die ich gefunden hatte, wie oft und wie weit wir gingen, wobei ich jede einzelne Ortschaft mit ihren Sehenswürdigkeiten notierte, Namen von Bergen und Tälern; Korbinian wusste sie ohne Ausnahme auswendig.

Eines Tages hieß es: Korbinian und der Vater machen zusammen eine mehrtägige Wanderung, nur die beiden Männer. Corinna begann auf der Stelle zu protestieren, sie wollte nicht mehrere Tage ohne ihren Vater sein, sie wollte mit, aber die Väter schüttelten den Kopf und sagten, das sei für Kinder nichts. Meine Mutter sagte: Die beiden wollen mal in Ruhe miteinander sprechen, da können sie euch nicht gebrauchen. Auch Senta schien so zu denken, zum Trost gab es unten am See für alle ein Eis.

Meine Mutter redete viel mit Senta in diesen Tagen, mit der sie jetzt öfter schwamm und anschließend weiterredete. Einmal gab es Tränen, was ich anfangs kaum glauben wollte, denn meine Mutter lachte, während sie gleichzeitig weinte, wie jemand, dem soeben ein Stein vom Herzen gefallen war. Sie begann Senta zu umarmen, lachte und weinte, bevor sie sich die Tränen aus dem Gesicht wischte und wieder die alte war.

Nach drei Tagen kehrten die Väter zurück. Die Familien trafen sich zum Essen in der Wohnung von Senta und Korbinian, aber die Väter gaben sich wortkarg. Dass sie in den Nächten gefroren hatten, erzählten sie, unter dem Gipfel in zwei windschiefen Hütten, am meisten hätten sie den Wein vermisst. Corinna fragte als Einzige nach. Sie wollte wissen, welche Tiere sie gesehen hatten, ob sie jemandem begegnet waren, wie es dort oben aussah, ob sie Schnee gegessen hatten, aber Korbinian und mein Vater sagten nur Ja und Nein und wollten ins Bett.

Danach war die Stimmung völlig verändert. Ich bekam es nicht zu fassen, denn zu uns Kindern waren die Erwachsenen ungewöhnlich nett, hatten plötzlich Zeit, spendierten jede Menge Eis und beim Abendessen mehrere Limonaden, als wären wir krank, bedauernswerte Geschöpfe, die man trösten musste, wir hatten nicht die geringste Ahnung, wieso und weshalb. Auf unseren Wunsch gingen wir ein letztes Mal in das Gasthaus mit dem Teich, wo es von Jahr zu Jahr teurer wurde, aber das sollte zum Abschied keine Rolle spielen. Jeder durfte bestellen, was er wollte. Die Männer tranken Unmengen von Wein und wurden wie immer lustig; noch im letzten Winkel der Teichanlage waren ihre Stimmen zu hören. Corinna sagte, dass sie im nächsten Sommer mit dem Kahn fahren wolle, dabei stand der nächste Sommer in keiner Weise fest, die Eltern gaben sich auf Nachfragen merkwürdig bedeckt.

Zurück zu Hause, waren die Ferien bald vergessen. Aber nicht ganz, gelegentlich fielen Namen, die Erinnerungen waren ja noch frisch. Man könnte sich bei Gelegenheit besuchen, meinte ich und erhielt nur ausweichende Antworten. Für die Winterferien sei nichts geplant, hieß es, auch für die Osterferien nicht, außerdem sei es ja gewiss nett, zur Abwechslung mit anderen Leuten den Urlaub zu verbringen.

Das sagte mein Vater eines Sonntags im Wohnzimmer, als wir alleine waren. Ich sah nicht ein, warum; ich wollte die Sommer weiter mit Corinna und Sebastian verbringen. Mein Vater hatte wieder diesen kummervollen Blick, er sagte, dass er das gut verstehe, aber leider: Es sei nicht möglich. Wenn ich groß sei, werde er mir alles erklären.

Habt ihr euch gestritten?

Mein Vater behauptete, nein. Wie ich darauf komme? Was so klang, als sei »streiten« nicht das richtige Wort, aber auch nicht das falsche.

Schau, sagte er, es ist so.

Einen Moment sah es so aus, als gebe es nun eine Erklärung. Ich schaute ihn erwartungsvoll an, aber dann änderte er seine Meinung und sagte, was er seit hundert Jahren sagte, dass ich zu klein sei, dass es eine Angelegenheit unter Erwachsenen sei, wenn du größer bist vielleicht, im Grunde geht es dich gar nichts an.

7

MEIN VATER IST VOR VIERZEHN JAHREN gestorben. Ich habe lange um ihn getrauert, verwirrt und voller Zorn, ernüchtert, dass nun definitiv keine Möglichkeit mehr bestand, Näheres von ihm zu erfahren. Ich habe es bis zuletzt mehrfach versucht, aber es kam nicht viel dabei heraus, es war lächerlich, was dabei herauskam, nichtssagende Anekdoten und sonst nur Lügen und Floskeln, mit denen er mir zu verstehen gab, dass ich kein Recht auf seine Geschichte hatte und er weiterhin den dummen, kleinen Jungen in mir sah.

Die Wahrheit ist, dass er nach den Sommern am See kaum zu Hause war. Er hatte eine neue, wichtige Stelle im Ministerium, er stand unter Druck, er musste sich beweisen, aber das allein wird es nicht gewesen sein.

Er lebte wie auf der Flucht. Frühmorgens, bevor er ins Büro fuhr, trank er in der Küche im Stehen eine Tasse Kaffee, während wir anderen im Esszimmer beim Frühstück saßen und dann hörten, wie er eilig das Haus verließ, das Schlagen der Tür, manchmal einen Gruß, eine Uhrzeit, zu der er zurückzukehren gedachte, wenngleich er sich fast nie daran hielt.

Vor acht tauchte er selten auf. In der Regel gab es nicht mehr als ein »Gute Nacht«, eine kurze Frage nach dem Tag, ein zerstreutes Nicken, dem man anmerkte, dass er nicht zufrieden war. Die Stunden von acht bis acht hatten nicht gereicht. Das sagte mein Vater bei jeder Gelegenheit, dass die Zeit nicht reichte, dauernd hielt ihn jemand von der Arbeit ab. Vor allem das stundenlange Telefonieren kostete Zeit, die Besprechungen, die Anweisungen, die er seinen Mitarbeitern geben musste, denn ohne Anweisungen, so behauptete er, würden seine Mitarbeiter überhaupt nichts tun.

Mein Vater hatte Hunderte von Überstunden, über die er penibel Buch führte, was er getan hatte, was er hätte tun sollen, plus und minus. In einem dicken Kalender listete er alles fein säuberlich auf, im Halbstundenrhythmus die Termine, Konferenzen, Kongresse, Sitzungen, in Rot alles, was privat war, die Geburtstage von Familienangehörigen und Freunden, die Urlaube, die Todestage. Hatte sich eine Angelegenheit erledigt, machte er einen Haken. Man muss den Überblick behalten, sagte er und sah mich an, als würde er bezweifeln, dass ich es je zu irgendeiner Art von Ordnung bringen würde, und in der Tat fand ich es schon schwierig, die Termine der nächsten Klassenarbeiten zu behalten.

Auch meine Mutter hatte zu arbeiten begonnen, halbtags in der Buchhaltung einer Farbenfabrik am Ortsrand, sodass sie zu Hause war, wenn wir aus der Schule kamen. Offenbar hatte sie meinen Vater um Erlaubnis fragen müssen. Es gab ein Gesetz, dass dergleichen vorschrieb, erklärte sie, mein Vater sei nicht begeistert, aber wenn sie zu Hause weiter alles gut schaffe und wir Kinder mithalfen, wolle er seine Zustimmung nicht verweigern.

Beim Familienrat hatten meine Schwester und ich sie nach Kräften unterstützt. Meine Mutter klagte, dass sie sich mit so großen Kindern zu Hause langweile, und mein Vater sagte: Na gut, wenn ihr drei euch einig seid, so in einem abschließenden Ton, als gehe ihn die Sache nichts an.

Was mein Vater im Ministerium machte, war mir nicht klar. Etwas mit Schule, hatte er uns erklärt. Er sorge dafür, dass die Kinder in den Schulen besser lernten, dass auch die Lehrer lernten, und deshalb musste er viel reisen, traf sich mit dem Minister und machte Vorschläge, die so kühn waren, dass der aus dem Staunen nicht herauskam.

Mein Vater war seit jeher viel gereist, aber jetzt flog er quer durch Europa. Bei seiner Rückkehr hatte er kleine Geschenke im Gepäck, Schneekugeln mit den Wahrzeichen berühmter Städte, geschnitzte Tiere, neue Zuckerwürfel für meine Sammlung. Auf die Zuckerwürfel freute ich mich am meisten.

Mein Vater machte aus jeder Übergabe eine komplizierte Zeremonie. Er setzte sich auf mein Bett und öffnete seinen Aktenkoffer, um nun eine Weile so zu tun, als finde er die kostbaren Stücke nicht. Ah, hier, sagte er. Drei, sagte er, oder: fünf, einmal sogar: elf, und dann wusste ich, wie viele er gebracht hatte. Offenbar dachte er auf Reisen immer nur an uns, zumindest erweckte er diesen Eindruck, am frühen Abend, wenn er in Gedanken noch in Zügen und Flugzeugen saß, ebenso abwesend wie verwundert, als könne er nicht fassen, dass es uns gab, dass das alles sein gottverdammtes Leben war.

Es gibt kaum Fotos von mir und meinem Vater. Aus den ersten Jahren eines, wo er mir mit ernster Miene aus *Der kleine Prinz* vorliest, ich andächtig lauschend auf seinem Schoß, und ein zweites, wo ich mit offenen Augen auf seinem Bauch liege, während er auf dem Sofa schläft.

Mein Vater hat für sein Leben gern geschlafen. War er ausnahmsweise früher da, legte er sich im Wohnzimmer aufs Sofa, stand zum Essen kurz auf und legte sich erneut aufs Sofa. Das war für ihn der Inbegriff von Familie, denn dann saßen wir alle still und leise um ihn herum. Ich hasste diese Abende. Man konnte den Fernseher nicht anmachen, ich konnte nicht Klavier spielen, man konnte eigentlich nur herumsitzen und ihn beim Schlafen beobachten oder lesen, bevor es Zeit war, ins Bett zu gehen.

Seit er die neue Stelle hatte, nahm sich die Familie vor ihm in Acht, denn er wurde schnell ungehalten, an den Wochenenden, wenn im Arbeitszimmer die Papierberge auf ihn warteten und er auf keinen Fall gestört werden durfte. Solange die Tür geschlossen war, gab es keinen Zutritt. Man durfte um Himmels willen nicht klopfen oder nach ihm rufen, denn mein Vater war ein geräuschempfindlicher Mensch, er hörte den kleinsten Mucks. Wenn Ruth und ich laut waren, stürmte er sofort ins Zimmer und überschüttete uns mit Vorwürfen, nannte uns eine rücksichtslose Bande, was wir uns dächten, oben in unseren Köpfen. Warum schaltet ihr nicht ausnahmsweise euer Gehirn ein?

Auch die Mutter war vorsichtig, wenn mein Vater da war. Sie rief ihn zum Essen, klopfte, wenn jemand auf dem anderen Apparat anrief, und hielt sich an die Regeln, an die auch wir uns hielten. Bei größeren Streits schloss sie in Windeseile die Türen, damit wir nichts mitbekämen, aber wir bekamen trotzdem alles mit, das Auf und Ab der Stimmen, hin und wieder einen Namen.

Meine Mutter stammte aus einer Familie von Köchen. Meine Großmutter hatte nach dem Kriegsende 1918 in einem französischen Kasino gelernt, wo sie später ihren Mann traf, der ein Koch aus Belgien war.

Meine Großeltern sind früh gestorben, ich habe sie nie kennengelernt, aber von ihnen wusste meine Mutter, wie man Nieren in Weißweinsoße macht, wie man flambiert und an einem Soufflé nicht verzweifelt. Ihr Repertoire hätte für ein mittleres Restaurant gereicht. Sie konnte Dutzende Arten von Braten, kannte unzählige Variationen Huhn, verstand sich auf Fisch und Lamm, verschiedene Mehlspeisen, unter denen mir der Apfelstrudel die liebste war.

Mein Vater verstand vom Kochen nichts. Er machte sich mit Brühwürfeln gelegentlich einen Topf Nudelsuppe, die so dick war, dass der Löffel stecken blieb, aber sonst habe ich ihn nie kochen sehen. Was ihn nicht davon abhielt, meiner Mutter in der Küche gute Ratschläge zu erteilen und sich inquisitorisch zu erkundigen, ob sie genügend Reis aufgesetzt oder das Nudelwasser ausreichend gesalzen habe.

Meine Mutter fand, Familie war, wenn man am Tisch saß und zusammen aß. Sie freute sich, wenn es uns schmeckte, und Ruth und mir schmeckte es, während mein Vater ständig etwas zu kritisieren hatte. Wenn ein Schnitzel in der Mitte rosa war, verzog er angewidert das Gesicht, als hätte man ihm heimlich Gift ins Essen getan, zeigte vorwurfsvoll auf die Stelle und behauptete, dass er das nicht essen könne, selbst wenn meine Mutter sofort aufsprang und ihm anbot, es zurück in die Pfanne zu tun.

Völlig unzufrieden war mein Vater mit unseren Tischmanieren. Für ihn aßen wir wie Bauern. Wir hielten Messer und Gabel falsch, redeten mit vollem Mund oder erhoben uns ohne zu fragen vom Tisch. Als ich ungefähr zwölf war, gab es wochenlang höhnische Bemerkungen über meine Art zu sitzen. Bist du etwa ein Vogel, der die ersten Flugversuche macht? Angeblich hielt ich meine Arme nicht eng genug am Körper, und irgendwann hatte er genug und brachte es mir bei.

Ich weiß nicht, wie er darauf kam, jedenfalls stand er eines Tages auf und holte aus der Schrankwand einen Stapel

Taschenbücher, Romane, die er vor hundert Jahren gelesen hatte und die sehr staubig waren.

Und jetzt pass auf.

Es waren sechs oder sieben Bücher, ein Roman von Bergengruen, erinnere ich mich, Thyde Monnier, Mauriac, in den unterschiedlichsten Farben. Er erklärte es mir. Du wirst dir das jetzt unter die Achseln klemmen, und dann sehen wir ja, ob du anständig essen lernst.

Niemand sagte etwas. Meine Mutter sagte nichts, Ruth nicht, die es gar nicht begriff, während ich wie befohlen wie der letzte Idiot mein Essen aß.

Am Abend wiederholte sich die Prozedur. Ich beteuerte, dass es nicht nötig sei, doch da hielt er mir bereits den nächsten Stapel hin. Ich schaute hilfesuchend zu meiner Mutter, die nur meinte, ich solle endlich machen, als wäre, was mein Vater sagt, Gesetz. Es gab Toast Hawaii, das weiß ich noch, aber ich würgte ihn nur so eben herunter, verlor zwei Bücher links und später eines rechts, was meinen Vater zu weiteren Bemerkungen ermunterte, man lerne eben nichts von heute auf morgen, schon gar nicht, ein richtiger Mensch zu sein.

Am unerträglichsten fand mein Vater, wenn man schmatzte. Wenn jemand seine Suppe schlürfte, als wäre er mutterseelenallein auf der Welt, wenn jemand mit offenem Mund aß oder beim Kauen sprach und anschließend irgendwelche Teile über den Tisch flogen. Er konnte lange, angeekelte Vorträge darüber halten. Neulich, bei einem Dienstessen, habe ein Referatsleiter ganz entsetzlich geschmatzt, da wäre er am liebsten aufgestanden und nach Hause gegangen, so gründlich habe es ihm den Appetit verdorben. Noch als er es erzählte, war ihm anzumerken, wie er gelitten hatte, denn sagen konnte man in so einem Fall natürlich nichts, die Macht, etwas zu sagen, hatte er nur bei Ruth und mir.

Eines Tages hatten wir Besuch von zwei Mädchen, die beim Essen die allerschrecklichsten Geräusche machten. Ruth und ich mochten die Mädchen nicht und warfen uns vielsagende Blicke zu, denn es war nicht zu übersehen, wie fassungslos mein Vater war. Merkte er jetzt, welches Glück er mit uns hatte? Aber er machte ein böses Gesicht und sagte dann zu Ruth, sie solle aufhören zu schmatzen. Ich glaubte, mich verhört zu haben, aber kurz darauf fing er wieder damit an, nun an uns beide gewandt: Auf der Stelle hört ihr auf zu schmatzen!

Es war komisch, und es war empörend. Hätte er uns mit einem Augenzwinkern zu verstehen gegeben, dass er die Mädchen meinte, hätte ein großer Spaß daraus werden können. Aber mein Vater hackte weiter auf uns herum, so dass ich anfing, an meinem Verstand zu zweifeln und nur froh war, dass die Mädchen danach nie wieder auftauchten.

Mit neun riss meine Schwester zum ersten Mal aus. Mein Vater hatte sie angeschnauzt, weil sie beim Essen gerülpst hatte, darauf war sie heulend aus dem Esszimmer gelaufen. Es waren wichtige Gäste zu Besuch, Leute aus dem Ministerium, deshalb verstand mein Vater doppelt keinen Spaß, begann sich wortreich zu entschuldigen, mit den Kindern sei es ein Kreuz, die Affen im Zoo wüssten sich besser zu benehmen.

Ruth kletterte gerade aus dem Fenster, als ich kam. Es war Sommer, trotzdem hatte sie ihren roten Wintermantel angezogen, als plane sie bis weit in die kalte Jahreszeit hinein. Ich versuchte sie abzuhalten, malte ihr aus, welche Konsequenzen sie erwarteten, rief ihr flüsternd hinterher: Komm zurück. Es hat keinen Sinn. Bitte komm zurück.

Bis zum Bahnhof schaffte sie es. Mein Vater lachte sie aus, als er sie in der Wartehalle sitzen sah. Er hatte darauf bestanden, dass ich ihn begleitete, damit ich begriffe, was ich angerichtet hatte, die Gäste waren längst weg, was seid ihr beide doch für Idioten.

*

MEIN VATER LIEBTE ES, zu Hause Gäste zu empfangen, befreundete Ehepaare, die bei uns zu Abend aßen, in späteren Jahren mehr und mehr Leute aus dem Ausland, Delegationen aus Finnland und Amerika, für die meine Mutter Rinderbraten mit Kartoffelknödeln machte und stöhnte, weil sie stundenlang in der Küche stehen musste und anschließend nur ins Bett wollte, anstatt bis Mitternacht auf Englisch geführten Gesprächen zuzuhören.

Aßen Ruth und ich mit, deckten wir den Tisch, falteten die Servietten, kontrollierten die Anordnung des Bestecks, ob die Gläser sauber waren, denn handelte es sich um Gäste aus dem Ausland, so wurde uns eingeschärft, musste alles perfekt sein. Schließlich repräsentieren wir unser Land, was unsere Gäste hier und heute erfahren, nehmen sie mit nach Hause und verstreuen es wie Samen in die ganze Welt.

Erschienen mein Vater und die Gäste gleichzeitig, versuchte er in Sekundenschnelle herauszufinden, wo es fehlte, zupfte im Vorübergehen an einem Strauß Blumen in der Diele oder rückte ein Paar Schuhe zurecht, merkte sich aber auch Details, die zu ändern keine Zeit blieb und dafür beim nächsten Anlass reibungslos klappen mussten.

Je mehr Zeit er vorher hatte, desto schärfer kontrollierte er. Er entdeckte das kleinste Fitzelchen Staub, überprüfte im Kühlschrank, ob Wein und Bier die richtige Temperatur hatten, stattete der Toilette und dem Kinderzimmer einen Besuch ab, wobei er mit Kritik nicht sparte. Hatte ich im Keller auf dem Klavier die Noten nicht weggeräumt, musste ich das eben nachholen. Mal waren die Kissen auf dem Sofa nicht ausgeschüttelt, mal hatte die Glasplatte am Rand zwei Schlieren. Bis zur letzten Sekunde jagte er uns von einer Unglücksstelle zur nächsten.

Klingelte es an der Tür, war mein Vater wie ausgewechselt und gab sich als der ruhigste, freundlichste Mensch der Welt, stellte meine Mutter vor, Ruth und mich, die wir unzählige Hände schütteln mussten und in fremden Sprachen begrüßt wurden. Mein Vater entkorkte die erste Flasche Wein, schenkte ein, bei Leuten, die er mochte, mit einer angedeuteten Verbeugung, als Zeichen seiner Freude.

Er freute sich über jeden einzelnen Gast, machte aber feine Unterschiede. Gegenüber Frauen war er besonders aufmerksam, half ihnen aus dem Mantel, führte sie an ihren Platz. Manchmal flüsterte er mit ihnen, und dann konnte ich hören, wie sie glucksten, sah ihren Blick, in dem nicht selten ungläubiges Staunen war, als könnten sie kaum fassen, was er soeben gesagt hatte, zu ihrem Kleid, ihrer Frisur, oder womit auch immer er sie für Augenblicke ins Wanken brachte.

Meine Mutter tat, als würde sie von alledem nichts merken. Sie servierte wie eine Magd das Essen, zeigte ein feines Lächeln, wenn jemand sie lobte, während mein Vater kurze Vorträge zu schulpolitischen Fragen hielt, als Zeichen seiner Entspanntheit die Krawatte abnahm und zu uns Kindern sagte, jetzt werde es aber langsam Zeit.

Ruth und ich standen immer sofort auf und verabschiedeten uns, sagten »bye-bye« oder »au revoir«, bedankten uns für die Geschenke, die es gelegentlich gab, und gingen wie die bravsten Kinder der Welt ins Bett, seltsam berauscht, als hätten wir soeben ein Stück Himmel zu fassen bekommen, einen ersten Ausblick auf die Wunder des Lebens.

Als ich zwölf war, brachte mein Vater seine zweite Geliebte nach Hause. Sie arbeitete bei der *Lufthansa* als Stewardess und hatte große dunkle Augen, mit denen sie dauernd klapperte, ein bisschen wie die Puppen von Ruth, die man durch leichtes Kippen in Schlafstellung bringen konnte. Meine Mutter war nicht erfreut, schon am Vormittag wurde es mehrfach laut, und dann, als die Frau am frühen Abend erschien, redete meine Mutter kein Wort mit ihr.

Mein Vater nannte sie Fräulein Fuchs. Er hatte eine Flasche Sekt aufgemacht und war bester Laune. In der Küche hatte er meine Mutter noch vor Kurzem angezischt, dass sie sich benehmen solle, aber sie schien nicht länger auf ihn hören zu wollen, nippte an ihrem Glas und verließ unter einem Vorwand das Zimmer.

Danach redete er zur Strafe eine Woche nicht mit ihr, schaute sie beim Essen nicht an und kam an den Abenden so spät, dass wir ihn tagelang nicht zu Gesicht bekamen. Alle waren bedrückt und zugleich gereizt, bei der kleinsten Kleinigkeit gab es Krach. Ruth hatte eine Fünf in Mathematik und es wochenlang verheimlicht, außerdem hatten wir im Flur Fußball gespielt, weshalb mein Vater minutenlang nur brüllte.

Manchmal hasste ich ihn. Auch die Gäste lernte ich zu hassen, denn fast jeder fiel auf ihn herein, Freunde und Verwandte, die es besser hätten wissen müssen, aber alle sahen nur sein freundliches Getue.

Gab es einen aufmerksameren, hilfsbereiteren, selbstloseren Menschen als meinen Vater?

Wahrscheinlich meinte er es noch gut, wenn er meine Mutter wochenlang keines Blickes würdigte oder zu seinen Geliebten ging und bei nächster Gelegenheit vor Dritten so tat, als sei er der allerglücklichste Familienmensch. Dabei

waren wir nur Staffage für die seit Jahren selbe Inszenierung, mit der er sich vor allen versteckte, seine Müdigkei-
ten, seine Angst zu scheitern, seine Unersättlichkeit.

Mein Vater aß und trank sehr schnell, wie jemand, der
sich in die Speisekammer geschlichen hat und nicht weiß,
ob er essen oder fliehen soll. Er nahm sich, was er krie-
gen konnte. Wurde er erwischt, gab er den reuigen Sünder
und tat es kurz darauf wieder. Er hatte ein Recht darauf. Er
hatte Hunger, für seinen Hunger brauchte man sich nicht
zu rechtfertigen.

Vor nichts fürchtete sich mein Vater mehr als vor Kritik.
Das, was er dafür hielt, denn es war alles Kritik, ein kleines
Nein, ein in den Wind geschlagener Rat, wenn Ruth und ich
nicht sofort hörten. Einmal war er tagelang beleidigt, weil
meine Mutter ihn an einem kalten Wintertag gebeten hatte,
nach dem Essen nicht ewig lange zu lüften. Er fand es unverschämt, wenn Ruth oder ich ihn daran erinnerten, dass
er Taschengeld schuldig war, oder wir keine Lust hatten, bei
einem seiner heiligen Abendessen die leeren Flaschen abzu-
räumen und die Aschenbecher zu leeren.

Ich glaube, um die Sache ging es selten. Er hasste, dass
wir ihn sahen und uns anmaßten, ihn zu beurteilen. Wer
ihn ansah, kritisierte ihn eigentlich schon, und insofern
muss die Familie ein Albtraum für ihn gewesen sein, denn
wir bemerkten die kleinsten Kleinigkeiten, wir zogen ihn
bis auf die Knochen aus und lachten über ihn, so wie vor
hundert Jahren seine Brüder über ihn gelacht hatten, auf
eine hässliche, vernichtende Weise. Zur Strafe machte er
uns klein, damit wir gar nicht erst muckten und den Blick
schön gesenkt hielten, denn sonst hätten wir ja womöglich
entdeckt, mit welch schändlichen Gelüsten und Getrieben-
heiten er lebte, für die ihn niemand so unnachgiebig verfolgte wie er selbst.

Das schlimmste Verbrechen beging, wer Streitigkeiten nach außen trug. Einmal besuchte uns nach einem Vorfall seine Schwester. Sie wunderte sich über die angespannte Stimmung, und während mein Vater so tat, als wäre nichts, berichtete ich, was geschehen war. Im Grunde nur, dass es Ärger gegeben hatte, aus den und den Gründen. Ich mochte meine Tante, deshalb dachte ich mir nicht viel dabei, außerdem war der Streit erst wenige Minuten her, genau genommen hatte er angedauert, bis sie geklingelt hatte. Mein Vater sagte, das sehe mir ähnlich. Ob ich mich beschweren wolle? Er machte eine Bewegung mit der Hand, als scheuche er eine lästige Fliege weg, aber ich merkte, wie wütend er war, auch die Tante musste es merken, ging der Geschichte jedoch nicht nach.

Als sie weg war, erklärte er mir, welch schweren Vertrauensbruch ich begangen hätte. Ich entschuldigte mich bei ihm, aber er nahm die Entschuldigung nicht an. Auch abends im Schlafzimmer nicht, wo ich eine Stunde vor seinem Bett kniete und wieder und wieder beteuerte, dass es mir leidtat, dass ich es nicht verstünde, schließlich sei es seine Schwester, sie gehöre zur Familie, deshalb habe sie es von alleine gewusst.

Ich liebte meinen Vater. Ich war sein Sohn, ich hatte keine andere Wahl, als ihn zu lieben. Ich sah ihn in seinen Anzügen mit den gestreiften Krawatten, am Wochenende im blauen Bademantel, wie er aß, wie er schlief. Ich war immer auf der Hut vor ihm, für den Fall, dass es ihm einfiele, mich auszuhorchen, nach Schwierigkeiten in der Schule, wie es mit den Mädchen stand, doch zum Glück wollte er meistens nur hören, dass alles in Ordnung war.

Mein Vater dürfte über Erziehungsfragen nicht viel nachgedacht haben. Er war ein Kind der Dreißigerjahre, er war nie Soldat, dachte aber in der Grammatik des verlorenen Krieges. Alles war Idee, alles war Schlacht. Es gab Hinterhalte, man führte Rückzugsgefechte und griff im Sommer unter hohen Verlusten wieder an. Am schlimmsten war die Einsamkeit. Man kämpfte an allen Fronten und hatte niemanden, dem man vertrauen konnte, denn wer heute dein Freund war, konnte morgen dafür sorgen, dass man dich an die Wand stellte. So ungefähr betrachtete er das Leben. Man konnte sich nie sicher sein, was als Nächstes passierte. Alles war Verdacht, man musste sich wappnen, was ohne gewisse Härten leider nicht abging, mehr sich selbst als anderen gegenüber, was die anderen leider oft nicht sahen.

Ich bezweifele, dass mein Vater einen Plan hatte, wenngleich seine Methode rückblickend planvoll aussieht: eine Zurechtweisung hier, eine Demütigung da, der Stoff säuberlich aufgeteilt in Lektionen, die er Schritt für Schritt mit uns durchging, unter Berücksichtigung der Tatsache, dass wir unterschiedliche Geschlechter hatten, unterschiedliche Fehler.

Meine Schwester war von Anfang an aufsässiger als ich, deshalb galt es bei ihr, die Spitzen ihres Willens zu brechen, während ich meinen Vater besser lesen konnte und durch überraschende Schläge dazu gebracht werden musste, mich nicht zu sehr auf meine Lektüre zu verlassen. Ein Vater war nicht etwas, das man las wie ein aufgeschlagenes Buch, ein Vater war eine Offenbarung, eine Instanz, die grässliche Wunder vollbrachte, deren Reichweite und Bedeutung ein Kind am besten nie ganz entschlüsselte.

Die Lektion, die ich mir am besten gemerkt habe, erteilte er mir an Silvester 1974 bei einem Verwandtenbesuch.

Wahrscheinlich spielte es eine Rolle, dass ich die Verwandten nicht mochte und kaum kannte. Meinen Onkel

Paul mochte ich noch am liebsten, obwohl sich mein Vater die halbe Hinfahrt darüber ausgelassen hatte, was für ein Versager er sei. Er war der Bruder meiner Mutter und besaß ein riesiges Weingut, aus dem er aber nichts machte, er trank und ließ seit Jahren alles verlottern.

Mein Vater war von der ersten Minute an genervt. Gleich nach unserer Ankunft mussten wir bei klirrender Kälte im Gänsemarsch durch diverse Weinberge wandern, standen in dunklen, feuchten Kellern vor allen möglichen Fässern und klapperten mit den Zähnen. Mein Cousin Martin gab schrecklich damit an, was er alles wusste, er hatte angeblich in fast allen Fächern eine Eins und ärgerte sich, weil er nach unserer Rückkehr dreimal hintereinander beim *Malefiz* verlor.

Die Erwachsenen redeten die ganze Zeit und schickten uns mehrfach weg, um sich ungestört beraten zu können. Ich nehme an, wegen der Schwierigkeiten des Onkels, die offenbar größer waren, als ich mir vorstellen konnte. Meine Mutter wirkte nachdenklich, die Tante hatte geweint und brachte kalte Platten aus der Küche.

Der Onkel saß in seinem abgeschabten Ledersessel und trank bis zum Abend Wein, zu späterer Stunde Cognac und Whisky, die Menge schien sich täglich zu steigern. Aber er interessierte sich für mich, erkundigte sich nach meinen Fortschritten am Klavier, wollte genau wissen, was ich spielte, lachte über den blöden Czerny, obwohl auch der blöde Czerny sein Gutes habe. Der Onkel liebte *die Russen*. Er besaß eine riesige Plattensammlung und spielte mir an den Nachmittagen das eine oder andere vor, *Bilder einer Ausstellung* von Ravel, ein Streichquartett von Borodin. Borodin sei natürlich Russe, hatte der Onkel erklärt, aber der mit Abstand liebste sei ihm Schostakowitsch. Ich müsse unbedingt anfangen, Schostakowitsch zu hören, für den Anfang am besten die Kammermusik, später die Sinfonien, du wirst das meiste sicher gut verstehen.

Mein Cousin hasste seinen Vater. Er hatte das mehrfach nebenbei bemerkt, ohne dass ich darauf reagiert hatte. Der Alkohol sei ein Teufel, behauptete Martin, Ruth und ich hätten ja keine Ahnung, heute, an Silvester, werde es sicher besonders schlimm. Der Onkel kam uns mehrfach ermahnen, weil wir Lärm machten, und dann sah ich Martins wutverzerrtes Gesicht, wie er sich hündisch wegduckte, als rechne er jederzeit mit Schlägen. Dabei war der Onkel viel zu betrunken, um ihn zu schlagen. Er redete mit einer weichen, schmeichlerischen Stimme, hörte Martin auch an, der zu seinen Freunden wollte. Die Tante hatte es bereits verboten. Auch der Onkel verbot es, versuchte es zu erklären, aber Martin geriet außer sich und zischte seinem Vater, kaum dass er aus der Tür war, die unflätigsten Schimpfworte hinterher, mehrmals hintereinander, in verschiedenen Variationen, *du Schwein, du gottverdammte, dreckige Alkoholikersau.*

Noch ehe ich diese Sätze begriffen hatte, stand mein Vater im Zimmer. Anscheinend hatte er gelauscht. Es war unübersehbar, dass er sehr wütend war, die Frage war, auf wen, denn er schaute niemanden an und stellte keine Fragen. Ich dachte: Was macht er hier, warum mischt er sich ein, und in diesem Moment trat er auf mich zu und schlug mir ohne Vorwarnung ins Gesicht, mit voller Wucht links und rechts, bevor er ohne weitere Erklärung verschwand.

Im ersten Moment war ich nur verdutzt und dann voller Hass. Ich hatte nicht gewusst, dass ich meinen Vater so hassen konnte, aber jetzt wusste ich es. Ich war aus tiefster Seele empört, zugleich verwirrt, weil es eigentlich nicht sein konnte. Ich verstand die Botschaft nicht. Oder gab es keine Botschaft? Dass er mich geschlagen hatte, war das eine. Es war nicht das erste Mal, dass mein Vater mich schlug. Womöglich war es wie bei den schmatzenden Mädchen, dachte ich, dann hätte die Botschaft Martin gegolten. Oder er hatte die Stimmen verwechselt. Allerdings hatten unsere Stimmen nicht die geringste Ähnlichkeit.

Martin war natürlich froh, dass es mich getroffen hatte, es scherte ihn nicht im Geringsten, stattdessen saß er grinsend auf seinem Bett und flüsterte wieder und wieder: *Du gottverdammte Alkoholikersau, du gottverdammte, dreckige Alkoholikersau.*

Beim Abendessen wurde ich mit Ruth und Martin an einen extra Tisch gesetzt, entweder zur Strafe oder weil die Erwachsenen unter sich bleiben wollten. Es war mir völlig egal. Es gab Wiener Würstchen mit Kartoffelsalat, der nicht schmeckte, aber auch das war mir egal. Meine Mutter kam mehrfach an den Tisch und fragte, ob wir etwas bräuchten, wobei sie mir begütigend über den Kopf strich.

Na komm, sagte sie, mach nicht so ein Gesicht, heute ist Silvester, was ja wohl so zu verstehen war, dass sie von den Ohrfeigen wusste, sie jedoch für eine Lappalie hielt.

Am Tisch der Erwachsenen redete nur der Onkel. Jede halbe Stunde öffnete er eine neue Flasche Wein, von der er selbst am meisten trank. Auch mein Vater trank. Meine Mutter versuchte ihn abzuhalten, sie flüsterte ihm ins Ohr oder zupfte ihn am Arm. Im letzten Urlaub hatte ich die Szene mehrfach beobachtet, abends, wenn Leute aus der Siedlung im Apartment saßen und alles durcheinandertranken, Schnaps und Bier und Wein, bis zum frühen Morgen.

Meinen Vater würdigte ich den ganzen Abend keines Blickes, auch als alle Prosit Neujahr riefen und miteinander anstießen. Der Einzige, mit dem ich nicht anstieß, war mein Vater. Auch mein Vater machte keine Anstalten. Ein gutes neues Jahr, sagte der Onkel, mach weiter so. Ich wünschte meiner Mutter ein gutes neues Jahr, der Tante, Ruth und sogar Martin. Ein paar Minuten standen wir an den Fenstern und beobachteten das Silvesterfeuerwerk, das nicht lange dauerte.

Erst in diesem Moment fiel mir auf, dass mein Vater weinte. Er stand vor der Schrankwand und hielt ein leeres Weinglas in der Hand, neben ihm die Mutter, die schon wieder auf ihn einredete.

Ich hatte meinen Vater nie weinen sehen, deshalb waren seine Tränen ein Schock. Ich fühlte mich schuldig, während eine innere Stimme widersprach und mich daran erinnerte, wie es gewesen war. Mit seinen Tränen will er dich erpressen, sagte die Stimme, diesmal bleibst du hart. Aber es war schwer. Noch im Bett sah ich in peinigender Klarheit, wie er zu mir herüberblickte, irgendwie bettelnd, als hätte ich das schrecklichste Verbrechen aller Zeiten begangen.

Als ich am Neujahrstag zum Frühstück ging, war er nicht da. Die Tante sagte, mein Vater habe vor Stunden das Haus verlassen und sei völlig außer sich.

Offensichtlich hatte sich die Lage über Nacht zugespitzt. Meine Mutter sagte: Was hast du dir nur gedacht? Worauf ich trotzig mit den Achseln zuckte und zurück in Martins Zimmer ging, wo mich in der darauffolgenden Stunde nacheinander alle besuchten: Als Erste Ruth, die mir zu verstehen gab, dass sie auf meiner Seite war, kurz darauf die Tante, die immerhin wissen wollte, was genau vorgefallen war. Augenscheinlich handele es sich um ein Missverständnis. Trotzdem müsse ich mich mit meinem Vater versöhnen, was ich voller Empörung ablehnte.

Auch meine Mutter sprach von Versöhnung. Sie trug ein rot-weiß gestreiftes Frottee-Kleid und hatte eine Laufmasche in ihrer Strumpfhose. Sie wirkte ramponiert, als hätte sie kaum geschlafen, und tatsächlich machte sie mir das später zum Vorwurf: Wegen mir habe sie die halbe Nacht kein Auge zugetan.

Die Laufmasche begann über dem linken Knöchel und endete oberhalb des Knies, aber es war abzusehen, dass sie sich weiter nach oben arbeiten würde, deshalb schaute ich in regelmäßigen Abständen hin, während meine Mutter zu einer langen, komplizierten Rede anhob, in der sich leierkastenartig alles drehte und wiederholte.

Wir wüssten doch, wie er ist, sagte sie, er nehme eben alles sehr schwer. Dass du nicht mit ihm angestoßen hast, hat ihn furchtbar gekränkt. Ich täte es auch für sie, behauptete sie. Sie hätten schwierige Jahre hinter sich, bitte lass mich nicht im Stich, selbst wenn du nichts getan hast, entschuldige dich.

Wie immer, wenn ich unter großen Druck geriet, begann es in meinem Kopf zu rasen. Ich meinte zu sehen, wie es dort tobte, die helle, wabernde Masse, die mein Gehirn war, in meinem Kopf, in dem es abwechselnd Ja und Nein sagte.

Ich ging die gestrige Szene mehrmals durch, denn es war ja alles da, Martins wütendes Gesicht, seine Tirade, die zum Schlag erhobene Hand meines Vaters. Dabei hatte ich keinen Pieps gesagt. Oder womöglich doch? Konnte man sicher sein, ob ein anderer etwas gesagt hatte oder man selbst? Ich war mir sicher. Aber wir hatten schrecklichen Lärm gemacht, ich machte auch zu Hause Lärm, ich stritt mich zu oft mit Ruth. Ich war hin- und hergerissen. Mal dachte ich: Bring es hinter dich. Dann wieder wollte ich es darauf ankommen lassen.

Meine Mutter war längst weg, ich knabberte an dem Köder, den sie mir hingeworfen hatte. Der Klügere gibt nach, hatte sie im Hinausgehen gesagt, also hielt sie meinen Vater für einen Dummkopf. Das gefiel mir. Ihr Köder war, dass sie mich vorab zum Sieger erklärte. Hatte ich nicht genau das gewollt? Ich musste nur ein paar Sätze sagen, sie mir zurechtlegen und wie ein Automat nachsprechen, selbst wenn es nicht den geringsten Grund gab.

Mit Ausnahme des Onkels waren alle in der Küche, als ich zu ihm ging. Mein Vater las Zeitung, legte die Zeitung aber sofort weg, gab sich überrascht, obwohl er auf mein Kommen gewartet zu haben schien.

Ich flüsterte meine Entschuldigung mehr, als dass ich sie aussprach, aber der Druck in meinem Kopf ließ sofort nach. Mein Vater nickte, als habe er sich Ähnliches bereits gedacht, und nahm mich in den Arm. Die Ohrfeige erwähnte er mit keinem Wort. Hatten ihm die Frauen nicht gesagt, dass er mich zu Unrecht geschlagen hatte? Aber das schien für ihn keine Rolle zu spielen. Ich dachte, er würde sich entschuldigen, doch er entschuldigte sich nicht. Vielleicht fand er auf die Schnelle nicht die passende Formulierung, also wartete ich. Offenbar war ihm nicht klar, worauf, deshalb wandte er sich seiner Zeitung zu, und da begriff ich es und bereute, dass ich zu ihm gegangen war.

Mein Vater war ein Betrüger. Er hatte alles vertauscht und verdreht, bis es so aussah, als wäre ich an allem schuld, während er nur kurz heulen musste und anschließend mit dem Gefühl herumspazierte, wie großherzig es war, dass er mir verziehen hatte.

Ich verfluchte meine Mutter, die Tante, dass sie mich gezwungen und verraten hatten, denn genau das hatten sie getan, sie hatten mich verraten und verkauft, sie hatten gemeinsame Sache mit ihm gemacht. Tatsächlich bedankte sich meine Mutter später sogar bei mir, wie froh sie sei, auf ihren Großen könne sie sich eben verlassen.

Ein paar Tage wartete ich weiter auf eine Reaktion, eine hingeworfene Bemerkung, dass auch er seinen Teil dazu beigetragen habe, aber für meinen Vater war die Angelegenheit erledigt. Wahrscheinlich hatte er sie längst vergessen. Man sah ihm an, dass er sich aufs Büro freute, nach einer Woche Zwangsurlaub mit der Familie würde er endlich wieder für sich sein, gleich nach unserer Rückkehr wollte er für zwei Stunden ins Ministerium.

Die halbe Fahrt lagen meine Eltern darüber im Streit, aber ich hörte ihnen nicht zu, tippte mir mit dem Finger an die Stirn, worüber Ruth sehr lachte und sich ihrerseits an die Stirn tippte, als wären unsere Eltern Verrückte und wir beide die Einzigen, die halbwegs bei Verstand waren.

8

BEIM THEMA SEXUALITÄT war mein Vater liberal. Da er sich selbst alles erlaubte, billigte er auch anderen Freiheiten zu, meine Mutter eingeschlossen. Als Ruth mit fünfzehn ihren ersten Freund nach Hause brachte, gab es unerfreuliche Szenen, aber was mich betraf, mischte er sich nie ein, formulierte weder Ratschläge noch Verbote, sondern ließ den Dingen ihren Lauf.

Ich glaube, es interessierte ihn nicht. Ihn interessierte, dass ich mich um meine Mutter kümmerte, die sich mehr und mehr auf mich bezog. Sie erzählte mir von ihrer Arbeit, führte mir neue Kleider und Röcke vor, nahm mich mit ins Konzert, wenn mein Vater in letzter Sekunde absagte, saß an den Abenden mit mir vor dem Fernseher. Die anderen Frauen erwähnte sie mit keinem Wort, beklagte sich aber regelmäßig, dass mein Vater so gar nicht an uns dachte und die anderen immer wichtiger waren als wir.

Seit sie eine Dreiviertelstelle hatte, sah sie oft müde aus. Dauernd suchte sie etwas. Konnte die Schlüssel nicht finden, ihre Handschuhe, die sie noch vor einer Stunde getragen hatte, einmal zwei Tage ihre Geldbörse, ehe sich herausstellte, dass sie sie in der Apotheke liegen gelassen hatte.

Eines Nachts schlüpfte sie in mein Bett.

Ich erwachte, als sie zu mir kroch und sich Platz verschaffte, während ich fieberhaft überlegte, was da vor sich ging, ob es überhaupt wahr war, wo mein Vater war, ob sie glaubte, ich sei mein Vater, begleitet von den allerpeinlichsten Empfindungen.

Ich hörte ihren Atem, sie roch nach Schlaf, nach Nacht, Dunkelheiten, die mir üblicherweise verborgen blieben.

Ich rückte, so gut es ging, von ihr weg, Richtung Wand, während ich sie zu wecken versuchte. Konnte man Schlafwandler wecken? Denn womöglich war sie ja eine Schlafwandlerin und hatte die falsche Tür genommen, was an meinen Peinlichkeitsgefühlen nichts änderte.

Mami, du bist falsch, flüsterte ich. Du hast dich verirrt, du bist bei mir.

Anfangs hörte sie nicht. Ich musste sie mehrfach rütteln und mich über ihr Ohr beugen und wiederholen, dass sie im falschen Bett lag, ihr Bett war drüben, hier war das Bett von mir. Unendlich langsam begann es ihr zu dämmern. Bist du es, Georg? Ich glaube, sie wurde gar nicht wach, aber schließlich stand sie mit ein paar gemurmelten Entschuldigungen auf, strich mir über den Kopf und verließ das Zimmer.

Ich war damals um die vierzehn, kurz nachdem ich ein eigenes Zimmer bekam und dort bei jeder Gelegenheit an mir herummachte. Manchmal glaubte ich, es sei nicht normal, dass ich an mir herummachte, dann wieder beruhigte ich mich, weil es schließlich alle Jungen meines Alters taten, in einem verstaubten Aufklärungsbuch meines Vaters gab es dazu einschlägige Statistiken.

Der erste Versuch im Bad war eine Enttäuschung gewesen, aber inzwischen machte ich es in den unterschiedlichsten Varianten, vorzugsweise im Bett, in der Wanne mit dem Duschkopf, weil es so länger dauerte.

Ich mochte meinen Schwanz. Ich schaute ihn mir gerne an, im Bad vor dem Spiegel, ich mochte, wie er in der Hand lag und keine Ruhe gab, wie ein zappeliges Tier.

Vor Ewigkeiten hatte meine Mutter mal etwas zu dem Tier gesagt, dass man es regelmäßig sauber machen müsse, dass ich jetzt in einem Alter sei, wo sich die Dinge schnell veränderten. Auf einmal hatte sie über das Thema Liebe geredet, das Wort Geschlechtsverkehr fiel, aber mir waren ihre Ausführungen so unangenehm, dass ich kaum hinhörte oder halb hinhörte, aber das meiste auf der Stelle vergaß.

Ich genoss meine Heimlichkeiten. Denn natürlich lebte ich dauernd in der Angst, erwischt zu werden, im Bad, weil ich vergessen hatte, die Tür abzuschließen, im letzten Moment unter der Decke, wenn ich derart auf mich konzentriert war, dass ich nicht hörte, wie Ruth oder meine Mutter ins Zimmer kamen. Es lag ein Hauch von Schande über allem, wenn auch nur eben so viel, dass es das Vergnügen nicht beeinträchtigte.

Eines Tages sprach mich meine Mutter auf die Flecken an. Sie sagte es betont beiläufig, ich möge mir in Zukunft bitte etwas unterlegen, sie könne nicht dauernd waschen. Ich tat, als wäre es das Selbstverständlichste der Welt, dass sie so mit mir darüber redete, sagte schnell »In Ordnung«, »Klar«, »Tut mir leid«, dabei wäre ich am liebsten in den Boden versunken. Wellen von Scham durchfluteten mich; ich fühlte mich bloßgestellt. Sie wusste, was ich vor dem Einschlafen tat, und fand es ohne Zweifel abscheulich. Ich selbst fand es plötzlich abscheulich. Ich verfluchte mich, dass ich keine Vorsichtsmaßnahmen getroffen hatte, dass ich zu faul gewesen war oder es nicht für nötig gehalten hatte. Hätte ich besser aufgepasst, wäre sie mir niemals auf die Schliche gekommen.

*

MEINE ERSTE LIEBE WAR eine schlechte Kopie der Affäre meines Vaters mit Senta, und wie er habe ich die Geschichte lange nicht verwunden.

Mein Vater war von Carla begeistert, dabei hatte sie mit Senta wenig Ähnlichkeit. Sie hatte tümpelgrüne Augen und ein schwer zu entschlüsselndes Lächeln, dazu Haare wie ein Rauschgoldengel und eine für ein vierzehnjähriges Mädchen überraschend dunkle Stimme.

Meine Mutter war nicht da, als ich sie nach Hause brachte, weshalb sich mein Vater ermuntert fühlte, um sie herumzuscharwenzeln, fast als wäre sie *sein* Besuch und nicht meiner. Ich hatte Carla schon geküsst, deshalb wollte ich schnellstmöglich nach oben in mein Zimmer, doch mein Vater ließ sich Zeit, zeigte ihr Haus und Garten, nötigte uns zu einer Tasse Tee im Wohnzimmer, wo er Carla weiter begutachtete und mit Fragen nach ihrem Klavierspiel überhäufte.

Entdeckt hatte ich sie bei einem Sommerkonzert an meiner Schule. Carla ging in die Parallelklasse und spielte ihre beiden Mozart-Sonaten auf eine Weise, dass ich dachte, es habe bis zu diesem Augenblick keine Musik gegeben: hier, unter ihren Händen sei sie soeben entstanden.

Am selben Abend schrieb ich ihr einen langen, komplizierten Brief, in dem stand, dass ich sie gerne treffen würde, wie wunderbar sie gespielt habe, etwas zu ihren Haaren, denn ich hatte solche Haare vorher nie gesehen, und sie, so stand es in ihrer Antwort, nie zuvor so einen Brief erhalten.

Sie knabberte an ihren Fingernägeln, als wir uns trafen. Es war Anfang November, der sechste, um genau zu sein. Ich hatte einen Spaziergang im Stadtpark vorgeschlagen, und dort, am Tag eins der neuen Zeit, geschahen nacheinander die Wunder: Sie nahm meine Hand, sie lächelte, sie ließ meine Hand nicht los, wir begannen zu sprechen.

Ich wusste nicht, was mich mehr aus der Fassung brachte. Am Morgen hatte es geschneit, es war kalt, ich spürte ihre kratzigen Handschuhe, und später zog sie die Handschuhe aus und staunte, wie man bei diesen Temperaturen so warme Hände haben konnte. Es war das Wunderbarste der Welt, ihre Hände zu wärmen, während sie mir von ihren Brüdern erzählte, ihrem Zimmer, dem großen Pool im Keller, wo ich sie Jahre später zum ersten und letzten Mal nackt sah und mich wunderte, warum sie so überhaupt nichts dabei fand.

Ich zählte jeden Tag mit ihr. Notierte mir, wann wir telefonierten, wann ich sie in der Pause kurz sprach oder aus der Ferne beobachtete, wie sie sich, an die Wand gelehnt, mit einer Freundin unterhielt.

Am sechzehnten Tag gingen wir Schlittschuh laufen und am dreiundzwanzigsten öffnete sich für mich im Kino erstmals ihr Mund. Es stiegen herrliche Düfte aus ihrem Pullover auf, das weiß ich noch, und dass wir den halben Film verpassten und uns später auf der Straße immer weiter küssten.

In einem verwirrten, taumeligen Zustand fuhr ich nach Hause. Glück war das falsche Wort. Ich fühlte mich eher fromm, auf eine beseligende Weise eingeschüchtert, als wäre soeben eine Göttin zu mir herabgestiegen und hätte mich per Handstreich in ein anderes Wesen verwandelt.

Nach drei Monaten verließ sie mich. Sie sagte es mir am Telefon, wahrscheinlich als Strafe, weil ich mir hinter ihrem Rücken die Nummer des Skilagers besorgt hatte, in dem sie über Neujahr mit ihrer Klasse war. Sie schien in der Nähe einer großen Küche zu stehen und war sehr unfreundlich. Sie sagte, dass sie mich kaum verstehe, wollte wissen, woher ich die Nummer hatte, warum und weshalb. Mit welchem

Recht stellst du mir nach, hörte ich sie sagen, wie leid sie das sei. Einen anderen habe sie auch.

Das Schlimmste war, wie fröhlich sie klang. Ich fragte: Ist das alles, was du mir zu sagen hast? Und darauf sie: Das war alles. Ich kann hier nicht gut sprechen.

Damit legte sie auf.

Ist das alles, was du mir zu sagen hast, hätte ich natürlich nicht sagen dürfen, der Satz hätte von meinem Vater stammen können.

Ich hatte sie von zu Hause aus angerufen. Ich saß im Schlafzimmer meiner Eltern auf einem Hocker und wartete auf den Schmerz, denn für den Moment fühlte ich mich völlig taub, anscheinend waren die Gefühle durch die Telefonleitung noch zu mir unterwegs.

Am neunundachtzigsten und letzten Tag trafen wir uns auf dem Pausenhof. Für mich war das Leben vorbei, ich hatte die ersten schlaflosen Nächte, aber jetzt würde sie es mir erklären. Darum hatte ich sie gebeten. Bitte erklär es mir. Ich versteh es nicht.

Carla hatte die Hände in den Hosentaschen und erklärte, dass sie mich nicht mehr mochte. Am Anfang ja, aber danach sei es schlimmer und schlimmer geworden mit mir, sie habe sich gefühlt wie eine Gefangene. Ich konnte nur nicken. Hatte ich ihr nicht die ungeheuerlichsten Sätze zugemutet? Dass ich nicht ein und aus wusste, seit ich sie kannte, dass ich ununterbrochen an sie dachte und dauernd in der Angst lebte, dass sie mich verlasse. Was kann ich nur tun, dass du mich nicht verlässt?

So wie es aussah, nicht das Geringste. Ich dachte an das Kino, das Stückchen Haut, das ich eines Nachmittags ergattert hatte, die Ahnung ihrer Brustwarzen, damals auf meinem Bett bei ihrem einzigen Besuch. Ich hatte sie vertrieben und hätte mein Leben dafür gegeben, um sie zurückzuholen. Ich hörte das Klingeln der Pause, und im selben Moment schenkte sie mir ein letztes Lächeln, das etwas geringschätzig ausfiel, als würde sie sich ein Leben lang vorhalten, einem wie mir ihre Gunst erwiesen zu haben.

Ich trauerte wie mein Vater. Stumm und gravitätisch, mit einem Anflug von Hochmut, wie man sagen muss, als hätte ich Rechte an ihr erworben, die durch Zurückweisung nicht aufzuheben waren. Carla gehörte mir, in gewissem Sinne mehr denn je.

Meine Mutter kümmerte sich um mich. Die ersten Tage machte sie mir abends heißes Bier, damit ich schlafen konnte, und ermahnte mich, nicht zu viel Musik zu hören. Dabei war die Musik meine Rettung. Ich hörte, was ich in die Finger bekam, und lernte in rasender Geschwindigkeit. Ich kaufte mir eine Aufnahme der Sonaten, die Carla gespielt hatte, hörte wochenlang nur das, bevor ich zu komplizierteren Dingen überging. Die Plattensammlung meines Vaters bestand in der Mehrzahl aus Romantikern, aber ich fand auch viel Bach, entdeckte Prokofjew, auf Empfehlung meines Musiklehrers Strawinsky, *Le Sacre du Printemps,* mein Gott, wie hatte ich jemals ohne diese Musik sein können.

Gleichzeitig versuchte ich mich an eigenen Sachen, indem ich beim Klavierspielen improvisierte, einen Schluss hier, einen Anfang dort durch einen anderen ersetzte, ihn mir notierte und in der Folge daran herumbastelte, eine zweite Stimme dazu erfand, eine Sonate für Cello oder Violine, denn obwohl ich die Instrumente nicht spielte, konnte ich sehr gut hören, wie sie auf die Klavierstimme antworteten.

Mein Plan war, dass ich für Carla schrieb. Mir war ein großes Unglück widerfahren, meine Antwort war, dass ich komponierte. Im Schmerz lag eine Kraft, man konnte etwas damit machen, ihn umwandeln in etwas anderes.

Zu ihrem Geburtstag im April ließ ich sie wissen, was ich mir vorgenommen hatte, etwas mit zwei Stimmen. Zu meiner Überraschung erhielt ich postwendend Antwort. Ich begann sofort zu zittern, als ich ihre Schrift auf dem Umschlag las, dabei waren es, wie sich herausstellte, nur ein paar nichtssagende Zeilen. Das mit der Musik mache sie neugierig, schrieb sie, sie sitze mit Therese gerade an einem Referat über Erich Kästner, deshalb fasse sie sich kurz.

Ein klitzekleines bisschen hatte ich ja gehofft – ich wusste selbst nicht, was. Zwischen den Zeilen eine Anspielung, dass ich so übel nicht gewesen war? Dass sie mich bewunderte? Denn allzu viele Jungen, die für sie komponierten, würde es in ihrem Leben nicht geben. Aber immerhin, sie hatte geantwortet, sie wusste Bescheid. Eine Weile berauschte ich mich an der Vorstellung, die Musik zusammen mit Carla zu hören, bis mein Plan an Dringlichkeit verlor, ich auch nicht mehr genau wusste, wie Carla aussah, und schnell wegschaute, wenn ich ihr in den Pausen über den Weg lief.

*

THERESE WAR IN VIELEN PUNKTEN das Gegenteil von Carla: als Typ eher dunkel, weniger kühl, keine grausame Göttin, die mich mit einem Handstreich vernichten konnte, sondern ein Wesen aus Fleisch und Blut, das sich berühren ließ und auf die allerfreigebigste Weise zurückhaltend war.

Meine Mutter mochte sie sehr, während mein Vater sie bloß zur Kenntnis nahm. Therese war Therese. Was gab es über eine wie Therese groß zu sagen, schien er zu denken, dabei bin ich lange niemandem so nahe gewesen wie ihr.

Sie war der erste Mensch, mit dem ich Sex hatte, mit dem ich alles probierte, oben in der Dachkammer bei ihren Eltern, die mich lange nicht ins Haus lassen wollten, sich aber fügten und nicht ahnten, was für unfassbare Dinge wir dort oben miteinander trieben.

Therese war mein Versuch mit der Mutter. Wie mein Vater hatte ich meine Lektion gelernt, von wilden, schnellen Selbstauslieferungen hatte ich fürs Erste genug, und entsprechend behutsam und verschlungen begann es mit Therese. Es gab einen ewig langen Sommer der Beteuerungen und davor nur ein paar Blicke, eine Szene am Ufer der Isar, wo wir uns am letzten Schultag bekannt machten, Therese in Jeans und weißer Bluse, sehr ruhig, als hätten wir alle Zeit der Welt, kurz nach meinem sechzehnten Geburtstag.

Nie habe ich einem Menschen so viel geschrieben. Da ich in der ersten Ferienhälfte weg war und sie in der zweiten, hatten wir viel Zeit, uns kennenzulernen, wir lernten uns zu vermissen und schrieben uns, wenn möglich, mehrmals täglich. Manchmal kam drei Tage nichts und dann am vierten ein dicker Packen, in dem zum hundertsten Mal stand, wie froh wir waren, uns getroffen zu haben, was machst du, ich vermisse dich, wie kann ich nur sein, wenn ich dich so vermisse.

Wir vertrauten uns blind, auf eine traumwandlerische Art, die Ausdruck von Sorgfalt und Interesse war. Thereses Eltern waren von meiner Existenz nicht begeistert, aber irgendwann bekamen wir die Erlaubnis, uns gegenseitig zu besuchen.

Innerhalb weniger Monate durfte ich sie überall anfassen, und das war doch etwas anderes als das tapsige Gefummle mit Carla, die ich mehr geträumt als berührt hatte. So unter mehreren Schichten Stoff blieb ein Körper zwar ein Rätsel, aber dafür konnte man umso genauer spüren, wie er reagierte. Ich war außer mir vor Glück, wenn Therese reagierte, über die kleinen Hubbel unter ihrer Bluse, wenn sie mir zeigte, wo die Stellen waren, denn darauf liefen die Dinge jetzt hinaus, so verwirrend sie für uns beide waren.

Auch Therese fasste mich an. Anfangs eher schüchtern, als müsse sie erst begreifen, was da war, und es gab ja nicht den geringsten Zweifel, was da war, und besonders vorsichtig war sie auch nicht, sie machte auf Anhieb alles richtig.

Ich war siebzehn, als ich das erste Mal mit ihr schlief, nachmittags in meinem Zimmer, wo ich lange neben ihr liegen blieb, etwas enttäuscht, weil ich es mir völlig anders vorgestellt hatte, bedeutender, als müsse es mich aus der Bahn werfen. Stattdessen hatten wir es einfach getan. Aber es war gut, Therese sagte schöne Sätze, wie glücklich sie sei, jetzt sei sie meine Frau.

Ich weiß noch, dass ich mich wunderte, wie mühelos ich in sie hineingekommen war. Hieß es nicht, dass man der Frau beim ersten Mal nur wehtat? Therese hatte gesagt, ich solle mir keine Sorgen machen. Sie hatte sich seit Wochen wie ich auf diesen Moment gefreut und zeigte mir das auch, sie war sehr sanft und schien genau zu wissen, wie es ging, und anschließend stellte sich heraus, dass sie es schon getan hatte. Ich glaube, sie erschrak mehr als ich. Sie erwähnte einen älteren Mann, einen Onkel, meine ich mich zu erinnern, dass es nicht das Geringste bedeute. Alles in einem sachlichen Ton, als handele es sich um eine Jahrzehnte zurückliegende Begebenheit, zu der ich nur nickte, mehr verblüfft als gekränkt, beinahe ein bisschen neidisch, dass sie so viel mehr wusste als ich, ja, als würde ich erst jetzt begreifen, wie kostbar sie mir war.

Am ersten Abend hatte ich noch ihren Geruch, und so in ihrem Geruch ging ich Szene für Szene durch, ebenso stolz wie ungläubig. Ich hoffte, dass man es mir nicht anmerkte, und zugleich hoffte ich nichts mehr als das. Ich war siebzehn, ich hatte es getan, ich war ein neuer Mensch, ein *Mann*, dachte ich, so seltsam sich das anfühlte. Hatte ich da neuerdings nicht einen anderen Gang? Ich meinte, fester aufzutreten, ich reckte die Brust, wippte mit den Hüften. Für meine Klassenkameraden hatte ich nur noch spöttische Verachtung. Von heute auf morgen fand ich es lächerlich, dass sie in jeder Pause Karten spielten und sich über den neuesten Bud-Spencer-Film unterhielten. Gab es etwas Lächerlicheres als diese Filmchen? Sie hatten wirklich nicht die geringste Ahnung. Auch meine Eltern hatten keine Ahnung, auf jeden Fall bemerkten sie nichts. Ich glaube, sie hätten nicht mal reagiert, wenn ich es ihnen gesagt hätte. Du schläfst mit Therese? Nun, wir hoffen, du bildest dir nicht allzu viel darauf ein.

Therese hatte nicht direkt versprochen, dass wir es wieder tun würden, es aber auch nicht ausgeschlossen. Ich mochte, wenn sie am Telefon sagte: Bald, hab Geduld, wenn ich könnte, wäre ich in fünf Minuten bei dir. Ich kaufte am Bahnhof Kondome aus einem Automaten und fasste allerlei Vorsätze: dass ich Therese keine Sekunde aus den Augen lassen würde, dass ich sie fragen musste, vielleicht musste man manches ja einfach fragen, was gut für sie war, da und da, oder ob es auf andere Weise besser war.

Therese fand es süß, dass ich mir so viele Gedanken machte, und eines Nachmittags rief sie an und sagte, ihre Eltern seien weggefahren und kämen nicht vor dem Abend zurück. Ich erinnere mich, wie ich auf dem Fahrrad förmlich zu ihr hinflog und mir vorstellte, wie sie ungeduldig auf mich wartete. Therese wohnte zwei Ortschaften weiter. Ich fuhr über frühherbstliche Wiesen, der Weg war weit, ich brauchte über eine Dreiviertelstunde. Nie war ich so glücklich aufgeregt wie in dieser Dreiviertelstunde.

Therese war seltsam nervös, als ich bei ihr war, brachte von unten Tee und ging dann ein zweites Mal, weil sie den Zucker vergessen hatte. Wir hatten mindestens drei Stunden, aber Therese schreckte beim kleinsten Geräusch zusammen, sodass aus meinen Vorsätzen nichts wurde, ich rutschte nur irgendwie in sie hinein, obwohl sie nachher beteuerte, wie schön es wieder gewesen sei.

Am selben Abend beichtete sie es ihrer Mutter. Therese und ich waren seit über einem Jahr zusammen, aber jetzt machten ihre Eltern den Skandal. Es fanden mehrere Telefonate zwischen unseren Müttern statt, Therese durfte mich nicht mehr treffen, stand noch Wochen später unter Schock, denn ihre Mutter hatte es förmlich aus ihr herausgeprügelt, am Abend in der Küche, wo sie wieder und wieder sagte, du hast es getan, ich erkenne es an deinem Blick, sag, dass du mit ihm geschlafen hast, oder ich sorge dafür, dass du ihn nie wieder siehst. Alles wollte sie wissen, richtig mit Details, wann und wo und wie oft, ob und wie wir verhütet hatten, ob wir verrückt seien, du bist sechzehn, wie kannst du dich an den erstbesten Jungen wegwerfen.

Am Wochenende darauf bestellten sie mich zum Gespräch. Sie dürften damals um die vierzig gewesen sein, sie waren nicht einverstanden, Therese war ihre einzige Tochter, ich glaube, sie zitterten mehr als ich. Ich mochte sie. Im ungeheizten Wohnzimmer, das sonst nur an Feiertagen in Benutzung war, saßen wir ungefähr eine Stunde zusammen, sie machten sorgenvolle Gesichter und redeten tapfer über die unaussprechlichsten Dinge.

Thereses Mutter hatte einen hübsch geschwungenen Mund und einen kurzen männlichen Haarschnitt, sie war es, die das Wort führte und mich an meine Verantwortung

erinnerte, und ich weiß noch, wie mir das auf eine ver-
trackte Weise gefiel. Für Thereses Mutter war ich ein x-beliebiger Mann, und in meiner Eigenschaft als Mann konnte
ich das Leben ihrer Tochter ruinieren.

Am Ende lief es darauf hinaus, dass ich ihnen Therese
zurückgab, zumindest was das Thema Beischlaf betraf. Das
Thema Beischlaf war danach erledigt. Wenn Therese achtzehn sei, könnten wir machen, was wir wollten, aber bis
dahin – Thereses Mutter wusste es nicht zu formulieren –
sollte alles im altersgemäßen Rahmen bleiben. Das war der
Vertrag, das Stillhalteabkommen, an das sich beide Seiten
zu halten versprachen. Thereses Eltern akzeptierten, dass
es sexuelle Handlungen gab, und wir hielten uns an die ver-
einbarten Grenzen.

Kam es mir nur so vor oder war Therese erleichtert?

In gewisser Weise muss auch ich erleichtert gewesen
sein. Es gab eine im Verborgenen wabernde Sehnsucht,
aber sonst fehlte mir nichts. Beziehung war nicht nur Sex,
sie war mehr Wort als Fleisch, ein Hin und Her aus Frage
und Antwort, vieles Alltagskram, am Telefon ab und zu Ge-
flüster, aber selten, was machst du, was hast du an.

Im Grunde lebte ich wie mein Vater. Ich war verheiratet
und hatte eine feste Stelle, ich stand Morgen für Morgen
zur selben Zeit auf und erledigte die von anderen gestell-
ten Aufgaben.

Ich besorgte mir meinen ersten Kalender, in dem ich
in der Manier meines Vaters alles notierte, Klausuren und
Referate, Ausflüge mit der Schule, wann ich mit Therese
abends wegging, mit genauen Orts- und Zeitangaben die
Titel der Filme, Konzerte, Ausstellungen. Während meine
Eltern weiter auseinanderdrifteten, versuchte ich mein Leben einer selbst geschaffenen Ordnung zu unterwerfen. Ich

wusste, wie ich in der Schule stand, notierte mir Telefonate, wann wir Sex hatten, im Frühjahr 1979 nach einer Party die erste Übernachtung.

Lange gefiel mir das. Alles war fasslich. Es herrschte eine gewisse Enge, aber die Dinge verliefen in zuverlässigen Bahnen. Therese war nur ein Jahr jünger als ich, ich teilte alles mit ihr. Wir trafen uns jede Pause in der Schule, wir telefonierten und lasen dieselben Bücher, wir waren zur selben Zeit krank und kannten vom anderen jeden Quadratzentimeter Haut. Manchmal störte mich ihre Sanftmut, dann wieder war mir ihre Sanftmut das Allerliebste, wie genau sie die winzigsten Veränderungen registrierte, wenn ich mich vorübergehend von ihr absetzte, zwei Sommer vor dem Abitur, als ich vierzehn Tage allein durch Deutschland reiste.

Manchmal klammerte sie mir zu viel. Sie wollte mit mir leben, träumte von einer gemeinsamen Wohnung, während ich mich in Gedanken langsam von ihr wegbewegte, denn ich wollte studieren, schwankte zwischen verschiedenen Städten. Sie zittere, wenn sie sich vorstelle, ohne mich zu sein, sagte sie, und je mehr sie zitterte, desto dringlicher wollte ich weg. Ich küsste weiter ihren Mund, fuhr mit den Händen über ihren Körper, aber als wäre es nicht mehr das Richtige. Ich begann, die Lust zu verlieren, und merkte, wie ich aufhörte, mit ihr zu rechnen.

Nach der letzten Prüfung fuhren wir für eine Woche an die Adria. Ihre Eltern waren nicht begeistert, aber Therese war achtzehn, sie konnte tun und lassen, was sie wollte.

Meine Eltern brachten uns. Sie wollten in die Toskana und setzten uns auf halber Strecke ab. Mein Vater hielt von unseren Reiseplänen nicht viel und sagte mir das auch. In unserem Alter lege man sich nicht eine Woche an den

Strand, in Italien gebe es unendlich viel zu entdecken, ihr verplempert eure Zeit. Venedig zum Beispiel liege um die Ecke, jeder vernünftige Mensch müsse in seinem Leben einmal in Venedig gewesen sein. Wollt ihr nicht wenigstens nach Venedig? Ich sagte: Ich weiß nicht, wir wollen eigentlich nur unsere Ruhe, Venedig läuft uns nicht davon.

Dass Therese von früher alles kannte, fand ich amüsant. Vor wie vielen Jahren genau war sie zum letzten Mal hier gewesen? Sie konnte es nicht sagen, erinnerte sich aber an die Treppe, die vom Speisesaal nach oben zu den Zimmern führte, dass sie gerade lesen und schreiben konnte und es hasste, nachmittags im verdunkelten Zimmer mit ihrem Bruder schlafen zu müssen.

Besonders sommerlich war es leider nicht. Es hatte keine zwanzig Grad, aber Therese ließ sich davon nicht abhalten, zog ihren orange-rosa geblümten Bikini an und hüpfte wie ein kleines Mädchen Richtung Wasser.

Der Strand war eine Katastrophe. Überall lagen vertrocknete Algen, angeschwemmtes Holz, dazwischen der Müll vom letzten Sommer. Außerdem ging ein eisiger Wind, an Baden war nicht zu denken, zumal im Uferbereich an mehreren Stellen Schaum zu sehen war, dazu weiterer Müll, im Wasser treibende Algen. Therese fröstelte. Zum Glück hatte sie ihre Strickjacke mitgenommen. Ich legte den Arm um sie und schlug vor, ein wenig zu gehen, vielleicht war die Lage weiter oben erfreulicher, doch die mit Abstand erträglichste Stelle befand sich bei uns vor der Pension.

Immerhin war inzwischen die Sonne herausgekommen. Es wurde rasch warm, und so begnügten wir uns mit dem, was wir hatten. Es war unser erster Tag, es gab eine Decke, auf der man liegen konnte, wir hatten einen Stapel Bücher, wahrscheinlich brauchte es für den Anfang nicht mehr.

Ich dachte an ihren tapferen, tüchtigen Körper, in dem

ich mich vor einer Stunde bewegt hatte, seit zwei Jahren zum ersten Mal. Ich hatte seit Wochen darauf gewartet und trotzdem in den seltensten Momenten gewusst, was richtig war. Sollte man sich anschauen, wenn man miteinander schlief? Ich war der Meinung, ja. Aber es war schwer, dem Blick des anderen standzuhalten, es gab zu viele Details, auf die man achten musste, die kleinen *Ja*s und *Nein*s, Hebungen und Senkungen, ohne dass ich so recht herausfand, wie es für Therese war, und sie aus Feigheit nie fragte.

Die ersten drei Tage war das meiste neu: Ihr Gesicht am Morgen, das Essen in der Halle, nachmittags am Strand der Moment, wenn sie ihre Sachen zusammenpackte und dann fragte: Kommst du? Ich mochte, wie sie zu mir herübersah, als wäre sie eine andere, für mich, sie hatte erstaunlich viele Gesichter.

Das hatte ich in den zurückliegenden Therese-Monaten gelernt, dass ein Mensch verschiedene Gesichter hat, nicht, wie man glaubte, nur eins, sondern zu jeder Gelegenheit ein anderes. Sie hatte ein Morgen- und ein Abendgesicht, ein Sex- und ein Ich-habe-meine-Tage-Gesicht, morgens im Bad vor dem Spiegel, wenn sie jammerte, ein eigenes, wenn sie über einen Scherz lachte oder mir mitten in der Nacht ins Ohr flüsterte: Bitte, verlass mich nicht.

Nach Venedig fuhren wir nicht. Wir waren zu faul, uns nach einer passenden Busverbindung zu erkundigen, und überließen uns den eingespielten Rhythmen, lagen lieber am Strand, immer an derselben Stelle, obwohl es der trostloseste Strand der Adriaküste war.

Streit gab es keinen einzigen. Manchmal war ich genervt, weil sie immerzu von Freiburg sprach, nach Freiburg seien es im Zug ewig lange vier Stunden. Ich machte ihr Versprechungen. Ich würde sie übers Wochenende besuchen, ich würde ihr schreiben, täglich mit ihr telefonieren, in einem billigen Zimmer mit ihr kochen, mit ihr einkaufen, ja, eigentlich mit ihr leben.

Sie glaubte nicht daran.

Fällt es dir denn überhaupt nicht schwer? Nein, entschuldige, sagte sie. So darf ich dich nicht fragen.

Wir hatten uns ausnahmsweise bewegt und saßen in einer Espresso-Bar mitten auf dem belebten Hauptplatz. Therese trug das gelbe Strandkleid und gab sich Mühe, nicht weiterzubohren. Ich streichelte ihre Hand und begann mit Mittel- und Zeigefinger nach oben Richtung Schulter zu klettern, ein freches, neugieriges Männchen, das wie unabsichtlich über ihre Brustwarzen spazierte, bevor es sich an den komplizierten Abstieg machte. Aber jetzt lächelte sie. Ich erinnerte sie an den Sommer, denn immerhin hatten wir ja den Sommer, was ein bisschen nach Trostpflaster klang. Denk an unsere fünf Wochen Portugal, und dann gib Ruh. Denn sie sollte endlich Ruhe geben und mich ziehen lassen, schließlich ließ mich sogar meine Mutter.

Am vorletzten Tag wurde sie krank. Wir waren kein einziges Mal im Wasser gewesen, trotzdem wusste Therese sofort, dass es die Blase war. Sie hatte Fieber und starke Schmerzen, wollte aber unbedingt mit mir frühstücken, bevor sie zurück ins Bett ging und bis zum Nachmittag durchschlief.

Ich versuchte am Strand zu lesen, war aber zu angespannt und lief im Halbstundenrhythmus nach oben, um nach ihr zu sehen. Meine Mutter war regelmäßig genervt gewesen, wenn Ruth oder ich krank waren, jetzt wusste ich, warum. Ich besorgte Tee und Wasser, setzte mich zu ihr, doch Therese achtete nicht darauf, sie war mit ihren Schmerzen beschäftigt.

Zum Abendessen stand sie kurz auf. Sie wirkte blass, irgendwie reuig, als hätte sie mit ihrem Kranksein alles verdorben.

Es tut mir leid, ausgerechnet am letzten Tag.

Ich streichelte zum hundertsten Mal ihre Hand und sagte: Schlimmer wäre am Anfang gewesen. Legte mir verschiedene Sätze für meine Eltern zurecht, für den Fall, dass sie sich über Thereses Zustand wunderten, packte meinen Koffer.

Weißt du wirklich nicht, woher es kommt?

Zum ersten Mal, seit ich Therese kannte, machte sie sich lustig über mich. Sie lächelte wie die Schwester von Mona Lisa, und in dieser Sekunde begriff ich es. Man nenne es die venezianische Krankheit, sagte sie. War das nicht ein Witz? Therese konnte tatsächlich Witze darüber machen. Ich solle mir nichts denken, sagte sie, sie sei sehr froh, jetzt, in diesem Moment, und trotz allem.

Meine Eltern waren allerbester Stimmung, als sie uns holten. Sie waren von morgens bis abends unterwegs gewesen und bis kurz vor Rom gekommen.

Meine Mutter fragte: Und ihr? Gar nichts zu erzählen?

Ich antwortete, dass wir faul gewesen seien und Venedig leider verpasst hatten, lobte lang und breit das Essen, das Zimmer, dass wir viel gelesen hätten, warum eine Woche viel zu kurz war.

Mein Vater schüttelte den Kopf und begann en détail die Innenstadt von Siena zu preisen, worüber wiederum Ruth den Kopf schüttelte.

Sie hatte seit Kurzem blaue Haare, nachdem sie davor in grün und rot herumgelaufen war. Mein Vater hatte gebettelt und gefleht, dass sie wenigstens die schreckliche Lederjacke zu Hause lassen solle, aber Ruth hatte nicht mit sich handeln lassen, ohne ihre Jacke fahre sie nicht mit. Sie hörte seit Kurzem *The Clash*, rauchte und war nicht oft zu Hause. Niemand wusste, wo sie sich an den Abenden herumtrieb und mit wem. Sie behauptete: Mit Freunden, aber keinen dieser Freunde hatte man je gesehen.

Therese sagte so gut wie nichts. Sie saß in die Ecke gekrümmt hinter meinem Vater und ließ die Gespräche an sich vorüberziehen wie ein fernes Wetter. Ich weiß nicht, was sie dachte. An ihre Schmerzen, nehme ich an, unsere große Reise im August. Ich merkte, wie sie mich von der Seite mehrfach musterte, als wäre auch die Reise nicht sicher.

In drei Jahren hatte ich mit Therese all die Phasen durchlaufen, die mein Vater mit meiner Mutter durchlaufen hatte, nur dass er fünfmal so lange dafür gebraucht hatte. Es war erstaunlich, welche Blicke er für sie hatte, nicht ganz und gar lieblos, wie ich fand, beinahe bekümmert, als suche er nach Anhaltspunkten, was sie einander gewesen waren, in unvordenklichen Zeiten, die ebenso versunken wie unzerstörbar waren.

Von Thereses Zustand bemerkten meine Eltern nichts. Therese war still. Aber war sie das nicht immer? Wir setzten sie ab, worauf es einige Tage keinen Kontakt gab, denn in der Schule erschien sie nicht, und als ich bei ihr zu Hause anrief, fertigte man mich ab, Therese liege im Bett und melde sich, wenn sie gesund sei.

9

ICH KNABBERTE AN VERAS ZEHEN, als der Anruf meines
Vaters kam. Wir lagen im Bett und waren schon länger
wach, hörten durch die Oberlichter die Stimmen der beiden Zahnarztstudenten, die im Garten Unkraut zupften,
dann das Telefon, die schrille Stimme der Zimmerwirtin,
die mehrfach ungeduldig meinen Namen rief.

Vera seufzte.

Wer ruft dich um diese Zeit an? Ich hasse Telefone.
Kannst du dich nicht taub stellen?

Es war das dritte Mal, dass sie über Nacht geblieben war.
Wir hatten uns in einem Seminar über amerikanische Ge-
genwartsmusik kennengelernt und zusammen über *Philip
Glass* referiert, und seither brachte sie mir bei, was sie über
die Liebe und das sonstige Leben wusste. Sie war zu schnell
für mich, aber sie hatte eine hinreißende Art, sich zu bewegen, ich war verliebt, aber auch nicht allzu sehr.

Am Telefon war mein Vater. Offenbar rief er aus einer Telefonzelle an. Man hörte Straßenlärm, wie er mehrere Mün-
zen nachwarf und nur sagte, dass er mich sprechen wolle;
gestern sei mein Brief eingetroffen. In meinem Brief hatte ich
geschrieben, dass ich mich entschlossen habe, in Freiburg zu
bleiben und Musik- und Literaturwissenschaft zu studieren,
auf eine betont beiläufige Art, als wäre es eine ausgemachte
Sache. Eben darüber wolle er mit mir reden. Ich fragte: Aber
warum? Was gibt es da zu reden? Worauf er nur erwiderte,
dass er mich in etwa einer Stunde abhole, halte dich bereit.

Die Zimmerwirtin, die es nicht mochte, wenn die Studenten bei ihr im Wohnzimmer telefonierten, fragte, ob es schlechte Nachrichten gebe, aber es gab keine schlechten Nachrichten, es war nur mein Vater. Meinen Vater kannte sie. Bei meinem Einzug vor einem Jahr hatte sie ihm bei Kaffee und Kuchen ihr halbes Leben erzählt, dass sie in Scheidung lebe und Schulden habe, nur wegen der Schulden sei sie gezwungen, Zimmer an Studenten zu vermieten, und habe seither keine ruhige Minute.

Das mit Abstand erbärmlichste im Keller hatte ich. Es war feucht, man musste von morgens bis abends das Licht anlassen, aber es war meins. Ich hatte einen eigenen Schreibtisch, das Bett, ein kleines Waschbecken, nebenan in der Waschküche eine Dusche. Ich konnte die Tür hinter mir abschließen, ich konnte Besuch empfangen, wenngleich außer Vera und Konstantin selten jemand da gewesen war.

Vera war noch warm, als ich zurückkam. Ich glaube, sie hätte am liebsten gewartet, machte lange keine Anstalten aufzustehen, während ich hektisch das Zimmer aufzuräumen begann, mich entschuldigte und es ihr erklärte, später mit ihr unter die Dusche schlüpfte und mich verfluchte, dass wir nicht zu ihr gegangen waren.

Ich ahnte, dass ich nicht der Einzige war, bei dem sie schlief. Sie ging oft tagelang nicht ans Telefon und tat dann immer sehr fremd, als stecke sie in den verschiedensten Geschichten. Den Überfall meines Vaters fand sie unmöglich. Küsst du mich denn nicht? Sie rubbelte sich die Haare und gab sich Mühe, meine Befürchtungen zu zerstreuen.

Der Plan war, dass du nach einem Jahr zurück bist, sagte sie. Jetzt hast du deine Pläne geändert. Ich finde, Pläne darf man ändern.

Vera änderte dauernd ihre Pläne. Mal wollte sie Lektorin in einem Verlag werden, mal träumte sie von New York, mal von sieben Kindern. Sie lebte in einer WG mit drei Jurastudenten, die von morgens bis abends über ihren Gesetzestexten saßen und sie kaum bemerkten. Vera liebte es, bemerkt zu werden. Sie hatte mich mehrfach zum Kleinen Opfinger See geschleppt, spätabends, wenn keine Leute mehr da waren, und dann hatte ich immer gewusst, dass mein Platz in Freiburg war. Wenn wir prustend hinausschwammen und keine Eile hatten, zurückzukommen, unverschämt jung, als hätte das Leben eben erst angefangen, hier, mit ihr, am See, ohne einen Gedanken daran zu verschwenden, was werden sollte.

Mein Vater war in Anzug und Krawatte und sah aus, als habe er später einen dienstlichen Termin. Aber er lächelte, klopfte mir auf die Schulter, als er aus dem Wagen gestiegen war, über zwanzig Minuten früher als gedacht.

Vera war gerade weg. Ich dachte, wir würden gleich weiterfahren, aber er ließ es sich nicht nehmen, meine Vermieterin zu begrüßen, inspizierte kurz mein Zimmer, in dem ich einen letzten Hauch Vera zu spüren meinte, eine Erinnerung an ferne bessere Zeiten, dachte ich, obwohl sie keine Stunde her waren.

Ich sehe, du hast dich eingerichtet, sagte er. Möchtest du etwas essen?

Wie nicht anders zu erwarten, schlug er den Chinesen am Bahnhof vor. Das Essen war nicht besonders, aber es war ein Ort, mit dem sich halbwegs angenehme Erinnerungen verknüpften, denn damals, vor einem Jahr, hatte eine beinahe einvernehmliche Stimmung zwischen uns geherrscht. Das Zimmer hatte ihn entsetzt, aber dann hatten wir darüber gelacht, es war ja nur auf Zeit, nach Ablauf des ersten Jahres könne ich mich ja verbessern.

Wenn es nach meinen Eltern ging, sollte ich in Freiburg

Jura studieren. Ein Jahr hatte ich Zeit zu überlegen. Mein Vater kannte einen Professor für Rechtsgeschichte, der sich um mich kümmern würde, und anschließend würde man weitersehen. Sie verkauften es als große Freiheit, aber eigentlich war es Nötigung. Musik und Literatur waren brotlose Künste, vielleicht sei ich ja so klug, das in den nächsten Monaten einzusehen, und wenn nicht, wohnte ich eben zu Hause und studierte, was ich mir in den Kopf gesetzt hatte. Im Sommer vor einem Jahr war das gewesen. Ich sah die Falle, aber mehr noch die Chance. Ich konnte von zu Hause weg, hatte das Problem, dass es Therese gab, aber weg wollte ich auf jeden Fall.

Nach einem halben Jahr hatte ich meine Entscheidung getroffen. Ich betonte regelmäßig, wie wohl ich mich in Freiburg fühlte, erwähnte, dass ich Kurse für Komposition belegt hatte und weiter fleißig die Vorlesungen des Professors besuchte, wenngleich es längst eine Komödie war. Es ging sie nichts an, dachte ich. Man musste über Geld reden, aber sonst ging es sie nichts an.

Solange Vera in der Nähe gewesen war, fühlte ich mich meinem Vater gewachsen, aber während der Fahrt und später beim Chinesen sank mir schnell der Mut. Wir bestellten Ente süß-sauer, mein Vater als Vorspeise eine Suppe. Anscheinend hatte er es nicht eilig, denn anstatt mich zu überfallen, redete er über seine Arbeit, Reisen, die er gerade hinter oder noch vor sich hatte, wobei er nur die Namen der Städte nannte, wen er wo kennengelernt hatte, berufliche Anlässe, Titel und Funktionen.

Als das Essen serviert war, begann er, sich an mich heranzupirschen, bestellte allerlei Grüße, von Ruth und meiner Mutter, Bekannten, die sich nach mir erkundigt hatten; offensichtlich brachte er reihum alle auf den jeweils neuesten Stand.

Es fiel mir auf, wie nervös er war. Seine Hände zitterten, er machte merkwürdige Geräusche beim Essen, bei jedem Bissen knackte es in seinem Kiefer. Ich schaute ihm zu, wie er die panierten Entenstreifen zerlegte, sie mehr zerriss als zerschnitt, wie er kaute, sich erkundigte, ob es schmeckte, ob ich satt würde. Ich könne mir gerne etwas Zweites aussuchen, und tatsächlich hatte ich noch Hunger und bestellte eine Portion Wan-Tans.

Dann kam er zum Thema.

Er verzichtete auf die üblichen Gesichter und holte meinen Brief aus dem Aktenkoffer. Er habe ihn mehrfach gelesen, sagte er, die Passage von den tausend Gründen, die es für Freiburg gebe; von diesen Gründen hätte er gerne ein paar gewusst. Ich nannte ihm drei, vier; zu jedem einzelnen schüttelte er den Kopf. Neue Freunde finde man überall, die Stadt an sich sei kein Argument, das Studium am allerwenigsten, Musik und Literatur könne man überall studieren.

Ich dachte: Nun fängt er mit dem Thema Geld an, aber stattdessen redete er über meine Mutter. Dass ich in Freiburg bleiben wolle, sei eine Katastrophe für sie. Sie habe lange geweint über meinen Brief, sie sei fassungslos. Er beschrieb, wie sie geweint hatte. Wie kannst du nur. Wenn du nicht zurückkommst, zerbricht sie daran.

Es klang wie eine Erfindung.

Ich stellte mir vor, wie meine Mutter weinte, ging in Gedanken ihre Briefe durch, wie sie am Telefon geklungen hatte, eigentlich wie immer. Sie habe nun niemanden mehr, mit dem sie sprechen könne, hatte sie kürzlich geschrieben. Und das tat mir natürlich leid und zugleich nicht, denn nichts fand ich inzwischen so unerträglich wie ihre Offenheit. Wenn sie mir zum hunderttausendsten Mal erklärte, wie verlassen sie sich fühlte und warum mein Vater von Anfang an der falsche Mann gewesen sei, denn das hatte sie kurz vor meinem Auszug allen Ernstes gesagt, sogar, wer die Alternative gewesen war, was ich bestimmt nicht hatte hören wollen.

Ich wollte überhaupt nichts mehr hören. Die Ehe meiner Eltern bestand seit Jahren bloß auf dem Papier, meine Mutter litt, andererseits hatte sie einen Freund, den sie bei uns zu Hause empfing, einen gut aussehenden Mann, der für diverse Zeitungen arbeitete, schlank und groß, mit einem sorgfältig gestutzten Schnurrbart. Robert irgendwas. Wo ihn meine Mutter kennenlernte, weiß ich nicht. Von einem Tag auf den anderen war er da und ging ein und aus, brachte Blumen, gelegentlich eine Flasche Wein, sein unerschütterliches Lächeln. Ruth und ich mussten aufs Zimmer, wenn er sich bei uns aufhielt. Aber meine Mutter war glücklich. Sie wirkte immer wie ausgewechselt, so unbegreiflich es blieb, dass sie einen *Freund* hatte und bei ihm auch schlief, wenn Ruth nicht übertrieb, regelmäßig jedes zweite, dritte Wochenende.

In dieses Leben wollte ich auf keinen Fall zurück. Sie hatte diesen Robert, was brauchte sie da mich, dachte ich, obwohl mir im selben Moment einfiel, dass meine Mutter erwähnt hatte, dass sie Robert nur noch selten traf, dass er sich nie meldete, vielleicht waren ihre Tränen also doch nicht nur eine Erfindung.

Ich merkte, wie ich unter Druck geriet, in einer Mischung aus Unwillen und schlechtem Gewissen, eher genervt als schuldbewusst, denn in dieser Sache steckte sie mit meinem Vater unter einer Decke. Sie hatte ihn geschickt.

Mein Vater sagte nichts, bestellte Kaffee. Er beschäftigte sich aufs Neue mit meinem Brief, den er erstaunlich offen und ehrlich nannte, nicht in allen Punkten klar, etwas sehr düster.

Alles ist unsicher, schreibst du und beklagst dich, in welch beschissene Welt wir dich hineingeboren haben.

Er runzelte die Stirn und fragte, woher ich das Recht für solche Sätze nehme, außerdem zöge ich die falschen Schlüsse daraus.

Wenn man sich unsicher fühlt, entscheidet man sich nicht für zusätzliche Unsicherheit, sondern geht an einen Ort, wo man sich sicher fühlt, und wo könntest du dich sicherer fühlen als in deiner Familie.

Es sei reine Willkür, dass ich in Freiburg bleiben wolle, ich sei ein Egoist, mir fehle jedes Verantwortungsgefühl, von Dankbarkeit zu schweigen, aber das mache mit dir selbst aus.

Irgendwann verlangte er die Rechnung und sagte: Denk darüber nach. Du hast ja Zeit, auch das Geld, lass es dir durch den Kopf gehen.

Er öffnete seine Brieftasche und reichte mir drei Hundertmarkscheine, als wolle er meine Denkprozesse abschließend in die richtige Richtung lenken.

Geld war ein Problem zwischen uns, denn es war nie nur Geld. Erst vor Kurzem war ihm die höchste Gehaltsstufe genehmigt worden, trotzdem konnte man sich nicht auf ihn verlassen. Mal schickte er Verrechnungsschecks, dann wieder bis Mitte des Monats überhaupt nichts, angeblich, weil er die Überweisung verlegt oder nicht daran gedacht hatte. Ich verstand es als Demonstration: dass er mir nichts schuldete, dass ich kein Recht hatte, sondern in seiner Gnade stand, denn eine Leistung, für die er mich hätte belohnen können, hatte ich bislang nicht erbracht.

Mehrere Tage war ich wie betäubt. Das Geld hatte ich sofort zur Bank gebracht. Ich hätte es am liebsten verbrannt, war aber knapp bei Kasse und verfluchte mich, dass ich es nehmen musste.

Ich telefonierte mit Vera, traf mich mit Konstantin, der das Problem nicht sah. Im Grunde gehe es nur ums Geld. Dein Vater möchte nicht zahlen, such dir einen Job, dann bist du frei. Konstantin arbeitete seit Jahren als Korrektor für einen Verlag und studierte nebenbei Theaterwissenschaften. Warum ich mich von meinem Vater unter Druck setzen ließ, begriff er nicht. Mach dein Ding, sagte er. Was links und rechts ist, darf dich nicht kümmern.

Aber wusste ich überhaupt, was mein Ding war? Ich schrieb seit Jahren an vierundzwanzig Präludien für Klavier, ich steckte in dieser Geschichte mit Vera, die mich eine Nacht lang beschwor, nicht nachzugeben, mich aber auch wissen ließ, dass sie selbst kein Grund sein wollte. Vera hatte keinen Vater. Er war bei einem Arbeitsunfall tödlich verunglückt, als sie sechs war, deshalb mochte sie von Vätern nichts Schlechtes denken.

Kann es sein, dass er neidisch ist auf dich?

Ich sah nicht den geringsten Grund, warum mein Vater neidisch sein sollte. Ich sah, dass er mich erpresste, dass er mir die Verantwortung für meine Mutter zuschob und der Rest nur Vorwand war. Ich telefonierte mit Ruth, die berichtete, wie grauenhaft es zu Hause war. Die Mutter sei dauernd am Heulen, beteuere tapfer, dass sie es schaffe, sagt mal so, mal so, dass sie dich vermisst, während der Vater ernsthaft böse auf dich ist.

In allerhöchster Not wandte ich mich an meinen Professor. In seiner Sprechstunde schilderte ich in groben Zügen meine Lage, worauf er mich für das Wochenende zu einem Spaziergang durch den Seepark einlud. Wir redeten über eine Stunde. Ich mochte, dass er mich nicht unterbrach, wenn ich mich verhedderte, denn anfangs wusste ich kaum, wo ich anfangen sollte. Ich dachte: Was erzählst du da für eine lächerliche Geschichte über deinen Vater und

deine Mutter, aber er hörte mir bis zur letzten Gedanken-
schleife zu.

Ich hatte ihn um seinen Rat gebeten. Was immer er sagen würde, wollte ich auf der Stelle tun, aber zu meiner
Überraschung erklärte er Ratschläge für überflüssig. Sie haben sich ganz gut selbst beraten, sagte er. Bleiben Sie in Freiburg. Eltern falle es oft schwer, ihre Kinder ziehen zu lassen,
dann muss man sich als Kind darüber hinwegsetzen.

Ich weiß noch, wie erleichtert ich war. Der Professor
hatte mich gerettet. Oder hatte ich mich selbst gerettet?
Auf einmal wusste ich, was zu tun war. Am selben Abend
wiederholte ich brieflich meine Gründe. Ich brauchte mehrere Anläufe, strich weg, was nach Entschuldigung klang,
bemühte mich, kühl und sachlich zu sein. Es musste mir
egal sein, was sie dachten. Ich war zwanzig, es fiel mir nicht
leicht, aber es war mein Leben, ich versuchte, die ersten
eigenen Schritte zu gehen, selbst wenn ich nun gar nicht
mehr wusste, an wen ich mich wenden sollte, denn Therese
hatte ich verlassen und mit Vera war alles ungewiss.

*

MEINE MUTTER WIRKTE GRAU, irgendwie geschrumpft,
dachte ich, wie sie da auf der Terrasse saß und ins Feuer
starrte, als könne sie in der nächsten Sekunde einschlafen
oder in Tränen ausbrechen.

Es war der Tag nach Ruths Fest. Wir waren alle völlig
übermüdet, denn wir hatten kaum geschlafen, Ruth, wie
sie sagte, überhaupt nicht, dabei war sie mit Abstand die le-
bendigste, kümmerte sich um das Feuer, fragte, wie wir es
gefunden hatten, von dem kaputten Glastisch abgesehen.

Schon jetzt schien von Ruths achtzehntem Geburtstag
vor allem die Geschichte mit dem Glastisch übrig zu blei-

ben. Einer ihrer Freunde hatte ihn kaputt gemacht. Gegen Mitternacht hatten die Eltern den Schaden entdeckt und sich furchtbar aufgeregt. Ruth hatte geheult und versprochen, den Tisch auf eigene Kosten reparieren zu lassen, trotzdem hätte der Vater beinahe alle hinausgeworfen. Nur ihr zuliebe hatte er sich zusammengerissen und sie weiter feiern lassen. Er räumte Teller und leere Bierflaschen weg, denn wenn er wütend war, räumte er auf, machte die Spülmaschine an, begutachtete ein weiteres Mal den Tisch, der zwei hässliche Risse hatte, schüttelte den Kopf dazu.

Unten, im Keller, wurde nach dem Vorfall getanzt. Ruth legte auf, spielte *The Damned,* frühe Sachen von *The Clash.* Ich stand nur da und schaute ihr zu, wie sie ihre Gäste zum Tanzen brachte und irgendwann selbst zu tanzen begann, in einem ruppigen, schlingernden Stil, ehe sich ihre Bewegungen nach und nach beruhigten und etwas Weiches bekamen.

Für einen Moment sah ich die Frau, die sie werden würde. Ruth war für ihre eins achtzig eindeutig zu dünn, schien aber besser zu essen. Sie gefiel mir. Hatte ich je daran gedacht, dass mir meine Schwester gefallen könnte? Ich stellte mir vor, wie ich ihr etwas kaufte, ein Paar Ohrringe, etwas zum Anziehen, ein Kleid, dachte ich. Warum eigentlich trug sie nie Kleider? Sie wirkte seit jeher ziemlich jungenhaft, aber das Jungenhafte befand sich auf dem Rückzug. Sie hatte sich zu schminken begonnen, auf einmal war es wichtig, dass man sie bemerkte.

Ich sagte ihr, wie sehr sie mir gefiel, worüber sie sich freute, als habe es außer mir noch keiner zu ihr gesagt. Auch das mit dem Kleid sagte ich ihr, worauf sie mich mehrfach stürmisch umarmte und sich anschließend in kürzester Zeit betrank, zwischendurch kurz heulte, aber nicht sagen wollte, was der Grund war.

Am Abend aßen wir die Reste vom Büfett. Es gab jede Menge Brot, Salate in allen Variationen, einen Rest Lachs, etwas Roastbeef, Bier und zwei Flaschen Rotwein, vom Weißwein eine halbe Kiste. Wir aßen alles durcheinander, dachten mehr ans Bett als an Gespräche, kamen auf Schmidt und Kohl und die Rolle der FDP, bevor sich mein Vater wie üblich nach meinem Studium erkundigte.

Das Gespräch führten wir bei jedem meiner Besuche. Ich nannte Titel von Vorlesungen und Seminaren, gab aber nicht den geringsten Hinweis, was für mich wichtig daran war, machte einen Bogen um das Thema Musik, um das Thema Frauen. Mein Vater verzog mehrmals das Gesicht, während ich mit vielen Worten sagte, dass ich ihnen nichts zu sagen hatte.

Auch dass ich mich verliebt hatte, erwähnte ich mit keinem Wort. Allerdings hätte ich kaum gewusst, was ich ihnen hätte erzählen sollen, die Geschichte war vertrackt, vielleicht bildete ich sie mir nur ein.

Anstatt mich um meine Mutter zu kümmern, hatte ich mich in Katrin verliebt.

Sie sah aus wie meine Mutter, sie hatte dieselbe Statur, ein ähnliches Lächeln, einen ähnlichen Kummer. Wie meine Mutter war sie eher burschikos, brünett, etwas schusselig, jemand, der tausend Sachen gleichzeitig erledigte, anders als meine Mutter aber selten zu Ende brachte.

Meine Mutter hatte schönere Augen, war von ihrem Naturell her optimistischer, aber um beide musste man sich kümmern, beide dachten an andere Männer, sie waren unglücklich und lernten, ihre Hoffnung auf mich zu setzen.

Wir waren in der Mensa ins Gespräch gekommen und dann einfach sitzen geblieben, um uns stundenlang über unsere Pläne zu unterhalten. Genau genommen nur über ihre, denn Katrin wollte aus Freiburg weg, sie wollte nach Florenz zu den Meisterwerken von Raffael und Caravaggio, denn sie studierte Archäologie und Kunstgeschichte und hielt es in Freiburg, so behauptete sie, kaum mehr aus. Sie erwähnte eine Enttäuschung, die ihr zu schaffen mache, im Grunde bin ich schon weg, lass die Finger von mir.

Ich biss sofort an. Wir verabredeten uns ins Kino, trafen uns zum Essen, und nach wenigen Wochen telefonierten oder trafen wir uns praktisch täglich. Sie wollte mich nicht, na gut. Aber sie verbrachte ihre Zeit mit mir, und hieß das nicht, dass sie mich ein klitzekleines bisschen mochte?

Ich las ihr am Telefon Gedichte vor, erzählte von meiner Musik, empfahl ihr Aufsätze für ihre Hausarbeiten, kochte in ihrer WG, wobei es sich eines Tages ergab, dass ich über Nacht blieb. Anfassen, leider, durfte ich sie vorläufig nicht, wobei sie mir zu verstehen gab, dass sich das nach einer gewissen Eingewöhnungszeit ändern könnte.

Katrin gab nie zu erkennen, was genau sie für mich empfand, aber sie zeigte unverkennbare Zeichen der Freude, wenn ich sie besuchte, wenn ich mit ihrer Mitbewohnerin über sie stöhnte, weil sie nicht rechtzeitig aus dem Bett gekommen war und vergessen hatte, dass wir zum Frühstück verabredet waren. Dauernd vergaß sie etwas. Sie gab ausgeliehene Bücher nicht zurück, rief entgegen ihren Ankündigungen nicht an, haderte mit ihrer Sprache, ihren Gedanken, die dauernd auf der Flucht waren und selten auf den Punkt kamen.

Anfangs ging es mir gut damit. Katrin war ein bisschen verrückt, sie hatte Kummer, man konnte auf sie schauen, sie ermutigen oder gelegentlich zum Lachen bringen. Aber nach ein paar Monaten sah ich nur noch das Nein. War es nicht lächerlich, sich weiter zu bemühen und zu hoffen, dass sie sich für mich erwärmte?

Es war sinnlos. Sie war nicht bereit, zumindest nicht für mich. Es wurde höchste Zeit, dass ich sie mir aus dem Kopf schlug, aber dann musste ich sie nur sehen und glaubte wieder daran. War sie inzwischen nicht geradezu anhänglich? Meike und Bea aus ihrer WG behandelten uns längst als Paar, wir gingen zusammen ins Theater, machten Ausflüge, oft zusammen mit Konstantin, der sich allmählich wunderte, dass wir noch immer nicht im Bett gelandet waren.

Tu's endlich. Frag sie, schlug er vor. Oder frag sie besser nicht, mach es einfach mit ihr.

Ich dachte darüber nach. Ich war vor Kurzem in die Innenstadt gezogen und hatte ein Zimmer mit Bad und winziger Küche, dort könnte ich für sie kochen und sie vorsichtig auf die richtige Spur setzen, und tatsächlich sagte sie ohne Zögern zu.

Es war Samstagabend, Katrin war zehn Minuten zu früh und gab sich verlegen, aß aber tüchtig von meiner Lasagne, nippte am Wein, stand dann irgendwann auf und begann sich für die Noten auf meinem Klavier zu interessieren. Für einen Moment schien sie nicht mehr zu wissen, warum sie hier war. Oder dachte sie darüber nach? Sie hatte nicht mal eine Zahnbürste mit. Sie hatte keine Handtasche, kein Deo und keine Schminksachen, trotzdem blieb sie.

Geredet haben wir kein Wort. Sie zog sich aus, was ihr sichtlich schwerfiel, aber mir zuliebe tat sie es. Ich glaube, sie gähnte, als wäre sie plötzlich müde, wobei sie vage lächelte, wie ein schüchternes Mädchen, dachte ich.

Viel mehr passierte nicht. Ihr Körper war erstaunlich fest, ohne erkennbares Entgegenkommen, aber ich erhielt einen ersten Eindruck, wie sie roch, begann mit großer Vorsicht auf ihr herumzustreifen, schlüpfte unter ihr Hemd, wobei sie sich leicht versteifte. Ich hatte mit Schwierigkeiten gerechnet, deshalb ließ ich mich fürs Erste nicht abhalten, außerdem tat ich ihr nichts Böses, ich zeigte ihr ja nur, was sie für mich war oder mit jeder weiteren Berührung hätte werden können, doch sie rückte immer weiter von mir weg in Richtung Wand. Ich fühlte mich leer und beschämt, als sei ich ein wildes, peinliches Tier, das versucht hatte, über sie herzufallen, obwohl sie sich später bemühte, es zu bagatellisieren, es habe nichts mit mir zu tun, was ich ihr nur zu bereitwillig glaubte.

Ich bin ein bisschen kompliziert, sagte sie. Aber das weißt du sicher längst.

Ich sagte Ja und dachte Nein, während sie mir erklärte, wie wichtig ich ihr geworden sei, und am nächsten Morgen ungerührt wegging, auf eine fast unverschämte Art stolz, als handele es sich bei meinen gestrigen Annäherungen um spukhafte Ereignisse, die halb wahr und halb ausgedacht waren und über die man am besten schweige.

Am Sonntag gab es zum Abschied Römisches Lamm. Ich saß bei meiner Mutter in der Küche und merkte, wie sie versuchte, den alten Faden aufzunehmen, Fragen nach meinem Leben in Freiburg stellte, ohne mich regelrecht zu verhören, mit der Freiheit, Dinge wegzulassen.

Wir haben bislang kaum gesprochen, sagte sie. Geht es dir gut? Und ich sagte: Manchmal ist es zu viel, aber ja, ich komme zurecht.

Da mich meine Eltern finanziell knapp hielten, hatte ich eine Stelle als wissenschaftliche Hilfskraft angenommen. Ich arbeitete oft spätabends oder an den Wochenenden, denn dann war ich für mich und ungestört. Ich hatte einen Schlüssel zum Institut und hörte viel Musik, während ich mich durch die Nachlässe längst vergessener Komponisten wühlte, überwiegend ordnete, Partituren, Briefwechsel, Aufsätze, Listen erstellte, für welchen Zweck auch immer.

Meine Mutter löschte das Lamm mit Wein ab und sagte, dass sie mich vermisse.

Auch Ruth vermisst dich. Weißt du etwas von ihr?

Aber ich wusste nicht viel von ihr. Ruth gab nicht gerne etwas von sich preis, sie las Bakunin und Kropotkin und verwickelte meinen Vater regelmäßig in Diskussionen über den Staat und das Kapital, wie scheiße alles war und warum sich von Grund auf alles ändern müsse. Mein Vater tobte, wenn sie so argumentierte, er wurde laut, wobei in der Regel Ruth zuerst laut wurde und irgendwann Türen schlagend das Wohnzimmer verließ.

Zu meinem Vater äußerte sich meine Mutter nicht. Es war mir aufgefallen, dass er sie gelegentlich wieder küsste, am Frühstückstisch von hinten aufs Haar, einmal auf den Mund. Der Ton blieb gereizt, die Krise war nicht vorbei, aber vielleicht hatte sie nach zwölf Jahren ihren Höhepunkt überschritten.

Meine Mutter war eine attraktive Frau. Sie war Mitte vierzig und trug eine der großen, neuen Brillen, dazu Kostüme in Braun und Rot, die kaschierten, dass sie nicht mehr so schlank war wie mit dreißig. Sie fastete, hatte gerade zwei Wochen *Brigitte*-Diät hinter sich, bis sie sich eines Tages gefragt habe, zum Teufel für wen. Sie lachte, als sie das sagte; ich solle bloß nicht denken, sie beschwere sich. Sie mache viel für sich, habe vor Kurzem die erste Malstunde in der Volkshochschule besucht, der Vater habe es derzeit schwer, denn es gebe Ärger mit einem Mitarbeiter, der sich nicht wusch und den er schon zweimal hatte abmahnen müssen.

Erst in letzter Minute fiel ihr ein, dass sie vergessen hatte, mir von Therese zu erzählen. Wir saßen bei einer Tasse Espresso auf der Terrasse, in zwei Stunden ging mein Zug, wie hatte sie bloß vergessen können, mir von Therese zu erzählen.

Ich merkte, wie ich mich verspannte, denn Therese gehörte zu meinem alten Leben, und mit diesem Leben wollte ich nichts zu tun haben. Die ersten Monate im Jahr nach der Trennung hatte sie mir geschrieben, lange, sehnsuchtsvolle Briefe, die voller Selbstanklagen waren, Erinnerungen an Portugal, Fragen nach meiner Musik, auf die zu antworten ich mir wochenlang Zeit ließ und bald überhaupt nicht mehr reagierte.

Ich wusste, dass meine Mutter mit Therese telefonierte, aber diesmal hatte sie völlig überraschend vor der Tür gestanden. Anfang Mai musste das gewesen sein. Meine Mutter behauptete, Therese nicht wiedererkannt zu haben, das Jahr in Peru und Nicaragua habe sie verändert. Es war Thereses Abschiedsbesuch. Sie hatte Kaffee von einer ihrer Plantagen mitgebracht, erzählte, wie schwer die Menschen auf den Plantagen arbeiteten, wie unfassbar arm sie waren, wie tapfer. In großer Demut gehe sie nun zu ihnen zurück. Peru oder Nicaragua hatte sie noch nicht entschieden, aber irgendwo dort, das wisse sie jetzt, sei ihr Platz.

Ich konnte mir Therese in Südamerika nicht vorstellen. Ich kannte sie nur als Vorstadtkind, so wie wir ja alle Vorstadtkinder gewesen waren und es bleiben würden. Als ich sie verließ, war sie ein Häuflein Elend, ich hatte sie regelrecht umgebracht, und dann war sie von heute auf morgen weg und überlebte es.

Sie hatte mir zwei, drei Mal aus Peru geschrieben, auf dünnem, blauem Luftpostpapier lange Berichte, in denen von glücklichen, hungernden Menschen die Rede war. Sie hungern, aber sie sind so lebendig, so weise, schrieb sie. Sie haben seit vier Tagen nichts gegessen und halten es nicht mal für nötig, es dir zu sagen. War das die Therese, die ich gekannt hatte? Ich hörte vor allem den Hochmut, den Stolz, der eine Art Rache war, als wolle sie mir mit ihren

Briefen demonstrieren, dass mein Leben noch gar nicht begonnen hatte oder verglichen mit ihrem ziemlich erbärmlich war.

Ich fragte mich, ob sie einen Freund in diesem Peru oder Nicaragua hatte, einen *Mann,* der auf sie wartete, aber es klang, als habe sie für sich allein geplant, was mir aus unlauteren Motiven sehr recht war. Auch dass sie sich nach mir erkundigt hatte, hörte ich gern. Therese habe zu allem freudig genickt und versprochen, bald zu schreiben. Auch mir habe sie unbedingt schreiben wollen. Meine Mutter hatte ihr die Freiburger Adresse geben müssen, dabei war ich ja jederzeit über meine Eltern erreichbar, aber Therese hatte gemeint, sie wolle dem neuen Georg schreiben, den alten kenne sie bereits.

Meine Mutter hasste Abschiede, die letzten Minuten, wenn man an der Straße stand und winkte und vor Verlassenheit wankte. Sie verabschiedete sich in der Küche und dann ein zweites Mal auf der Straße, wo sie mich in kurzen Abständen umarmte und fragte: An Weihnachten? An Weihnachten würde ich sie wieder besuchen. Ich hatte es fest versprochen, trotzdem fragte sie noch einmal nach, lud zur Sicherheit Katrin mit ein, obwohl ich mehrfach gesagt hatte, dass sie bei ihren Eltern sein würde.

Ruth tauchte erst in letzter Sekunde auf. Sie war nicht richtig wach und sprang mit allen möglichen Verrenkungen und Umarmungen an mir hoch, küsste mich auf den Mund und beteuerte, dass sie mich an einem der nächsten Wochenenden besuchen werde. Grüß Konstantin, scherzte sie. Bei ihrem Besuch im April waren wir zusammen Billard spielen gewesen, sie und Konstantin hatten heftig geflirtet, und seither bestellte sie ihm Grüße.

Vergisst du es auch nicht?

Er wird fragen, wann du ihm das nächste Mal die Ehre gibst. Wehe, du besuchst mich nicht.

Auch meine Mutter solle mich besuchen, fügte ich hinzu, worauf sie antwortete: Gern.

Es nieselte, ich musste los, mein Vater wartete im Wagen, um mich zur S-Bahn zu bringen. Wir redeten über seine nächste Reise, denn Ende der Woche flog er für zehn Tage nach Texas, ausgerechnet, denn seitdem eine Delegation Texaner meine Mutter wie Luft behandelt hatte, weigerte sie sich, weiter für fremde Leute zu kochen. Noch Wochen später war sie empört. Ein Kleinbus voller Texaner, die nicht grüßten, ihr Essen herunterschlangen und ohne ein Wort des Dankes das Haus verließen.

Ich sagte: Mit Texanern habt ihr ja keine guten Erfahrungen gemacht, worauf mein Vater säuerlich zurückgab, ich hätte leider nicht die geringste Ahnung, was sich auf den Zustand seiner Ehe beziehen konnte oder darauf, dass er eine andere Version der Geschichte hatte.

Es gab immer eine andere Version, dachte ich. Das war ja das Nervtötende, dass es eine Unzahl von Stimmen und Versionen gab, in meinem Kopf all die plappernden Stimmen, die väterlichen und die mütterlichen, die Stimmen der Lehrer, Freunde, der Frauen. Man musste lernen, sie auseinanderzuhalten. Oder musste ich im Gegenteil lernen, dass ein jeder ein Teil von mir war? Der Vater war *Ich,* selbst wenn er neben mir im Wagen saß, meine Mutter, die sich in der Küche ein paar Tränen abwischte, ihre Brüder und Schwestern, selbst die Toten waren, dachte ich, *Ich,* während sich mein Vater mal wieder über mich wunderte, denn wir waren längst da, die S-Bahn wartete nicht, ob ich etwa bleiben wolle, und das wollte ich auf keinen Fall.

10

MEIN VATER HÖRTE AM LIEBSTEN BRUCKNER. Sonntags
nach dem Frühstück, in voller Lautstärke auf der Stereo-
anlage im Wohnzimmer, wobei er im Gehen mitdirigierte
und Ruth und mich zum Hören aufforderte. Jetzt, sagte er
dann. Hört ihr die Trompeten? Die siebte Sinfonie liebte er
über alles. Er kannte jede Phrase, summte mit, arbeitete
mit einem imaginären Taktstock die Tempi heraus, laut
und leise, die Kontrapunkte, das Ostinato.

Bruckner kann ich bis heute schwer ertragen. Schon als
Kind hatte ich das Gefühl, ich müsse mich ducken unter dieser Musik. Sie war auf Unterwerfung aus, machte klein und
dumm. Es war Tyrannenmusik, eine Mischung aus Kitsch
und Terror, und insofern nicht zufällig die Lieblingsmusik
meines Vaters.

Bruckner war sein Gott, und wenngleich der Name
Bruckner in unseren Gesprächen nie fiel, waren meine ersten musikalischen Gehversuche aus der Bruckner-Perspek-
tive einfach nur lächerlich.

Ich nehme ihm das nicht übel, er hatte jedes Recht dazu.
Ich war jung, ich spielte seit meinem fünften Lebensjahr
Klavier, hatte das Abitur, ein paar Träume, ein paar Flausen, wie sie in meinem Alter vorkamen. Entsprechend gelassen, ja freundlich hatte er auf die Präludien reagiert. Er
klopfte mir anerkennend auf die Schulter, etwas gönner-
haft, als handele es sich um eine schöne Fleißarbeit, aber
mehr nicht. Dass mein Professor die Arbeit lobte, hat ihn,

glaube ich, überrascht. Er tröstete mich, als die ersten Absagen eintrafen, denn spielen oder drucken wollte meine Präludien niemand.

Auch Katrin tröstete mich; sie war die Erste, der ich die Präludien vorgespielt hatte. Wir waren inzwischen so etwas wie ein Paar, allerdings ohne Sex, was ebenso rätselhaft wie zermürbend blieb. Kurz nach der letzten Absage waren wir für zwei Wochen nach Kreta geflogen. Es war heiß, deshalb lagen wir viel am Strand, ich hatte Zeit zum Nachdenken, warum es ihr so gar nichts bedeutete, wie ich sie dennoch überreden könnte. An den Nachmittagen setzte ich mich regelmäßig in eine der Tavernen an der Promenade und dachte über Streichquartette nach. Manchmal glaubte ich, ich sei verrückt, dann wieder redete ich mir ein, dass es auf Sex nicht ankam, und freute mich, wenn sie guter Laune war und nicht fortwährend ihren bevorstehenden Weggang beschwor. Konnte sie nicht endlich Ruhe geben? Selbst am Strand sprang sie alle halbe Stunde auf und tigerte hin und her, machte lange Spaziergänge zum Leuchtturm, kehrte zurück, um es mit Lektüre zu versuchen, mal dies, mal das, ohne es zu Ende zu bringen.

Ein Jahr später war ich mit den ersten Sätzen fertig. Ich hatte jede freie Minute daran gearbeitet, aber auch wochenlang nicht, denn ich musste weiterstudieren, saß meine Stunden im Institut ab, traf mich mit Konstantin oder saß am Abend in der WG von Katrin.

Wir hatten eine gute Phase. Wir überlegten, nach Berlin zu gehen, fassten uns jetzt auch an, nicht sehr oft, aber immerhin. Es war nun sozusagen offiziell, dass wir Körper hatten. Körper konnten sprechen, sie waren keine bösen Tiere, selbst wenn sie sich gelegentlich danebenbenahmen, denn sie machten Geräusche, es gab Gerüche, es wurden Flüssigkeiten produziert. Ich glaube, sie machte es nur mir zuliebe, aber dann fand ich genau das das Beglückende, selbst wenn das jemand wie Konstantin nicht verstand.

Zwischen mir und meinen Eltern hatte sich nichts geändert. Wir telefonierten, alle paar Monate tanzte ich an, einmal in Begleitung von Katrin, die keinen großen Eindruck auf sie zu machen schien. Darüber hinaus wussten sie nicht viel von mir. Hatte ich vor lauter Komponieren noch Zeit zum Studieren? Ich steckte mitten im dritten Satz, deshalb freute ich mich, wenn sie so fragten, es gab ein neues Einvernehmen, und da ich ja wirklich studierte, ließen die Spannungen vorübergehend nach. Ich dachte darüber nach, ihnen etwas vorzuspielen, und begann in einem Anfall von Euphorie vier Leute zu suchen, die bereit waren, das Quartett zu üben und auf Kassette aufzunehmen.

An Heiligabend spielte ich es ihnen vor. Es gab viele *Ohs* und *Ahs,* aber schließlich saßen sie alle da, meine Mutter mit Ruth auf dem großen Sofa und mein Vater mit einem Glas Wein am Esstisch. Ich erklärte, was sie zu erwarten hatten, dass zweieinhalb Sätze fehlten, aber nun hört selbst.

Der Anfang des *Allegrettos* kam mir weiterhin schwerfällig vor, aber sie hörten aufmerksam zu. Meine Mutter hielt Ruths Hand und schaute zu mir her, während sich mein Vater auf die Entwicklung des ersten Themas konzentrierte. Er wirkte auf eine lauernde Art verblüfft, eher skeptisch als erfreut, als hätte man ihm zum Geburtstag ein zweifelhaftes Geschenk gemacht. Während des zweiten Satzes entspannte er sich. Oder bildete ich mir das ein? Ich fand, es gab gelungene Passagen, insbesondere im Mittelteil, etwas zu getragen, etwas schleppend für ein *Moderato con moto,* was durch die Interpretation des Cellisten noch forciert wurde.

Der Satz endete mit einem Fragezeichen in Fis-Dur. Ruth

begann zu klatschen, meine Mutter stand auf und umarmte mich, während mein Vater ohne Regung blieb. Die Kassette hatte an mehreren Stellen geleiert, jetzt achtete ich nur noch auf das, was falsch war, Passagen, von denen ich wusste, dass sie nicht durchgearbeitet waren, Stellen, an denen ich gemogelt hatte. Mein Vater sagte nichts. Er dankte für mein Vertrauen und beließ es dabei. Er müsse das die Tage noch einmal hören, sagte er, so hoppladihopp könne er sich keine Meinung bilden.

Ruth war noch im Bett und meine Mutter bei Nachbarn, als wir es zum zweiten Mal hörten. Ich war nervös und traute meinem Vater nicht, so sehr er sich Mühe gab, es nicht wie eine Gerichtsverhandlung aussehen zu lassen. Er setzte sein Bruckner-Gesicht auf, das war neu, aber sonst gab er sich wie gestern. Er verschränkte die Arme, lehnte sich zurück. Ich bin ganz Ohr, sollte das wohl heißen, halte mir das Gehörte aber auf Distanz.

Spätestens während der letzten Takte wusste ich: Jetzt wird er dich vernichten; er sagt drei Sätze, und du bist ein für alle Mal vernichtet. Ich wartete auf das Fis, hörte draußen in der Küche die Mutter, wie sie ein Fleisch klopfte, wartete auf seine Reaktion.

Die genauen Formulierungen habe ich vergessen, aber er ließ keinen Zweifel daran, dass er das Quartett nicht mochte und nicht sah, wie etwas daraus werden solle. Meine Musik wirke sehr ausgedacht, sagte er. Er nannte sie abgehoben, fast ein bisschen tot. Er empfinde nichts dabei. Ist es nicht das Wesen der Musik, dass sie Gefühle in uns weckt?

Er sagte in verschiedenen Variationen, warum er das Quartett für misslungen hielt, wer, außer Eingeweihten, soll sich für diesen pathetischen Wirrwarr interessieren. Er ließ keinen Zweifel daran, dass nur diese und keine andere

Einschätzung möglich war, selbst als ich mich zur Wehr setzte und erklärte, ich beurteile meine Musik völlig anders, woher er die Sicherheit nehme, sie in Bausch und Bogen zu verdammen. Darauf wurde er sofort scharf. Ich hätte ihn um seine Meinung gebeten, jetzt müsse ich sie mir auch anhören, ob sie mir gefalle oder nicht.

Wer hat dir eigentlich den Floh ins Ohr gesetzt, dass du zum Komponisten geboren bist? Deine Freunde in Freiburg, von denen du dir sagen lässt, wie toll du bist?

Ich wollte wissen, was meine Freunde damit zu tun hätten, worauf er ärgerlich abwinkte und erklärte, dass ein Studium nicht dazu da sei, um seinen Hobbys nachzugehen. Das seien doch alles Flausen, sagte er, Anmaßungen, die sich nur leisten kann, wer sich nicht selbst ernähren muss. Er nannte mich faul, er nannte mich egoistisch, brachte Ruth ins Spiel, dass wir beide völlig lebensuntüchtig seien; offenbar hätten er und meine Mutter viel falsch gemacht.

Ich fühlte mich wie ein dummer Schuljunge, der nie wieder eine Zeile komponieren würde können. Alles war kaputt, glaubte ich, obwohl ich weiter klar denken konnte und nach ein paar Tagen beschloss, dass ich seine Zustimmung nicht brauchte. Er hatte mich zu Boden geworfen, aber so am Boden wusste ich wenigstens, wer ich war. Ich fühlte wie ein Zwerg, meinte aber zu wissen, dass es dabei nicht bleiben würde. Ich würde eine Weile hadern und dann alles hinter mir lassen, ihn und seine Sätze, die ich mir leider gemerkt habe und die mich bis heute manchmal verfolgen.

Zum Abschluss hatte er gesagt: Warte nur, bis du selbst ein Vater bist. Und in diesem Moment tat er mir beinahe leid, denn was hieß das anderes, als dass es eine Qual war, mein Vater zu sein, ein Joch, das er seit über zwanzig Jahren

geduldig getragen hatte, um als Lohn nichts Besseres zu bekommen als mich.

★

IN BERLIN GEFIEL ES MIR VOM ERSTEN TAG AN. Alles war
laut, alles war kompliziert, aber man konnte sich frei bewegen, außerdem lebte ich zum ersten Mal mit einer Frau.
Ich wollte wissen, wer ich war, etwas opfern, falls das nötig war, etwas aufgeben und gegen etwas anderes tauschen,
was immer sich daraus für Konsequenzen ergeben mochten.

Für Katrin war Berlin ganz falsch. Ich glaube, es dauerte
keine zwei Wochen, bis sie begriff, dass Berlin ganz falsch
für sie war. Die schäbige Wohnung, Erdgeschoss zweiter Hinterhof, war falsch, dass wir zusammengezogen waren und nun Tag und Nacht aufeinanderhockten. Alles war
schief und krumm und bedrohlich, die Seminare, die sie belegt hatte, die Leute auf der Straße, der Dreck, dass man aus
der Stadt nicht rauskam. Gab es einen beschisseneren Ort
als dieses gottverdammte West-Berlin? Den ganzen Februar
und den halben März klagte sie, dass es kein Licht gab. Sie
hasste den ewig grauen Winterhimmel, den ellenlangen
Flur, der noch trostloser war als die stinkenden Ecken am
Bahnhof Zoo.

Ich bemühte mich, sie bei Laune zu halten. Ich tapezierte
die komplette Wohnung, besorgte im Baumarkt die aller-
weißeste Wandfarbe, um alles zu streichen, installierte diverse Lampen und hoffte, es würde schon werden. An den
Abenden war es noch am besten, wenn sie aus irgendwelchen Bibliotheken zurückkehrte und froh war, eine warme
Mahlzeit vorzufinden, einen gedeckten Tisch, in der Küche, wo sie, halb im Mantel, von ihrem schrecklichen Tag

berichtete, einer unerfreulichen Szene an der Ausleihe, wie sie sich durch Karteikästen wühlte und dann wie gelähmt vor den Bücherstapeln saß und nicht wusste, was sie damit anfangen sollte.

Dauernd war etwas zu erledigen. In der Wohnung standen unausgepackte Kartons, ich musste Regale montieren, fummelte an der letzten Hausarbeit und hatte eine Freundin, die spätestens um zehn ins Bett ging und anschließend für zwölf Stunden in einen komaähnlichen Schlaf fiel. Einmal machten wir einen Tagesausflug nach Ost-Berlin und konnten nicht fassen, wie es dort aussah. Aber in der Regel war ich allein unterwegs, spazierte an der Mauer entlang, entdeckte den Tiergarten, die Philharmonie.

Ich hatte nicht gewusst, wie kaputt und zerklüftet Berlin war. Man verschätzte sich dauernd mit den Entfernungen, flog mit der U-Bahn nur so dahin, während zu Fuß vieles ein Gewaltmarsch war. Eine zuverlässige Empfindung wollte sich nicht einstellen. Aber eben das war vielleicht Berlin: Halb fühlte man sich abgestoßen, halb wollte man bleiben.

Mein Quartett hatte ich bisher nicht ausgepackt. Den halben März träumte ich von ein paar Tagen für mich, denn ich hatte Schwierigkeiten, mich zu konzentrieren. Katrin wollte über Ostern zu ihren Eltern, also dachte ich: spätestens Ostern, bis meine Eltern ankündigten, über Ostern nach Berlin zu reisen.

Zu zweit hatten sie mich bisher nie besucht. Ich war nicht sonderlich begeistert, begann Tage vorher, die Wohnung aufzuräumen, putzte, bezog die Betten. Für Donnerstagnachmittag zwischen zwei und drei hatten sie sich angekündigt. Ich besorgte einen Strauß Blumen, kaufte für das Abendessen ein und bog gerade in dem Moment in meine Straße, als sie aus dem Wagen stiegen. Meine Mutter blickte sich suchend um und sagte: Hier also bist du gelandet. Die Autobahn sei ein wenig sehr nah, bemerkte sie und war dann überrascht, dass man im Hinterhof die Vögel zwitschern hörte. Es gab noch einen zweiten Hinterhof, aha, viel Sonne werdet ihr da in der dunklen Jahreszeit nicht haben.

Aber sie war in allerbester Stimmung. Sie küsste mich und legte den Arm um mich, als habe sie sich seit Tagen auf diesen Moment gefreut. Von der Wohnung allerdings war sie regelrecht entsetzt. Bis zur Ankunft meiner Eltern hatte ich sie erträglich gefunden, aber jetzt, mit ihren Augen, sah ich nur noch ein mieses Loch in ihr. Es roch nicht gut, meine Mutter fand zwei schimmlige Stellen und fragte sich, wie man für eine Bruchbude wie diese Geld verlangen konnte.

Es war klar, dass sie hier nicht bleiben konnten; mein Vater erkundigte sich nach einem Hotel. Auf Hotels hatte ich nie geachtet. Richtung Bundesplatz meinte ich eines bemerkt zu haben, riet ihm aber, zur Sicherheit den Wagen zu nehmen.

Besonders unglücklich war ich über die Wendung nicht. Ich begann zu kochen, wanderte durch die Wohnung, wobei ich zu meiner positiven Einschätzung zurückfand, auf einmal wusste ich nicht mehr, was so schlimm an ihr war. Das Gespräch über mein Quartett war erst drei Monate her, ich nahm mir vor, ihnen keine Angriffsflächen zu bieten, und die Zeit, die sie in der Stadt waren, so schnell wie möglich hinter mich zu bringen.

Ich hatte Schnitzel und Kartoffelsalat für sie gemacht, und zum Glück war ihnen alles recht. Mein Vater lobte das Bier, beschrieb das Hotelzimmer, das sie ohne Probleme gefunden hatten, erkundigte sich aus Höflichkeit nach Katrin. Was ihn interessierte, war die Stadt. Er hatte einen Stapel Berlin-Prospekte besorgt und wollte nun hören, was man unbedingt besichtigen musste, aber er schien die Stadt aus seinen Prospekten besser zu kennen als ich und hatte für alles längst einen Plan.

Die nächsten beiden Tage bekam ich sie selten zu Gesicht. Sie machten eine Stadtrundfahrt und verbrachten einen Tag im Osten, während ich vorgab, an meiner letzten Hausarbeit für Freiburg zu arbeiten. Am vorletzten Abend gingen wir auf Wunsch meines Vaters in ein Orgelkonzert, am letzten trafen wir uns in Kreuzberg. Ich wollte sie in der *Roten Harfe* zum Bier einladen, aber es war ihnen zu schmutzig, sie weigerten sich, auch nur einen Fuß hineinzusetzen.

Wir aßen bei einem billigen Inder, wo mein Vater verkündete, nun hätten sie Berlin gesehen. Ich dachte, er mache einen Scherz, und erwiderte, dass man Berlin in zwei Tagen nicht »sehen« könne, worauf er spitz zurückfragte, was er meiner Ansicht nach versäumt habe. Fällt dir etwas ein? Ich glaubte, in zehn Jahren mit Berlin nicht fertig zu werden, und zählte ihm zwei, drei Viertel auf. Jedes dieser Viertel sei eine Stadt für sich, der Wedding und Neukölln, um zwei Beispiele zu nennen, aber ihm leuchtete meine Betrachtungsweise nicht ein. Er hatte gesehen, was in den Prospekten stand, der Rest war für ihn nicht von Interesse.

Beim Wein in der Wohnung fragte meine Mutter, wie es mir und Katrin hier in Berlin ginge. Habt ihr euch eingelebt? Wir waren seit zweieinhalb Monaten in der Stadt, das Semester hatte soeben begonnen, deshalb konnte ich nicht viel sagen, und von den Schwierigkeiten Katrins wollte ich nicht sprechen. Wir müssen erst noch ankommen, erklärte ich. An der Universität sei es leider sehr anonym, die Seminare seien überfüllt, es gebe wenig Austausch, was an den von mir gewählten Veranstaltungen liegen könne.

So wie ich es referierte, klang es schlimmer, als es war, aber mein Vater hatte genug gehört. Er machte sein Wasbist-du-für-ein-unfähiger-Mensch-Gesicht und sprach in drei, vier Sätzen sein Urteil. Meine Entscheidung für Berlin sei ein schwerer Fehler gewesen, er könne mir nur raten, die Stadt zu verlassen.

Das ist nicht dein Ernst, sagte ich, worauf er erwiderte, es sei sein absoluter Ernst.

Ich sah, wie er auf der anderen Seite des Tisches die Arme verschränkte und verkündete, dass ich gescheitert sei, in immer neuen Formulierungen, du bist gescheitert, zieh die Konsequenzen daraus.

Er ist verrückt, dachte ich. Ist es vorstellbar, dass er verrückt geworden ist?

Man merkte es ihm nicht an, er wirkte unverändert, hatte seinen Chef- und Vaterblick, mehr den Chef- als den Vaterblick. Ich dachte an seine Mitarbeiter im Ministerium, von denen er regelmäßig behauptete, sie taugten nichts, und wie er sie fertigmachte, wenn sie ihm ihre windigen Papiere brachten und zum hundertsten Mal bewiesen, was für Schwachköpfe sie waren .

Meine Mutter sagte nichts. Sie hasste diese Gespräche, aber sie mischte sich nicht ein, es war, als wäre sie gar nicht da. Mein Vater redete. Mal fühlte ich mich wie vier, mal schüttelte ich innerlich den Kopf und lachte mich kaputt, wie er sich aufplusterte und wenige Sätze später zu einem wütenden Nichts zusammenschrumpfte, denn diesmal hatte er es eindeutig übertrieben.

Ich sagte, dass ich nicht den geringsten Grund sähe, Berlin zu verlassen. Darauf er: Er habe nichts anderes erwartet. Anschließend kam er auf das Thema Geld und nannte eine Summe, die zu zahlen er bis dann und dann bereit sei.

Er wirkte nicht glücklich, als sie gingen, wie ein Geschlagener, dachte ich. Hatte er nicht jeden Kampf gegen mich verloren? Wieder tat er mir fast leid. Er sagte mir bei jeder

Gelegenheit, dass er mich für eine Null hielt, und anschließend schüttelte die Null es ab und spazierte ihrer Wege, als wäre nichts gewesen.

Es war spät geworden. Morgen früh würden sie hier frühstücken, aber eigentlich waren sie längst weg. Ich räumte die Küche auf und legte Schostakowitschs Achte auf, den wütenden dritten Satz, später das Streichquartett Nr. 3 in F-Dur. Er war verrückt, sagte ich mir. Er meinte es nicht gut mit mir, doch vor allem war er verrückt, er verwechselte mich, was schlimmer war, als hätte er mich persönlich gemeint. Aber er meinte mich nicht. Ich war ein x-beliebiges Wesen für ihn, jemand, auf den er aus Gewohnheit eindrosch und in der Sekunde vergaß, in dem er vor ihm am Boden lag.

*

DER VATER IN MEINEM KOPF hat die Jahre ziemlich schadlos überstanden. Er wirkt gelegentlich etwas blass, aber er ist lebendig, ein Mann um die fünfzig, der es gewohnt ist, Befehle zu geben und mir bis heute sagt, was ich von mir zu halten habe.

Ich weiß, der Vater ist nicht mein Vater. Er ist meine Erfindung, ein billiger Abklatsch, und dennoch gibt es unverkennbare Ähnlichkeiten. Er hat denselben Blick, sagt dieselben Sätze, von denen ich bis heute nicht weiß, woher sie stammten.

Auch Ruth weiß es nicht. Rede ich mit Ruth über unseren Vater, gelangen wir regelmäßig an den Punkt, dass wir es einfach nicht wissen.

Am schlimmsten ist der Moment, wenn wir uns gegenseitig unsere Erfolge aufzählen. Ruth leitet eine kleine Softwarefirma, sie hat zwanzig Mitarbeiter und macht seit Jahren sechsstellige Gewinne, zittert aber bis heute bei jedem Monatsabschluss.

Manchmal erschrecke ich, wie ähnlich wir uns sind. Es ist nicht angenehm, das zu sagen, aber wir haben beide etwas Hündisches in unserem Wesen. Ruth ist eher der Typ Straßenköter, während ich der Hund aus dem Tierheim bin. Wir fürchten uns vor Stöcken, wir betteln um Fleisch. Wenn wir uns bedroht fühlen, schnappen wir zu, aber es hat noch nie jemand ernsthaft Schaden genommen, denn eigentlich möchten wir es allen recht machen. Wir sind unglücklich, wenn man uns nicht lobt, und wir springen vor Freude in die Luft, wenn sich jemand über unser Körbchen beugt.

Ich hasse es, ein Hund zu sein. Ich mag den Sabber nicht, ich finde, man riecht nicht gut, alles ist Sex, alles Duckerei.

Ruth hat vor Jahren einen Hund gehabt, bis einer ihrer Freunde im Scherz sagte, er ähnle unserem Vater, worauf sie ihn auf der Stelle verkaufte.

Auch Jule hatte als Kind einen Hund gehabt. Beweist das etwas?

Ich meine mich zu erinnern, wie es war, wenn mein Vater mich als Zwei- oder Dreijährigen hochhob und plötzlich fallen ließ, um mich in letzter Sekunde aufzufangen.

Ich erinnere mich an seinen Geruch, sonntagmorgens, wenn ich in das warme Ehebett krabbelte.

Ich erinnere mich an die Rasierszenen.

Ich sehe ihn mit Mitte dreißig, wie er nach einem Kuraufenthalt in der Badewanne liegt und mir erklärt, warum mein Teddybär, der ihn in die Kur begleitet hat, bis zur Unkenntlichkeit verändert und dennoch der alte ist.

Ich sehe, wie er im Garten einen Sandkasten für uns baut, und ich sehe mich einen Nachmittag zitternd durch die Wohnung schleichen, weil meine Mutter gesagt hat, am

Abend werde mich mein Vater für irgendeine Übeltat verdreschen.

In einer alten Schachtel habe ich noch die Zuckerstückchen, die er mir bis zu meinem fünfzehnten Geburtstag aus aller Herren Länder gebracht hat.

Ich besitze ein starkes Über-Ich und habe wie er eine ausgeprägte Arbeitsmoral.

Er hat mich studieren lassen, vielen Dank.

Ich verdanke ihm die Erfahrung einer tiefenpsychologisch fundierten Psychotherapie, der ich mich mit Anfang dreißig unterzogen habe, wie ich sagen muss, mit beträchtlichem Gewinn.

Je älter ich werde, desto mehr Ähnlichkeiten entdecke ich zwischen ihm und mir.

Ich zweifle, ob ich wirklich am Leben bin, und neige wie er zum Pessimismus.

Ich habe Ohnmachtsgefühle, wenn ich die Zeitung lese, und halte es für denkbar, dass es mit der Menschheit kein gutes Ende nimmt.

Trockenrasierer verachte ich.

*

MEINEN FÜNFUNDZWANZIGSTEN GEBURTSTAG verbrachte ich in unserer zweiten Berliner Wohnung. Katrin war seit einer Woche weg, ich war allein, trank auf dem Balkon Kaffee und beobachtete unten auf dem Platz den Betrieb.

Ich liebte diesen Platz. Jetzt, am Morgen, gab es viel Lieferverkehr, man sah Leute, die zur U-Bahn-Station liefen, verspätete Schulkinder, die Bäckerkundschaft, Paare, Passanten. Ich war seit acht Uhr wach, hatte ein paar Bachkantaten gehört, an Katrin gedacht, nach dem wochenlangen Hin und Her wegen ihrer Reise beinahe versöhnlich, mit einer ruhigen, fasslichen Sehnsucht. Auf die Reise hatte sie sich seit Monaten vorbereitet, voller Zweifel, ob sie das Richtige für sie war, aber jetzt war sie gefahren, besuchte ihre Eltern und flog dann über Paris in die jordanische Hauptstadt, um sich am Rande der Wüste zwei Monate mit den Hinterlassenschaften des Umayyadischen Reiches zu beschäftigen.

Ich war gerne allein. Katrins Zimmer war schon leer geräumt, überall standen Kisten, zwei alte Koffer mit ihren Papieren, während der Rest der Wohnung weitgehend unversehrt war. Ich hatte ein großes, helles Zimmer, in dem ich seit Tagen an einer Sendung über neue sowjetische Musik arbeitete, ich hatte den Balkon, auf dem ich nachdachte oder einfach nur schaute und nicht glauben wollte, dass es die letzten Berliner Wochen waren.

In Geburtstagsstimmung war ich nicht. Ich überlegte, ob ich mich an den Schreibtisch setzen sollte, machte mir dann aber zur Feier des Tages ein Frühstück, blätterte durch die Zeitung. Seit gestern lag ein ungeöffneter Brief meines Vaters auf dem Küchentisch, dazu eine bunte Karte von Ruth, die leider nicht wusste, was sie studieren sollte, und sich nun täglich anhören musste, was für ein faules, unentschlossenes Monster sie war. Offenbar ging der Druck diesmal von meiner Mutter aus, die mir kurz nach zehn telefonisch gratulierte.

Die Neuigkeit des Tages war, dass sie und mein Vater getrennte Urlaube machten; sie fahre mit ihrer Freundin Ingrid drei Wochen an die Riviera. Ich war nicht sonderlich überrascht, denn wenn man seit Jahren in getrennten Betten schlief, war es nur konsequent, dass man auch nicht mehr zusammen reiste.

Sie fragte: Hat dein Vater dir geschrieben? Worauf ich so tat, als hätte ich seinen Brief eben erst aus dem Briefkasten gefischt, und mir plötzlich wer weiß was erwartete, aber er schickte nur Grüße, »wie immer in Eile«, dazu den monatlichen Scheck und hundertfünfzig Mark für Schallplatten, »die du magst«.

Ich überlegte, ob ich zu meinem Lieblingsplattenladen in Schöneberg fahren sollte, wollte aber erst die Post abwarten, die in der Regel gegen Mittag kam. Ich setzte mich eine Stunde ans Klavier und spielte die letzten Inventionen von Bach, mit dem Ohr halb im Flur beim Telefon, weil ich dachte, Katrin riefe vielleicht an, aber wahrscheinlich packte sie gerade zum fünfzigsten Mal ihre Koffer um.

Die ersten Tage war ich nur erleichtert gewesen. Endlich ist sie weg, hatte ich gedacht, wenngleich ich es mir sofort verbot, am Bahnhof, während ich ihr hinterherwinkte, und weiter ohne Rücksicht dachte: Endlich. Den ganzen Nachmittag hatte ich es gedacht, als ich zu Bett ging, am nächsten Morgen, als der Wecker klingelte. Ich musste sie nicht mehr überreden, aufzustehen, ich musste sie nicht mehr überreden, sich zu waschen, ich musste sie nicht mehr überreden, zu leben. Denn all das hatte ich seit Wochen bis zur Erschöpfung getan, zunehmend widerwillig, wie ein bockiger Esel, der sich seit zwanzig Jahren über dieselben Pfade quält. Es gab wenig, worüber ich mich freute. Ich komponierte nicht, ich hatte keinen Sex und stattdessen jede Menge Arbeit mit irgendwelchem Kleinkram, der mich nichts anging oder sogar ärgerte, abends im Bad, wenn Katrin durch mich hindurchschaute und dann fragte, ob ich ihr kurz bei der Übersetzung eines englischen Aufsatzes helfen könne.

Kurz nach eins klingelte die Nachbarin. Sie hatte seit Kurzem ein Kind und lebte in der Wohnung über mir. An meinem Geburtstag vor einem Jahr hatte ich sie mehr aus Verlegenheit zu Kaffee und Kuchen eingeladen. Katrin war da, dazu ein paar Kommilitonen, die wie ich Musikwissenschaften studierten und niemanden kannten, der seit Jahren bei *Bolle* an der Kasse saß und mit Anfang zwanzig ein Kind erwartete. Es gab peinliche Momente, denn mit klassischer Musik hatte sie keine Erfahrung, zeigte sich aber durchaus interessiert, hörte zu, wie wir uns über Lachenmann unterhielten, und meinte sich noch Wochen später bei einer Begegnung im Treppenhaus bedanken zu müssen.

Das Kind musste im Dezember zur Welt gekommen sein, deshalb war ich überrascht, dass sie es nicht bei sich hatte. Sie wolle mich nicht stören, sagte sie, aber heute sei doch mein Geburtstag. Ist deine Freundin nicht da? Sie habe von gestern einen Rest Kuchen, ob ich kurz mit hoch wolle, das Baby sei soeben eingeschlafen.

Dass sie sich meinen Geburtstag gemerkt hatte, rührte mich, deshalb sagte ich gleich Ja. Sie bat mich in die Küche, machte Kaffee, zeigte mir den Kuchen. Von gestern sei er streng genommen nicht, sie habe ihn heute Morgen gebacken. Arthur schläft sehr viel, sagte sie, und da habe ich dann manchmal so Ideen. Sie hatte ein blasses, rundes Schneewittchengesicht und trug eine weit ausgeschnittene Bluse, wahrscheinlich, um das Kind leichter stillen zu können.

Alles Gute zum Geburtstag, sagte sie.

Ich aß ihren Streusel-Kirsch-Kuchen, während sie von ihrem Milchkaffee trank und Fragen und Sätze fallen ließ. Sie habe mich Klavier spielen hören, morgens die schöne Musik. Ich mag deine Musik.

Für den Bruchteil einer Sekunde stellte ich mir vor, sie zu küssen. Einen Mann hatte sie nicht, wobei es ja einen gegeben haben musste, den Vater ihres Kindes, wie ich mit einem Anflug von Eifersucht überlegte. Der Vater ihres

Kindes schien sie schlecht zu behandeln, bei der Arthur-Besichtigung im Januar hatte sie so etwas erwähnt, dass er sie schlug oder kurz davor war.

Irgendwann stand sie auf und holte das Kind. Es krächzte mehr als dass es schrie, deshalb hatte ich es nicht gehört, ich hörte es erst, als sie längst bei ihm war. Das Kind hatte Hunger. Sie brachte es in die Küche und begann es vor meinen Augen zu stillen, was sehr seltsam war. Ich sah ihre geschwollenen Brustwarzen, wie es tropfte, mit welcher Kraft das Kind saugte und wenig später an der Brust einschlief, die Brust mit einem kurzen *Plop* freigab und leise vor sich hin zu schnorcheln begann. Ich hatte kaum gewusst, wo ich hinsehen sollte, und trotzdem mehrmals hingesehen, befremdet, dass sie sich ohne Bedenken vor mir entblößte und mich in etwas hineinzog, das mich nichts anging.

Manchmal habe ich Angst, er frisst mich auf, sagte sie. Aber es klang, als wäre sie völlig einverstanden, dass es so war. Magst du? Sie wollte, dass ich ihn kurz nahm, wartete meine Antwort nicht ab, sondern stand auf und legte ihn mir in den Arm, zeigte, wie ich ihn halten musste, setzte sich wieder hin. Ich hatte geglaubt, sie müsse weg, aber offenbar wollte sie nur sehen, wie ich ihn hielt.

Das Kind war wach. Ich war überrascht, dass es nicht schrie, es sah mich mit großen Augen an, als hielte es mich für wer weiß wen. Seit sie mir Arthur das erste Mal vorgeführt hatte, hatten sich seine Züge gestrafft, er wirkte nicht mehr so verschrumpelt, hatte schon ein richtiges Gesicht, versuchte zu lächeln, obwohl ich ihn nicht mochte. Aus seinem linken Mundwinkel sickerte dünne, weiße Milch, ich meinte, seine Exkremente zu riechen, fand ihn hässlich. Spürte so ein kleiner Mensch, wenn man ihn nicht mochte? Plötzlich verzog er das Gesicht und begann zu greinen, strampelte mit den Füßchen und machte einen unglücklichen Eindruck. Ich begann mich zu entschuldigen, doch die Nachbarin schüttelte den Kopf und sagte, dass es mit mir nichts zu habe.

Ich gab ihn ihr zurück und blieb dann gleich stehen. Sie fragte: Musst du?, nahm es aber hin. Du hast sicher etwas vor, sagte sie, worauf ich ihr sofort zustimmte und behauptete, ich wolle mit ein paar Bekannten ins Kino und müsse vorher noch telefonieren. Ja, schade, sagte sie. Sie kam gar nicht auf die Idee, dass es eine Lüge sein könnte, brachte mich zur Tür, lief noch einmal zurück, um mir zwei Stück Kirschkuchen mitzugeben, den Teller kannst du ja die Tage vorbeibringen.

Eine Enttäuschung war, dass es keine Post gab. In den Briefkästen links und rechts steckten große Umschläge, deshalb war klar, dass ich für heute nichts mehr zu erwarten hatte, die Post war durch. Mein Musiklehrer schrieb mir manchmal zum Geburtstag, aber der Briefkasten war leer, auch Katrin hatte nicht geschrieben.

Ich dachte darüber nach, was das bedeutete. Bedeutete es etwas? Vielleicht hatte sie angerufen und vergessen, eine Nachricht zu hinterlassen. Ich sah sie im Garten bei ihren Eltern, wie es ihr plötzlich einfiel, wie sie in der Diele die Nummer wählte, sich durchs Haar fuhr, während sie wieder und wieder das Klingeln hörte, in einem hellen Kleid, dachte ich, seit Wochen erstmals entspannt, in Gedanken längst unterwegs, im Flugzeug über einer verbrannten Landschaft.

Aber jetzt wartete ich, wobei ich mich fragte, warum eigentlich. Weil sie mir das schuldig war und ich andernfalls den letzten Glauben an sie verlor? Es war idiotisch, auf Katrins Anruf zu warten. Es war mein Tag, ich konnte tun und lassen, was ich wollte, mein Vater hatte mir Geld geschickt, warum kaufte ich mir mit dem Geld meines Vaters nicht ein paar Platten.

Am Morgen hatte es nach Regen ausgesehen, doch jetzt war es angenehm warm, man hätte schwimmen gehen können, was ich kurz erwog, aber dann schon zufrieden war, dass ich aus der Wohnung kam.

Ich kaufte mir *Tabula Rasa* von Arvo Pärt und nach längerem Überlegen ein Album mit Celloarbeiten von Strawinsky, Schostakowitsch und Schnittke. Jetzt fühlte es sich doch nach Geburtstag an. Ich hatte zwei neue Platten, auf die ich mich freute, die aber warten konnten, und so schlenderte ich über eine Stunde durch Schöneberg und ging am Ende sogar essen, bestellte Lachs und als Vorspeise eine *Carbonara,* trank einen halben Liter Wein.

Als ich nach Hause kam, war es nach sieben. Von Katrin gab es immer noch keine Nachricht, was nun aber keine Überraschung mehr war. Ich nickte grimmig dazu und legte Arvo Pärts *Fratres* auf, in der Version für Cello und Klavier, gespielt von Gidon Kremer und Keith Jarrett.

Konnte es Tröstlicheres geben als diese Musik?

Das Stück dauerte gut elf Minuten. So sehr ich mich über sie ärgerte, hätte ich es gerne mit Katrin gehört, denn irgendwie schien es ein Kommentar zu unserem Verhältnis zu sein, ihr wildes, zorniges Unglück, das ich seit Jahren zu besänftigen suchte. So jedenfalls hörte ich es oder wollte ich es hören. Ich hörte das Klavier, wie es dem Cello nach einem ersten Ausbruch ruhig und bestimmt widersprach und in mehreren Anläufen zeigte, dass es auch anders ging. Ich hörte das Stück ein zweites und ein drittes Mal. In der Mitte war der Streit gewaltig, aber dann, im letzten Drittel, breiteten sich Ruhe und Einverständnis aus.

Ich holte mir ein Glas Rotwein und legte mich aufs Bett, um mich weiter durch die Musik zu arbeiten. Ich war leicht beschwipst, sodass ich beim Konzert für zwei Violinen, präpariertes Klavier und Streichorchester *Tabula Rasa* fast wegdämmerte, denn die Musik war von bewegungsloser Ruhe, ein stiller Gesang über die poetische Leere des Anfangs, und das traf ja ziemlich genau den Zustand, in dem ich mich befand.

Das Telefon blieb den ganzen Abend still. Ich wäre zu Tode erschrocken, wenn es geklingelt hätte. Ich rauchte eine Zigarette auf dem Balkon und hörte weiter die Musik. Kam mir Katrin in den Sinn, schob ich sie schnell weg und beschimpfte sie, aber dann schüttelte ich das ab und dachte, du kannst mich mal, ich vergesse dich, jetzt, in diesem Augenblick beginne ich dich zu vergessen, obwohl es weitere zwei Jahre dauerte, bis ich fertig damit war, und an einem Dienstag, als ich nicht damit rechnete, Jule in die Arme lief.

III.

11

AM ZWEITEN GEBURTSTAG DER ZWILLINGE betrat ich zum
letzten Mal das Haus. Jule hatte mir eine SMS geschrieben, in der stand, dass sie ein paar Kinder eingeladen hatte,
nachmittags zwischen drei und sechs, wenn du Lust hast,
komm. Bei der letzten Mediation hatte sie mich minutenlang angebrüllt, deshalb hielt sich meine Lust in Grenzen,
aber den Zwillingen zuliebe musste ich natürlich hin und
wäre auch ohne Jules Einladung gegangen, parkte den Wagen weit weg in einer Seitenstraße, wo ich im Nieselregen
zwei Zigaretten rauchte und mich dann an den Gärten und
Häusern ehemaliger Nachbarn vorbei in mein früheres Leben schlich.

Die Begrüßung war wie erwartet kühl. Jule schaute mich
nicht an und verschwand sofort Richtung Wohnzimmer,
von wo aus die ersten Kinderstimmen zu hören waren. Jule
war mitten in den Umzugsvorbereitungen, überall standen
Kartons, große schwere Müllsäcke mit undefinierbarem
Inhalt, dazwischen zusammengeschnürtes Altpapier, eine
Batterie Flaschen, ein kaputter Wäscheständer.

Die Zwillinge schliefen. Wahrscheinlich hatte Jule sie zu
spät hingelegt oder am Vorabend zu lange aufgelassen. Darüber klagte sie ständig, dass sie die Kinder kaum ins Bett
bekam, und so schliefen sie zu den unmöglichsten Zeiten.
Auch bei den sonntäglichen Übergaben gab es regelmäßig Verwicklungen und Verzögerungen. Einmal waren sie
soeben aufgewacht, ein anderes Mal musste man sie erst

wecken, oder sie saßen in der Wanne oder vermissten ein Stofftier, dass nun gesucht werden musste, wobei Jule hektisch von Zimmer zu Zimmer rannte und mir zuzischte, sie habe es sicher gleich.

Ich glaube, sie liebte diese Szenen. Sie war gestresst, aber eben das liebte sie. So zeigte sie mir, was aus ihr geworden war, und zögerte zugleich den Moment hinaus, wo sie alleine war. Vor allem mit Greta fand sie oft kein Ende, fragte mehrfach, ob sie alles habe, dass sie Tag und Nacht anrufen könne, *Mama* sei immer für sie da.

Greta konnte mir kaum in die Augen schauen, wenn Jule in der Nähe war, aber diesmal kam sie gleich gelaufen und erzählte, sie habe von Mama ein Geschenk bekommen. Es ist das tollste Geschenk der Welt, sagte sie aufgeregt. Wetten, dass du es nicht errätst?

Ich fragte mich, warum es am Geburtstag der Zwillinge ein Geschenk für Greta gab, doch wie sich herausstellte, hatte sie es schon länger. Ein riesiges Puppenhaus war das Geschenk von Mama. Es war einen Meter breit und über einen halben hoch und stand auf Gretas Maltisch. Es musste ein Vermögen gekostet haben. Alles war bis ins letzte Detail eingerichtet, in einem altertümlichen Stil, es gab Geschirr, allerwinzigstes Mobiliar, an den Wänden klitzekleine Bilder, ein zusammenklappbares Bügelbrett. Sogar erleuchten konnte man das Teil.

Greta zeigte auf eine Kammer unter dem Dach und erklärte: Hier wohnst du. Und da, neben Mamas Schlafzimmer, die Zwillinge, und auf der anderen Seite ich.

Sie nahm ein Bett heraus und legte es mir in die Hand, zeigte mir den Fernseher. Auch die Geburtstagsgeschenke der Zwillinge zeigte sie mir. Sie deutete auf das Bett von Felix, auf dem eine bunte Parkgarage und eine riesige Packung mit Matchboxautos lagen und brachte mir Lottes neue Puppe, die sieben Garnituren zum Wechseln hatte, dabei sei Lotte dafür viel zu klein.

Es war seltsam, wie früher im Zimmer der Kinder zu stehen, obwohl dieses Früher erst wenige Wochen zurücklag. Greta tat, als wäre mein Besuch das Normalste der Welt, führte mich ins Wohnzimmer, wo die Mütter mit ihren Kindern waren und auf das Erscheinen der Zwillinge warteten. Die Mehrheit kannte ich. Jule hatte den halben Kindergarten eingeladen. Ich versuchte drei, vier Müttern zuzunicken, aber sie sahen alle an mir vorbei oder durch mich hindurch, ein Trupp Erinnyen, der mich bei der ersten falschen Bewegung in Stücke reißen würde.

Da ich nicht wusste, was ich tun sollte, beschäftigte ich mich mit dem Büfett, das aus diversen Säften sowie Schüsseln mit Gummibärchen und Nüssen bestand. Ich dachte an den Geburtstag vor einem Jahr, als Lotte und Felix mit Fieber im Bett lagen und wir alle zehn Minuten nachschauten, ob sie noch lebten. Vor hundert Jahren musste das gewesen sein, der erste Sex in der neuen Wohnung, spätabends auf dem Sofa zwischen unausgepackten Kisten, der die Antwort auf einen Streit über eben diese Kisten war.

Ich wollte nur weg, schrieb Sonja im Bad eine SMS, erhielt aber keine Antwort. Wahrscheinlich übte sie den Penderecki oder ging spazieren, um darüber nachzudenken, wie sie den Lutosławski spielen sollte, denn die Hälfte der Zeit übte sie im Kopf und war dann ebenso wenig ansprechbar, wie wenn sie hinter ihrem Cello saß.

Nach über einer Stunde kamen die Zwillinge. Greta führte sie wie ein Königspaar ins Zimmer, obwohl sie ziemlich verschlafen wirkten und von dem einsetzenden Tumult sichtlich überfordert waren. Innerhalb von Sekunden waren sie von einer lärmenden Horde Kinder umringt, die sich gegenseitig wegschubsten, ehe sich die Lage langsam beruhigte. Felix stapelte seine Geschenke unausgepackt auf die Kommode, während Lotte sie nacheinander alle aufriss und mit einem kurzen Blick zur Seite legte.

Danach war nicht klar, wie es weitergehen sollte. Die Mädchen verschwanden mit Lotte im Kinderzimmer, während die Jungs sich neugierig über die Schüsseln mit den Gummibären beugten, Schokoküsse und Muffins in sich hineinstopften und die Hälfte auf den Boden fallen ließen. Jule saß auf dem Sofa und schaute dem Treiben ungerührt zu. Irgendwann wollte Felix auf meinen Arm und lotste mich wortlos zu den Schüsseln, wo ich kurz auf Britta traf, die mich grimmig musterte und dann sagte, was machst du bloß für Sachen. Sachen, fand ich, traf es nicht, ich machte keine Sachen, erwiderte ich. Sehr nahe hatte ich mich Britta nie gefühlt, sie war die Freundin von Jule, aber sie behandelte mich wenigstens nicht wie einen Schwerverbrecher und schien mir zuzubilligen, dass ich meine Gründe hatte.

Später, beim Topfschlagen, sah ich, wie sie Jule mehrfach kopfschüttelnd widersprach, aber wahrscheinlich bildete ich mir das nur ein und sie schüttelte in Wahrheit den Kopf über mich. Jule blickte böse zu mir herüber und überließ es mir, den Kindern reihum die Augen zu verbinden, die rote Plastikschüssel zu verstecken und ihnen zu helfen, sie zu finden.

Eigentlich waren sie für das Spiel zu klein. Sie hatten Schwierigkeiten, sich im Raum zu orientieren, trotzdem war es ein großer Spaß, wenn die komplette Horde brüllte: Da!, und noch ein größerer, wenn es den erhofften Treffer gab und die Kinder sich die Binde von den Augen rissen, um über die Süßigkeiten herzufallen. Auch Greta spielte mit. Sie drehte die Kinder im Kreis und schickte sie mit dem Kochlöffel auf die Suche, gab ihnen Tipps, sagte Warm und Kalt und war am Ende die Einzige, die in Tränen ausbrach. Angeblich hatte sie jemand geschubst, außerdem beschwerte sie sich, mit Abstand die kleinste Süßigkeit bekommen zu haben, und lief heulend in ihr Zimmer.

Waren das die Tränen, die sie angeblich regelmäßig bei Jule vergoss?

Jule hatte die Szene nicht bemerkt oder wollte sie nicht bemerken. Sie stand noch immer in der Tür zur Küche und redete auf Britta ein. Offenbar hatte sie sich vorübergehend beruhigt, sie sah Britta nicht an, sondern halb zu mir und halb an mir vorbei Richtung Wohnzimmer, als würde sie ebenfalls gleich in Tränen ausbrechen.

Als ich ging, las sie mir noch das neuste Kapitel aus ihrem Beschwerdebuch vor, benannte Gegenstände, die nicht an ihrem Platz waren, Spielzeug und Kleidungsstücke, die bei mir vergessen oder verlegt worden waren. Ich fragte: Was willst du eigentlich von mir, worauf sie lang und breit über *Respekt* redete, dass sie, verdammt noch mal, ein Recht habe, respektvoll behandelt zu werden, obwohl es lediglich um ein Unterhemd von Lotte ging und zwei nicht zusammengehörende Socken von Felix.

*

GRETA WAR EIN SACHLICHES KIND. Sie interessierte sich für Tiere und Pflanzen, kannte die wichtigsten Bäume und schleppte regelmäßig Insekten und Käfer nach Hause, denen sie in Senfgläsern reich geschmückte Quartiere einrichtete und anschließend beobachtete, was sie machten. Im Kindergarten gehörte sie zu den Stillen. Fragte man sie, wie ihr Tag gewesen war, gab sie einsilbige Antworten, beschwerte sich über das Essen und ließ den Rest im Dunkeln.

In Essenssachen hielt sie Sonja und mich regelmäßig zum Narren, denn vieles aß sie nicht, Reis und Nudeln nur mit Butter, statt Gemüse lieber Salat, an Fleisch nur Huhn und auf keinen Fall Fisch. Bot man ihr etwas an, das sie nicht kannte, schüttelte sie energisch den Kopf und ließ sich nicht überreden, es zu probieren.

Zu ihrem sechsten Geburtstag wünschte sie sich Schokoladentorte und zum Abendessen Spaghetti carbonara. Sie hatte nur Mädchen eingeladen; Jungs fand sie blöd, warum und weshalb, erklärte sie nicht.

Ich mochte ihre Freundinnen. Bei manchen ahnte man, wie sie als junge Frauen aussehen würden, sie hatten Zöpfe und Pferdeschwänze, trugen bunte Schleifen im Haar und an den Fingern billige Ringe, den ersten Nagellack. Die Zwillinge beobachteten voller Missgunst, wie Greta jede einzeln begrüßte und zahllose Päckchen in Empfang nahm, die sie auf der Kommode wie Felix zu bunten, kleinen Türmen stapelte.

Viel Arbeit hatten Sonja und ich mit den Mädchen nicht. Alle bewunderten Gretas neues Fahrrad, mit dem sie am Morgen zweimal gestürzt und dann gefahren war, als hätte sie nie etwas anderes getan, beschäftigten sich lange mit ihrem *Insektenhotel* und erschienen irgendwann zum Kuchenessen, legten ihre Handtäschchen neben sich auf den Tisch und kicherten über die unsinnigsten Sachen. Auch die Zwillinge hatten ihren Spaß. Sie lachten sich halb tot, als Lotte sich verschluckte, und begannen mit Kuchenkrümeln zu werfen, worauf ich sie mehrfach ermahnte und schließlich unter Protest ins Kinderzimmer schickte. Da seid ihr jetzt aber selbst Schuld, rief Greta ihnen hinterher, die Lotte und Felix meistens verteidigte und nun wie eine Erwachsene in die Runde fragte: Gibt es etwas Nervigeres als Zwillinge?

Am Abend, als es vorbei war, saßen Sonja und ich mit einer Flasche Sekt in der Küche und wappneten uns für die Nacht. Denn am schlimmsten waren die Nächte, wenn die Zwillinge im Zweistundenrhythmus erwachten und dann schrien, als wäre ihnen wer weiß was geschehen. Wir nannten sie Dr. Jekyll und Mrs Hyde und wahlweise anders herum, je nachdem, wer mit dem Terror begann, doch diesmal blieb es bis zum Morgen ruhig, die Götter, die ich regelmäßig anrief, hatten mein Flehen erhört.

Zwei Tage nach dem Geburtstag rief die Mutter von Mia an. Man kannte sich vom Kindergarten und vom Telefon, wenn die Mädchen sich verabreden wollten, aber diesmal gab es etwas anderes. Sie wusste nicht recht, wie sie es erklären sollte. Mia habe vor Kurzem von ihren Großeltern zwanzig Euro geschenkt bekommen, zwei Scheine in einem weißen Umschlag; diesen Umschlag habe Mia auf Gretas Geburtstag dabeigehabt. Kurz und gut: So wie es aussehe, habe Greta die zwanzig Euro an sich genommen. Das Wort gestohlen vermied sie. Die Sache sei natürlich keineswegs bewiesen und ihr überhaupt sehr unangenehm, allerdings hätten Mia und ihre Freundin Emma es unabhängig voneinander berichtet.

Im ersten Moment glaubte ich kein Wort. Ich war geschockt und suchte sofort nach Gründen, warum es nicht sein konnte, fragte wiederholt nach, wie ein Detektiv nach Ort und Zeitpunkt, dass ich mir das beim besten Willen nicht vorstellen könne. Greta sei nicht so, sagte ich, erklärte mich aber bereit, am Abend mit ihr zu sprechen und mich zu melden.

Eine innere Stimme sagte wütend Nein, während der vernünftige Teil gegen die aufsteigende Verzweiflung kämpfte. Meine Greta eine Diebin? Greta interessierte sich in letzter

Zeit sehr für Geld, fiel mir jetzt auf, allerdings war das für ihr Alter wohl normal. Sie schrieb die Zahlen von eins bis zehn, beherrschte einfache Additionen und erzählte bei jedem sich bietenden Anlass, wie viel Geld sie auf einem von Jules Eltern eingerichteten Konto hatte. Jule überzog mich seit Monaten mit immer neuen Geldforderungen, vielleicht hatte Greta davon mitbekommen und nahm sich jetzt das ihre. Ich sei die Fehlinvestition ihres Lebens, hatte mir Jule geschrieben. Ich hätte mir buchstäblich alles von ihr genommen, ihre Gefühle, ihre Lust, jede Menge Lebenszeit, ihre Hoffnungen, und jetzt wollte sie so viel wie möglich davon zurück.

Ich begriff das nicht oder wollte es nicht begreifen. Es war mir zu trivial, sie war auf aberwitzigste Weise rabiat und wollte wirklich alles. Obwohl die Kinder zur Hälfte bei mir lebten, wollte sie das komplette Kindergeld, sie verlangte eine Abfindung, dazu Unterhalt für sich und die Kinder. Es kamen groteske Summen heraus. Alle paar Wochen ließ sie ihre Anwältin mehrseitige Schreiben verfassen, in denen sie mich aufforderten, meine kompletten Ausgaben zu dokumentieren, und mich verdächtigten, geheime Wertpapierdepots im Ausland zu unterhalten. Manchmal dachte ich, ich würde durchdrehen, verbrachte Stunden mit komplizierten Aufstellungen und führte verzweifelte Telefonate mit meiner Anwältin.

Greta, als ich sie nach dem Abendessen befragte, bestritt, mit dem Verschwinden des Geldes zu tun zu haben. Aber sie wusste von dem Umschlag, gab sofort zu, die Scheine in der Hand gehabt zu haben, habe sie aber zurück in den Umschlag getan. Ich fragte mehrfach nach, ob es doch anders gewesen sei, worauf Greta beharrlich den Kopf schüttelte, auf eine stille, in sich gekehrte Weise. *Nicht wie eine*

Lügnerin, dachte ich, oder wie ich annahm, dass eine Sechsjährige sich beim Lügen benehmen würde.

Endlich beschloss ich, ihr zu glauben, erschöpft und mit einem Gefühl der Erleichterung, fast stolz, dass wir so offen miteinander sprechen konnten, als hätten wir gerade damit angefangen. Ich berichtete der Mutter von Mia, dass und wie ich mit Greta gesprochen hatte, und dass sie es mit an Sicherheit grenzender Wahrscheinlichkeit nicht gewesen sein könne.

Als ich das Geld Wochen später im Kinderzimmer fand, war ich eher verblüfft als entsetzt. Die Kinder waren bei Jule, deshalb hatte ich Zeit, in Ruhe nachzudenken, was es bedeutete, für mich, für Greta. Greta hatte mir mehrfach ins Gesicht gelogen, das war das Schlimmste. Ich hatte mich täuschen lassen, ich hatte es nicht für möglich gehalten. Merkwürdig war die Sache trotzdem. Greta hatte das Geld nicht ausgegeben, was die Frage aufwarf, warum sie es genommen hatte. Um Mia zu ärgern? Weil die Gelegenheit günstig war?

Ich versuchte mir vorzustellen, wie der Gedanke in ihr auftauchte, wie sie den Gedanken wog und überlegte: soll ich?, und den Umschlag bis zum Abend mit sich herumtrug, um ihn in einem unbeobachteten Moment zwischen die Kinderbücher zu stecken.

Als sie drei Tage später kam, redete ich mit ihr. Ich hatte gedacht, sie würde erschrecken, in Tränen ausbrechen oder aufs Neue leugnen, doch sie blieb erstaunlich ruhig. Die Zwillinge saßen im Wohnzimmer vor dem Fernseher, deshalb war ich mit ihr ins Kinderzimmer gegangen, und da saß sie nun, verwundert, was es Wichtiges zu besprechen gab.

Ich glaube, sie hatte nicht die geringste Ahnung. Ich sagte, dass ich den Umschlag mit dem Geld gefunden hätte, ob sie sich erinnere. Sie sah mich mit großen Augen an und nickte.

Ich fragte sie, warum. Kannst mir sagen, warum?

Ich fragte nach, aber sie konnte nicht sagen, warum. Sie konnte überhaupt nichts sagen, außer Ja und Ja sagte sie überhaupt nichts.

Ich glaube, ich habe sie nie mehr geliebt als an diesem Nachmittag. Sie war sechs, sie hatte rote Haare wie ich und den üppigen Mund von Ruth. Ich sprach über das Stehlen und das Lügen, versuchte ihr zu erklären, was falsch daran war, dass sie sich bei Mia entschuldigen müsse. Das Geld zurückgeben und sich entschuldigen. Ich sagte ihr, wie wichtig sie mir sei. Ja, sagte sie. Sie hauchte es mehr, als dass sie es sagte.

Ich schlug ihr vor, ein kleines Geschenk zu kaufen.

Ich helfe dir, dann ist es nicht so schwer. Ich telefoniere mit Mias Mutter, und dann warten wir ab, wie sie die Idee findet oder ob sie eine bessere hat.

Jetzt wirkte sie beinahe erleichtert. Ich umarmte sie, fragte, ob sie fernsehen wolle, gegen sieben gebe es Essen. Aber sie schüttelte den Kopf und kletterte nach oben in ihr Hochbett, wo sie offenbar auf der Stelle einschlief, denn als ich später nach ihr schaute, war alles still und dunkel. Ich machte die Nachttischlampe bei den Zwillingen an und kletterte zu ihr hoch. Ihr Kopf lag unter dem Kissen, aber sie schlief. Ich flüsterte zu ihr hin, dass alles gut werde. Mein kleines dummes Mädchen, flüsterte ich, was machst du bloß für Sachen. Ich wartete, bis sie sich im Schlaf umdrehte, sie öffnete kurz die Augen und schlief dann seelenruhig weiter. Irgendwie gerettet, dachte, hoffte ich, denn dazu waren wir als Erwachsene da, ich meine, so lange Rettung möglich war.

★

AN IHREM ZWEIUNDDREISSIGSTEN GEBURTSTAG gab Sonja ein Konzert in Köln. Ich hatte sie spätabends zum Zug gebracht, doch bis dahin hatten wir so getan, als wäre morgen heute, lagen den halben Tag im Bett, wo wir in unregelmäßigen Abständen zueinander krochen, zwischendurch kochten und vergaßen, dass wir gekocht hatten, uns eine Weile in der Dusche liebten und später zu Füßen ihres Cellos.

Sex mit Sonja machte mich weiterhin auf fassungslose Weise fromm, und im Grunde hat mich dieses Gefühl bis zuletzt nicht verlassen. Sonja fand mein hymnisches Konzept des Beischlafs abwechselnd rührend oder komisch. Für sie war Sex wie Brot, aber keine heilige Handlung, über die man große Worte machte. Man hatte Lust oder eben nicht, und zu meinem Glück hatte sie selbst in den abgelegensten Momenten Lust.

Die Geschenke auspacken wollte sie am Vortag ihres Geburtstags nicht, das hebe sie sich für morgen auf. Greta hatte eine große Schule für sie gemalt und Sonja zur bevorstehenden Einschulungsfeier eingeladen, obwohl ihr Sonja mit Rücksicht auf die Konflikte mit Jule mehrfach zu verstehen gegeben hatte, dass sie wahrscheinlich nicht komme.

Im zweiten Sommer nach der Trennung hatte sich vieles geklärt und zugleich zugespitzt. Jule und ich hatten im Abstand weniger Wochen die Scheidung eingereicht, sie schickte regelmäßig neue Forderungen, aber ich war nicht mehr dauernd außer mir. Wir konnten kaum miteinander reden und begegneten uns nur sonntags bei der Übergabe.

Anfangs hatten wir die Kinder immer *geholt*, aber dann stellte sich heraus, dass ihnen der Wechsel leichter fiel, wenn man sie *brachte*. Sonja versteckte sich regelmäßig in einem der hinteren Zimmer, wenn Jule in der Wohnung war. Sie waren erst ein einziges Mal aufeinandergetroffen, bei einer Begegnung auf der Straße, bei der nichts weiter vorgefallen war, man sah kurz hin und wieder weg. Jule war gerade in den Wagen gestiegen, womöglich hatte sie uns gar nicht bemerkt.

Darüber hinaus gab es keinen Kontakt; niemand wünschte ihn. Sonja hatte am Telefon gelegentlich einen Satz mit ihr gewechselt, so am Telefon klang sie recht nett, fand sie, womöglich beruhigt sie sich mit der Zeit.

Manchmal glaubten wir daran. Sonja kannte getrennte Paare, die freundschaftlich miteinander verkehrten und ohne feindselige Gefühle waren, doch Jule besaß unerschöpfliche Vorräte an feindseligen Gefühlen. Sie wurde bei jedem zweiten Telefonat laut, redete von den Summen, die ich ihr angeblich schuldete, worauf ich ihr zum x-ten Mal erklärte, dass sie keine verlassene Bankiersgattin sei, die ihr Leben der Karriere des Mannes geopfert habe. Oder wer hatte eine unkündbare Beamtenstelle? Sie oder ich?

Greta fand es toll, dass Mama Lehrerin war. Sie spielte seit Monaten mit Begeisterung Unterricht, setzte die Zwillinge auf ihre Stühle und brachte ihnen die Zahlen bei, was sie über Elefanten wusste, etwas über den Weltraum, so gut es eben ging, denn in der Regel hatten Felix und Lotte schnell genug, was von Greta mit den allerstrengsten Ermahnungen beantwortet wurde, angedrohtem Fernsehverbot, Süßigkeitenverbot, Spielverbot.

Manchmal konnte ich kaum glauben, dass sie demnächst zur Schule gehen würde, es war der letzte Kindergartensommer. Ende August sollte die große Einschulungsfeier sein.

Mir graute schon davor. Ich würde Jules Eltern treffen, Jules Bruder, auch meine Eltern wollten anreisen, fast, als handele es sich um eine Wiederauflage der Hochzeit.

Sonja sagte: Es ist ein wichtiger Tag für sie, nach zwei

Stunden ist es vorbei. Eigentlich wäre ich gerne dabei, aber leider.

Am Morgen ihres Geburtstags sagte sie das. Sie klang vergnügt, zitierte zwei, drei Stellen aus meinem Brief, dass sie in ihrem Leben keine andere Wäsche mehr tragen wolle als die, die ich ihr geschenkt hatte. Auch das Bild von Greta erwähnte sie, wie es ihr das Herz zerriss. Gleich nächste Woche, wenn sie zurück sei, müsse sie es ihr erklären, sie anlügen oder es ihr erklären, obwohl wir uns vorgenommen hatten, die Kinder mit Bemerkungen zu Jules Verrücktheiten zu verschonen.

Am selben Nachmittag klingelte das Telefon und Greta war am Apparat. Es war überhaupt das erste Mal, dass sie von sich aus anrief, sie sprach sehr leise und sagte nur einen Satz, mit gepresster Stimme: Sonja soll nicht kommen. Dann legte sie auf.

Ich hatte keine Zeit zu fragen, was das bedeutete. Dabei war ja klar, was es bedeutete. Greta hatte sich verplappert, Sonjas Namen erwähnt oder von dem Bild mit der Einladung erzählt, worauf Jule nichts Besseres zu tun hatte, als das arme Mädchen zum Telefon zu schicken und es diesen auswendig gelernten Satz aufsagen zu lassen.

Ich war außer mir, rief sofort zurück, aber Jule ging nicht ran, ich erreichte sie erst am nächsten Abend. Ich fragte, was sie sich eigentlich denke, worauf sie zurückgab, es sei eine Unverschämtheit, Sonja ohne Rücksprache zur Einschulungsfeier mitzubringen, ich möchte deine Schnepfe nicht sehen. Ich erklärte, dass es einen solchen Plan nie gegeben habe. Greta habe es sich gewünscht. Geht man so mit den Wünschen seiner Kinder um? Weißt du, was du ihr damit antust? Worauf Jule nur kalt erwiderte, das sage der Richtige. Ist dir klar, was *du* ihnen angetan hast? Außerdem wisse sie nicht, was mein Problem sei. Sie habe lange und vernünftig mit Greta gesprochen, ihr erklärt, warum sie Papas neuer Frau nicht begegnen wolle, dass es für Mama sehr schwer sei, worauf Greta zum Telefon gelaufen sei und gesagt habe, was zu sagen war.

Zwei Monate später war die Einschulung. Es war ein heißer Tag Ende August, ich hatte die Kinder seit Ewigkeiten nicht bei mir gehabt, ab und zu telefoniert, was in zwei von drei Fällen unerfreulich war. Anstatt den Kindern den Hörer in die Hand zu geben, fragte Jule regelmäßig nach, ob sie mit *Papa* sprechen wollten, und dann waren sie dummerweise in ein Spiel vertieft oder zu Telefongesprächen allgemein nicht aufgelegt.

Sonja saß im Kinderzimmer und heulte, als ich ging, während meine am Vorabend angereisten Eltern tapfer Feierstimmung verbreiteten. Ich sagte mir, dass es eine Angelegenheit von zwei Stunden sei. Es würde unangenehme Momente geben, aber am Ende waren es nur zwei Stunden.

Jule und ich hatten keinen Treffpunkt ausgemacht, deshalb dauerte es, bis ich sie fand. Auf dem Schulhof herrschte ein buntes Treiben, überall standen herausgeputzte Erstklässler mit ihren Familien, es war laut, es war heiß, irgendwie rührend, dachte ich oder versuchte ich zu denken, während ich weitersuchte und sie alle endlich fand. Mit verschlossenem Blick sah Jule zu, wie ich Greta die Schultüte überreichte, während Lotte und Felix um mich herumtanzten und vor Stolz platzten, dass sie ebenfalls zwei kleine Schultüten besaßen. Man begrüßte sich, Jules und meine Eltern noch am freundlichsten, seit der Hochzeit hatte es keinen Kontakt gegeben. Alle machten ernste Gesichter, man stand herum und wusste nicht, was reden, bevor eine Lehrerin mit Trillerpfeife nach drinnen in die Aula bat.

Beim Überreichen der Schultüte hatte ich Greta kurz umarmt, doch sie hatte kaum reagiert und fragte mit keinem Wort nach Sonja. Sie wirkte angespannt, später auf der Bühne, wo Schüler der zweiten Klasse Gedichte und Lieder vortrugen, bevor die Neuen namentlich aufgerufen wurden und für eine Stunde in ihre jeweiligen Klassenzimmer verschwanden.

Manche Eltern gingen nach draußen auf den Hof, andere begannen sich zu unterhalten, was mit Jule und ihren Eltern nicht denkbar war. Ich schaute mehrfach zu ihnen hin und war froh, dass Lotte und Felix abwechselnd kleine Nachrichten hin und her trugen, dass Opi dauernd Witze mache, wenngleich sie auf Nachfrage keinen einzigen Witz wiederholen konnten. Zwischendurch saßen sie mit ihren schokolodenverschmierten Gesichtern auf meinem Schoß, was Jule nicht recht war, so wie es ihr später nicht recht war, dass mein Vater zum Abschied auf der Straße fotografierte, Greta mit und ohne Schultüte, mit den Zwillingen links und rechts, mit mir, mit meiner Mutter.

Ich sagte Greta, dass ich sehr stolz auf sie sei, worauf Felix fragte: Geht ihr nicht mit ins Restaurant? Wir essen jetzt nämlich im Restaurant. Hast du keine Zeit? Ich schüttelte den Kopf und sagte: Nun geht besser los, *Mama* wartet auf euch. Ich sah, wie sie die Szene ungeduldig beobachtete. Lotte sah ich, wie sie sich ein letztes Mal umdrehte und winkte, als wolle sie mich trösten, dass wir leider nicht mit ins Restaurant durften, dabei wollte ich nichts weniger als das.

*

ICH ERWACHTE VON EINEM SCHNURRENDEN GERÄUSCH. Der Wecker hatte nicht geklingelt, es dauerte, bis ich begriff, wo und wer ich war und dass das Schnurren von Sonja kam. Wie ein kleines Kätzchen schnurrte sie. Sie fasste mich an, dazu schnurrte sie, es ging alles ineinander über. Jetzt summte sie. Happy birthday, summte sie und fasste mich immer weiter an.

Später würde sie sagen: Bevor der Ritter in den Kampf zieht, muss er bei seinem Weibe liegen. Aber jetzt sagte sie: Du machst nichts. Du hast Geburtstag, du bist heute mein Gast.

Von den Kindern war kein Laut zu hören. Man hörte auf dem See ein frühes Boot, ein paar Vogelstimmen. Wir flüsterten. Draußen schien es windig zu sein, etwas flatterte, ein Segel, dachte ich, falls ich etwas dachte, denn es war mein Geburtstag, und Sonja hatte gesagt, ich sei ihr Gast.

Die Kinder hatten Bilder für mich gemalt. Auf allen dreien waren das Haus und der See zu sehen, bei Greta im Hintergrund eine Wiese mit Schaukel, auf der sie rotschöpfig durch den blauen Himmel flog, während Felix nur das Haus und Lotte unsere komplette Familie beim Essen im Garten zeigte. Ich mochte die wilden Farben, dass es keine x-beliebigen Szenen waren, sondern unser Leben, wie es gerade war, hier im Haus am See, wir fünf.

Die Fahrt nach Hamburg dauerte zweieinhalb Stunden. Die Kinder hatten darauf bestanden, dass ich die Bilder zu meinem Termin mitnahm, ich dachte an Sonjas Hände und hoffte, ich roch nach ihr. Auf den letzten Kilometern wurde ich nervös. Ich versuchte mir zu sagen, dass es nur eine Anhörung war, einer der letzten Schritte vor der Scheidung, in ein paar Wochen wäre ich endlich geschieden. Ich traf mich mit meiner Anwältin in einem Café, um die letzten Details zu besprechen, und brachte es hinter mich.

Gut zwei Stunden später saß ich wieder im Wagen.

Jule hatte ein teures schwarzes Kleid getragen und sich Verstärkung mitgebracht. Sogar ihre Mutter hatte sie einfliegen lassen. Britta war da, die Tagesmutter, eine weitere Kollegin, die blonde Anwältin, dazu Schriftführerin und Richterin, die einen müden, genervten Eindruck machte.

Ich war der einzige Mann.

Anfangs fand ich das irritierend, doch am Ende war es beinahe ein Spaß, zumal Jule überhaupt nicht zu Wort kam und ihre Unterstützerinnen von der Befragung ausgeschlossen wurden.

Das Thema waren meine Finanzen. Ich erklärte die besonderen Umstände meines Erfolgs mit der Oper und dass man Erfolge in meinem Beruf nicht planen könne, woran ich arbeitete, dass man Aufträge brauchte, dazu etwas über zeitliche Abläufe, finanzielle Perspektiven.

Die Richterin gab sich keine Mühe, freundlich zu sein, aber sie stellte die richtigen Fragen und hörte mich geduldig an. Ich hatte den Prozess nicht angestrengt. Jule war es, die scharf auf den Prozess gewesen war, offenbar sah sie zu viele amerikanische Gerichtsfilme, wo es zerknirschte Angeklagte und fuchtelnde Staatsanwälte gab, vor denen sich das Opfer darüber auslassen konnte, was für ein niederträchtiger Mensch der Angeklagte war.

Sonja umarmte mich bei meiner Rückkehr und fragte nicht nach Details. Wir waren erleichtert, dass es vorbei war, hielten uns eine Weile fest, als handele es sich um einen bösen Zauber, den man erst mal abschütteln müsse.

Die Kinder wollten zum See. Bitte, Papa, bitte. Ich hätte lieber eine Stunde geschlafen, aber natürlich war es viel besser, mit den Kindern schwimmen zu gehen. Das Wasser war klar und weich, man konnte mit offenen Augen tauchen und hatte innerhalb kürzester Zeit einen klaren Kopf. Ich nahm Greta ein Stück mit hinaus, sie schwamm schon,

Sonja hatte es ihr an zwei Nachmittagen beigebracht. Greta hatte es ihr nicht leicht gemacht, war mehrfach aus dem Wasser gelaufen, um unter Tränen zu erklären, Schwimmen sei die blödeste Sache der Welt. Aber inzwischen liebte sie es. Sie konnte den Kopf kaum über Wasser halten, aber sie schwamm, schluckte dauernd Wasser und arbeitete sich tapfer zur ersten Boje vor, während Sonja auf die Zwillinge aufpasste, die sich im Uferbereich gegenseitig von ihren Luftmatratzen schubsten.

Sie stritten sich seit dem ersten Urlaubstag. Lotte biss und Felix schlug, beim geringfügigsten Anlass gerieten sie aneinander. Es war erst wenige Stunden her, dass ich in Hamburg gewesen war, ich erhob mehrfach die Stimme und war wütend, dass sie selbst an meinem Geburtstag keine Ruhe gaben.

Wenn ich wütend war, sah ich an ihnen, was von Jule stammte, in dem Wissen, dass ich Jule niemals loswerden würde, ja schlimmer, ich sie in den Kindern bis ans Ende meiner Tage lieben müsste: in ihren Blicken, Gesten, dem Schnitt ihrer Augen, ihrem Zorn, oder was immer Jule in sie hineingelegt hatte und weiter an Gedanken und Gefühlen in sie hineinlegen würde.

Trotzdem liebte ich sie.

Nicht trotzdem.

Ich liebte, wie sie rochen, ich liebte, wenn Felix mich prüfend von der Seite anschaute oder Lotte die Fäuste ballte. Ich liebte Gretas Statur, die die Statur von Jule war, fand auch die Stellen, wo von Jule überhaupt nichts zu entdecken war, auch von mir nichts oder Jules und meinen Eltern.

Abends, beim Essen im Garten, fragte Greta, wo genau in Hamburg ich gewesen sei, und beinahe hätte ich gesagt: Im Gericht. Denn das hätte Greta interessiert, wie sich das anfühlte, wenn man vor Gericht stand und die Fragen einer Richterin beantworten musste, doch dann hätte ich ihr erklären müssen, dass ihre Mutter es war, die mich vor Gericht gebracht hatte, in Erwartung aberwitziger Summen, oder was immer sie sich davon erhoffte, einen Moment der Bloßstellung, dass alle über mich lachten oder ich mit Handschellen abgeführt wurde.

Tatsächlich endete das Verfahren für Jule mit einem Desaster; sie erhielt in keiner Frage Recht. Das Kindergeld wurde geteilt, es gab keinen Unterhalt, und die zugesprochene Abfindung betrug gerade ein Drittel dessen, was ich ihr angeboten hatte.

Für einige Stunden fühlte ich mich leicht und frei. Ich lud meine Anwältin zum Mittagessen ein, und wir waren uns einig, dass es nicht besser hätte laufen können. Es würde keine Anwaltsbriefe mehr geben, keine absurden Forderungen, keine Drohungen.

Auch Sonja war erleichtert. Die Kinder waren nicht da, deshalb vertrödelten wir wie früher halbe Vormittage im Bett, arbeiteten, trafen uns zum Essen in der Küche, genossen die Freiheit. Mehr am Rande dachte ich über die Ehe nach, was sie mir bedeutete, und siehe da, sie bedeutete mir noch etwas. Im ersten Jahr hatte ich Sonja im Scherz gefragt, ob sie meine Frau werden wolle, worauf sie lachend geantwortet hatte, sie werde es sich bei gegebenem Anlass gerne überlegen.

Manchmal meinte ich zu wissen, dass sie mir nicht bleiben würde. Ich hatte ihr mein erstes Cellokonzert gewidmet und arbeitete an einer neuen Oper, in die dieses Unbehagen einging. Jetzt, da der Scheidungskrieg vorbei war, wollte ich bloß noch arbeiten und war ganz überrascht, dass die zurückliegenden Monate Spuren hinterlassen hatten.

Ich träumte schlecht und wachte zu Tode erschrocken auf, obwohl es mehr oder weniger immer derselbe Traum war.

Jule trat in diesem Traum nicht auf. Trotzdem ging es jedes Mal um Jule, das Gefühl der Drohung, das sie in mir hinterließ, am Telefon, wenn sie nicht weiterwusste und irgendwann brüllte, dann gehe ich zum Jugendamt. Was genau sie dort wollte, konnte oder wollte sie nicht sagen, es ging nur um die Drohung, sie musste da nur hin und sagen, was für ein Schwein ich war, und ich würde die Kinder nie wiedersehen. Davon träumte ich. In verschiedenen Variationen, wie ich die Kinder verlor. Wir badeten zusammen im Meer, und plötzlich war eines der Kinder weg. Mal war es eine Flutwelle, mal hatte ich kurz nicht aufgepasst, und dann trieben sie leblos im Meer, waren vor meinen Augen ertrunken oder paddelten unerreichbar weit draußen um ihr Leben, in einer wiederkehrenden Folge erst Lotte, dann Greta und zuletzt Felix.

Sonja versuchte es mit Freud. Mit Prüfungsträumen quäle sich nur der, der die Prüfung bestanden habe, behauptete sie, ihre einzige Botschaft sei, dass es vorbei ist.

Ich mochte diese Theorie, meinte aber zu bemerken, dass ich verschiedene Tricks entwickelt hatte, phobische Anwandlungen, die ich nicht in den Griff bekam. Ich konnte es kaum ertragen, wenn eines der Kinder neben mir auf dem Balkon stand, sah sie immerzu stürzen, sich verbrennen, zwischen parkenden Wagen auf die Straße laufen. Ich gab mir Mühe, ihnen nicht unterschwellig zu vermitteln, von welchen Gefahren sie umgeben waren, blieb auf dem Spielplatz eisern sitzen, wenn Felix eine seiner waghalsigen Kletterpartien begann, ließ sie unter Aufsicht Kerzen anzünden, unterwies sie im Gebrauch von Messern.

Jule begegnete ich zum Glück nur selten. Ich brachte mir bei, vor den Kindern über sie zu sprechen, als wäre nie das

Geringste zwischen uns vorgefallen, als wäre sie eine Figur aus einer Oper, jemand, den ich mir den Kindern zuliebe erfunden hatte. Ich hielt die beiden Jules streng getrennt, die Jule von heute und die von früher, in der schon die Jule von heute gesteckt hatte, obwohl ich es auch andersherum zu denken versuchte. Erfand ich Jules Bosheit nur?

Um mir lästige Selbstbefragungen zu ersparen, hatte ich sie zum Monster gemacht. So ungefähr hatte sie es bei Gelegenheit behauptet. Der Angreifer war ich, denn ich hatte sie verlassen, während sie sich nur verteidigte und jedes Recht dazu hatte.

Ich fühlte mich wie nach einer Gehirnwäsche, wenn ich so weit gekommen war. Ich zählte mir auf, was gewesen war, die Details, warum und weshalb. Ich wollte sie mir nicht denken, als wäre sie mein Geschöpf. Ich wollte sie mir überhaupt nicht mehr denken, ich wollte mit Sonja und den Kindern ungestört leben, jetzt, da wir geschieden waren, würde mich Jule hoffentlich in Ruhe lassen.

12

AUF DEN LETZTEN HUNDERT KILOMETERN klagte Greta plötzlich über Halsschmerzen. Sonja beugte sich sofort nach hinten und fühlte, ob sie Temperatur hatte, fasste sie an die Stirn, in die Beuge zwischen Hals und Schulter, ohne zu einem genauen Befund zu kommen. Greta war blass, sie hatte im Wagen tief und fest geschlafen, sie jammerte, wollte nicht in den Skikurs, was Sonja und ich so gut es ging ignorierten.

Ich konnte mich nicht daran erinnern, wann Greta zuletzt krank gewesen war. Die Zwillinge waren dauernd krank, steckten Greta jedoch nie an. Sie war im vergangenen Jahr in die Höhe geschossen, sie war zehn und ging aufs Gymnasium, ohne größere Probleme. Jule fand, sie habe zu wenige Freundinnen, und lag mir dauernd damit im Ohr, Greta sei oft traurig und in sich gekehrt, was sie bei uns nicht war.

Als wir zwei Stunden später unser Quartier erreichten, hatte Greta Fieber. Sonja und ich berieten, was zu tun sei, und teilten die anstehenden Aufgaben auf. Einer musste in die Apotheke, einer musste einkaufen, sich um die Skiausrüstung kümmern, bei Greta bleiben. Greta war einverstanden, für ein halbe Stunde allein auf dem Sofa in der Küche zu liegen, während Sonja Medikamente für den Hals besorgte und ich den Rest mit den Zwillingen erledigte. Lotte musste natürlich Theater machen, sie habe keine Lust, einkaufen zu gehen, und Ski fahren wolle sie

auch nicht, doch ich zog sie einfach mit, kaufte im Supermarkt eine Packung Schokoladenpudding, Nutella und
drei verschiedene Marmeladen, weil sie sich mit Felix
nicht einigen konnte.

Im Skigeschäft konnte man sich kaum bewegen, so viele
Leute waren da; es dauerte über eine halbe Stunde, bis wir
dran waren. Lotte und Felix versuchten in den überfüll-
ten Gängen Fangen zu spielen. Sie waren völlig überdreht,
ich zischte sie mehrfach an und lenkte sie eine Weile mit
Ich-sehe-was-was-du-nicht-siehst ab. Jetzt wollte auch Felix
nicht mehr Ski fahren. Er weigerte sich, die Skischuhe zu
probieren, um dann dreimal hintereinander zu behaupten,
sie seien viel zu eng, sie drückten, mal hier, mal da, sie täten
weh, so könne er nicht fahren.

Als wir in die Ferienwohnung kamen, hatte Sonja Greta
bereits ins Bett gebracht. Man würde einen Arzt aufsuchen
müssen, meinte sie, alle Pläne waren hinfällig, einer würde
sich um Greta kümmern müssen. Die Wohnung hatten wir
von Bekannten Sonjas, die sie für wenig Geld vermieteten.
Es gab eine große Wohnküche und zwei kleinere Zimmer,
dazu eine Kammer nur zum Schlafen; dorthin hatte sie das
glühende Mädchen gebracht. Sonja hatte die Koffer ausgepackt, kümmerte sich um die Lebensmittel, denn wir mussten ja essen. Sie wirkte erschöpft und sagte später wie nebenbei, sie hoffe, sie habe nicht dasselbe wie Greta. Wir
scheinen kein großes Glück zu haben, sagte sie, wir können
genauso gut abreisen, was ich lieber überhörte und nur froh
war, dass Felix und Lotte die Gunst der Stunde nicht nutz-
ten, sondern sehr rücksichtsvoll waren und flüsternd und
tuschelnd in ihre eiskalten Federbetten krochen.

Bis zur Mittelstation gab es keine größeren Probleme. Lotte
jammerte über die schweren Skischuhe, sie trödelten, sie

stritten, fanden es blöd, dass Greta nicht da war und stattdessen im Bett bleiben durfte, während sie bei Minusgraden durch die graue Winterlandschaft stapfen mussten. Die Schlange zur Seilbahn war lang, aber dann fanden sie es doch schön, über die schneebedeckten Hänge zu schweben, während tief unten blinkende Raupen über die Pisten krabbelten. Sie waren noch nie in den Bergen gewesen, auf den Bäumen lag eine halbe Armlänge hoch der Schnee, es war kalt und klar, weiter oben sah man die ersten Skikursgruppen, bunt bemützte Kinder, die mit ihren Stecken Richtung Seilbahn grüßten.

Auf der Mittelstation herrschte Schulhofatmosphäre. Alle redeten durcheinander, jeder Zweite, so schien es, war auf der Suche nach seiner Gruppe. Unsere, hatte man mir erklärt, erkenne man an der blauen Fahne. Die Skilehrerin, die sich als Franziska vorstellte, sprach breitestes Tirolerisch und sagte zu Lotte: Du bist aber eine Hübsche, was Lotte mit einem zaghaften Lächeln quittierte, während Felix unwillig vor sich hinstarrte und sagte, er wolle nach Hause. Und wer bist du?, fragte Franziska, seinen abweisenden Blick ignorierend, worauf Lotte sich herabließ, ihn als ihren Bruder vorzustellen.

Jetzt wimmerte er, aber so, als wolle er erst mal abwarten, wie sich die Dinge entwickelten. Er ließ sich widerstandslos die Skier anschnallen, wimmerte aber weiter. Na komm, sagte ich, Franziska wird dir alles zeigen. Auch Lotte schnallte ich die Skier an. Die Mehrzahl der Kinder war längst fertig, ich wandte mich zum Gehen, worauf Felix die Frequenz sofort erhöhte.

Ich erhob mahnend die Stimme, erst den Finger, dann die Stimme. Konnte nicht ausnahmsweise etwas glattgehen? Wehe, flüsterte ich und erwischte einen Blick von Franziska, die mich fragend anschaute, sich den heulenden Felix zwischen die Beine klemmte und mit der Gruppe Richtung Tellerlift zog. Lotte winkte; von Felix war nichts zu sehen. Ich meinte seine Stimme zu hören, aber wahrscheinlich bildete ich mir das ein, denn jetzt standen sie schon weit drüben im Hang, der sehr flach war und über dessen oberen Teil sich die Morgensonne ausbreitete.

Hätte ich für mich entscheiden können, wäre ich zu Fuß ins Tal gegangen. Der Schnee knirschte unter jedem Schritt, mir war warm, ich hätte wunderbar gehen können, den verlorenen Faden beim Oratorium wieder aufnehmen oder einfach nur gehen, riechen, atmen. Aber ich musste zurück zu Sonja und schauen, wie es den beiden ging. Wenn auch Sonja krank wurde, war es mit dem Urlaub vorbei.

Unten im Tal hing ein zäher Nebel. Es passte, dass ich den Wagen nicht sofort fand, es passte überhaupt alles. Greta hatte Scharlach und Sonja die dazugehörigen Streptokokken, gegen die nur Penicillin half, Ansteckungsgefahr am dritten Tag angeblich gebannt. Sonja nahm die Diagnose erstaunlich gelassen, während ich nur stöhnte. Ich dachte an das viele Geld und wie wenig wir dafür bekämen.

Da Sonja und ich relativ spät gebucht hatten, hatte es nur noch Skikurse ohne Mittagsbetreuung gegeben, was bedeutete, dass ich zweimal täglich hinauf und hinunter musste und ununterbrochen unterwegs war.

Felix und Lotte warteten bereits auf mich. Es war zehn Minuten vor der Zeit, trotzdem waren sie die Einzigen, die noch nicht abgeholt waren. Lotte, das konnte man sehen, fror, während Felix aufgeräumt berichtete, er könne jetzt Schneepflug fahren. Lotte war mehrfach gestürzt, nicht schlimm, wie Franziska versicherte, so sehr das Lotte später bestritt und verkündete, sich nie wieder auf diese blöden langen Dinger zu stellen. Ich berichtete, was mit Sonja und

Greta war, worauf sie erwiderte, dann bleibe sie ab sofort bei Sonja und Greta.

In der ersten Hütte war kein Platz, deshalb stapften wir ein Stück den Hang hoch zu einer zweiten, die weniger überfüllt war. Wir ergatterten einen Platz neben der Tür. Felix und Lotte wollten Pommes frites, also holte ich Pommes frites, schärfte ihnen ein, auf keinen Fall den Tisch zu verlassen, woran sie sich zu meiner Erleichterung hielten. Erzählen wollten sie nicht. Lotte schien tatsächlich ununterbrochen gestürzt zu sein, aber meistens standen sie nur herum, weil auch andere Kinder stürzten und Franziska damit beschäftigt war, sie auf die Beine zu stellen.

Augenscheinlich nahm Lotte an, dass der Skikurs für sie beendet sei. Ich musste ihr sagen, dass wir jetzt bestimmt nicht zu Greta und Sonja fahren würden, und versprach, mich an den Rand der Piste zu stellen und ihnen zuzusehen, worauf von der Beendigung des Skikurses keine Rede mehr war. Allerdings hatten wir eine Dreiviertelstunde zu überbrücken. Ich holte weiteren Saft, den sie nicht tranken, und stand über zwanzig Minuten am Treffpunkt.

Jetzt, da sich die Sonne über die Bergkuppe zurückgezogen hatte, war es empfindlich kalt. Lotte fiel auch jetzt hin, zweimal sogar im Stand, wobei sie links und rechts die Kinder anherrschte, sich aber schnell wieder hochrappelte. Ich winkte ihr aufmunternd zu, was sie zum Anlass nahm, jedem weiteren Sturz eine besonders dramatische Note zu geben, in der Hoffnung, ich käme sie dann holen.

Nach einer Stunde war ich komplett durchgefroren. Felix schlug sich tapfer. Ich gab ihm und Lotte ein Zeichen, dass ich zum Aufwärmen nach oben in die Hütte gehe. Auch Franziska gab ich ein Zeichen, die unfreundlich zurücknickte und mir zu verstehen gab, dass sie dieses elterliche Schauen und Stehen am Pistenrand missbilligte.

Am späten Abend, als ich glaubte, der Tag wäre überstanden, hatte Lotte einen Tobsuchtsanfall, wie es bis dahin keinen gegeben hatte. Der Anlass war wie immer nichtig, was hieß, dass er nicht existierte. Ich hatte sie gebeten, sich zu beeilen, denn Lotte liebte es, beim An- und Ausziehen zu trödeln. Sie konnte sich minutenlang in einen ihrer Strümpfe vertiefen, zog ihn halb herunter und dachte dann lange darüber nach, wie sie weiter mit ihm verfahren sollte. Trieb man sie zur Eile an, wachte sie gelegentlich auf, doch in der Regel trödelte sie danach umso mehr.

Abends war ich geduldiger als am Morgen, was in diesem Fall ein Fehler war, denn jetzt hörte ich Felix, wie er Lotte die Sätze vorlegte, die sie üblicherweise von mir zu hören bekam: dass sie eine schreckliche Trödeltante sei, warum man dauernd auf sie warten müsse, auf niemanden müsse man so häufig warten wie auf Lotte.

Als ich dazukam, brüllte sie schon. Sie sprang schnell auf und warf sich wütend aufs Bett, wo sie mit den Fäusten an die Wand trommelte und nicht ansprechbar war. Innerhalb von fünf Minuten versuchte ich es mit allen bekannten Mitteln. Ich erklärte ihr, dass sie müde sei, bat sie, sich zu beruhigen, Sonja und Greta seien krank, nimm Rücksicht, was ihre Wut aber in keiner Weise dämpfte, sondern im Gegenteil befeuerte. Ich schickte Felix aus dem Zimmer, später auch Sonja, die kopfschüttelnd in der Tür stand und wissen wollte, was um Himmels willen los sei.

Ich legte mich zu Lotte aufs Bett und versuchte sie in meinen Arm zu ziehen, aber sie ließ es nicht zu und bog sich in Richtung Wand. Ich streichelte sie, ich flüsterte, bevor ich mich darauf beschränkte, meine Hand auf ihre Schulter zu legen, in der Hoffnung, dass sie sich beruhigte. Eine halbe Stunde ging das so. Mal schrie sie nur, mal strampelte sie wie ein Neugeborenes. Ich dachte: Irgendwann ist es vorbei, weil ja alles irgendwann vorbei ist. Irgendwann wird sie nur noch wimmern, irgendwann beginnt sie zu schniefen und schläft dann ein oder dreht sich zu mir hin, um mir zu zeigen, dass es vorbei ist. Aber nichts dergleichen geschah. Sie schien ewig so weitermachen zu können. Oder machte sie nur weiter, weil ich mit jeder Faser meines Körpers hoffte, dass sie aufhörte?

Bitte, hör auf, flüsterte ich, mehr zu mir als zu ihr, bevor ich erschöpft von ihr abließ, wie ein Geschlagener, dachte ich, als hätte sie mir ein für alle Mal gezeigt, zu was sie in der Lage war.

Tatsächlich beruhigte sie sich innerhalb von Minuten. Felix hatte mit Sonja und Greta in der Küche gewartet, alle waren genervt, ich mehr verwirrt als genervt. Felix wollte nicht bei Lotte schlafen, sah aber ein, dass es nicht anders ging, und schlich leise zu ihr.

Sonja stöhnte. Das erste Mal war ich mir nicht sicher, ob sie das Leben mit Kindern auf die Dauer so wollte. Sie sagte nichts dazu, aber ich sah, wie erschöpft und missmutig sie war, mit einem in weite Ferne gerichteten Blick. Greta saß auf dem Sofa und schlief fast ein. Von dem Geschrei hatte sie nicht viel mitbekommen. Die Medikamente begannen allmählich zu wirken, Fieber und Halsschmerzen waren so gut wie weg, nur Sonja klagte weiter über Kopfschmerzen.

Ich finde es einfach nur schrecklich, sagte sie.

Ich sagte, dass es mir leidtat, entschuldigte mich für Lotte, dass es kein Urlaub war, wobei es mir erstaunlicherweise nicht so viel ausmachte. Es waren meine Kinder, womit auch immer sie mir zur Last fielen, ich war bereit, die Last zu tragen.

Von Lotte war zum Glück nichts mehr zu hören. Ihr Anfall hatte mich erschreckt, die Not, die ich darin zu erkennen glaubte, das terroristische Potenzial. Sie konnte uns alle in Grund und Boden schreien, sie machte uns stumm, sie trieb mich und Sonja auseinander. Das hatte ich so noch nie gedacht. Ich trank in der Küche ein Glas Wein und versuchte den Gedanken zu verscheuchen, erleichtert, dass Sonja lächelte, später, im Bett, als handele es sich um eine Art Spuk, ein winterliches Unwetter, das kam und ging und uns allenfalls ein paar Tage ruinierte. Ich liebte sie. Wir waren vorübergehend vom Weg abgekommen, seitlich ein Stück abgerutscht, wenn das nicht zu viel gesagt war. Jedenfalls lächelte sie und riet mir dringend, nicht länger wie ein Idiot rauf und runter zu gondeln, sondern mir ein Paar Skier zu leihen und zu fahren.

Zu meiner Überraschung hatte ich es nicht verlernt. Ich fuhr wie früher mit zu viel Kraft, setzte aber ohne Probleme die ersten Schwünge, entwickelte einen Rhythmus, variierte Winkel und Tempo und war nach zwei Stunden mit meinen Kräften am Ende.

Für Lotte und Felix war es eine Art Wunder, dass ich Ski fahren konnte. Ich musste ihnen versprechen, regelmäßig bei ihnen vorbeizuschauen, musste ihnen in der Mittagspause zeigen, wie man eine Schneewolke macht oder im Stand die Skier in die andere Richtung bringt. Abends erzählten sie Greta, dass ich früher Skirennfahrer gewesen sei, dabei hatte ich ihnen nur erzählt, dass ich als Junge wie sie im Skikurs war und beim Abschlussrennen den dritten Platz belegt hatte.

Für Greta war es jetzt schwer. Sie hatte kein Fieber mehr, trotzdem war an Skifahren nicht zu denken. Da auch Sonja nicht fahren durfte, gab sie sich allen möglichen Träumereien hin, plante für nächstes Jahr, wie sie mit Sonja fahren würde, nur sie beide. Sie wollte, dass Sonja es versprach, dabei zählte Sonja die Stunden.

Irgendwie überstanden wir es. Auch den obligatorischen Anruf von Jule überstanden wir. Greta sagte nicht viel, was mir nachher tausend inquisitorische Fragen einbrachte, die Zwillinge rissen sich gegenseitig den Hörer aus der Hand und fanden es lustig, abwechselnd *Bla* zu sagen, was ich Jule von Herzen gönnte. Sie wollte wissen, ob wir beim Arzt gewesen seien, warum wir nicht Bescheid gesagt hätten, wenn ein Kind krank ist, ruft man seine Mutter an. Sie sagte es auf ihre übliche rotzige Art, obwohl ich, ehrlich gesagt, kaum zuhörte, weil die Zwillinge in der Küche stritten, sich im Spaß mit etwas bewarfen und dann spuckten, sich an den Haaren zogen und erst Ruhe gaben, als Sonja einschritt.

Am letzten Abend gingen wir essen. Sonja war nicht begeistert, aber ich dachte, wir müssten mal raus, außerdem hatten wir es uns nach fünf Tagen Dompteursarbeit verdient. Die Zwillinge erzählten von ihrem Rennen und spielten mit Greta friedlich *Uno,* sodass wir ein paar Momente für uns hatten, über die Arbeit sprachen, Termine, wer wann wo, Kinderwochen, Nicht-Kinderwochen. Das Essen war mittelmäßig, trotzdem machten wir eineinhalb Stunden die Erfahrung, dass es auch anders ging, dass die Dinge nicht bei jeder Gelegenheit aus dem Ruder laufen mussten und jeder halbwegs zu seinem Recht kommen konnte.

Die Rückfahrt geriet dann wieder zum Albtraum. Wir fuhren später los als geplant, es schneite, es gab mehrere Staus, die Kinder stritten oder fragten alle paar Minuten, wann wir zu Hause seien. Ich wurde mehrfach laut, damit sie Ruhe gaben, bevor sie sich von Neuem übereinander beschwerten und in unterschiedlichen Konstellationen beschimpften. Wir machten zwei längere Pausen, was aber nicht half, sodass ich auf halber Strecke auf einem Parkplatz hielt und ihnen drohte, keinen Schritt weiterzufahren, wenn sie nicht auf der Stelle still seien.

Irgendwann schliefen sie nacheinander ein. Sonja löste mich ab, kurz nach elf waren wir zu Hause. Wir hatten beide definitiv genug. Sonja klagte über Kopfschmerzen, die Kinder hatten wir, so wie sie waren, ins Bett gelegt, dann tranken wir ein Glas Wein.

Ein paar Tage Urlaub wären nett, sagte sie, als wären die zurückliegenden Tage ein schlechter Witz, aber immerhin ein Witz, über den wir uns eines Tages totlachen würden.

*

JULE FÜHRTE WEITERHIN KRIEG. Es lag etwas verkappt Sexuelles darin, beinahe wie damals in der Bar, als sie mir ihre Beine gezeigt hatte. Hasse mich, dann sind wir eins, war ihre Botschaft, und manchmal, das ist wahr, hasste ich sie, wenn sie wochenlang meinen Anteil vom Kindergeld nicht überwies und anschließend dreist behauptete, sie habe meine Kontonummer nicht gefunden oder beim Überweisen versehentlich zwei Zahlen vertauscht.

Ein bisschen war es tatsächlich wie Sex. Alles war ineinanderverdreht, es war pervers, aber ich sank noch einmal in sie hinein, wenngleich ich mich mit jeder Faser meines Körpers dagegen sträubte. Wenn du sie hasst, bist du wie sie, dachte ich, fass sie nicht an, schau nicht hin. Und trotzdem schaute ich wieder und wieder hin und überließ mich ihr, kletterte auf ihr herum und hatte anschließend Mühe, unbeschadet nach unten zu kommen.

So lebte ich. Ich lebte gut, ich hatte Sonja, die bei mir eingezogen war, ich hatte die Kinder, die Arbeit, ich war auf Reisen. Oft vergaß ich, dass es Jule überhaupt gab. Ich sah sie nicht, schrieb ihr gelegentlich eine Mail, reagierte nicht, wenn sie nicht zahlte, mit einem nicht abzustellenden Gefühl der Ohnmacht. Ich versuchte es mit Ironie. Ich war kalt, ich war vernünftig, aber im Grunde war ich ihr zu keinem Zeitpunkt gewachsen, am Telefon, wenn sie höhnisch fragte, ob ich sexuelle Probleme hätte, offenbar bekäme ich bei Sonja keinen mehr hoch, oder sich über meine Arbeit lustig machte, worauf ich beschämt und verwirrt auflegte.

Um Inhalte ging es Jule selten. Sie wollte weiter in Beziehung sein. Geldstreitigkeiten waren Beziehung, die Schulden, die fehlenden Kleidungsstücke, die Brotdosen, die Sonja und ich bei uns horteten, und dergleichen Lächerlichkeiten mehr.

Im ersten Jahr nach der Scheidung war Greta ihr Thema, Greta müsse zu einem Therapeuten. Sie habe kaum Freunde, sie sei zu still. Zu sehr wie ich, dachte ich. Jule konsultierte hinter meinem Rücken einen Therapeuten, führte ihre Freundinnen ins Feld, Zeuginnen für Gretas Tränen, für die es ja wohl nur eine Erklärung gab. Sollte ich nicht zustimmen, würde sie notfalls gegen meinen Willen handeln, sie drohte mit dem Jugendamt, wollte zu Gericht, bevor sie das Projekt fallen ließ.

Greta war das stillste meiner Kinder, aber das war beim Temperament der Zwillinge keine Überraschung. Sie ließ sich ungern in die Karten schauen, regelte die Dinge mit sich selbst, mit einem nach innen gerichteten Blick, der voller Skepsis war, beobachtete, was um sie herum geschah, wie sie sich selbst veränderte, mit elf, zwölf, als sie sich verpuppte und zu einer anderen wurde.

Von Sonja wusste ich, dass Greta noch nicht menstruierte, dennoch war unübersehbar, dass da etwas vor sich ging. Sie rundete und streckte sich, stand am Morgen regelmäßig vor dem Spiegel, mit einem versonnen-verwunderten Blick, als müsse sie erst herausfinden, ob sie sich so akzeptierte.

250

Kurz nach ihrem zwölften Geburtstag verkündete sie beim Abendessen, sie wolle sich ihre Haare abschneiden lassen. Seit Jahren waren die Haare Gretas Stolz, wer immer Greta kennenlernte, sprach sie auf ihre Haare an. Sonja und die Zwillinge versuchten, sie abzuhalten, doch sie beharrte darauf. Sonja bot ihr an, sie zu begleiten, vor dem Spiegel überlegst du es dir möglicherweise anders, aber Greta wollte alleine gehen, nahm das Geld und kehrte als eine andere zurück.

Jule war außer sich. Es sei eine bodenlose Unverschämtheit, dass wir sie nicht konsultiert hätten, sie hätte Greta davon abgehalten. Ich fragte, mit welchem Recht. Woher nimmst du das Recht, über ihren Körper zu bestimmen? Worauf Jule erwiderte, sie lasse sich das nicht länger gefallen, ich werde ja sehen, wie weit ich mit meiner beschissenen Einstellung komme, ich werde es dir schon zeigen.

Ich mochte Gretas neue Haare, den kurzen, fransigen Schnitt, der ihr etwas Freches gab, obwohl sie nie frech war. Sie maulte, wenn sie den Tisch decken oder die Spülmaschine ausräumen sollte, aber am Ende tat sie meistens, worum man sie bat.

Sie zog sich jetzt oft zurück, lag auf dem Bett und hörte Musik, warf die Zwillinge aus dem Zimmer und fauchte durch die Tür, dass man sie in Ruhe lassen solle. Von heute auf morgen hatte sie neue Freundinnen. Die spargelartig hochgeschossenen Elfen, mit denen sie bisher zu tun gehabt hatte, wurden durch geschminkte, gepiercte Zombies ersetzt, Mädchen, die nicht grüßten und sich im Flur an einem vorbeidrückten, um sich in Gretas Zimmer über wer weiß was zu unterhalten. Es gab Ärger, weil Greta nach der Schule mehrmals nicht nach Hause kam und nicht an ihr Handy ging. Ich versuchte, mit ihr in Verbindung zu bleiben, fragte nach der Schule, im Scherz, ob sie da überhaupt hingehe, worauf sie zurückgab: Ja, schon.

Es interessierte sie einen Dreck. In den Grundschuljahren hatte Greta die Erfahrung gemacht, dass es reichte, den Lehrern gelegentlich ihr Ohr zu leihen, doch in der neunten Klasse mit Latein und Griechisch reichte es nicht mehr. Es schien ihr völlig egal zu sein. Es war schon eine Gnade, wenn sie sich herabließ, eine anstehende Mathematikarbeit zu erwähnen, und dann auf Nachfrage erklärte, sie habe in der Woche bei Mama gelernt oder noch vor, es mit ihren Freundinnen zu tun. Ich ermahnte sie, bot ihr Hilfe an, die sie dankend ausschlug, sie habe alles im Griff. Ja, hast du? Mach es dir nicht schwerer, als es ist, sagte ich, täglich eine Stunde, und du erledigst es mit links.

Zum ersten Mal misstrauisch wurde ich, als sie die Mathematikarbeit wochenlang nicht zurückbekam. Jedenfalls behauptete sie das, der Lehrer sei krank, müsse mit einer Abiturklasse auf Klassenfahrt. Nach der hundertsten Ausrede war klar, dass sie mich zum Besten hielt. Ich drohte, jemanden aus ihrer Klasse anzurufen, worauf sie Türen schlagend in ihr Zimmer rannte und später unter Tränen gestand, eine glatte Sechs geschrieben zu haben. Ich sagte, das kommt vor, ich möchte nur, dass du ehrlich mit mir bist. Ich dachte an unser Gespräch, damals, als sie das Geld von Mia genommen hatte. In vier Wochen gab es das Zwischenzeugnis. Ich fragte, mit welchen bösen Überraschungen da zu rechnen sei, aber sie hatte keine Ahnung und wusste nicht mal die Tendenz. In der Zeugniswoche würde sie bei Jule sein, ich ließ mir versprechen, dass sie mich nach der Schule anriefe. Kann ich mich auf dich verlassen? Sie nickte. Es ist leider dein Job, sagte ich, mach ihn einfach, worauf sie wieder nickte.

Sie meldete sich nicht. Ich wartete bis zum frühen Abend, dann rief ich an, hatte sie auch gleich am Apparat, mit einer piepsigen Stimme, weshalb sie mir fast schon wieder leidtat. Sie versuchte es weiter mit Tricks, das Zeugnis sei total ungerecht. Ich fragte, warum sie nicht angerufen habe, hör endlich auf zu lügen, warum lügst du mich seit Wochen an. Darauf wusste sie keine Antwort und begann mir das Zeugnis vorzulesen, es sei wirklich total ungerecht, die Fünf in Physik und Griechisch, die Sechs in Latein. In Mathematik hatte sie überraschenderweise eine Vier. Sie ritt ewig lange auf der Drei in Sport herum, die Drei in Sport war ihre beste Note. Ich meinte zu sehen, wie sie den Hörer in der Hand hielt, und wartete, dass es vorbei sei, vor irgendeinem Bett in irgendeinem Zimmer, das ich nicht kannte, meine kleine, sommersprossige Greta, das Lügenkind. Ich dachte: Das also ist die Lage, wenn sie sich losreißen und man die Verbindung verliert, man zerrt und kämpft, und das ist die Verbindung. Wir hatten die erste größere Krise, aber die Krisen waren Teil des Spiels, auch dass sie am ersten Abend nicht zum Essen erschien. Sonja hatte gekocht, die Zwillinge saßen am Tisch, von Greta keine Spur. Angeblich hatte sie keinen Hunger, ließ sich aber bitten und stocherte wortlos in ihrem Teller, ehe sie neuerlich in ihr Zimmer verschwand.

Die nächsten Tage versuchte ich mit ihr zu reden, über das Lügen, dass, wer log, sich vor allem selbst belog, dass es so nicht weiterging. Ich sagte ihr, dass ich mich um sie kümmern würde, denn Jule und ich hatten uns nicht ausreichend um sie gekümmert, und jetzt bekamen wir die Quittung. Wir bastelten am Computer den Stundenplan für das zweite Halbjahr, auf Gretas Wunsch in verschiedenen Farben, die Fächer, in denen sie versetzungsgefährdet war, rot, die anderen schwarz. Es standen drei Klassenarbeiten bevor. Ich machte einen Plan, was sie an den Nachmittagen in welcher Reihenfolge tun sollte. Sie hatte halb leere Hefte und

Ordner, sie konnte jede zweite Vokabel nicht und wusste nicht mal ansatzweise, wie sie sie in ihren Kopf befördern sollte.

Ein paar Tage biss sie die Zähne zusammen, dann flippte sie aus, weil ich einen Mitschüler bitten wollte, den Mathematikstoff des letzten halben Jahres für sie zu kopieren, was sie als Bloßstellung empfand.

Danach machte sie überhaupt nichts mehr. Offenbar hatte sie sich über mich beschwert, denn nun schaltete sich Jule ein. Ich solle aufhören, Greta unter Druck zu setzen, ich sei zu streng, sie habe alles mit Greta besprochen. Davon abgesehen, hatte sie nicht das geringste Konzept; sie hatte mit Greta geredet, was die Umschreibung dafür war, dass sie nichts weiter unternehmen würde; sie spielte die verständnisvolle Mutter und überließ die Drecksarbeit mir. Am Telefon schimpfte sie minutenlang auf die Schule, erwähnte die Drei in Sport. Die Drei in Sport sei ein Skandal, was den Schluss nahelege, dass es auch in anderen Fächern nicht mit rechten Dingen zugegangen sei. War das ihr Ernst? Ich konnte nur hoffen, dass sie vor Greta nicht so redete, aber wahrscheinlich tat sie eben das mit Hochgenuss und brachte sie so erst recht von jeglicher Spur ab.

Drei Wochen nach der Zeugniskrise erhielt ich ein Schreiben vom Jugendamt Hamburg-Altona. Als ich den Umschlag aus dem Briefkasten zog, begann sofort etwas in mir zu gefrieren, ich versuchte mich zu wappnen, aber zu spät, es brach alles unter mir weg.

Ihre geschiedene Frau macht sich große Sorgen um Ihre gemeinsame Tochter Greta, da sie erst kürzlich einen Suizid angekündigt hat.

So lautete der erste Satz, obwohl er nicht den geringsten Sinn ergab. Wann und wem gegenüber hatte Greta einen

Suizid angekündigt, und warum wusste ich nichts davon? Die Frau vom Jugendamt behauptete, mit Greta unter vier Augen gesprochen zu haben. Ihre Formulierung war, dass sie Greta für gefährdet hielt, Termin im Jugendamt in zwei Wochen.

Es war später Nachmittag. Sonja und ich waren auf dem Weg zum Frauenarzt, denn Sonja war schwanger, wir waren glücklich und entspannt, dann der Brief. Sonja fragte: Was ist, worauf ich ihr das Schreiben wortlos reichte, was ich später sehr bereut habe.

Sonja sagte lange nichts. Wir waren keine fünfzig Schritte gegangen, aber jetzt standen wir. Wir lehnten uns aneinander, in ungläubigem Staunen, als wäre nun nichts mehr, wie es gewesen war. Jule war zum Amt gelaufen, um das nächste Tribunal zu eröffnen.

Ich konnte mir die Szene lebhaft vorstellen, wie sie da anrief und mit schriller Stimme schilderte, wie ich unsere Tochter in den Selbstmord trieb.

Offenbar war ihr nun alles zuzutrauen. Alles war schlimm, es war lächerlich, eine schmutzige Farce, die ich wie die anderen zuvor aus der Welt würde schaffen müssen.

An den *angekündigten Suizid* glaubte ich keine Sekunde, so gründlich konnte ich mich in Greta nicht irren. Ich hatte Tausende von Stunden mit ihr verbracht, sie neigte zur Melancholie, aber mit Gewalt ihr Leben beenden?

Offen sprechen wollte und konnte ich mit ihr darüber nicht, erwähnte bei einem Gespräch in der Küche, dass sich Jule Sorgen mache, worauf sie wie üblich nickte. Ihre Mutter und ich seien uns in dieser Frage nicht einig, vielleicht könne sie sich selbst dazu äußern. Ich machte ein kleines Quiz daraus. Hielt sie sich eher für ein trauriges oder eher für ein fröhliches Kind oder etwas mittendrin? Ich selbst hätte gesagt: *etwas mittendrin,* aber Greta antwortete wie aus der Pistole: ein fröhliches, und schien sich nur zu wundern, dass das eine Frage war.

Sie wirkte völlig unbeschwert, sie lächelte, und mit diesem Lächeln ging ich zwei Wochen später zu dem Termin. Ich konnte Jule kaum anschauen, aber das war ihr völlig egal, sie saß mit verschränkten Armen am Ende des Tisches und gab sich siegessicher. Hier war der Mann, der ihre Tochter in den Selbstmord trieb und dem mithilfe des Amtes das Handwerk gelegt werden würde. Sie hatte verschiedene *Beweise* sichergestellt, legte nacheinander den Stundenplan mit den verschiedenen Farben sowie meine Aufgabenliste vor, zitierte eine SMS von Greta und wartete mit triumphierendem Blick auf meine Verurteilung.

Die SMS war von dem Tag, an dem sich Greta in ihrem Zimmer eingeschlossen hatte. Angeblich hatte sie geschrieben, dass sie nicht mehr leben wolle, was erschreckend war. Aber was bedeutete es? Sie wusste, dass ich wütend auf sie war, sie war unter Druck, in dieser Situation hatte sie sich an ihre Mutter gewandt. Die Ankündigung eines Selbstmords, fand ich, sah anders aus, das hatte erst Jule daraus gemacht.

So äußerte ich mich dazu. Ich sagte, dass ich Greta nicht für selbstmordgefährdet hielt. Auch das Gespräch in der Küche erwähnte ich, zwischen Greta und mir herrsche seit Wochen Einvernehmen. Die Frau vom Jugendamt hielt das für glaubhaft, während ihr jüngerer Kollege, ganz im Sinne von Jule, auf die *Beweise* zu sprechen kam. Er fand es pädagogisch bedenklich, dass ich Greta durch meine Farbgebung im Stundenplan unter Druck setzte, bis ich ihm erklärte, dass die Farben ihre Idee gewesen waren. Er monierte eine Stelle in meiner Liste, was ich sofort zugab und erklärte, sie sei nur ein erster Vorschlag gewesen und habe nie mehr eine Rolle gespielt.

Jetzt ruderte Jule zurück. Vom angekündigten Selbstmord war keine Rede mehr. Eigentlich sei sie nur hier, um mithilfe des Amtes durchzusetzen, dass Greta eine Therapie bekomme. Sie wich einen Schritt zurück, wollte aber weiterhin den amtlich festgestellten Schaden.

Ich stimmte zu, dass ein zweiter Termin vereinbart wurde, bei dem wir dann wieder und wieder die Therapiefrage durchkauten und uns im Kreise drehten. Irgendwann hatte der Mann vom Jugendamt genug. Er wirkte regelrecht genervt, was mir gefiel. Er fragte, worum es hier eigentlich gehe, denn um Greta gehe es augenscheinlich nicht. Vielmehr werde sie dazu benutzt, um einen Beziehungskonflikt zu führen. Er verdonnerte uns zu einer Paartherapie, was für mich die Höchststrafe war, aber Greta zuliebe stimmte ich zähneknirschend zu.

Als ich zu Hause war, legte ich mich ins Bett. Ich glaube, ich schlief drei Monate lang. Ich schlief, als Sonja nach ihrer Fehlgeburt im Krankenhaus lag, ich schlief, als sie mir eines Morgens ins Ohr flüsterte, komm, wir machen ein neues; ich verschlief die Wochen mit den Kindern und die Uraufführung meiner zweiten Sinfonie.

Zwischendurch schleppte ich mich wöchentlich in eine Beratungsstelle der *Caritas*. Jule schien die Frau seit Ewigkeiten zu kennen, sie waren ein eingespieltes Team. Jule hatte die Frau schon mehrfach getroffen, einmal auch zusammen mit Greta. Das Thema war meine Grausamkeit. Es war grausam von mir, dass ich Jule verlassen hatte, es war grausam, dass ich ihr nicht zum Geburtstag gratulierte. Anfangs dachte ich, es handele sich um einen Scherz, ich kam nur selten zu Wort, und wenn, musste ich mich rechtfertigen. Ich sagte der Therapeutin, dass ich sie für parteiisch hielt, worauf ich mir anhören musste, eben daran erkenne man, wie herzlos ich sei.

Nach der dritten Stunde hörte ich kaum mehr zu, beobachtete draußen die Vögel, auf dem Balkon eine Amsel, wie sie ihre Jungen fütterte. Es war erstaunlich, wie oft sie hin und her flog. Auch das Männchen flog hin und her, sie wechselten sich ab und erledigten ergeben ihre Dienste. Damit beschäftigte ich mich. Auf die Fragen, die Unterstellungen antwortete ich wie ein Automat. Ich zählte die Stunden, die ich hier schon saß und weiter sitzen würde, und hoffte, dass ich Greta auf diese Weise in Sicherheit brachte.

Als ich dachte, dass es genug war, stand ich auf und erklärte, dass ich von nun an nicht mehr käme. Die Trennung lag acht Jahre zurück, es interessiere mich einfach nicht mehr, mich interessierte eigentlich nur, warum alles so war, wie es war.

Ich fragte Jule danach.

Für einen Moment erhoffte ich mir Antwort. Ich sah sie an, wartete, bis sie den Blick erwiderte, überrascht, beinahe erfreut, als gebe es nach all den Jahren etwas Neues zwischen uns.

Ich begreife es nicht, sagte ich. Warum ist das alles so zwischen uns? Was denkst du? Worauf Jule ohne Zögern antwortete, das sei, weil ich sie nicht lassen könne. Du kannst mich einfach nicht lassen, deshalb ist alles so, was so ziemlich die verrückteste Antwort war, die ich in meinem Leben gehört hatte.

13

DER ERSTE, DER ETWAS BEMERKTE, war Felix. Irgendwie
rieche es komisch, meinte er, nach faulem Obst, einer alten Mandarine. Aber gut, manchmal roch es im Flur, Sonja
wunderte sich, dass die Betten so unordentlich gemacht waren, wir dachten uns nichts dabei.

Greta begrüßte uns betont beiläufig, fast ein wenig mau-
lig, als sei sie über unsere Rückkehr nicht besonders erfreut.
Wahrscheinlich hatte sie die halbe Nacht vor dem Computer verbracht, sie sah müde aus. Ich fragte: Alles klar? Worauf sie mit den Achseln zuckte und nichts weiter sagte.
Jetzt hörte ich Sonja, sie rief: Das darf doch nicht wahr sein,
und nach einer Pause: Es ist jemand in unserer Wohnung
gewesen! Felix und Lotte kamen gelaufen und behaupteten,
jemand habe in ihren Betten geschlafen. Sonja sondierte
die Lage im Bad, sie war fassungslos. Jemand hatte hinter
den Heizkörper gekotzt, ein Spiegel war zerbrochen, nasse
Handtücher lagen zerknüllt im Wäschekorb.

Greta war nicht zu sehen. Ich rief nach ihr, dabei stand
sie um die Ecke neben der Balkontür. Sie machte einen
überforderten, schwach reumütigen Eindruck und wartete
ab, wie schlimm wir ihre Hinterlassenschaften fanden. Ich
fragte, was um Himmels willen in dieser Wohnung stattgefunden habe. Hast du spontan zu einer Party eingeladen? Das gab sie widerwillig zu. Ich fragte, wie viele Leute,
als wäre das von Belang. Greta wusste nicht, wie viele, an
die zehn, schätzte sie. Aha, sagte ich, während ich weitere

Spuren registrierte, auf dem Boden die Zigarettenkippen, eine Haarspange, den Schnipsel einer Kondomverpackung.

Die Nerven verlor ich, als ich die Anlage sah. Die Anlage war mein Heiligtum, die Kinder durften sie ohne meine Erlaubnis nicht mal berühren, und jetzt hatten sich da wildfremde Leute über alle Verbote hinweggesetzt. Sehen konnte man auf den ersten Blick nichts. Die Boxen standen schief im Regal, als hätte sie jemand herausgenommen und später falsch hineingestellt. In einer Art Grauen stellte ich den Schaden fest. Links war das Boxenkabel zur Hälfte herausgerissen, beide Boxen waren verkratzt, es gab Flecken. Offenbar hatten Gretas Gäste, nachdem die Boxen herausgenommen worden waren, ihre Getränke darauf abgestellt, die Flecken rochen nach Bier, nach Alcopop oder was immer die Bande getrunken hatte. Musik konnte man noch spielen, etwas war verstellt, die rechte Box machte komische Geräusche; wie sich herausstellte, war einer der beiden Hochtöner kaputt.

In diesem Moment flippte ich aus. Ich brüllte, hörte auf zu brüllen, gab Greta Anweisungen, was sie in der nächsten Stunde zu tun hatte, dass das alles Folgen haben werde, ich sei so außer mir, dass ich vorläufig nicht wüsste, welche. Ich verlangte eine Liste. Namen, Adressen, Telefonnummern. Ich würde bei diesen Leuten anrufen; ich würde mit ihren Eltern sprechen. Aber Greta sagte, es gebe keine Telefonnummern. Dann die Namen, sagte ich. Es gebe keine Namen, sie kenne die Leute, die in der Wohnung gewesen seien, nicht.

Im Lügen bist du wirklich eine Weltmeisterin, schrie ich, doch sie beteuerte, es sei die reine Wahrheit, sie habe die Leute nie zuvor gesehen.

Davon hatte ich, wie mir einfiel, schon gelesen. *Facebook*-Party war der Begriff. Ich fühlte mich dumm und alt, bezweifelte, dass Greta mir die volle Wahrheit sagte, und hatte am Ende keine andere Wahl, als ihr zu glauben. Kam es mir nur so vor oder war sie selbst von den Ereignissen überrollt worden? Jemand drückt eine Zigarette auf dem Küchentisch aus, wie hältst du ihn davon ab, wenn du seinen Namen nicht kennst? Die Party hatte offenbar in allen Räumen gleichzeitig stattgefunden, in einem Zimmer wurde gevögelt, im anderen getrunken und geraucht, und in einem dritten lief die Musik von meiner Anlage.

Ich hoffe, du hast mit keinem dieser Typen geschlafen, sagte ich.

Es dauerte, bis ich es halbwegs zusammen hatte. Man hatte Freunde und man hatte *Facebook*-Freunde, was bedeutete, dass sie die Ordnung der Dinge nicht respektierten. Die Dinge waren irgendwelche Dinge, man machte mit ihnen, was man wollte. Diese Lektion hatte Greta, hoffte ich, gelernt.

Ich hoffte, dass das alles war. Ich fragte sie, ob sie mit einem der fremden Jungen geschlafen habe, worauf sie glaubhaft versicherte, nein. Mensch Papa, sagte sie. Darauf schickte ich sie ins Bad, damit sie die Kotze wegputzte, was sie ohne das geringste Murren tat. Sie bezog die Betten, sie putzte die Wohnung. Felix und Lotte schauten ihr schweigend zu, unterließen es aber, Kapital daraus zu schlagen, dazu fanden sie Gretas Vergehen zu gewaltig, eigentlich unfassbar, als hätten sie ihr dergleichen nicht zugetraut.

Sonja sagte nichts; sie schwieg. Mir wäre es lieber gewesen, sie hätte jemanden beschimpft, wahlweise mich oder die Kinder oder meinetwegen Jule, aber sie schwieg, später im Bett, als sie neben mir lag und las. Greta und die Zwillinge waren nicht ihre leiblichen Kinder, deshalb hätte sie es auf die leichte Schulter nehmen können, doch stattdessen, das merkte ich, drifteten wir auseinander; weil es nicht ihre leiblichen Kinder waren, konnte sie sich mühelos von ihnen wegbewegen, während ich in einem klebrigen Zustand der Nähe gefangen blieb.

Am nächsten Morgen beim Frühstück teilte sie mir mit, dass sie bis auf Weiteres in den Kinderwochen ausziehe. Sie lächelte, als sie das sagte, stand auf und küsste mich, ich solle bitte verstehen, es sei ihr seit Langem alles zu viel, sie könne nicht mehr. Die Sätze zogen an mir vorbei, aber ich verstand sie nicht, oder tat, als würde ich sie nicht verstehen. Was das heißen solle: Sie ziehe aus, sie könne doch nicht einfach aus unserem gemeinsamen Leben herausspazieren, worauf sie erwiderte: Siehst du, genau das kann und muss ich, denn so geht es für mich nicht weiter.

Den ganzen Vormittag konnte ich hören, wie sie telefonierte. Für die erste Woche fand sich keine Möglichkeit, also buchte sie drei Straßen weiter ein Hotel, verhandelte mit Freunden in anderen Städten, denen sie ihre Lage schilderte und um Unterschlupf bat. Innerhalb von zwei Tagen hatte sie eine halbe Deutschlandreise zusammengestellt, während ich mich fragte, worin unsere Lage bestand.

Augenscheinlich bestand sie darin, dass wir am Ende waren. Jule hatte den Krieg gewonnen. Zumindest war sie dabei, ihn zu gewinnen, wir mussten uns schützen, wir mussten etwas ändern. Ich hatte Jule Vorschläge gemacht, die ohne Antwort geblieben waren, dass wir einen neuen Rhythmus finden mussten, die Kinder vorübergehend aufteilen, in unterschiedlichen Konstellationen.

Vor allem den Zwillingen tat das Hin und Her nicht gut. Sie flippten seit Wochen bei der kleinsten Kleinigkeit aus, knallten Türen oder rannten auf die Straße und kamen dann ewig nicht wieder. Ständig war ich wegen einem der beiden in der Schule, wo ich mir peinliche Berichte anhören musste, dass sie kurz vor dem Schulverweis stünden. Man hatte sie mehrfach beim Rauchen in den Toiletten erwischt, sie erschienen zu spät im Unterricht oder trieben sich in der Stadt herum und legten anschließend gefälschte Entschuldigungen vor. Felix hatte einem Mitschüler den Daumen gebrochen und Lotte ein Mädchen aus der zwölften Klasse zu Unrecht beschuldigt, Ecstasy zu verkaufen.

Jule tat, als wäre nichts davon der Rede wert, und schimpfte auf die Lehrer. Sie seien ungerecht, sie seien faul, sie hätten die Zwillinge auf dem Kieker, wahrscheinlich weil sie sich als Kollegin kritisch zu ihren Unterrichtsmethoden geäußert habe. Handlungsbedarf sah sie nicht. Die Zwillinge sind in der Pubertät, stell dich nicht so an, wir alle waren in der Pubertät, nur du scheinst zu allen Zeiten ein Heiliger gewesen zu sein.

Dabei kam sie regelmäßig selbst an ihre Grenzen. Mal tat sie cool, mal hatte ich sie völlig aufgelöst am Telefon, Felix habe sie soeben als Arschloch beschimpft und packe seine Sachen, um zu *Papa* zu gehen. Ich musste Felix erklären, dass das so nicht ginge, er sei diese Woche bei *Mama* und könne bei Konflikten nicht einfach weglaufen. Manchmal erledigte sich die Angelegenheit von selbst, wenn ich nicht da war oder nicht gleich ranging, dann hatte ich auf der Mailbox erst die Drama-Queen und eine halbe Stunde später die gelassene Kumpelmutter. Zu den Verwüstungen hatte sie nur gesagt: Liest du keine Zeitung? Es ist nicht die erste *Facebook*-Party auf dieser Welt, wir haben anderen Unsinn gemacht, reg dich ab.

Sonjas vorübergehender Auszug war ein Schock für mich. Ich telefonierte mit Franz und Konstantin und verabredete mich für einen der nächsten Abende.

Es war mir klar, dass sich etwas Grundlegendes ändern musste, aber ich wollte die Kinder nicht verlieren. Was immer sie getan hatten oder noch tun würden, ich wollte weiter mit ihnen leben, ohne sie konnte ich mich nicht denken. Obwohl ich auch andere Gedanken hatte: dass Jule sie geschickt hatte, böse kleine Roboter, die sie programmierte und mit den immergleichen Befehlen versah: Macht alles kaputt, macht, dass sie sich streiten, dass sie nicht mehr miteinander schlafen, dass sie auseinandergehen.

Natürlich war das Unsinn. Greta hätte die Party genauso gut in Jules Wohnung veranstalten können. Oder doch nicht? Am Ende war es ein Vertrauensbeweis, dass sie sich unsere Wohnung ausgesucht hatte, wenngleich das Gegenteil genauso plausibel klang.

Sonja hatte mit Greta kein Wort mehr gesprochen, auch mit den Zwillingen nicht. Bis vor Kurzem hatte es beim Abschied minutenlange Umarmungen gegeben, die Kinder hingen an ihr, ein jedes auf seine Weise. Sonja hatte sich hingebungsvoll um sie gekümmert, eigentlich vom ersten Tag an. Wenn ich dich liebe, liebe ich auch deine Kinder, hatte sie in den allerersten Wochen gesagt, und genauso handelte sie. Sonja hatte sie gewickelt und gebadet, hatte Felix' Schnuller gesucht und Greta *Pippi Langstrumpf* vorgelesen; sie hatte den Mädchen die ersten Zöpfe geflochten, sie hatte Pflaster auf Knie und Ellbogen geklebt und sie aus dem Kindergarten abgeholt; sie hatte Hausaufgaben mit ihnen gemacht, sie hatte über sie geflucht, sie hatte für sie gekocht; sie schimpfte mit ihnen, sie sah ihnen zu, wie sie in die Höhe schossen, wie sie tobten und sich allmählich aus unserem Dunstkreis herausbewegten.

Dass sie jetzt ging, ergab für mich keinen Sinn. Waren es nicht auch ihre Kinder? Trotzdem ging sie weg, obwohl ich bis zur letzten Minute hoffte, sie würde es sich anders überlegen. Irgendetwas war unwiderruflich vorbei, als hätte sie mich verlassen, dachte ich, was sie für abwegig erklärte. Ich gebe dir nur Zeit, in Ruhe nachzudenken, sagte sie. Sie zog ihren roten Koffer hinter sich her und bedankte sich, dass ich das Cello für sie trug.

Sie wollte nicht, dass ich mit auf ihr Zimmer ging. Sie wollte, dass wir weiter miteinander lebten, sie wollte, dass wir miteinander schliefen, nicht jetzt, aber wenn sie zurück sei, denn am Sonntag würde sie zurück sein, zuverlässig am Abend, wenn die Kinder bei Jule waren. Ich küsste sie und sah, wie sie von der Rezeption quer durch die Hotelhalle Richtung Lift ging und dann stand und sich im letzten Moment umdrehte, mich nicht gleich fand und ein weiteres Mal lächelte, mich mit ihrem Lächeln nicht traf und in plötzlicher Hektik Koffer und Cello in die Liftkabine bugsierte und kopfschüttelnd hinter der sich schließenden Tür verschwand.

Mitte der Woche rief die Direktorin der Schule an und informierte mich, dass die Zwillinge drei Tage hintereinander nicht im Unterricht gewesen waren. Krank seien sie augenscheinlich nicht, denn Mitschüler hätten sie in der Nähe der Schule beobachtet, und so wolle sie persönlich einmal nachfragen.

Ich war überrascht, während ich innerlich bloß nickte, auf verquere Weise erleichtert, dass es schlimmer war, als ich gedacht hatte, und als wäre dieses Schlimme eine neue Freiheit. Da Jule mehrfach erklärt hatte, keine Kraft für weitere Lehrergespräche zu haben, fühlte ich mich berechtigt, relativ offen zu sprechen, skizzierte die schwierige familiäre Situation, dass ich versuchte, etwas an dieser Situation zu ändern, was die Direktorin entschieden begrüßte. Endlich geschehe etwas, sagte sie, denn um die Kinder sei es doch immer schade, was so klang, als seien ihr die Zwillinge persönlich bekannt und sogar sympathisch.

Jule erwähnte sie mit keinem Wort. Ich gab ihr zu verstehen, wie schwierig es mit Jule war, dass sie jede Veränderung ablehne, dass ich mich hatte beraten lassen und weiter beraten lassen würde, denn so konnte es nicht weitergehen, worin mir die Direktorin zustimmte. Sie schlug einen Gesprächstermin in zwei Wochen vor, sie sei jederzeit für mich zu sprechen.

Ich bedankte mich bei ihr. Ich hatte kein einziges Problem gelöst, wusste aber jetzt, in welche Richtung es ging, so schmerzlich das für alle Beteiligten war. Man musste die wöchentliche Pendelei beenden und stabile Verhältnisse schaffen. Man musste die Kinder aufteilen, in welcher Verteilung auch immer, zur Probe ein paar Monate, damit man sähe, ob sich die Lage beruhigte. Man konnte die Zwillinge trennen, aber vielleicht war es besser, man brachte Greta und Lotte eine Weile auseinander. Sie konnten sich an den Wochenenden besuchen und gemeinsam die Ferien verbringen, Hauptsache, das Hin und Her hörte auf. So weit hatte ich immerhin gedacht. Jule würde diesem Plan nicht zustimmen, aber darauf würde ich keine Rücksicht mehr nehmen.

Die Zwillinge kamen gegen halb sechs und gaben für ihr spätes Erscheinen keine Begründung. Sie gingen seit drei Jahren nicht mehr in dieselbe Klasse, hingen aber weiterhin wie Kletten aneinander, hörten ähnliche Musik, hatten zum Teil dieselben Freunde und schwänzten nun gemeinsam die Schule.

Lotte war die Schnellere, sie hatte fast immer eine verblüffende Antwort parat, während Felix sich im Hintergrund hielt, dafür aber die richtig üblen Ideen ausbrütete, die Fotos auf den U-Bahn-Gleisen waren da nur ein Beispiel.

Als ich sie fragte, woher sie kämen, antwortete Lotte:

Aus der Schule. Woher sonst? Wir haben uns verquatscht, deshalb ist es eine halbe Stunde später geworden. Tut mir leid, sagte sie.

Man sah, sie wollte schnell weg, aber ich ließ es nicht zu, fragte, wie ihr Tag gewesen sei, ob sie Hausaufgaben hätten, welche Arbeiten anstünden. Lotte gab stöhnend zu: Ja, Mathe. Felix sagte nichts. Er musste sich dringend die Haare waschen, was ein regelmäßiger Streitpunkt zwischen uns war. Ich meinte ihn zu riechen, während Lotte berichtete, dass sich ihre Freundin Sofie beim Sport die Nase gebrochen habe und mit dem Notarztwagen ins Krankenhaus gebracht worden sei.

Ich fragte sie, für wie blöd sie mich eigentlich hielten. Ich berichtete in ein paar Sätzen von meinem Telefonat, ließ aber im Unklaren, wie viel genau ich wusste. Ich wiederholte meine Frage, wo sie gewesen seien, denn in der Schule wart ihr beide ja wohl nicht. Lotte bestritt es, die Direktorin habe es erfunden, woher weiß sie, bitte, ob wir in der Schule gewesen sind, sie lügt, sicher kann sie uns nicht leiden. Felix schwieg. Er schaute nur betreten vor sich hin, in der Hoffnung, dass Lotte etwas einfiele. Lotte liebte es, Geschichten zu erzählen. Ob wahr oder unwahr, spielte für sie keine Rolle, Hauptsache, die Geschichte erregte Aufmerksamkeit, und wenn sie halbwegs der Wahrheit entsprach, na, umso besser.

Eine solche Geschichte erzählte sie. Sie und Felix hätten Ärger gehabt. In der Bäckerei neben der Schule habe eine Verkäuferin Felix des Diebstahls bezichtigt. Jemand habe die Polizei gerufen, aber irgendwie hätten sie sich rausgeredet und danach keine Lust mehr auf Schule gehabt.

Was das heiße: Rausgeredet.

Die Polizei ist gar nicht gekommen, sagte Felix. Die Verkäuferin hat uns gehen lassen, und später sind wir stundenlang durch die Stadt.

Ich dachte: Gut, sie waren in der Stadt, sie sind keine Diebe, sie nehmen keine Drogen, sie schwänzen nur die Schule, es ist eine Phase.

Ich fragte, wann genau das mit der Bäckerei gewesen sei, Lotte sagte: Na heute.

Ich fragte, wann sie zuletzt in der Schule gewesen seien. Lotte behauptete, außer heute täglich, worauf ich ihr sagte, was ich wusste, wie satt ich es hatte, von ihnen belogen zu werden. Ich drohte, sie beim nächsten Vorfall vor die Tür zu setzen. Ich sah, dass sie mir nicht glaubten, aber womöglich doch, jedenfalls wirkten sie plötzlich kleinlaut. Ich nahm ihnen Handys und iPods weg, was sie geschehen ließen, und schickte sie auf ihr Zimmer.

Sonja erzählte ich von dem Vorfall nichts. Wir hatten erst einmal miteinander telefoniert, sie schrieb mir regelmäßig Nachrichten, wie es ihr ging, dass sie sich einen Raum zum Spielen organisiert habe; über die Kinder kein Wort.

Am Abend aß ich mit Greta Brote und wusste nicht viel zu sagen. Greta tänzelte seit Tagen wie ein Hündchen um mich herum, ging mir aus dem Weg, wenn sie glaubte, es sei besser, mir aus dem Weg zu gehen, half mir im Haushalt, räumte die Spülmaschine aus, deckte den Tisch, kaufte sogar ein, hängte die Wäsche auf. Ich fragte sie nach ihren *Facebook*-Freunden, ob sie von ihnen gehört habe, aber sie hatten sich ohne Ausnahme bei ihr abgemeldet; als sie ihnen mitteilte, welchen Ärger es gegeben hatte, hatten sie Greta von ihrer Freundesliste gelöscht. Zum Glück hatte sie auch echte Freunde, solche aus Fleisch und Blut, auf die sie sich verlassen konnte.

Für den Brief an Jule brauchte ich zwei Tage. In kurzen, knappen Sätzen fasste ich zusammen, was geschehen war, was es bedeutete, was daraus folgte. Ich berichtete von meinem Gespräch auf dem Jugendamt, welche Regelung ich mir für die Zukunft vorstellte, mit der Bitte um baldige Antwort. Ich las den Brief Freunden am Telefon vor, Franz und Konstantin, auch Sonja zeigte ich ihn. Ich war mir nicht sicher, ob das richtig war, ob sie das noch wollte, und sie sagte auch nicht viel dazu, fand den Brief gut und machte sich keine Illusionen über seine Aufnahme.

Ein bisschen war das Leben mit Sonja wieder wie in den ersten Wochen. Wir lebten, als hätte es die Kinder nie gegeben. Ich schlief mit ihr, gleich am ersten Abend, als sie sagte, das habe sie doch versprochen, wir machten es am nächsten Morgen, redeten über unsere Musik, wo wir uns gerade befanden, in der alten vertrauten Art, die ich sehr mochte. Ich hatte ein Stück für zwölf Instrumente begonnen, das ich *Lamento* nannte, kämpfte weiter mit der Chorsinfonie und wartete auf Jules Antwort.

Als Sonja zum zweiten Mal die Wohnung verließ, hatte ich sie immer noch nicht, dabei kam es auf Jules Antwort nicht mehr an. Im Grunde wartete ich nur aus statistischem Interesse, ob sie anrief und mich beschimpfte oder sich die Mühe machte zu schreiben, um mich mit neuen Vorwürfen und Unverschämtheiten zu überziehen.

Auf die Kinder freute ich mich. Ich sagte ihnen, dass ich mir eine Woche ohne Zwischenfälle wünsche. Kein Türenschlagen, kein Gebrülle; wenn man sich verspätet, ruft man an, ist zum verabredeten Zeitpunkt zurück, geht in die Schule.

Nach dem Anruf der Direktorin hatte ich die Zwillinge mehrfach mit dem Wagen in die Schule gebracht und gewartet, bis sie drin waren und dort auch blieben. Etwas gefiel mir daran. Die Zwillinge waren zwölf, sie konnten gut alleine fahren, aber für ein paar Tage schien es mir die angemessene Art, mein Interesse an ihnen zu zeigen; man trieb die Schäflein morgens auf die Weide und sammelte sie am Nachmittag wieder ein. Beim Abendessen erklärte ich ihnen, warum Sonja auch diese Woche nicht hier sei, dass sie Zeit für sich brauche, was allenfalls die halbe Wahrheit war, aber sie verstanden es auch so. Sie hatten schlimme Sachen gemacht, Sonjas Antwort war, dass sie nicht bei uns war und ihre Tage woanders verbrachte.

Es wurde eine gute Woche. Ich kaufte Greta ein Kleid und den Zwillingen neue Schuhe, arbeitete an den Chorpassagen, führte mit allen dreien Gespräche.

Als Erstes schnappte ich mir Greta, die in der Regel früher zurück war und sich in der Küche die Nudeln vom Vortag aufwärmte. Ich glaube, es gefiel ihr nicht, was ich ihr sagte, dennoch hörte sie aufmerksam zu, während sie die Butter in der Pfanne zerlaufen ließ und dann alles zusammenschüttete und mit Parmesan bestreute.

Ich sagte ihr, dass ich nach den Vorfällen der letzten Wochen zu dem Schluss gekommen sei, dass sich etwas ändern müsse. Die Situation sei unhaltbar, es müsse mehr Ruhe in unser Leben; das ständige Hin und Her tue uns nicht gut. Wie es mit den Zwillingen sei, brauchte ich ihr nicht zu erläutern, das und das sei meine Überlegung. Überlegungen seien keine Beschlüsse, sagte ich, allerdings würden die anstehenden Änderungen gravierend sein.

Greta aß ihre Nudeln und hörte sich an, welche Modelle ich für denkbar hielt, alles nur zur Probe, nach einem halben Jahr könne man ja neu entscheiden. Denk darüber nach, sagte ich.

Sie sagte: Okay, als sei es bloß eine Information. Sie hob kurz den Kopf, als ich vorschlug: Vielleicht gehst du eine Weile zu Mama, und Sonja und ich kämpfen hier die

Kämpfe mit den Zwillingen. Darüber erschrak sie. Ich beteuerte ihr, dass wir uns nicht verloren gingen, dass ich sie liebte, zwischen uns beiden sei doch immer alles in Ordnung gewesen, *Facebook*-Party hin oder her. Ich strich ihr über den Kopf, was so eine väterliche Geste war, die sie aus alter Gewohnheit über sich ergehen ließ und sogar mochte.

Mit den Zwillingen war es schwieriger. Waren sie ein oder zwei Ansprechpartner? Jule und ich und auch Sonja hatten uns immer bemüht, sie nicht als Tandem zu betrachten, aber das war schwer. Sie waren seit allerdunkelster Vorzeit verbunden und kannten vom anderen jeden Rippenbogen. Sie bemerkten die kleinsten Stimmungsschwankungen und lasen mühelos ihre Gesichter, sprachen sich ab, schlossen die anderen im Bedarfsfall aus. Es war egal, ob ich mit ihnen getrennt oder zusammen sprach, sie würden sich nicht auseinanderdividieren lassen, selbst wenn man sie in verschiedenen Zellen isoliert hätte, sie würden sich miteinander absprechen.

Ihre gemeinsame Antwort war, dass sie schwiegen. Sie hörten mir zu, schienen aber zu keinem Schluss zu kommen, ob sie dafür oder dagegen waren und ob diese Option überhaupt bestand. Ich versuchte es ihnen schmackhaft zu machen, mit denselben Formulierungen, die ich bei Greta verwendet hatte, dass wir mehr Ruhe in unser Leben bringen müssten, dass wir uns nicht verlören. Ich bat sie, sich dazu zu äußern, worauf Felix meinte, es sei ja alles längst entschieden. Das bestritt ich. Ich kam noch einmal auf die Schule, auf das Warum, den Protest, der darin lag. Das mit dem Protest hätte ich wahrscheinlich nicht sagen sollen. Aber ging es darum überhaupt? Es ging um die nicht enden wollenden Auseinandersetzungen, die Enttäuschung, die Jule und ich für sie waren, und dass sie das Recht hatten, sich für keinen von uns beiden zu entscheiden, selbst wenn das dauernd insgeheim von ihnen verlangt wurde.

Nach über einer Woche hatte ich Jules Antwort, eine kurze E-Mail, in der sie nur schrieb, dass sie erschrocken und ratlos sei und sich zur weiteren Klärung an das Gericht gewandt habe. Ich verstand überhaupt nicht, wovon sie redete, bis ich einen Tag später ein Schreiben des Amtgerichts im Briefkasten fand, aus dem hervorging, dass Jule beantragt hatte, ab sofort allein über den Aufenthalt der Kinder zu bestimmen, und dieser Antrag wegen fehlender Eilbedürftigkeit abgelehnt worden sei.

Ich gebe zu, ich hasste sie, als ich das las, um mich im selben Moment dafür zu hassen, dass ich sie schon wieder hasste. Ich stellte mir vor, welch ein Glück es wäre, sie nie mehr hassen zu müssen und ihr stattdessen mit buddhistischer Gleichgültigkeit zu begegnen. Beinahe hätte ich ihr geschrieben, bitte lass uns damit aufhören, das Leben ist zu kurz dafür, aber dann fiel mir ein, dass ich mich mehrfach in diesem Sinne geäußert hatte und es völlig sinnlos war.

Erst beim zweiten Lesen bemerkte ich, dass Jule ihrer Anwältin einen regelrechten Beweisantrag diktiert hatte, in einer wilden Mischung Zitate aus Telefongesprächen, Schnipsel von E-Mails, Zeugenaussagen von Freundinnen, die angeblich bewiesen, dass ich mit der Erziehung der Kinder überfordert sei.

Zum hunderttausendsten Mal fragte ich mich, was sie eigentlich wollte. Sie sprach nicht mit mir, trug die Differenzen nicht aus, stattdessen lief sie zum Gericht. Ich bin zu blöd, dachte ich, ich verstehe es einfach nicht. Wahrscheinlich liegt es an mir, dachte ich, irgendetwas an mir bringt sie zur Weißglut. Letzten Endes benutzte sie mich. Ihr Hass hatte nicht viel mit mir zu tun, ich war nur ein Platzhalter, der Idiot ihrer unzufriedenen Existenz, es hätte jeder andere sein können.

Von der Gerichtssache habe ich nur Greta erzählt. Sie wurde demnächst sechzehn, und so konnte ich ihr sagen, wie schwierig es mit Jule seit Langem war, unter Berücksichtigung der Tatsache, dass es ihre Mutter war. Ich wollte sie nicht in Verlegenheit bringen. Aber schwierig war es. Für jeden von uns war es schwierig, wir saßen sozusagen auf gepackten Koffern, und niemand wusste, in welche Richtung die Reise ging.

Ich berichtete der Frau vom Jugendamt über den neusten Stand, worauf mit Jules Einverständnis beschlossen wurde, die Kinder entscheiden zu lassen, sie zu befragen, in drei Einzelgesprächen an einem Freitagnachmittag, und anschließend zu entscheiden.

Im Nachhinein kommt es mir merkwürdig vor, dass ich alleine mit ihnen zu diesem Termin gefahren bin. Wir waren viel zu früh da und saßen ewig lang auf einer Bank im Flur vor dem Zimmer der für Sorgerechtsstreitigkeiten zuständigen Frau. Die Zwillinge schlürften ihre Cola, die ich ihnen unbedingt noch hatte kaufen müssen. Sie wirkten erstaunlich gelassen, setzten sich nicht hin, sondern lümmelten mal hier, mal da auf dem Boden, während Greta still und abwartend neben mir saß. Ich schärfte ihnen ein, dass sie nur sagen sollten, woran sie glaubten, selbst wenn es mir im Nachhinein nicht gefällt, bitte sagt, was für euch das Richtige ist.

Greta ging als Erste. Die Frau vom Jugendamt hatte auf Felix gezeigt, aber Felix schüttelte den Kopf und murmelte, Greta soll. Ich sagte ihm, dass er keine Angst zu haben brauche, die Frau sei sehr nett, du wirst sehen, doch er wirkte nicht überzeugt. Lotte kaute wie immer an ihren Fingernägeln. Ich redete beruhigend auf beide ein und machte wie bei einem Krankenhausbesuch auf optimistisch, während ich insgeheim die Minuten zählte und hoffte, dass wir alle heil hier herauskamen. Lotte sagte, sie gehe nur mit Felix. Felix stimmte sofort zu, der Plan war ein anderer, aber sie bestanden darauf und bettelten, ich solle mit der Frau reden, die es ohne Nachfrage akzeptierte.

Als die Zwillinge weg waren, erklärte Greta, dass sie einverstanden sei, nicht länger zu pendeln; das habe sie der Frau gesagt. Ich war überrascht, weil ich das nicht von ihr erwartet hatte, sie müsse mir nicht Bericht erstatten, doch Greta ließ sich nicht beirren und bekräftigte, dass sie damit einverstanden sei.

Die Zwillinge, als sie herauskamen, sagten nichts. Sie fragten nach ihren Colas und taten, als hätten sie das Gespräch schon vergessen. Für Felix war es am schwersten, dachte ich, er war der einzige Junge, er war der Jüngste, wenngleich er nach außen gerne so tat, als sei er Lottes älterer Bruder.

Was sie Jule im Nachhinein erzählt haben, weiß ich nicht. Jule wird sie, wie es ihre Art war, intensiv befragt haben, denn aufs Fragen verstand sie sich, bei ihr konnte man lernen, warum jede noch so harmlose Frage in Wahrheit ein Übergriff war.

Jule war eine notorische Zuspätkommerin, aber am Tag der Entscheidung hatte sie sich rechtzeitig auf den Weg gemacht. Sie saß auf der schmalen Bank, auf der ich vor zwei Wochen mit den Kindern gesessen hatte, und blätterte in einer Zeitschrift, völlig entspannt, als wäre es ein unbedeutender Termin, bei dem es auf meine Anwesenheit nicht ankam.

Ich machte sofort kehrt, als ich sie sah, lehnte mich im Innenhof gegen eine Säule und rauchte zwei Zigaretten. Ich war nervös und versuchte mich damit zu beruhigen, dass Greta auf meiner Seite war; wenn Greta dafür war, musste Jule sich bewegen. Buchstäblich in letzter Minute war ich wieder zurück. Es gab das übliche *Hallo,* danach öffnete sich die Tür und die Frau vom Jugendamt verkündete das Urteil.

Sie fing damit an, dass sie die Kinder beschrieb. Die Zwillinge hätten kaum gesprochen, aber klar ihre Wünsche formuliert, während Greta vergleichsweise viel gesprochen und ihre Wünsche erst in letzter Minute formuliert habe. Alle drei wollten an der bestehenden Regelung nichts ändern, sie seien sich also einig.

Es trat ein kurzer Moment der Stille ein, wie vor einem Erdbeben, dachte ich. Die Vögel hörten auf zu singen, kein Hund und keine Katze gaben Laut. So also fühlte sich die Katastrophe an. Ich dachte an Greta, die Szene auf der Bank, wie ich ihre Hand gestreichelt hatte, alles ohne Zorn, ja, als könnte ich nun im Gegenteil einverstanden sein.

Für Jule war es natürlich ein Triumph, doch auch das spielte keine Rolle mehr. Sagen konnte ich nicht viel. Ich gab zu, dass mich das Ergebnis überraschte und dass ich darüber nachdenken müsse. Auch die Frau vom Jugendamt schien mit einem anderen Ergebnis gerechnet zu haben. Jule erklärte sich bereit, die Kinder ganz zu nehmen, es sei denn, mein Exmann überlegt es sich anders. Ich bat um Bedenkzeit, die mir gewährt wurde, ich solle mich melden, am besten schriftlich, aber es gehe auch telefonisch, unter der und der Telefonnummer zu den bekannten Sprechzeiten.

Mit Jule redete ich kein Wort. Sie zog ihren pelzbesetzten Mantel an und nahm den Flur nach links, der zum Haupteingang führte, weshalb ich mich nach rechts wandte und dann ewig durch menschenleere Treppenhäuser irrte, bevor ich am anderen Ende einen Nebenausgang fand.

Ich habe Greta nie gefragt, warum sie mir nicht gesagt hatte, dass sie meinen Plänen nicht zustimme, denn es war in Ordnung, dass sie meinen Plänen nicht zustimmte, so wie es in Ordnung war, dass ich an ihnen festhielt; eine Rückkehr zur alten Regelung würde es nicht geben, so schwer mir das auch fiele.

In meiner Erinnerung habe ich vierundzwanzig Stunden telefoniert. Ich redete mit Sonja, die vor allem über Jule überrascht war. Jule, das wussten wir von Lotte, hatte sich kürzlich um eine Stelle als Direktorin beworben, es war der letzte Karriereschritt, und nun wollte sie alle drei Kinder. Auch Ruth fand Jules Entscheidung überraschend. Ich redete über eine Stunde mit Ruth, die mich bestärkte, den Kindern zuliebe bei meiner Haltung zu bleiben. Konstantin bestärkte mich, später Franz. Ich versuchte zu erklären, wie ich mich fühlte. Wie ein Henker fühlte ich mich. Irgendwann die Tage würde ich sie treffen und ihnen nacheinander den Kopf abhacken. Franz meinte, dass das kompletter Unsinn sei, im Grunde eine Allmachtsfantasie, wenn du die Kinder von allem freisprichst, entmündigst du sie, außerdem bleiben sie deine Kinder.

Ich dachte, ich würde kein Auge zutun in der Nacht und beim Erwachen wissen, dass alles falsch war, doch das Gegenteil trat ein, ich schlief bis zum Morgen durch und war so sicher wie am Abend. Ich bat Jule per SMS um einen Termin, ich wolle mit den Kindern noch einmal in Ruhe sprechen, worüber, teilte ich ihr nicht mit.

Ich konnte es ihnen nicht in der Wohnung sagen. Anfangs dachte ich an ein Café, an einen Spaziergang, der mit einem Cafébesuch endete, aber die Kinder hassten Spaziergänge, und so gab ich den Gedanken auf.

Ich glaube, sie wussten, was ihnen bevorstand. Sie waren ungewöhnlich still und setzten sich zu dritt nach hinten in den Wagen, murmelten ein Guten Morgen und machten weiter keinen Mucks. Für einen Moment war ich versucht, mit ihnen ans Meer zu fahren und dann weiter nach Dänemark, über die Brücke nach Schweden und weiter Richtung Norden. Doch am Ende wurde es das Café, in dem ich mich jeden Donnerstag mit Konstantin traf.

Wir bestellten, und als wir bestellt hatten, sagte ich es ihnen. Ohne große Einleitung, was gewesen war und was nun daraus folgte; mein Plan sei bekanntlich ein anderer gewesen. Sie wirkten nicht allzu überrascht, machten ernste Gesichter, nahmen es jedoch ohne Rückfragen und Kommentare hin, wie drei Lämmchen auf der Schlachtbank.

Felix trug ein verwaschenes T-Shirt mit der Aufschrift *Chaos ist die Rettung,* das weiß ich noch. Ich erinnere mich an Lottes pinkfarben geschminkte Lippen und wie sie dauernd die Nase hochzog, weil sie erkältet war. Auch Greta war erkältet. Sie saß an meiner Seite und hörte aufmerksam zu, wie ich es in immer neuen Formulierungen erklärte, wie ich sie tröstete, wie ich sie beschwichtigte, dass wir uns jedes zweite Wochenende sähen und in den Ferien die Hälfte.

Als ich nach einer Stunde zahlte, waren wir alle erleichtert. Ich brachte sie zurück zu Jule und saß ein paar Minuten im Wagen, mit einem Gefühl des Verlustes, als hätte ich sie und mich um etwas beraubt, was nichts daran änderte, dass ich die Entscheidung für richtig hielt.

Zu Hause wartete Sonja. Sie brachte ein Glas Wein, sie hatte gekocht und träumte vorsichtig von einem neuen Leben. Ich begann zu erzählen, beschrieb ihr die Gesichter, die Umarmungen beim Abschied. Ach Papa, hatte Felix gesagt, als wäre ich derjenige, der es mit Abstand am schwersten nahm.

Mehrere Tage wusste ich nichts mit mir anzufangen. Ich träumte die alten Träume, saß wie blöde vor meiner Partitur, ging spazieren, telefonierte mit Ruth, die wie immer gut verstand und zur Geduld riet.

Von den Kindern hörte ich nichts. Ich schrieb der Frau vom Jugendamt und sagte einen Termin am Freitagabend ab, denn von Freitag bis Sonntag würden sie bei mir sein.

Donnerstagnachmittag rief Lotte an. Ich hatte nicht damit gerechnet, war aber froh, dass sie so fröhlich und lebendig klang, eigentlich wie immer. Es war nicht herauszufinden, was genau sie wollte, offenbar hatte sie eine ihrer Plauderstunden, auch die Stimmen von Felix und Greta meinte ich im Hintergrund zu hören, also waren sie alle wohlauf und am Leben.

Ach so, weshalb ich anrufe, sagte sie.

Sie kündigte eine kleine Verspätung an; am Freitag nach der Schule sei das erste Treffen der Theatergruppe, deshalb schaffe sie es erst gegen sechs. Ob das in Ordnung sei? Worauf ich nur sagen konnte, aber ja, mach das, unbedingt, so in einem jubelnden Ton, als würde sie mir höchstpersönlich eine Freude mit ihrer Theatergruppe bereiten, was ja in gewissem Sinne auch zutraf.

14

DER BESTE MOMENT WAR, wenn Sonja mir ein Zeichen gab. Wenn sie ihre Hüften bewegte oder sich zu mir umdrehte und wir beide wussten, dass es nun zu sexuellen Handlungen kam. Nach zehn Jahren kannte ich so gut wie jedes ihrer Manöver, aber das störte mich nicht, im Gegenteil, es war das eigentliche Vergnügen, wenn sie meinen Schwanz liebkoste und ich dachte: Genau so macht sie es, ich mag es, wie sie es macht, und mit einer von hundert möglichen Gesten, Bewegungen, Verzögerungen antwortete.

Es war unser erster Morgen auf der Insel. Von den Kindern war nichts zu hören, ich lag mit dem Gesicht auf ihrem Bauch und ließ ihre Wohlgerüche an mir vorüberziehen, die zurückliegenden Szenen, die Kadenzen, die Dissonanzen. Sonja wirkte in letzter Zeit oft abwesend, es gab Momente, in denen sie mir wegrutschte und keine Verbindung bestand. Aber jetzt grinste sie. Ich sah von unten zu ihr hinauf, und sie schenkte mir ihr allerschönstes Morgenlächeln, erschöpft, etwas bemüht, als wäre dieses Lächeln eine alte Übereinkunft zwischen uns, etwas, das man tat, um ihren Bestand zu bekräftigen.

Sonja war seit Jahren ununterbrochen auf Tour, oft mehrere Wochen am Stück, flog kreuz und quer über den Globus und hatte Mühe, sich auf einen Alltag einzustellen. Sie spielte mit den großen Orchestern der Welt, hatte ein Quartett, trat auch regelmäßig solo auf, wurde fotografiert, stand in den Zeitungen.

Alles war, wie sie es sich erträumt hatte. Alles war Licht, hätte man gedacht, aber dahinter war viel Schatten, sie war nie wieder schwanger geworden, sie hatte kein Kind, sehr zu unserem Kummer. Wir hatten es probiert und probiert, doch nach zehn Jahren war es nicht mehr allzu realistisch. War es nicht gemein, dass wir als einzige kein Kind bekamen? Alle Frauen ihres Alters, die sie kannte, hatten Kinder. Sie verstand es nicht, nahm es nach außen hin und hörte innerlich nicht auf, dagegen zu rebellieren.

Gelegentlich redete sie von dem Kind, das sie damals verloren hatte, rechnete uns vor, wie alt es inzwischen wäre, dass es jetzt laufen könnte, dass es längst in den Kindergarten ginge, in die Schule, in die und die Klasse. Vielleicht dachte sie ja an das Kind, wenn sie mit mir schlief, oder beschäftigte sich mit Statistik, wie viele Chancen sie mit Anfang vierzig noch hatte und ob es gerade die letzte war.

Sonja hasste es, Anfang vierzig zu sein. Sie hasste ihre ersten Falten, und sie hasste, dass ich ihren Hass nicht ernst nahm. Es gab Momente, da sah sie aus wie dreißig, wenn sie sich freute, wenn wir zusammen wanderten und nach fünf Stunden wie erschlagen in einem Gasthof auf das Essen warteten. Im Konzert, wenn sie spielte, war sie hinreißend jung, im Bett danach, in den Fällen, in denen es besonders innig oder überraschend gewesen war. Auch nach zwölf Jahren schaute ich sie mir gerne an. Ich mochte, wenn sie über Musik sprach, freute mich, wenn ihr etwas von mir gefiel oder sie einen Fehler fand und wusste, wie er zu korrigieren war.

Den Urlaub hatten wir bitter nötig. Zehn Tage waren definitiv zu kurz, aber Sonja hatte unaufschiebbare Termine, mehr war nicht möglich. Ich freute mich auf die Tage. Wir konnten zum Strand, der keine dreihundert Meter entfernt war, wir konnten ausschlafen, gelegentlich übereinander herfallen, lesen, in einer Taverne sitzen oder einfach nichts tun. Das mit dem Übereinander-Herfallen hätte ich nicht sagen sollen, aber insgesamt schien ihr meine Liste zu gefallen. Also los, sagte sie. Ich wollte, dass sie blieb, aber sie schob mich behutsam von sich weg, es sei höchste Zeit, an den Strand zu gehen, und Frühstückshunger habe sie auch.

Mit den Kindern war es unkompliziert. Sie blieben abends zu lange auf und waren morgens schwer aus dem Bett zu bekommen, aber sie hatten gute Laune, halfen ohne Gemaule in der Küche, lobten Meer und Strand und ließen Sonja und mich weitgehend in Ruhe.

Greta hatte ihre Tage, deshalb saß sie die meiste Zeit lesend unter einer Tamariske und war nicht sehr gesprächig. Sie hatte seit Kurzem einen Freund, mit dem sie von morgens bis abends Nachrichten austauschte, bezeichnete ihn aber ausdrücklich nicht als ihren Freund. Auf Nachfrage erfuhr ich, dass er Tobias hieß. Er hatte gerade Abitur gemacht, er hatte Eltern, klar, einen Bruder, mehr gab sie von ihm nicht preis. Ich fragte mich, ob sie mit diesem Tobias schlief, war der Meinung, eher nicht, allerdings wäre es ja nicht zum ersten Mal, dass ich mich in ihr täuschte. Wahrscheinlich hatte sie vor, es zu tun, und führte hier, auf der Insel, die letzten, komplizierten Verhandlungen.

Lotte, das merkte man, hatte Schwierigkeiten damit. Etwas passte ihr nicht daran. Sie versuchte es mit Spott, mit inquisitorischen Fragen, die ohne Antwort blieben, dann mit Schauspielerei. Sie spielte mit ihrem Handy in wohl dosierter Übertreibung alles nach, die schreckliche Warterei, die Erlösung, wenn endlich Antwort kam, wobei sie dramatisch seufzte oder sich die Haare raufte und für jeden hörbar flüsterte, ach du, mein Liebling, warum lässt du mich so lange warten. Es war der reine Hohn, aber nicht nur das, als würde sie etwas üben und sich wappnen, in ein paar Jahren, wenn sie selbst ein schmachtendes Häuflein Elend wäre, wenngleich ihre Inszenierung so tat, als wäre das völlig ausgeschlossen.

Felix begegnete Gretas Liebesverwicklungen mit Gleichgültigkeit. Er war den ganzen Tag im Meer, schwamm mit der Luftmatratze weit raus, versuchte auf der Luftmatratze zu stehen, um sich irgendwann mit Geschrei ins Wasser zu stürzen. Hatte er genug, prüfte er am Strand seine Muskeln oder lag wie ein amphibisches Urzeitwesen halb im Wasser, halb im Sand, bevor es ihn wieder nach draußen trieb. Manchmal verschwand er für eine halbe Stunde und brachte anschließend diverse Fundstücke mit, eine Handvoll abgeschliffener Glasscherben, Muscheln in allen Variationen, einen vertrockneten Seestern.

Ich freute mich, dass sie da waren. Ich freute mich, wenn sie sich beim Volleyball gegenseitig in den Armen lagen, an ihren Körpern, ihren Bewegungen. Keiner von uns hatte je groß Volleyball gespielt, jetzt stellte sich heraus, dass es ein Riesenspaß war. Auch Sonja spielte ein, zwei Mal mit, sie konnte es mit Abstand am besten, wer mit ihr in der Mannschaft war, gewann. Abends, wenn wir in einer der Tavernen am Strand gegessen hatten, spielte ich mit den Kindern Poker, während Sonja las und uns gelegentlich ermahnte, dass wir zu laut waren, vor allem Lotte, die innerhalb kürzester Zeit vor riesigen Stapeln Plastikgeld saß und über jeden Gewinn vor Vergnügen kreischte.

Schwierigkeiten gab es nur in meinem Kopf. Aber eben doch nicht nur in meinem Kopf, nach ein paar Tagen, als die Phase euphorischer Selbstgenügsamkeit vorbei war und sich neue Wünsche und Forderungen regten. Felix wollte, dass wir unser Lager strandaufwärts an eine Stelle verlegten,

wo man von einer zerklüfteten Felswand ins Wasser sprin
gen konnte, während Lotte fragte, ob es hier in der Nähe
nicht einen größeren Ort gebe, wo man einkaufen konnte,
bummeln, durch die Läden ziehen. Bei Greta wusste man
nicht. Sie wartete, sie schrieb, sprang zwischendurch auf
und warf das Handy in die Luft, brachte ihm komplizierte
Salti bei oder küsste es still und drehte sich schnell weg,
wenn sie sich beobachtet fühlte.

Sonja lag lesend unter ihrem Sonnenschirm und erklärte
sich für Anfragen und Wünsche nicht zuständig. Fragte
man sie, ob sie mit ins Wasser käme, erklärte sie, dass es
nicht der richtige Zeitpunkt sei, oder sie schüttelte den
Kopf oder schwieg, sagte klar Nein, wenn es nötig war, wofür ich sie bewunderte. Manchmal ärgerte ich mich auch
über sie, beim dritten Mal, wenn ich das Gefühl bekam, sie
kümmere sich überhaupt nicht mehr, doch in der Hauptsache bewunderte ich sie.

Ich sagte nur Nein, wenn mir das Wasser bis zum Hals
stand. Im ersten Schreck sagte ich mal Nein, um mich anschließend schnellstmöglich zu dem gewünschten Ja vorzuarbeiten. Hielt man mir ein Stöckchen hin, sprang ich auf
der Stelle los, völlig egal, ob ich gerade müde oder beschäftigt war.

Sonja fand meine Sprung- und Laufbereitschaft verrückt. Ich selbst fand sie verrückt, bekam aber nicht heraus,
wie ich etwas daran ändern könnte. Ich hatte ständig ein
schlechtes Gewissen, wenn ich mein Nein ausnahmsweise
durchhielt und mir ausmalte, wie enttäuscht und wütend
sie jetzt waren.

Diesen Gedanken ertrug ich nicht. Die Frage war, warum. Ich meinte zu beobachten, dass auch andere Väter und
Mütter aus schlechtem Gewissen handelten, dann wieder
hielt ich mein schlechtes Gewissen für eine Privatsache, die

nur mich und meine Kinder betraf. Ich hatte ihre Mutter unglücklich gemacht, ich hatte ihnen eine unbeschwerte Kindheit geraubt, außerdem sahen wir uns kaum. War das nicht Grund genug?

Dachte ich genauer darüber nach, fiel mir allerdings auf, dass ich auch bei Fremden oder sogar bei Freunden immer auf dem Sprung war und beim geringsten Anlass losrannte und apportierte, um meine imaginären Schulden zu begleichen oder zu verhindern, dass welche entstanden.

Manchmal verzweifelte ich an mir. Hatte Lotte wirklich gesagt, dass sie vom Strandleben genug hatte, oder hatte ich das nur in sie hineingelesen? Ich begann sie sofort zu beschwichtigen, sagte so weit wie möglich Ja, aber mit Rücksicht auf die anderen, für die es auch ein Ja geben musste, eigentlich Nein und lud sie zum Ausgleich zu einem Eis ein.

Auch Sonja gegenüber hatte ich ein schlechtes Gewissen. Dauernd wollte ich sie fragen, ob es ihr recht war, hier mit mir und den Kindern, denn von Tag zu Tag mehr hatte ich das Gefühl, dass sie lieber allein gewesen wäre.

Ich hätte gerne zu ihr gesagt: Hilf mir doch. Stattdessen machte ich ihr abends auf der Terrasse Komplimente. Ich fragte, wo sie sich gerade aufhielt, ob man sie dort besuchen könne, aber sie wusste nicht, wo sie gerade war, und das mit dem Besuchen sei so eine Sache. Sie hatte die Füße halb auf meinen Schoß gelegt und redete in einem zärtlich-vertrauten Ton, den ich beruhigend fand. Etwas war schwierig für sie, aber es richtete sich nicht gegen mich.

Am entspanntesten waren die Mahlzeiten. Wenn Sonja oder ich gekocht hatten und alle erwartungsvoll am Tisch saßen, oder in unserer Lieblingstaverne am Ortsrand, wenn der Wein und die Colas serviert wurden und alle durcheinanderredeten und überlegten, was sie bestellen sollten,

Felix natürlich sein Gyros, die Mädchen Salat, aber heute vielleicht lieber etwas mit Auberginen, falls es etwas mit Auberginen gab, drinnen im Lokal war in einer Glasvitrine eine Auswahl zu besichtigen.

Sonja führte seit Tagen eine Serie von Telefonaten. Es gab ein Problem mit einem Termin im März, die Agentin hatte irrtümlich eine doppelte Zusage gemacht, und jetzt war es schwierig, alles rückgängig zu machen. Sie wirkte genervt und lief in Richtung Strand, wenn das Telefon klingelte, doch ich wurde den Eindruck nicht los, dass ihr jede Unterbrechung recht war und sie lieber telefonierte, als bei mir und den Kindern zu sein. Sie benahm sich wie jemand, der auf der Flucht war oder seine Flucht vorbereitete, kam auch nicht zurück, wenn ein Gespräch beendet war, sondern setzte sich auf eine Treppe und schickte ihren Gesprächspartnern lange E-Mails hinterher. Entschuldigung, sagte sie, wenn sie wieder zu uns stieß, aber so, als sei sie Opfer eines unvermeidlichen Schicksals, für das sich außer ihr kein Mensch entschuldigen würde.

Auch privat stand sie mit allen möglichen Leuten in Kontakt oder hatte Kontakt zu ihnen aufgenommen. Wachte sie morgens auf, prüfte sie, ob über Nacht etwas gekommen war, und musste auch immer sofort antworten, als hänge von dieser Antwort ihr Leben ab. Manchmal murmelte sie zur Erklärung einen Namen und tippte still und angespannt ihre Botschaften, als sei sie hier gefangen und versuche per E-Mail Hilfe zu organisieren. Ich fragte sie, ob das im Urlaub nötig sei, was es zu bedeuten habe, worauf sie sagte: Nichts, so auf eine Art, als wolle sie mir bedeuten, das fragst du besser nicht.

Die Kinder merkten nichts oder taten, als würden sie nichts bemerken. Sie hielten sich an mich, standen neben mir auf der Fähre, als wir auf die Nachbarinsel übersetzten, denn jetzt begann eine Phase, in der wir uns bewegten und wissen wollten, was sich um uns herum befand. Sonja fotografierte und blieb für sich, lief oft zwanzig, dreißig Meter voraus oder ging weit hinter uns, beschäftigte sich mit Fenstern und Türen, dem Wechsel von Licht und Schatten, Weiß und Blau. Ihr Verhalten hatte etwas Definitives, als handele es um einen abschließenden Kommentar und den Auftakt zu etwas Neuem. Ich sagte mir, dass es eine Phase war. Außerdem bemühte sie sich ja. Sie war dabei, als ich für Lotte das gelbe Kleid und später das Backgammon kaufte, sie aß mit uns, blieb allerdings wieder ewig lange weg zum Telefonieren, entschuldigte sich, auch bei den Kindern, die es zur Kenntnis nahmen.

Später, am Abend, tat es ihr leid, sie wisse nicht, was mit ihr los sei. Sie fühle sich eingesperrt, auch durch mich, der ich überhaupt nichts dafür könne, aber ein wenig eben doch. Du bist mit allem so zufrieden, hier, mit den Kindern, sagte sie. Du bist gelegentlich genervt, aber im tiefsten Inneren deines Herzens bist du einverstanden, während ich mit allem hadere, auf meinen Reisen nach Hause will und zu Hause nach der ersten Stunde wieder weg.

Es klang nicht wie ein Vorwurf, aber sie schien sich mit mir zu langweilen, was sie so nicht aussprach. Sie habe Angst, ihr Leben zu verpassen, deshalb wolle sie die meiste Zeit nur weg, auch wenn es dir gewiss nicht recht ist, aber ich muss auch weg von dir.

Ich hatte sie nie zuvor so reden gehört, es hörte sich an, als sage sie es in letzter Minute. Sie redete wie ein Mann, dachte ich. Mein Vater hätte so reden können, was ja bedeutete, dass ich in der Rolle meiner Mutter war. Ich verlor die Fassung, versuchte, es von mir wegzuhalten, ich verstand es nicht. Ich war nicht so viel auf Reisen wie sie, aber das konnte es ja nicht sein. Ich war glücklich, dass ich mit ihr lebte, ich liebte meine Kinder, ich liebte meine Arbeit. Ich fluchte, wenn ich nicht weiterwusste, wenn ich unter Druck geriet, weil zwei Aufträge gleichzeitig zu erledigen waren, aber wenn ich darüber nachdachte, war es das Leben, das ich führen wollte.

Ich dachte: Wenn sie gehen will, lasse ich sie gehen.

Offenbar machte ich einen verstörten Eindruck, denn nun zog sie mich in einer tröstenden Bewegung zu sich hin, und tatsächlich tröstete es mich, dass sie das tat. Ich trug noch einmal alles, so gut es ging, in sie hinein, meinen Liebeswunsch, meine Bestürzung, hie und da etwas Luftiges, kleine Albernheiten. Ich war wütend auf sie, das war neu, aber womöglich gefiel ihr das ja an mir.

Ein paar Tage schien ihre Not nachzulassen. Sie konnte auch mal ohne Handy, wir konnten uns anfassen, wir konnten miteinander reden. Wir machten Pläne für die verbleibenden Tage, fuhren auf eine weitere Insel. Sie ließ sich von Felix überreden, Backgammon zu lernen, verwickelte Greta in Gespräche über die Bücher, die sie las, ließ sich von Lotte eincremen, auffällig konzentriert, mit einem Hauch Wehmut, wie mir vorkam, weil es die letzten Tage waren oder weil sie sich fragte, was dann.

Sie würde den ganzen Herbst auf Reisen sein. Wir würden kaum Zeit miteinander haben, aber vielleicht würde das die Dinge ja klären. Auf einmal war es so, dass es Dinge zu klären gab. Ich konnte Sonja zusehen, wie sie sich wegbewegte und zwischendurch wohl auch dachte, dass sie verrückt sein musste, und das war am Ende das Schlimmste.

Am vorletzten Abend auf der Terrasse teilte mir Greta mit, dass sie schwanger sei. Sie sagte es in einem demonstrativ rotzigen Ton, fast, als wäre sie stolz darauf, obwohl sie im selben Moment in Tränen ausbrach und lange nicht mit den Einzelheiten herausrückte, wann und bei welcher Gelegenheit, warum. Dass es sich um diesen Tobi handelte, schien mir keine Frage zu sein. Sie hatten seit dem Morgen mehrfach hektisch hin und her kommuniziert, und nun war ja klar, warum.

Ich schlug Greta vor, ein paar Schritte zu gehen, damit wir ungestört sprechen konnten, worauf sie erleichtert sagte: Gern. Wir liefen Richtung Hafen, wo sie mir erklärte, wie entsetzlich schwierig es mit Tobi sei, er habe die totale Panik. Es ist ein Witz, sagte sie, womit sie zum Ausdruck bringen wollte, dass sie gar nicht mit ihm geschlafen hatte. Das leuchtete mir nicht ein, worauf sie mich in die Seite boxte und sagte: Denk mal nach. Mensch Papa, sagte sie, ich habe keine Ahnung, wie es passiert ist, und was spielt das außerdem für eine Rolle. Sagst du es Mama? Ich fand, dafür sei es zu früh. Hast du einen Test gemacht? Sie sagte Nein, sagte Ja, vor einer Woche, vor einer Woche sei alles negativ gewesen.

Wir standen an der Mole und redeten, als handele es sich um einen Witz. Sie musste einen Test machen. Wir suchten die Apotheke, die aber geschlossen war, morgen um zehn würde sie wieder öffnen. Also morgen, dachte ich, wobei ich nicht im Ernst daran glaubte. Und wenn doch? Seit sie es mir gesagt hatte, wirkte Greta völlig entspannt, als wäre die einzige Schwierigkeit gewesen, es mir zu sagen. Und war das nicht ein Zeichen, dass sie wirklich schwanger war? Ich sagte, mein Gott Greta, und fragte, ob sie einverstanden sei, dass ich die Angelegenheit mit Sonja bespreche, was sie bejahte.

Sonja reagierte merkwürdig. Weder besorgt, geschweige denn empört, eher trotzig-resigniert. Ja, klar, sagte sie, als wolle sie sagen, das dumme, kleine Ding ja, aber ich nicht.

Noch als der Spuk vorbei war, blieb es seltsam mit ihr.

Es war unser letzter Tag, Greta hatte den zweiten Test gemacht, der Test war negativ. Greta brach erneut in Tränen aus, ob aus Erleichterung oder vor Enttäuschung, war nicht auszumachen. Ich sagte die üblichen dummen Sätze. Dass sie sehr jung sei, sei froh, dass du dich jetzt nicht binden musst, wenn du älter bist, wirst du anders darüber denken. Sonja begann zu packen, während Felix und Lotte ein letztes Mal zum Meer liefen und ewig lang nicht zurückkamen.

Kurz vor Mitternacht, als wir zu Hause waren, bemerkte Felix, dass er seinen alten iPod im Hotel vergessen hatte. Er hatte ihn in den zehn Tagen kein einziges Mal benutzt, aber er war ein Geschenk von Jule, deshalb gab es ein mittleres Drama. Er durchwühlte ewig lange seine Sachen, während ich in mehreren Anläufen fragte, wann er das Teil zuletzt gesehen habe. Am Strand in der Badetasche, glaubte er, vielleicht im Bett, im Nachtkasten. Hatte er es überhaupt mitgehabt? Ich versprach, morgen im Hotel anzurufen, worauf er sich endlich in Bewegung setzte und ich sie alle drei zu Jule fuhr.

Ich habe vergessen, wohin Sonja am nächsten Morgen flog. Ich brachte sie zum Flughafen, wo sie sich bei mir bedankte und den Kopf an meine Schulter lehnte, während ich darüber nachdachte, was es bedeutete, dass sie sich bedankte.

Ich glaube, sie flog zu Aufnahmen für eine CD. Sie würde drei Tage in einem Studio sitzen, sie versprach, zwischendurch anzurufen, was sie aber nicht tat. Wahrscheinlich fand sie nicht die Zeit, oder ich hörte das Telefon nicht, weil ich in der Küche war oder mit den Kindern im Kino, während es zu Hause wieder und wieder klingelte und niemand den Hörer abhob.

*

ICH MACHTE IHNEN DEN VORSCHLAG beiläufig in einer E-Mail. Die Zwillinge waren übers Wochenende bei mir gewesen, ich hätte es mit ihnen besprechen können, doch ich machte es lieber schriftlich, außerdem war da auch noch Greta, und Greta war weit weg in Konstanz und sollte wie die Zwillinge Bedenkzeit haben.

Ich ließ es wie eine Abendlaune aussehen; es sei nur so eine Idee, überlegt es euch, ich fahre auf jeden Fall, aber dann sagten sie alle innerhalb von Stunden zu. Vielleicht hatten sie sich untereinander abgesprochen, denn als es um das Ziel ging, waren sie sich erstaunlich einig. Sie wollten auf die Insel, am besten wieder in dasselbe Haus, so schwierig das für mich im ersten Moment war.

Als Greta Tage später anrief, um zu fragen, ob sie Tobias mitbringen dürfe, machte sie eingangs eine Bemerkung dazu. Ich beteuerte, sie müsse sich keine Gedanken machen, und natürlich dürfe Tobias mit, dann müsse sie nicht dauernd in ihr Handy starren, sondern habe mal Zeit, ins Wasser zu gehen. Offenbar hörte Tobias das Gespräch mit oder war in ihrer Nähe, denn ich meinte zu hören, wie sie sich zwischendurch abklatschten und tuschelten, bis Greta zischte: Jetzt nicht.

Sie studierten im zweiten Semester Mathematik für das Lehramt und schienen Tag und Nacht zusammen zu sein. Sie teilten sich ein winziges Zimmer in einer WG, in dem ein schmiedeeisernes Bett stand, und in diesem Bett brachten sie den Großteil ihrer Tage zu, lernten und aßen, vögelten, schrieben und empfingen Nachrichten, telefonierten, hörten Musik, sahen Filme, lustige Videoclips im Netz, alles im Bett.

Mir war diese Höhlenexistenz ein Rätsel, doch am Ende zählte, dass es Greta gut ging, dieser Tobias war nett zu ihr, brachte ihr morgens Kaffee und trug sie auf Händen. Sonst wusste ich nicht viel von ihm. Er hörte lieber zu, als lange Reden zu halten, er vögelte meine Tochter, na gut, das war unvermeidbar, aber ich mochte ihn. Auch Lotte und Felix mochten ihn. Sie waren mehrfach übers Wochenende nach Konstanz gefahren, und ihre Berichte klangen, als hätten sie ebenfalls die meiste Zeit im Bett verbracht.

Es war seltsam, wieder auf der Insel zu sein. Wir hatten ein anderes Quartier, nichts war wie beim ersten Mal, aber es blieb derselbe Raum, dasselbe Blau. In den ersten Tagen bereute ich, dass ich auf die Insel gekommen war, nicht so sehr, weil Sonja mir fehlte, sondern weil es mir vorkam, als sei sie nie hier gewesen. Der Raum hatte keine einzige Spur von ihr bewahrt. Selbst an den Orten, an denen wir definitiv gewesen waren, schienen wir nie gewesen zu sein. War das wirklich die Taverne, in der wir damals gegessen hatten, oder hatten wir es nur überlegt und waren dann weiter zu einer anderen gezogen? Hier, an der Mole hatte sie ewig lange telefoniert, es war Zufall, dass wir bei einem Ausflug dort gelandet waren, und wir blieben auch nicht lang. Die Kinder hätten am liebsten das alte Quartier besucht, doch ich hatte vergessen, wo es lag, hatte mir den Namen der Ortschaft nicht gemerkt oder nicht merken wollen, und sie bestanden zum Glück nicht darauf.

Der Urlaub mit Sonja lag drei Jahre zurück. Für die Zwillinge schien er keine drei Monate her zu sein. Beim Backgammonspielen fiel Felix ein, wie er Sonja die wichtigsten Züge beigebracht hatte, während Lotte hin und wieder ihren Namen fallen ließ, um zu markieren, dass wir hier schon zu fünft gewesen waren.

Greta war mit Tobias beschäftigt. Sie liefen Hand in Hand am Strand, blieben in den Gassen stehen, um sich zu küssen. Ich hatte ein Haus mit einem kleinen Nebengebäude gemietet, damit sie morgens und abends für sich sein konnten, doch zu meiner Überraschung blieben sie an den Abenden ewig lange sitzen und waren am Morgen die Ersten in der Küche. Dennoch hatten sie Gelegenheit genug, nachmittags in der größten Hitze, wenn wir das Grundstück nicht verließen und alle lasen oder schliefen. Man konnte es ihnen anmerken, wenn sie es gemacht hatten, zwei, drei Mal, als sie mit selig erhitzten Gesichtern in die Küche zum Kühlschrank schlichen. Ich sah sie gerne so. Ich dachte daran, wie es mit Therese gewesen war, und wunderte mich, wie genau ich mich an alles erinnerte; ähnlich klar und deutlich würde sich auch Greta erinnern.

An den Nachmittagen lag ich viel in der Hängematte. Es gab eine im Garten und eine auf der Terrasse, aber ich bevorzugte die im Garten, hörte die neuste Einspielung der Cello-Sonate von Schostakowitsch, an der Sonja beteiligt war, denn ihre Musik konnte ich weiter gut hören. Sonst beschäftigte sie mich nicht allzu viel. Wenn ich arbeitete, vergingen manchmal Wochen, ohne dass ich an sie dachte. Sie war immer da, aber man konnte ihr jederzeit sagen, jetzt nicht.

Genaueres wollte ich nicht wissen. Ich verfolgte nicht ihre Spuren, in welchen Städten sie war, was sie wann wo spielte, Preise und Erfolge. Einmal im Jahr, zu meinem Geburtstag, rief sie an, was bedeutete, dass ich dreimal mit ihr gesprochen hatte. Sie fragte, wie es den Kindern ging, denen sie kleine Geschenke schickte, mit einem kurzen Gruß, der nicht ergiebiger war als unsere Gespräche. Letztlich sagte sie nur, dass es sie noch gab. Ich freute mich, ihre Stimme zu hören, wobei ich immer noch auf eine Erklärung wartete, doch sie wollte keine Erklärungen geben oder hatte selbst noch keine gefunden.

Zu ihren Geburtstagen schrieb ich ihr wie früher Briefe. Ich schickte diese Briefe nie ab, aber es blieb wichtig, sie zu schreiben. Ich nahm mir Zeit, erfand diverse Wünsche für sie, von denen ich nicht wusste, ob sie für sie von Bedeutung waren, berichtete von meiner Arbeit, was mir im zurückliegenden Jahr wichtig gewesen war. Auch von der Begegnung mit einer Frau schrieb ich ihr, dass das anfangs sehr schön gewesen sei, bis ich nach wenigen Tagen begriff, dass ich nicht bereit war, einem Menschen noch einmal meine Geschichte zu erzählen. Für einen Moment war mir das wie eine Erleuchtung vorgekommen, wie eine Freiheit, die Freiheit, etwas zu lassen, so kümmerlich sie auf den ersten Blick auch wirkte.

Mit Felix lief ich. Früh am Morgen zwischen acht und neun, bevor es heiß wurde. Am ersten Tag war auch Lotte mitgekommen, hatte aber schnell die Lust verloren. Die Ziegenwege in die umliegenden Hügel waren steil und mühsam, oft war es mehr ein Steigen als ein Laufen, doch Felix und ich liebten es. Wir schwitzten, achteten auf unsere Schritte, erwischten ab und zu einen Streifen Meer. Da Felix der Schnellere war, ließ er mir den Vortritt, damit ich das Tempo bestimmen konnte. Ich hörte hinter mir seinen Atem, wir fanden einen Rhythmus und machten immer an derselben Stelle Pause, auf einer Anhöhe unter alten Olivenbäumen, wo die Zikaden lärmten und ein Hauch Rosmarinduft in der Luft hing.

Geredet haben wir meistens erst beim Schwimmen, was das Beste an der ganzen Lauferei war, der gerechte Lohn, dachte ich, wenn ich neben ihm hinausschwamm und gelegentlich einen prüfenden Blick von ihm erhaschte, denn er war das Kind, das mir auf die wohlmeinendste Art auf den Fersen war.

Beim Schwimmen erzählte er mir auch, dass Jule einen Freund hatte, sich mit jemandem traf; er wusste nicht recht, wie er es sagen sollte. Vor zehn Jahren wäre das eine mich betreffende Nachricht gewesen, etwas, von dem ich mir etwas erhofft hätte, nun war es ohne jede Bedeutung. Trotzdem sagte ich: Das ist gut, das freut mich für sie, wobei ich mich fragte, ob er sich genauso darüber freute. Die Sache schien sehr neu zu sein, Felix ließ nicht erkennen, dass er sich daran störte, zumal ich den Eindruck hatte, dass er den Mann nur flüchtig kannte.

Am Ende der ersten Woche erzählte er mir, dass er schreibe. Er nannte es nicht so, er arbeite an einer Geschichte, so nannte er es. Wir trockneten uns ab, ich war gespannt, doch er meinte nur, etwas Längeres, er habe erst angefangen. Er wirkte in keiner Weise verlegen, sondern sah mich gerade heraus an, wenn er weiter sei, könne ich gerne lesen.

Es freute mich, dass er so vertrauensvoll war, ich hätte ihn am liebsten umarmt. Vielleicht handelte es sich nur etwas Vorübergehendes, aber er hatte eine erste Spur, der er folgen konnte. Jedenfalls wünschte ich ihm viel Glück, vor allem Geduld, mit sich, mit dem, was da gerade entstand, Geduld sei das Allerwichtigste, lass dich von dir selbst nicht abbringen. Er zeigte sich erfreut, bedankte sich für den Rat, die Ermutigung.

Keine zwei Stunden später sah ich ihn auf der Terrasse vor einem Schreibheft sitzen. Ich hatte angenommen, er würde am Computer schreiben, aber siehe da, er benutzte Stift und Papier, wollte nicht mit zum Strand, sondern schrieb, mit tief über das Heft gebeugtem Kopf, als wäre es die erste ernsthafte Arbeit seines Lebens. Lotte wollte natürlich wissen, was er da mache, bekam jedoch nicht viel heraus, anscheinend gab es jetzt Angelegenheiten, die sie voreinander verbargen.

Später habe ich mich oft gefragt, ob ich nicht einen Versuch hätte machen müssen, mit ihnen über alles zu sprechen. Gelegenheiten hätte es gegeben. Wir hatten kein festes Programm, die Tage waren lang, selbst wenn wir unterwegs gewesen waren, wir saßen viel zusammen auf der Terrasse, aber ich war auch oft mit einem von ihnen allein, am wenigsten noch mit Greta, aber selbst mit Greta.

Ich habe keinen Weg gefunden. Vielleicht, weil ich zu spüren meinte, dass es ihnen kein Bedürfnis war, denn was hätten sie groß sagen können, außer dass es nicht so schlimm gewesen sei und sie mir dadurch die Absolution erteilten?

Sie selbst hatten sich zum Thema Vergangenheit nie geäußert. Sie schwiegen, und tatsächlich habe ich sie für dieses Schweigen oft bewundert. Sie hatten es sich hart erarbeitet, es war der Schaden, den sie erlitten hatten, ihre hoch entwickelte Überlebenskunst, damit sie nicht zwischen den Fronten zerrieben wurden, zwischen die sie ja häufig genug geraten waren.

Vor allem darüber hätten sie sich mit gutem Recht beklagen können. Aber sie schwiegen. Sie hatten sich da durchgekämpft, als hätten sie Jule und mich zu keinem Zeitpunkt ernst genommen, denn es war nicht ihr Krieg, ein unverständliches Gezerre zwischen Erwachsenen, wobei man sich im Rückblick fragte, warum es überhaupt stattgefunden hatte.

Aber wir hatten es überlebt. Die Kinder waren erst siebzehn und zwanzig, doch sie bewegten sich, sie konnten ansatzweise sagen, wohin, Lotte, wie immer sehr klar, in Richtung Theater, Greta genauso klar in Richtung Schule, während es Felix augenscheinlich zu den Worten zog.

Ich glaube, ich sagte ihnen etwas zu oft, wie froh ich in diesem letzten gemeinsamen Urlaub war. Plötzlich gab es jede Menge Platz, man konnte vernünftige Gespräche führen, einmal länger über die Frage, was Arbeit war, wie man im Mittelalter gedacht hatte ein göttlicher Fluch, oder eher ein Segen.

Für Lotte war das der Moment, sich an Sonja zu erinnern; bei solchen Diskussionen fehle Sonja sehr. Lotte hatte mit Sonja mehrfach die Rolle der Anja aus Tschechows *Kirschgarten* geübt, sie waren mit Abstand am engsten verbunden gewesen. Lotte schlug vor, eine Postkarte zu schreiben. Wir alle zusammen. Was schreiben wir ihr? Dass wir an sie denken, schlug sie vor, dass wir hier sind, auf unserer Insel. Alle unterschrieben. Sogar eine Briefmarke hatte Lotte, die Adresse musste ich beisteuern, dabei hatte Sonja möglicherweise längst eine andere.

An einem der letzten Abende sprachen wir über das Thema Familie. Greta und Tobias hatten gekocht, sie standen seit Stunden in der Küche und mühten sich mit *Stifado* und *Taramasalata*. Es gefiel mir, wie sie miteinander umgingen, in den Fällen, in denen sie sich nicht einig waren, sie fanden immer eine einvernehmliche Lösung. Lotte stichelte, sie sähen aus wie ein Ehepaar, es fehlten nur die Kinder; es ist nur eine Frage der Zeit, und ihr habt Kinder. Greta ging auf die Stichelei nicht ein, worauf Lotte, um nur irgendwie weiterzumachen, das Bekenntnis ablegte, sie werde bestimmt nie Kinder haben, eine Schauspielerin und Kinder, außerdem finde sie Kinder nervig. Darauf Felix: Ich habe gar nicht gewusst, dass du Schauspielerin bist, und überhaupt ist doch wohl die Frage, mit wem. Lotte bestritt das. Sie wolle auch keinen Mann, sie wolle keine Familie, sie wolle auf die Bühne. Sie klang ein bisschen unwirsch, beinahe wie Jule, dachte ich, dabei hatte Jule dergleichen nie gesagt.

Greta hatte nicht reagiert, das fiel Lotte natürlich auf,

beim Essen fing sie wieder damit an. Willst du nun oder nicht? Doch Greta fand, das gehe sie nichts an, mach du erst mal dein Abitur, und erklärte das Thema für beendet. Sie warf einen besorgten Blick auf Tobias. Dann küsste sie ihn. Bildete ich mir das nur ein oder waren ihm ihre Küsse inzwischen lästig? Greta musste ihn dauernd anfassen, sie fuhr ihm durchs Haar, setzte sich auf seinen Schoß, sie konnte keine Minute ohne ihn sein. Ich dachte an die letzten Wochen und Monate mit Therese, als ich innerlich jedes Mal schrie, wenn sie mich berührte oder zeigte, wie sehr sie an mir hing. Ich hätte Greta gerne gewarnt, falls es dazu nicht zu spät war. Lass ihn zwischendurch kurz Atem holen, hätte ich ihr gerne gesagt, er erstickt; wenn du ihn so belagerst, kann er nur weglaufen.

Ich wartete auf eine günstige Gelegenheit, aber das war schwierig, denn Greta wich nicht von seiner Seite, erst spätabends auf dem Weg zum Bad zwischen Tür und Angel sagte ich zwei, drei scherzhafte Sätze. Sie reagierte verstimmt, hielt sich aber tapfer an meinen Ratschlag.

Tobias hatte kürzlich in einer Tauchschule die ersten Tauchstunden genommen, gestern war er erstmals länger unter Wasser gewesen und schwärmte bloß. Er wirkte verblüfft, als Greta ihm sagte, dass sie diesmal nicht mitkäme, war aber einverstanden. Damit hatte sie nicht gerechnet. Sie wirkte irritiert, wünschte ihm viel Spaß und lag drei Stunden bekümmert in der Hängematte, ohne zu wissen, was sie mit sich anfangen sollte.

Ich dachte an all den Kummer, der ihr bevorstand, den Kummer der Zwillinge, vielleicht auch meinen, wenn sie sich eines Tages vor mich hinstellten und sich beklagten. Womöglich kam es nie zu diesem Moment. Fürchtete ich mich überhaupt davor? Ich würde mir alles anhören, die Vorwürfe, die Bilanzen, wenn etwas sie aus der Bahn warf und sie entdeckten, dass es Gründe gab, warum sie dieses oder jenes nicht schafften.

Lotte würde mir sicher lange Vorträge halten, Greta eher schreiben. Bei Felix wusste ich nicht; er würde Fragen stellen und die Positionen gegeneinander abwägen. Er war das musikalischste meiner Kinder. Er wusste, dass es schwer zu entziffernde Tiefenstrukturen gab, eine Vielzahl gegenläufiger Stimmen, dass das Wenigste offen zutage lag.

Er war vor einer Weile zum Strand gelaufen, jetzt fragte ich mich, wo er blieb, und ging ihn suchen. Ich sah sein blau-rotes Handtuch, das er achtlos in den Sand geworfen hatte, seine Badeschlappen, weit draußen einen winzig kleinen Punkt, von dem ich hoffte, dass es sich um seinen Kopf handelte. Der Punkt bewegte sich immer weiter weg, dann plötzlich machte er halt, schwebte minutenlang unentschieden über dem Wasser, ehe er sich langsam Richtung Ufer zu bewegen begann.

Ich hoffte inständig, dass es Felix war.

Ich begann zu winken, und siehe da, jetzt winkte der Punkt zurück. Jemand schwamm zurück, es war Felix. In ruhigen, langen Zügen schwamm er bis ans Ufer, wo er mich mit einem schiefen Lächeln begrüßte und seine Sachen nahm und neben mir zurück zu unserem Haus lief.

15

DIE KINDER HABEN SICH für meine Musik lange nicht interessiert. Für sie handelte es sich um eine x-beliebige Arbeit, die der Grund war, warum ich keine Zeit für sie hatte. Mit fünf, sechs interessierte sich Lotte für die Frage, wie berühmt ich war, aber sonst war nicht viel. Die Kinder wussten, was eine Partitur ist, sie hatten mich hunderte Mal mit Lärmschutzkopfhörer am Rechner gesehen, sie konnten einschätzen, in welcher Stimmung ich war, wann ich haderte, wann ich mich freute. In den frühen Jahren spielte ich ihnen gelegentlich etwas auf dem Klavier vor, später eine der ersten CDs, das Klavierkonzert, doch sie wussten wenig damit anzufangen. Sie hörten aufmerksam zu, sie nickten, interessierten sich für die CD, auf der mein Name stand, auf dem Cover das Bild von Borremans, das sie merkwürdig fanden. Zur Musik sagten sie nicht viel, obwohl jeder von ihnen ein Instrument spielte, einige Jahre lang Klavier und Greta ab zwölf für kurze Zeit Querflöte.

Sonja wollte sich damit nicht abfinden. Ein Vater müsse sich seinen Kindern zeigen, damit sie eine Ahnung bekamen, wer er war, und so beschloss sie, sie ins Konzert zu schleppen, ausgerechnet in die dritte Sinfonie. Mit der dritten Sinfonie kam sie überhaupt nicht zurecht, den langen Chorpassagen, dem auf- und abschwellenden Ostinato der Streicher, dass die Musik mehrfach neu ansetzte und mit einem trügerisch versöhnlichen Finale endete. Felix mochte die Oboe, aber schon in der Pause wirkten alle merkwürdig betreten. Sonja drängte sie wieder und wieder, sich zu dem Gehörten zu äußern, und ging die halbe Instrumentierung mit ihnen durch. Für Sonja war die Dritte eine meiner besten Arbeiten, dass sie überwiegend ablehnende oder ratlose Kritiken erhalten hatte, spielte für sie keine Rolle, und für die Kinder sowieso nicht.

Erst, als sie Anfang, Mitte zwanzig waren, tauchten die ersten Fragen auf. Greta, klar, interessierte sich für mathematische Strukturen, während Felix sich fragte, wie genau meine Stücke entstanden, was Bastelarbeit war, was Intuition, wann ich die Musik hörte, vorher im Kopf oder erst nachher auf dem Papier. Lotte betrachtete die Musik als Gegebenes, sie interessierte sich für die Wirkung. Sollte der Zuhörer überwältigt werden oder Platz zum Denken haben? Gab es Lücken in meiner Musik oder ging es darum, so viel wie möglich zu füllen?

Ich mochte diese Gespräche. Alle drei hatten inzwischen das eine oder andere »nachgehört«. Greta mochte die Arbeiten für Klavier, Lotte eher die Orchestermusik, während Felix zur Kammermusik tendierte. Gesang mochte keiner von ihnen.

Ich begann sie mit auf Reisen zu nehmen, wobei ich vergaß, dass mir das Reisen nur noch wenig bedeutete, die Nachmittage in Hotelzimmern, die pflichtschuldigen Spaziergänge durch die immer gleichen Innenstädte, abends der große Trubel, das Gerede über Neue Musik, die Abendessen an der Seite schlecht gelaunter Dirigenten.

Aber mit den Kindern war es noch einmal ein Spaß. Greta hatte sich für ein Wochenende von Tobias loseisen können und spazierte an meiner Seite bestens gelaunt durch Budapest, so wie Felix Wochen später durch Kopenhagen.

Am meisten freute ich mich, dass Lotte mich begleiten

wollte, denn Lotte hatte das Kind, Lotte hatte keinen Mann, der sie unterstützte, deshalb, dachte ich, müsse sie mal raus. Janosch war knapp ein Jahr alt. Es war überhaupt das erste Mal, dass sie ihn länger allein ließ; eine Freundin kümmerte sich um ihn. Der Kindsvater wollte mit Janosch nichts zu tun haben, schien aber immer noch in Lottes Schauspiel-klasse zu sein, was mir ein absolutes Rätsel war, doch daran durfte man nicht rühren.

Ich lud sie zum Essen ein, fragte, wie es ihr ging. Dass sie stillte und seit Monaten kaum schlief, merkte man ihr kaum an. Sie war beunruhigend dünn, sie rauchte zu viel, eigentlich rauchte sie ununterbrochen. Psychisch wirkte sie halbwegs stabil. Sie war in ihrer Klasse mehrfach ausge-flippt, galt aber als großes Talent. Auf der Bühne hatte sie eine nervöse, fahrige Ausstrahlung, was gewissermaßen ihr Markenzeichen war. Ich fragte mich, wann sie einen Mo-ment Ruhe hatte, wie sie mit alldem zurechtkam. Sie sagte: Kein Problem, ich liebe meinen Fratz, ich freue mich täg-lich, dass ich ihn habe. Ich liebe meine Arbeit, ein anderes Leben möchte ich nicht haben.

Sie zupfte dauernd an sich herum, blickte regelmäßig auf die Uhr, als müsse sie gleich los, dabei begann das Konzert erst in drei Stunden. Manchmal saß sie nur da und schwieg, um im nächsten Augenblick euphorisch über *Körperarbeit* zu reden, Körper- und Wortarbeit, das Glück, das sie da-bei empfand, wie leer man am Abend war. Vielleicht nahm sie ja etwas, dachte ich, Tabletten, die sie aufputschten und sechzehn Stunden später wieder runterholten. Ich sagte, dass ich mir Sorgen machte. Ach was, gab sie zurück, ich bin Schauspielerin. Erinnerst du dich, wie ich euch stunden-lang mit meinen Stofftierparaden gequält habe, durch das Fenster in der Küchentür, mit irgendwelchen sinnlosen Di-alogen?

301

Am Abend war sie wie verwandelt. Sie hatte sich umgezogen und wirkte sehr schmal in ihrem dunkelgrünen Kleid. Aber sie strahlte, dauernd erkundigte sich jemand, wer sie war. Ein Fotograf wollte unbedingt Bilder von ihr machen, im Foyer mit einem Glas Sekt, schräg gegen den Bistrotisch gelehnt; der Fotograf hat mir die Bilder später geschickt.

Die vierte Sinfonie wurde mein größter Erfolg. Sie ist die kürzeste und eingängigste, weniger breit orchestriert als die früheren, mehr ein Doppelkonzert für Klavier und Cello als eine Sinfonie, mit ein paar ironischen Verbeugungen vor Schostakowitsch, dessen Musik mir wieder wichtiger geworden war. Es gab lang anhaltenden Applaus, ich musste auf die Bühne, wo ich mich übermütig verbeugte und einen Strauß Blumen aufhob und noch einmal verbeugte.

Für ein paar Tage war ich glücklich. Es war der gerechte Lohn, dachte ich, der Beweis, dass die Mühe nicht umsonst gewesen war. Lotte umarmte mich, alle schauten zu uns her, ich sonnte mich in ihr, klimperte im Kopf die ersten Takte von wer weiß was, während mir Lotte zuflüsterte, wie gut es ihr gefallen hatte.

Es war einer der seltenen Momente, in denen ich mich halbwegs frei fühlte, denn während meiner dreißigjährigen Komponistenexistenz bin ich selten frei gewesen. Ich komponierte, weil es Aufträge gab. Jemand bestellte, es gab Geld, Monate oder Jahre später ein Konzert, hie und da eine Kritik, bevor sich jemand dazu entschloss, mir einen weiteren Auftrag zu geben. Wäre ich wirklich frei gewesen, hätte ich völlig andere Dinge gemacht, eine andere Musik, am Ende auch gar nichts mit Musik. Ich konnte leider nichts anderes. Wenn ich etwas anderes gekonnt hätte, hätte ich es womöglich längst getan.

Spätabends in Lottes Hotelzimmer dachte ich das. Ich

sah Lotte zu, wie sie sich ihre dunkelroten Strümpfe von den Beinen rollte und von meinen Gedanken nichts ahnte. Verglichen mit einer Schauspielerexistenz war das Leben eines Komponisten wahrscheinlich das reinste Kinderspiel. Ich wünschte ihr einen Mann, eines fernen Tages, eine richtige Familie, damit sie nicht so schutzlos wäre.

Am nächsten Morgen zeigte sie mir auf ihrem iPad die erste Kurzkritik, die sehr positiv war. Sie las sie mir vor, in einem übertrieben feierlichen Ton, wobei sie die ganze Zeit in Bewegung war, mit der einen Hand das iPad hielt und mit der anderen die Sätze rhythmisierte. Der Text war nicht besonders tiefsinnig, sie las ihn zu Ende und fing wieder von vorne an, und irgendwann begannen wir zu lachen, und allein für dieses Lachen hatte es sich gelohnt. Sie war meine Tochter, sie war mir fremd, aber jetzt feierte sie mit mir. Unten, im Frühstücksraum, stießen wir auf alles Mögliche an, auf die Musik, das Theater, auf Janosch natürlich, auf das Leben, sagte sie, manchmal sei das Leben gar nicht so übel.

*

MEINE VERBINDUNG MIT THERESE finden meine Kinder befremdlich. Ich selbst finde sie, von außen betrachtet, befremdlich, aber nun ist es so gekommen, kurz nach meinem sechzigsten Geburtstag sprach sie mich nach einem Konzert an und war zurück in meinem Leben.

Im ersten Moment erkannte ich nur ihre Stimme. Die Stimme klang angenehm und vertraut, jedenfalls hatte ich sie schon gehört, ohne dass ich sagen hätte können, wo, und in diesem Moment erkannte ich sie.

Sie trug ein braunes Kleid und wirkte nicht sonderlich verändert. Etwas grau, eine Spur fülliger, als sie mit siebzehn, achtzehn gewesen war, strahlte aber immer noch diese mädchenhafte Sanftheit aus. Sie gab mir merkwürdigerweise die Hand und fragte, ob ich Zeit hätte, sie sei zufällig in der Stadt.

Ich freute mich, sie zu sehen. Es war merkwürdig, nach all den Jahren, doch es war nicht unangenehm. Später, im Café, erklärte sie, sie habe überhaupt nicht mit mir gerechnet, sie habe in bestimmten Situationen an mich gedacht, dann wieder jahrelang nicht, was nicht heißt, dass ich dich nicht dauernd mit mir herumgetragen habe.

Wir saßen ewig lange in diesem Café, am nächsten Tag trafen wir uns wieder. Wir redeten über meine Musik, die sie gut kannte, in zwei, drei ausholenden Bewegungen über die Vergangenheit, eigentlich nur über die Stationen, Städte, Länder, Kontinente, sie schien ein Leben lang unterwegs gewesen zu sein. Ich erwähnte, dass ich drei Kinder hatte, was sie freute, sie selbst habe keine. Von einem Partner kein Wort. Warum war sie überhaupt in der Stadt? Sie sprach von einer alten Reisebekanntschaft, doch jetzt treffe sie sich ja vor allem mit mir. Sie müsse bald weg, sagte sie, gab aber keinen Hinweis, wohin und warum, in ungefähr einem Monat hoffe sie zurück zu sein.

Ich wartete nicht auf sie; im Grunde kannte ich sie ja kaum. Ich hatte ihr zwei Telefonnummern und zwei E-Mail-Adressen gegeben, nach eineinhalb Monaten war sie am Apparat. Von der Reise berichtete sie nur, dass sie stattgefunden habe. Sie würde mich gerne treffen, sagte sie, auf einmal war es für uns beide dringend, dass wir uns trafen.

Ich lud sie zu mir nach Hause ein. Ich stand kurz vor meinem Umzug aufs Land, die Wohnung war in einem chaotischen Zustand, trotzdem lud ich sie ein. Ich zeigte ihr Bilder vom Haus, wir aßen, redeten über das, was unversehrt geblieben war, so seltsam das vielleicht war. Es wurde spät, irgendwann richtete ich ihr auf dem Sofa ein Bett, auf dem sie die ersten Nächte schlief.

So fanden wir zueinander. Sie blieb, ohne dass wir es groß besprachen. Wir hatten die Vergangenheit zum Leben erweckt, oder was immer wir da ohne jede Eile taten, wobei ja jeder zu jedem Zeitpunkt hätte sagen können, dass er genug hatte.

Anfangs dachten wir, wir müssten uns nun nach und nach alles erzählen, doch dann zeigte sich, dass es ohne Bedeutung war. Gelegentlich fiel ein Name, Therese erwähnte einen Juan, und auf diese Weise wusste ich, dass es einen Juan gegeben hatte, so wie es eine Sonja gegeben hatte, eine Jule, ohne genaue Geschichte.

Es hat Monate gedauert, bis wir zum ersten Mal miteinander schliefen. Therese war ein wenig trocken, doch davon abgesehen, war es auf unkomplizierte Weise vertraut. Etwas war auch neu, aber letztlich knüpften wir da an, wo wir aufgehört hatten, nachmittags in der Pension am Meer, dachte ich, obwohl das gar nicht das letzte Mal gewesen war.

Wie wir leben würden, war zuerst nicht klar. Therese half mir beim Umzug, war noch einmal mehrere Wochen weg, in denen ich rund um die Uhr mit den Renovierungsarbeiten zu tun hatte, ein halbes Dutzend Handwerker beschäftigte, vorübergehend einen Gärtner. Nur am Rande dachte ich darüber nach, warum Thereses Reisen stattfanden. Vielleicht hatte sie doch irgendwo ein Kind, einen Mann, dachte ich, der sie nicht gehen lassen wollte, wobei sie mir ein Kind hoffentlich nicht verschwiegen hätte.

Als ich sie nach ihrer Rückkehr fragte, gab sie sich bestürzt. Ein Kind, um Himmels willen, nein, es gehe nur um Geld. Wie sich herausstellte, hatte sie ihr gesamtes Vermögen inklusive Erbschaft in eine peruanische Spargelfarm gesteckt, und nun erwies es sich als schwierig, es herauszubekommen. Wir saßen lange auf der neuen Veranda, wo sie anfing zu erzählen. Sie vermisse ihr altes Leben nicht. Die Pferde vermisste sie, den scharfen Wind, die gebückten Rücken der Arbeiter, an den Nachmittagen das Beladen der Lkws.

Am nächsten Tag besuchte uns Lotte. Janosch hatte sie bei Jule gelassen, trotzdem wirkte sie gestresst, obwohl sie behauptete, völlig entspannt zu sein. Ich glaube, es störte sie der Gedanke, dass ich mit Therese Sex hatte, denn mit Sex hatte Lotte ein Problem; wäre Janosch nicht gewesen, hätte ich geschworen, dass sie mit ihren sechsundzwanzig Jahren noch nie von jemandem berührt worden war.

Nach einer kurzen Führung ließen wir uns im Garten nieder. Es gab Kaffee und Kuchen, Lotte lobte Haus und Garten und schien sich nur zu wundern, dass auch Therese da war. Das also ist das Mädchen, mit dem mein Vater es zum ersten Mal getan hat, schien sie zu denken, und hier, in diesem Haus, tun sie es wieder.

Sehr viel hatte ich von Therese nicht erzählt, eigentlich nur, dass sie in jungen Jahren ins Ausland gegangen war. Dass man mit Anfang zwanzig seine Zelte abbrach und nach Südamerika ging, konnte sich Lotte nicht vorstellen. Sie stellte zwei, drei Fragen, und nach eineinhalb Stunden fuhr sie zurück, um Janosch abzuholen.

Mit Felix war es weniger kompliziert. Er lernte Therese im Anschluss an seine erste Lesung kennen, er hatte gar keine Zeit, sich groß Gedanken zu machen, und behandelte sie mit der ihm eigenen Freundlichkeit. Die Lesung fand in einem ehemaligen Kinofoyer statt. Der Eintritt war frei, wer lesen wollte, gab zu Beginn ein Zeichen und hatte eine halbe Stunde Zeit.

Felix war der Zweite. Er las eindeutig zu leise, wirkte

aber nicht nervös. Der Text war einerseits klar, obwohl er andererseits in jeder Zeile dunkel blieb, Felix nannte ihn eine Hommage an Kafka: Ein Mann schwimmt hinaus aufs Meer und denkt über sein Leben nach, sieht am Horizont einen Tanker, die Umrisse einer Insel, zu der er aber nicht schwimmt, sondern seitlich vorbei und immer weiter hinaus aufs Meer.

Anfangs gab es verhaltenes Lob, dann aus allen Richtungen Kritik, die zum Teil sehr kleinlich war. Ich lud Felix in eine Pizzeria ein und versuchte ihn zu trösten, aber das war nicht nötig. Er freute sich, dass wir gekommen waren, und beschäftigte sich mit Therese, die über ihre Lieblingsbücher sprach, was sie gelesen hatte, als sie in seinem Alter war, darunter auch viel Kafka.

Felix hörte ihr aufmerksam zu, beobachtete ihre Hände, die Pausen, die sie beim Sprechen machte. Auch bei ihm spürte man eine gewisse Skepsis, allerdings hatte sie eine andere Richtung als bei Lotte. Ihn interessierte Thereses Wirkung. Ob sie mir guttat, wie ich reagierte, wenn sie mich berührte, ob sie eine aufmerksame Zuhörerin war. Es war merkwürdig, Therese mit diesem Blick zu sehen, aber so versuchte er sie kennenzulernen. Er fragte sie nicht aus, hielt sich an die Gesten, die Aura, falls es das gab, *good or bad vibrations*.

Wochen später nach einem Besuch sagte er, Therese sei ihm fremd, aber sie schaue gut auf mich. Auch dem Haus merke man an, dass da jemand gut schaue. Sie ist ordentlicher als du. Sie kauft Servietten, sie richtet am Morgen nach dem Aufstehen das Bett. Offenbar hatte er Thereses Spuren sorgfältig registriert, wenngleich von ihren persönlichen Hinterlassenschaften wenig zu bemerken war, im Bad ihre Schminksachen, ein Paar Strümpfe über einem Stuhl, ihre Lektüre, ihre Yogamatte. Hoffentlich hatte er das Gleitgel nicht entdeckt.

Ich hatte Felix lange nicht so gesprächig erlebt. Er wirkte beschwingt, was ich mir nicht recht erklären konnte, bis er sagte, er habe da kürzlich jemanden kennengelernt, sehr nett, mehr könne er nicht sagen. Erst wollte er mir den Namen nicht verraten, rückte schließlich aber damit heraus, dass sie Sabrina hieß und wie er Philosophie und Germanistik studierte.

★

MIT THERESE WERDE ICH WOHL ALT. Ich habe nicht damit gerechnet, mich noch einmal mit jemandem zu verbinden, aber nun ist es so, wir gewähren uns einen gewissen Schutz, leben ohne großen Plan, doch die Gemeinsamkeit ist da.

Wäre es nicht Therese gewesen, hätte ich sicher weiter alleine gelebt. Ich habe gerne allein gelebt. Man lernt sich neu kennen, wenn man ohne festen Bezug zu anderen ist, ich war mehr Mann, falls es das trifft, ich lebte weniger opportunistisch, weniger geräuschempfindlich, könnte man sagen, es waren ja praktisch keine Geräusche mehr da.

Anfangs durchlief ich eine Phase der Verwahrlosung. Ich brach so gut wie alle Verbindungen zur Außenwelt ab, arbeitete schlecht, gab nicht gut auf mich acht, allerdings hätte ich auch nicht sagen können, wozu und für wen. Ich hasste mich. Ich hasste meine Wohnung, die Musik, ich hasste meinen Körper. Ich zog mich drei Monate in ein Kaff an der Nordsee zurück, wo ich zehn Stunden am Tag die Strände auf und ab lief, um irgendwann alles von mir abzuschütteln und von vorne anzufangen.

Das ist eine der wenigen Geschichten, die ich Therese erzählt habe. Und dies auch nur, weil sie eine Rolle darin spielte, die großen Geschichten hatten wir ja beschlossen, einander zu erlassen.

Eines Tages traf ich dort in einer Kneipe jemand aus ihrer alten Klasse. Wir kamen auf die früheren Zeiten, fanden heraus, dass wir uns kannten, eher aus der Ferne, denn ich hatte nie ein Wort mit ihm gesprochen. Ich fragte nach Therese, worauf er sagte, er meine gehört zu haben, dass sie verschwunden sei, verschollen, manche sagten: tot. Das hatte er aufgeschnappt, dass sie irgendwo in Asien ums Leben gekommen sei, bei einem dummen Unfall. Es war Jahre her, deshalb hatte er die Details vergessen. Wart ihr nicht ein Paar? Ich fragte, warum Asien, ich fragte, welcher Unfall, aber er war schon zu betrunken, außerdem war es ihm völlig egal, was mit Therese war.

Seither war sie tot für mich. Manchmal war sie tot, manchmal war sie quicklebendig. In irgendeinem Winkel des Planeten, dachte ich, müsste sie doch am Leben sein. Ich konnte sehen, dass sie lebendig war, sie trug das geblümte Kittelkleid, das sie mit sechzehn getragen hatte und das ihr sicher seit Jahrzehnten nicht mehr passte.

Als ich nach drei Monaten zurückkehrte, änderte ich mein Leben. Ich begann zu laufen und nahm zehn Kilo ab, trank keinen Alkohol mehr, rief bei meinen fast vergessenen Freunden an. Es entstand eine neue Spannung, auch in meiner Musik, ich warf auf allen Gebieten Ballast ab. Ich schrieb Sonja einen langen Brief, den ich ihr sogar schickte, und widmete ihr meine fünfte Sinfonie. Ich arbeitete Tag und Nacht, schrieb innerhalb weniger Wochen eine *Hymne für vier Posaunen und Schlagzeug* und ein längeres Chorstück für achtfach besetzten, gemischten Chor.

Für Frauen interessierte ich mich nur am Rande. Es blieb nicht aus, dass ich gelegentlich jemanden kennenlernte, junge, ernsthafte Musikkritikerinnen, die aus anderen Städten anreisten, Violinistinnen aus dem Orchester, einmal eine Paukistin, die beim Sprechen dauernd durch die Luft fuchtelte. Man schrieb sich ein paar Wochen zweideutige Mails, aber dann erreichte ich schnell den Punkt, an dem ich dachte, wofür, nicht schon wieder.

Dann kam Therese.

Unsere Verbindung hatte von Anfang an Grenzen, aber eben deshalb traute ich ihr. Wir gingen kein großes Risiko miteinander ein, wir waren freundliche Gespenster aus der Vergangenheit, die nur Ansprüche stellten, die sie erfüllen konnten. Wir hatten keine Kinder großzuziehen, es mangelte uns nicht an Zeit, deshalb fielen uns kleine Aufmerksamkeiten leicht.

Wir fassten uns viel an. Therese saß am Abend oft auf meinem Schoß und dachte darüber nach, was sie hier draußen auf dem Land machen könnte. Sie begann, sich mit dem Garten zu beschäftigen, zeichnete umfangreiche Pläne, über Wochen immer neue Skizzen, auf denen allmählich Wege zu erkennen waren, kompliziert geschwungene Rabatten, ein ovaler Teich, im hinteren Teil ein Obstgarten, Apfel, Birne, Kirsche, dazu eine Magnolie, weil ich gesagt hatte, dass die Magnolie einer meiner Lieblingsbäume sei, zwei lange Beete für Gemüse und Kräuter.

Der Garten wurde ihr großes Projekt. Die Kinder beobachteten staunend, wie sich alles in rasender Geschwindigkeit veränderte und Gestalt annahm. Das Grundstück war an die dreitausend Quadratmeter groß und zu einem Drittel bewaldet, es gab eine lückenhafte Hecke, ein paar Sträucher, der Großteil war in verwildertem Zustand.

Es war kaum zu schaffen, doch Therese ließ keinen Zweifel daran, dass sie es schaffen würde. Bei den größeren Erdarbeiten holte sie sich Hilfe, aber den Rest erledigte sie selbst, pflanzte Bäume, legte die Beete an, pflasterte die Wege. Ihre Energie war unerschöpflich. Ich arbeitete am Violinkonzert und beobachtete durchs Fenster die täglichen Fortschritte, wie sie immerzu in Bewegung war und am Abend mit ihren schmutzigen Händen zu mir ins Bett kroch und auf der Stelle einschlief.

Ende des ersten Sommers, als die Anlage so gut wie fertig war, hatten wir Janosch eine Woche zu Besuch. Lotte musste sich auf die Abschlussprüfung vorbereiten und blieb nur auf einen Kaffee, bevor sie zurück in die Stadt fuhr. Das Wetter war gemischt. Janosch stapfte an der Hand von Therese durch den Garten, die meiste Zeit verbrachten wir im Haus. Janosch war überaus mobil, er war neugierig, ständig auf Entdeckungsreise. Haus, sagte er. Sein Wortschatz bestand aus keinen zwanzig Wörtern, aber was ein Haus war, wusste er, Häuser schienen ihn zu faszinieren. Ich führte ihn in den Keller und zeigte ihm in den Regalen den Wein, die Vorräte, die kleine Waschküche, anschließend das erste und zweite Stockwerk, wo ich arbeitete, wo ich mit Therese schlief, was er alles längst wusste. Auch in den Dachboden stiegen wir, klappten alte Koffer auf und zu, und von da an war es ein Ritual, vormittags vom Keller hinauf bis unters Dach und am Nachmittag die umgekehrte Richtung.

Wie seine Mutter aß er nicht gut, doch sonst war er eine einzige Wonne, ging immer brav ins Bett, sodass ich stundenweise arbeiten konnte oder mit Therese im Garten lag, die anfangs eher vorsichtig mit ihm war und eben dadurch sein Herz gewann.

Nach den ersten verregneten Tagen wollte er nach draußen. Er probierte die Johannisbeeren, ließ sich von Therese zeigen, wie man in einem Baum klettert, zupfte Unkraut mit ihr, saß bei jeder Gelegenheit auf ihrem Schoß und beobachtete amüsiert, dass sie gelegentlich auf meinen kletterte.

Therese genoss die Tage sehr. Sie holte etwas nach, das war klar, mit ihm fühlte sie sich nicht so befangen, denn bei den Großen hielt sie sich merklich zurück, am wenigsten noch bei Greta.

Auch Greta und Tobias kündigten sich an. Es gebe Neuigkeiten, hatte Greta am Telefon gesagt, und nein, schwanger sei sie nicht, nicht dass sie wüsste jedenfalls, alles Weitere am Wochenende.

Die Neuigkeit war, dass sie heiraten wollten, worüber ich alles andere als begeistert war, doch Greta ließ mich gar nicht erst zu Wort kommen. Auch Tobias kam nicht zu Wort; Greta nahm ihm alles ab. Sie hatte uns auf die Terrasse gelotst und den mitgebrachten Kuchen verteilt, und jetzt redete sie, sprach von einer neuen Wohnung, die sie hoffentlich bald fänden, dem Referendariat, das sie hinter sich bringen mussten, einem Termin im nächsten Sommer.

Ich hatte Greta selten so entschlossen erlebt, und je länger sie redete, desto vernünftiger fand ich es. Die beiden waren seit Jahren zusammen, es gab einen Plan, sie mochten sich, warum nicht. Das eigentlich Überraschende war, dass sie daran glaubten, und das freute mich. Ich dachte: Nach allem was gewesen war. Therese brachte eine Flasche Sekt, und wir stießen alle an. Weiß es deine Mutter? Ja, Jule hatten sie vor Kurzem informiert, sie hatte keine Einwände gehabt, allerdings hätte sich Greta davon wohl nicht abhalten lassen.

Nach zwei Stunden machten sie sich auf den Heimweg. Es fiel mir auf, dass sie mit keiner Silbe nach Janosch gefragt hatte. Greta hatte ihn erst zwei, drei Mal gesehen. Ich dachte an die helle Aufregung vor Jahren auf der Insel und wie gerne sie damals schwanger gewesen wäre. Hatte sie ihre Pläne geändert? Wir standen draußen vor dem Tor, ich hatte sie umarmt, worauf sie mich kurz musterte, so mit einem Blick, als wolle sie sagen, ich bin nicht so wie du denkst, ich weiß nicht, ob ich Kinder will. Danach machte sie eine Bemerkung über das Leben auf dem Land, es sei wunderschön, aber für sie persönlich wäre es nichts, mit fünfzig, sechzig vielleicht, was so klang, als müsse man alt sein, um freiwillig auf dem Land zu leben, beinahe ein bisschen krank.

Ich mochte das Leben auf dem Land. Es war eintönig, und eben das gefiel mir daran. Das ganze Leben lief im Kreis, die Abläufe wiederholten sich. Auch in der Stadt wiederholten sich die Abläufe, aber hier, im Wald, schien es sinnfälliger zu sein, es war nicht anders denkbar. Im Herbst rechte man das Laub, im Frühling machte man neue Erde; irgendwann blühte es, im Sommer stieg man in die Bäume, um das Obst zu ernten, bevor man im Herbst von Neuem das Laub rechte.

Greta war zu jung, um das zu verstehen, sie wusste nichts vom Tod, während der Tod seit Längerem mein ständiger Begleiter war. Hier, im Garten, bereitete ich mich auf meinen Tod vor. Man konnte den Tod riechen, ich hatte regelmäßigen Umgang mit ihm, wir machten uns bekannt, in gebührendem Abstand, damit er nicht auf falsche Gedanken kam.

Ich habe über meinen Tod lange nicht nachgedacht, bis Franz vor Jahren danach fragte, aus heiterem Himmel, wie alt wirst du, glaubst du, werden. Ich weiß noch, wie ich über seine Frage erschrak und sofort log und behauptete, es nicht zu wissen, während eine Stimme in mir flüsterte: keine siebzig. Ich rechnete mir aus, wie alt die Kinder dann wären, und versuchte nicht mehr daran zu denken. Damals gab es das Haus noch nicht, von Therese keine Spur, von Janosch nicht, ich war keine fünfzig, jetzt gehe ich auf die fünfundsechzig zu und schiebe die Grenze vorsichtig nach hinten.

*

DAS HAUS HABE ICH AUCH WEGEN DES SEES gekauft. Er liegt etwas versteckt im Wald und ist von einem breiten Schilfgürtel umgeben. Die Stelle, an der ich ins Wasser steige, ist gut geschützt, acht Minuten mit dem Fahrrad, und ich bin da.

Von Anfang April bis Mitte Dezember ist Saison. Die Tage, an denen ich verreise, fallen natürlich weg, aber sonst mache ich mich bei Wind und Wetter auf den Weg, freue mich im März, wenn die Wassertemperaturen allmählich steigen, und registriere ab September, wie sie fallen. Zwanzig Minuten ist in etwa meine Zeit. Ich halte mich in der Regel erst links, um dann in größerem Abstand die Insel zu umrunden, auf dem Rückweg allmählich das Tempo zu erhöhen und mit schnellen Zügen zurückzuschwimmen.

Es ist die beste Stunde des Tages. Man wird wach, man hat Gedanken oder genießt es, völlig gedankenlos zu sein, und im Zustand der Gedankenlosigkeit kommen nicht selten die Ideen, oft erst später auf dem Rad, wo die ersten Takte von wer weiß was auftauchen oder es an einer Stelle weitergeht, an der man gestern aufgehört hat.

Therese hat in der Regel das Frühstück gemacht, wenn ich zurückkomme, doch manchmal schlüpfe ich zurück zu ihr ins Bett, je nachdem, wie es gerade zwischen uns steht. Therese sagt, dass es sie beunruhigt, wie selten wir uns streiten, aber die Wahrheit ist, dass es sie beruhigt und wir beide alles tun, damit es so bleibt. Sie macht viel im Garten, hat damit begonnen, meine Arbeiten zu katalogisieren, was mir anfangs nicht recht gewesen ist, weil ich sie von ihren eigenen Sachen nicht abhalten will, worauf sie meinte, sie habe ihr ganzes Leben nur Dinge getan, die ihr Eigenes waren.

Ich glaube, sie macht es wirklich gern. Sortiert Partituren, nummeriert alles durch, notiert Besetzung und Entstehungszeit, die Aufführungsorte, die CDs mit den Namen der Interpreten, Orchester, Ensembles, Solisten. Ich bin überrascht, wie viel sich in all den Jahren angesammelt hat, manches habe ich glatt vergessen, Gelegenheitsarbeiten, das Fragment einer Filmmusik, ein angefangenes Musical.

Manchmal frage ich mich, was bleibt, und inwiefern mich das zu interessieren hat. Ich fürchte, meine Generation wird keine großen Spuren hinterlassen. Wir waren die, von denen es immer zu viele gab, wir haben nicht richtig an uns geglaubt, nur hin und wieder so getan, was an unserer tief verwurzelten Skepsis nichts änderte. Wo immer wir uns hinbewegten, war die Stelle bereits besetzt, zumindest war das unser Eindruck. War nicht alles längst gesagt und getan, sodass wir uns bestenfalls wiederholen konnten? Wir wiederholten uns, aber wir rafften uns zu keiner Tat auf, vielmehr bestanden unsere Taten darin, dass wir zähneknirschend akzeptierten, dass uns keine einfielen.

Vielleicht werden unsere Kinder sagen, dass eben darin unser Verbrechen besteht, wenngleich ich eher glaube, dass sie uns auslachen werden. Ich mache mir keine großen Sorgen um meine Kinder, zumal sie jetzt in einem Alter sind, in dem man nur wenig für sie tun kann. Sie müssen jetzt schon selbst sehen, wie sie mit der Welt zurechtkommen, denke ich, sie nehmen, wie sie ist oder sie verändern, sie an irgendeiner Stelle modellieren.

Auf welche Weise sie das tun, erscheint mir nebensächlich. Vielleicht ist die Sache selbst nebensächlich. Es hat sie niemand gefragt, ob sie diese Welt bevölkern wollen, und insofern sind sie ihr vorläufig nichts schuldig.

Blicke ich auf mein Leben zurück, scheint es in mehrere große Blöcke zu zerfallen, die sich gegeneinander abschließen und nicht viel miteinander zu tun haben. Ich weiß, dass das nicht stimmt. Es gibt Verbindungslinien, es gibt Konstanten, die Musik natürlich, meine Freunde. Trotzdem bleibt das Gefühl, dass es keinen Zusammenhang gibt. Ich bin nie mehr der gewesen, der ich war, als ich in den Nächten verzweifelt neben Katrin lag. Nie mehr der junge Vater von Greta und den Zwillingen. Bin das wirklich ich gewesen? Damals, in Sonjas Küche, der verliebte Mann, der sie festhielt, als sie an ihm vorüberging?

Meine Erziehung halte ich für weitestgehend abgeschlossen, woraus ich nicht den Schluss ziehe, dass ich mich in Sicherheit wiegen darf. Der Verlust eines meiner Kinder würde mein Leben sofort zum Einsturz bringen, doch von der immer möglichen Katastrophe abgesehen, erwarte ich keine exorbitanten Ausschläge mehr.

Vor zehn Jahren hätte ich das als Bankrotterklärung empfunden; inzwischen erkenne ich die Freiheit darin. Ich lasse mich von den Dingen nicht mehr so bedrängen, fühle mich nicht immer gleich aufgefordert, zu reagieren, sondern versuche herauszufinden, in welchem energetischen Zustand sie sind. Vieles lasse ich passieren, was nicht heißt, dass es mich nicht interessiert. Im Gegenteil, je weiter die Dinge weg sind, desto mehr interessieren sie mich.

Oft lausche ich nur.

Ich bin weiterhin zu allem bereit, wenn auch nicht mehr um jeden Preis.

Felix hat mir kürzlich geschrieben, dass er das Schreiben aufgegeben habe; es sei nichts für ihn, es dauere ihm zu lange, ihm fehle die Geduld. Ich finde das bedauerlich und frage mich, warum. Weil ich der Meinung bin, dass man als Künstler das glücklichere Leben führt? Ich bezweifle das, zumal ich mich in der letzten Zeit dabei ertappe, dass ich mich nach handgreiflicheren Tätigkeiten sehne, einer Arbeit, bei der man etwas anfasst, menschliche Körper, Gegenstände, die sich in Bewegung setzen lassen oder erst erschaffen werden müssen.

In der Nachbarschaft gibt es einen Mann, der gerade sein zweites Haus baut, der alles selbst gemauert hat, Fenster und Türen setzt, die Leitungen für Wasser und Strom verlegt. Ich kann kaum ausdrücken, wie sehr ich ihn dafür bewundere, für seine schwieligen Hände, für seinen Plan, seine Beherztheit, mit der er ihn in die Tat umsetzt, seine Männlichkeit.

Therese lächelt, wenn ich so rede. Sie findet, dass ich dem Nachbar ähnlicher bin, als ich denke, von den schwieligen Händen abgesehen. Du hast andere Häuser gebaut als er, haltbarere, sagt sie, sie werden das Nachbarhaus um Jahrzehnte überleben.

Ich finde es rührend, dass sie das glaubt. Oder sie glaubt es gar nicht und sagt es nur mir zuliebe, was ich genauso rührend fände.

In den zwei Jahren, die sie bei mir ist, bin ich ruhiger geworden. Alles ist ruhiger geworden, der Sex, meine Musik, in der ich jetzt das meiste weglasse, verdichte und verschiebe, ohne anschließend groß zu korrigieren.

Therese und ich haben uns vorgenommen, wieder mehr zu reisen, dabei hatten wir beide geglaubt, mit dem Reisen sei es für uns vorbei. Wir haben uns darauf geeinigt, nach Italien zu fahren, Therese war noch nie in Rom, sie möchte nach Florenz, zum Abschluss ein paar Tage nach Venedig, vielleicht auch in die Pension am Meer, falls es diese Pension noch gibt, was wir beide, ehrlich gesagt, bezweifeln.

Weitere Titel von Michael Kumpfmüller bei Kiepenheuer & Witsch

Die Herrlichkeit des Lebens.
Roman. Gebunden. Verfügbar
auch als eBook

Hampels Fluchten. Roman
Gebunden. Verfügbar auch
als eBook

Durst. Roman. Gebunden.
Verfügbar auch als eBook

Nachricht an alle. Roman
Gebunden

»In Michael Kumpfmüller haben wir unseren Erzähler gefunden.« *Frank Schirrmacher, FAZ*